다
ㅎ
ㅇ

www.b-books.co.kr

충동의
밤

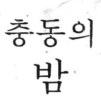

충동의
밤

i m p u l s i v e

n i g h t

탐나(TAMNA)
장편 소설

c o n t e n t s

본 도서에 등장하는 배경, 지명, 인물, 종교, 기업, 사건 등은 실제와 관련이 없음을 알려 드립니다.

01

열여덟의 겨울.

독서실에서 공부를 하다 깜빡 잠이 들었다. 눈을 뜬 시간은 새벽 1시 15분. 평소보다 귀가 시간이 늦어져 분명 혼날 것이라 생각했는데, 그날 따라 집 안은 소름 끼치도록 어두웠고 고요했다.

달라진 기류를 알아차리게 된 것은 그때부터였다.

매캐한 가스 냄새.

자욱이 퍼진 연기.

익숙한 풍경이었지만 미묘하게 어그러진 듯 어딘가 이상했다.

희뿌연 기체 사이로 잔잔히 흐르는 피아노 소나타까지도.

'Moonlight Sonata'

베토벤의 월광.

달빛이 비치는 어둑한 호수 위를 걷는 듯, 차분하고 낮은 음률은 서정적으로 죽음의 평온을 기도한다. 생기가 사라진 고적한 공간으로 웅글

게 울려 퍼지는 피아노 소리가 절망을 말한다.

불안하고, 또 위태롭게.

한 걸음 내디딜 때마다 오래된 나무 바닥재가 삐그덕, 삐그덕 맞물리며 듣기 싫은 소리를 냈다. 기분 나쁜 섬뜩함을 느끼며 안방 앞에 다다랐을 때. 소녀는 그 자리에서 꼼짝할 수 없었다.

"아……."

문틈 사이, 화장대 거울에 반사된 광경은 충격적이었다. 소녀는 무의식적으로 뒷걸음질 쳤다. 엄청난 공포가 파도처럼 밀려와 단숨에 사고를 집어삼켰다.

소리를 지르고 싶은 마음은 간절했지만 히끅, 딸꾹질만 터져 나올 뿐, 가느다란 비명조차 허락되지 않았다. 월광. 적연한 피아노 곡조가 괴물의 손이 되어 우악스럽게 입을 틀어막는 듯했다.

"사, 살려……."

목소리를 힘껏 짜내 봤지만 무리였다. 절박함은 끝내 입 밖으로 터져 나오지 못하고 모조리 목구멍으로 집어삼켜졌다.

알잖아. 이건 현실이 아니야.

힘껏 부정해 봐도 눈앞에 펼쳐진 장면은 너무나 사실적이었고, 선명했다. 심장이 당장 파열될 것처럼 세차게 뛰었다.

뚝, 뚜욱. 뚝.

알 수 없는 액체가 규칙적인 간격으로 바닥에 떨어졌다.

창밖의 먹구름이 느린 속도로 움직이기 시작했다. 창문을 뚫고 창백한 달빛이 흘러들자 어둠에 갇혀 분간이 어려웠던 것들이 하나둘씩 환히 밝혀졌다.

그제야 코를 찌르는 비릿한 냄새의 원인을 직감할 수 있었다.

"……안 돼."

소녀의 눈꺼풀이 파르르 떨렸다.

두 다리가 후들거리고 눈에선 그렁그렁 눈물이 차올랐다.

펑! 퍼엉!

고막이 찢길 듯한 폭발음이 터졌다. 숨이 막히고 알 수 없는 뜨거움이 전신을 휘감았다. 부엌에서부터 시작된 화염이 무서운 속도로 나무 바닥재를 타고 소녀가 서 있는 곳을 향해 번져 왔다.

"아, 아윽! 쿨럭⋯⋯!"

폐부 깊숙이 파고드는 연기에 소녀는 고통스럽게 기침하며 인상을 찡그렸다. 죽어 버린 엄마의 부릅뜬 눈이 살려 달라 애원하는 것만 같았다. 하지만 극한의 상황에서 이성은 멀어지고, 원초적인 본능만 남았다.

한시라도 빨리 벗어나고 싶었다.

꿈에서, 현실에서.

끔찍한 이곳에서.

결국 나는, 도망쳤다.

○ ◎ ●

"허억! 하아, 하⋯⋯."

해성은 발작하듯 거친 숨을 쏟아 내며 잠에서 깨어났다.

실핏줄이 터진 엄마의 새빨간 눈은 잊을 만하면 악몽으로 찾아왔다. 나를 두고 도망친 너를 결코 용서하지 않겠노라 저주하듯. 같은 날짜, 같은 시간의 장면은 10년째 집요하게 반복되었다.

열어 둔 창틈 사이로 시린 바람이 훅 밀려들자, 식은땀으로 흠뻑 젖은 몸에 한기가 돌았다. 천천히 상체를 일으킨 해성이 팔을 뻗어 창문을 닫았다. 그제야 안도의 한숨이 샜다.

"일어났네? 깨우려고 했는데."

때맞춰 은영이 방으로 들어왔다.

은영은 중앙경찰학교에서 만난 동기였다. 둘은 운 좋게 백서지구대에 발령받아 1년의 시보 경찰 인턴 기간 동안 서로에게 의지하며 견뎠다. 같은 기동대를 나왔고, 한 달 전까지만 해도 함께 근무했던 만큼 그 인연이 깊었다.

이 정도면 운명이란 선배들의 말이 무색해지게 저번 달 인사 발령 시즌에 맞춰 그 길을 달리하게 된 참이다.

뜬금없이 보고 싶다며 자정 시간에 떡볶이를 사 들고 불쑥 찾아온 은영과 수다를 떨다 잠이 들었다. 마지막으로 시간을 확인한 게 새벽 2시였는데, 다 죽어 가는 몰골의 해성과 달리 은영은 활력이 넘쳐 보였다.

"잠은 잘 잤어?"

해성은 대답이 없었다.

은영이 재빨리 해성의 상태를 확인했다. 하얗게 질린 얼굴하며, 부르튼 입술과 이마에 맺힌 식은땀까지. 이제 좀 괜찮아졌나 했더니.

"너, 설마. 또 그 꿈 꾼 거야?"

"그냥, 뭐⋯⋯."

"형사 생활 괜찮은 거 맞지?"

은영이 근심스럽게 물어 왔다. 지구대에서 함께 근무하던 시절, 야간 근무 도중 대기 시간에 잠시 휴식을 취하려 눈을 붙일 때면 해성은 발작과 경련을 반복했다.

한 달에 두 번 이상. 스트레스 정도에 따라 횟수는 더 늘어났다.

은영은 해성의 과거를 아는 유일한 측근이었지만, 악몽에 괴로워하는 동기를 위해 해 줄 수 있는 것은 아무것도 없었다. 가끔 비번 날이 겹칠 때마다 집에서 함께 있어 주는 게 전부였다.

"괜찮아. 나 같은 사람이 한두 명도 아닐 거고."

외상 후 스트레스 장애는 위험 현장에 노출된 경찰들이 종종 겪는 증상이었다. 그러나 해성이 겪고 있는 병은 그 원인이 조금 달랐기에 문제였다.

"넌 언제 출근해? 아, 오늘 지구대 야간 근무라 했지."

해성은 능숙하게 화제를 돌렸다.

"부럽다."

협탁 위에 놓인 알약을 익숙하게 털어 넣는 해성을 안쓰럽게 흘겨보던 은영이 바락 소리쳤다.

"좀! 물이랑 같이 먹으래도 그런다. 계집애야."

"아, 깜빡했다."

"어휴, 진짜……."

은영은 속상한 마음이 컸다. 저런 상태로 어떻게 강력계에서 버티고 있는 건지. 그 고집을 전부 이해할 수는 없지만 적어도 해성의 선택이 순간적인 충동은 아니었다는 건 은영도 잘 알고 있었다.

몇 번이나 신중히 고민했다. 앓고 있는 병 때문에 동료들에게 도움은 커녕 폐만 끼치는 건 아닐까. 인사 발령 시즌이 다가올 때마다 해성은 수도 없이 망설이고, 고민하던 끝에 매번 강력계 지원을 포기했다.

정례 사격 훈련이 있는 날이면 해성은 무조건 만 발을 쐈고, 주기적인 체력 검정이 있는 날이면 단 한 차례도 빠짐없이 1등급을 받았다. 뿐만 아니라 누구나 꺼려 하는 궂은일 또한 마다하지 않고 적극적으로 나섰다. 겉으로 보기에 해성은 누구든 탐내고도 남을 인재였다. 그곳이 아무리 여경을 기피하기로 유명한 짐승들만 득실거리는 강력계라 할지라도 말이다.

"정 못 버티겠으면 내년에 바로 인사이동 신청하는 거다. 알겠지?"

"어디로. 지원팀으로?"

"어디든!"

"체질적으로 안 맞아. 우리나라 치안 좋잖아. 여태까지 살인 사건은 한 번도 안 떨어졌어. 걱정 마."

해성이 은영을 안심시키며 옷장을 열었다. 사복 근무에 익숙해질 법도 한데 여전히 낯설고 어색했다. 옷을 갈아입는 동안, 등 뒤로 은영의 목소리가 넘어왔다.

"이번에 너희 팀 팀장 새로 온다 했지? 후, 벌써부터 걱정이네."

청바지 버클을 채우던 해성의 손이 멈칫했다.

"……왜?"

"그 사람 말 많더라. 그쪽 인사계에서 근무하는 직원이 아는 선밴데, 저번에 길에서 우연히 만났거든. 마침 네 생각이 나서 물어봤었어."

"알고 있대?"

"그래. 어마어마하게 유명하단다. 피도 눈물도 없는 미친놈으로."

난 또 뭐라고. 해성이 비식 웃음을 흘렸다.

"이쪽 사람들이 다 그렇지 뭐."

"아니야. 좀 달라. 검거율도 높고 실력도 다 괜찮은데, 문제는 성격이야. 완전 사이코래. 위아래 없는 건 기본이고. 비주얼만 끝내주는 또라이라고 소문이 자자하다니까?"

샤워는 경찰서 가서 해야겠다. 패딩을 걸친 해성이 흐름을 끊었다.

"가야겠다. 너도 쉬다가 출근해."

"야, 이해성! 내 말 아직 안 끝났어!"

은영은 현관으로 멀어지는 해성의 뒤를 다급히 쫓았다.

○ ◎ ●

추위는 좀처럼 물러설 기미가 보이지 않았다. 작년 12월부터 시작된 혹한은 새해가 밝고 2월이 될 때까지도 길게 이어졌다. 기상청 말을 빌리자면, 50년 만에 한반도를 강타한 기록적인 한파라고 했다.

살갗이 뜯길 것 같은 추위에 해성은 부르르 어깨를 떨며 경찰서 안으로 뛰어 들어갔다. 내 집 안방처럼 익숙해진 관악경찰서와 비교도 할 수 없을 만큼 강남경찰서는 규모부터가 대단했다.

새삼스레 경찰서 내부를 둘러보며 걷다 보니 어느새 강력 2팀 팻말이 붙어 있는 문 앞에 다다랐다.

해성은 추위와 긴장으로 꽁꽁 얼어붙은 두 손에 하아, 입김을 불어 넣고 크게 숨을 들이켰다. 문고리에 손을 얹은 순간, 불현듯 은영의 경고가 떠올랐다.

'내 말 무시하지 말고 잘 새겨들어. 왕자님 같은 얼굴, 절대 믿지 마. 공감 능력 없단 말도 있어. 피해자나 유가족한테 표정 변화 한번 없이 독설 뱉는 건 기본이고. 평소엔 말 한마디 듣는 것조차 힘들 정도로 무뚝뚝한데, 살인 사건에 피만 봤다 하면 환장을 한다더라. 열정? 정의감? 그런 거 모르는 사람이래. 말이 괜히 돌겠어?'

꺼림칙하다는 느낌을 받은 건, 그 맥락에서였다.

'경찰대 수석으로 졸업해서 서울지방경찰청 광역수사대 에이스였는데, 사고 한탕 크게 쳐서 강남경찰서로 온 거래. 뒤 봐주는 사람이 있는 건지 실적 인정받

아서 장녜나 강등 없이 이 정도로 끝난 거라는데, 결국 좌천이나 다름없잖아.'

'좌천?'

'그래! 일단 한번 꽂혔다 하면 수칙이고 나발이고 없는 사람이란다. 민원 폭주 단골. 어떻게 경찰이 됐나 싶을 정도라는데, 나사 하나 빠진 거야, 분명히.'

때아닌 충격에 망설이고 있는 사이, 문이 활짝 열렸다.

상대는 미처 해성을 발견하지 못하고 성큼 앞으로 걸어 나왔다. 얼굴을 확인할 새도 없이 널찍한 어깨에 해성의 이마가 부딪혔다.

그 반동으로 남자의 손에 들려 있던 무언가가 바닥으로 툭, 떨어졌다. 자연스레 해성의 시선도 밑으로 향했다.

경찰 마크와 POLICE가 적혀 있는 것으로 보아 떨어진 물체의 정체는 경찰증이 들어 있는 목걸이다. 언뜻 봐도 놀라울 정도로 걸출한 외모가 박힌 증명사진이 보이고, 그 밑에 적혀 있는 이름 세 글자가 눈에 담겼다.

「차강현」

'이름이 뭐였더라, 차……. 아, 생각났다! 차강현. 차강현이었어.'

차강현. 은영이 알려 준 그 이름을 속으로 곱씹으며 허리를 숙였다. 해성이 그의 경찰증을 조심스럽게 주워 든 때였다.

"뭘까, 이건."

귀를 휘감는 나직한 음성이 고요하게 흘러나왔다.

해성이 천천히 얼굴을 들었다.

남자는 삐딱하게 고개를 기울인 채 무감정한 눈으로 해성을 내려다보고 있었다.

차강현의 첫인상은 강렬했다.

흰색 헨리 넥 셔츠에 두드러진 널찍한 어깨부터가 심상치 않았다.

소매를 반쯤 걷어 올린 탓에 견고한 팔뚝이 한층 더 부각되어 보였다. 고강도 근력 운동으로 단련된 다부진 체격과 반듯한 자세는 잘 훈련된 용병의 모습을 연상케 했다.

180 중후반쯤 될까. 늘씬하게 뻗은 신장은 한참 시선을 올려야 겨우 닿을 정도였다. 우월한 피지컬 자체만으로도 훌륭한 배합이다.

"아, 선배. 오셨어요?"

뒤에서 잠자코 상황을 지켜보던 2팀 막내 세찬이 반갑게 해성을 맞았다.

"아, 응."

해성은 애써 강현의 시선을 피하며 세찬을 향해 작게 고개를 끄덕였다. 세찬은 평소답지 않게 공포에 질린 얼굴로 남자를 가리키며 입을 벙긋거렸다.

'성격 진짜 장난 없음.'

그 뜻을 전달받은 해성이 시선을 내려 손목을 확인했다. 그럴 일은 없겠지만 혹시 지각인가 싶었다. 역시나, 출근 시간까지 아직 15분이나 더 남아 있었다.

그때, 강력 2팀 사무실에서 작정하고 빈정거리는 음성이 넘어왔다.

"세상이 말세다, 말세. 한 달 전에는 웬 햇병아리 같은 게 들어오질 않나, 이번에는⋯⋯."

"아이고, 우리 조 경위님 오늘따라 이상하게 예민하시네!"

눈치껏 끼어든 세찬이 말을 싹둑 끊어 냈다. 올해 마흔하나인 조형운 경위는 우회하는 법을 모르는 사람이었다. 자신이 세워 둔 기준에 조금이라도 미달이거나 도움이 안 될 것 같다 싶으면 누구든 가차 없었다.

상사의 말을 잘라먹은 세찬의 건방진 선택은 백번 옳았다.

"경위님 설마, 수당 나온 거 또 사모님한테 말씀 안 드렸어요?"

형운이 흠칫하며 버럭 소리쳤다.

"야, 인마! 너 누가 상사 개인 집안 사정을 그렇게 예고도 없이 무차별로 발설하래. 어? 너 요즘 귀엽다, 귀엽다 해 주니까 점점 기어오른다? 밥풀만도 못한 놈이."

"에이, 맞네. 비자금으로 쓰려고 수당 숨겨 뒀다가 사모님한테 딱 걸리셨네. 목 안 마르세요? 제가 얼른 가서 커피라도 뽑아 올까요?"

"마시고 입 닥치란 소리냐?"

"아닌 거 아시면서 그런다."

사실 일개 순경이 경위에게 저런 말장난을 친다는 것은 상상도 못 할 일이다. 그만큼 좋고 싫음이 분명한 사람이었다. 조형운 경위의 마음에 들기까지의 과정은 어려울지 몰라도 한번 품으면 진한 유대감을 드러냈다.

붙임성 좋은 세찬이 싫지 않았던 조형운 경위는 휘휘 손을 내저으며 다시 모니터를 응시했다.

사무실에 들어가지도, 그렇다고 뒤돌아 나가지도 못하고 그 자리에 멀뚱히 서 있는 해성을 구제해 줄 사람은 세찬뿐이었다.

"선배, 저희 강력 2팀 새로운 팀장님이세요. 차강현 경감님."

"아……."

면전에 와 닿는 남자의 집요한 눈빛이 슬슬 따갑다 생각될 때쯤, 세찬이 말을 덧붙였다.

"서울청 광수대 광역 1계 에이스셨대요, 팀장님. 완전 대단하죠."

세찬은 오늘 아침 3팀 팀장님에게 들었다며, 굉장한 비밀을 털어놓듯 쓸데없이 비장하게 굴었다.

광역수사대는 한국판 FBI로 알려져 있으며, 이슈에 오르거나 비교적 규모가 큰 사건을 주로 맡는다. 그만큼 유능한 엘리트들이 모인 곳이었다. 이미 은영에게 전해 들었기에 세찬의 부연 설명은 조금 늦은 감이 있었지만 해성은 어색하게 웃음 지으며 말을 얼버무렸다.

"김세찬 순경."

나직한 음성이 엄숙하게 흘러나왔다. 정이라곤 반 푼어치도 찾아볼 수 없는 말투는 어딘가 고압적이기까지 했다.

예사롭지 않은 분위기를 감지한 건 해성뿐만이 아니었다. 생글거리며 오지랖을 부리던 세찬 역시 잔뜩 긴장한 표정으로 자세를 똑바로 고쳐 섰다.

"예. 팀장님."

"아까부터 한가해 보이는데."

"아, 아닙니다. 죄송합니다."

"가서 일 봐요."

강현의 미미한 턱짓 한 번에 세찬은 빛의 속도로 뛰어 들어갔다.

정중하면서도 무례한, 그 어딘가 중간쯤. 존대와 반말이 섞인 말투는 묘하게 어긋나 있어, 이질적인 풍경을 선사했다.

차강현은 형사 이미지와 거리가 멀었다. 굳이 비유하자면 번듯한 검은색 슈트를 차려입고 경영을 진두지휘하는 고상한 대기업 임원 쪽에 가까웠다. 아니라면, 범죄자를 처단하는 냉철한 판검사도 어울리겠다. 뭐가 됐든 은영의 말처럼, 차가운 왕자님 타입에 더 가까웠다.

과하다 싶을 정도로 매혹적이면서도 남성적인 그의 외모에 적잖게 당황한 듯, 해성은 조그맣게 입술을 벌리고 강현을 올려다보았다.

"이름이."

눈이 마주치자 멀어진 정신이 번쩍 돌아왔다. 질문에 대답하려는데, 강현이 더 빨랐다.

"······이해성?"

호흡이 덜컥 멎었다. 거센 소용돌이에 빨려 들어가는 기분이었다.

그의 입안에서 질척한 혀가 느리게 굴러가며 고요히 발음되는 순간, 해성은 자신의 이름이 먼 타인의 것처럼 낯설게 느껴졌다.

어떻게 알았을까. 추론은 쉬웠다. 짙게 깔린 시선은 해성의 목에 걸린 경찰증에 고정되어 있었다.

"신기하네."

그것만으로는 만족이 안 됐는지 강현은 거리낌 없이 손을 뻗었다.

"잠시 실례."

대답할 시간도 주지 않고 해성의 경찰증을 확 잡아 올렸다. 강한 힘에 팽팽하게 당겨진 목걸이 끈이 뒷목을 꾹 짓눌렀다.

직접적인 접촉이 있었던 것도 아닌데, 발가락부터 정수리까지 일련적으로 소름이 쫙 돋았다. 간신히 발가락에 힘을 주어 버티는 게 전부였다. 그는 마치, 목줄을 움켜쥔 주인처럼 행동하고 있었다.

해성은 겨우 입을 열어 대답했다.

"한 달 전 강남경찰서 강력 2팀으로 인사 발령 받은 경장 이해성입니다. 그리고 아까는 죄송했습니다."

어깨에 이마를 부딪친 것에 대한 사과였다. 돌아온 말은 없었다. 철저한 무시로 답하며, 강현은 천천히 해성의 얼굴을 훑어 내렸다.

심해처럼 검고 깊은 눈동자의 움직임은 더없이 느렸고 신중했다. 도마 위에 놓인 생선이 된 기분이었다. 생살을 도려내고 몸 전체를 해부당하는 것처럼. 두려우면서도 꺼림칙했다.

"이해성······."

남자의 눈이 가느다래졌다.

이름을 곱씹는 의미를 알 수 없어 해성은 목이 바싹 타들어 갔다.

하지만 남자를 관찰하는 것을 멈추진 않았다. 내심 궁금했으니까. 인정하고 싶지 않지만 직접 마주한 차강현의 실물은 상상했던 것보다 훨씬 더 훌륭했다. 너무하다 싶게, 비현실적인 외모였다.

깔끔하게 올려 넘긴 포마드 헤어스타일이 그의 성향을 대변했다. 자로 잰 듯 높고 곧게 뻗은 콧대와 정교한 눈매. 그 속에 박힌 날카로운 눈빛은 감히 쉽게 대적할 수 없을 만큼 그 기세가 실로 대단했다.

차갑고 냉정한 분위기를 극대화시킨 것은 남자가 가진 특유의 분위기였다. 흔들림 없는 차분함. 가만히 상대를 주시하는 것뿐인데 그 압도적인 위압감에 짓눌려 숨 한번 제대로 쉬는 것조차 힘겨웠다.

"흔한 이름이네."

경찰증에서 손을 떼며, 강현이 슬쩍 고개를 추켜들었다.

"그래서, 소감은?"

"……예?"

손이 참 크다. 길쭉한 손가락에 잘 정돈된 손톱마저 빈틈이 없다. 멍청한 생각을 하는 바람에 이상한 목소리를 내고 말았다.

강현의 한쪽 눈썹이 슬쩍 올라섰다.

"그쪽도 나 봤잖아요. 공평하게."

마치, 처음부터 눈치채고 있었다는 말투였다. 강현은 여전히 턱을 기울인 채, 해성을 빤히 들여다보았다.

"그냥. 새로 온 팀장님이시구나, 생각했습니다."

입 닫고 있는 편이 백번 나은 선택이었을지도 모르겠다. 어이가 없었는지, 그의 잇새로 바람 빠진 웃음소리가 희미하게 새어 나왔던 것 같기도 하다.

"인사팀을 뒤집어 놓을 수도 없고…….."

강현은 위험한 발언을 거리낌 없이 터놓았다. 아무리 팀장이라지만 한 달이나 먼저 발령받아 온 건 해성이었다. 그런데 강현은 해성을 굴러들어온 돌 취급 하는 것으로 모자라 인사이동 선정에 불만을 드러냈다. 해성의 입장에서는 도무지 납득할 수 없었다.

"적당히 놀다 가요. 가능하면, 조용히."

그게 끝이었다. 강현은 대충 손에 들고 있던 검은색 항공 점퍼를 단숨에 돌려 입고서 그대로 해성을 스쳐 지나갔다. 외부 사람을 대하는 듯한 태도와 대놓고 선을 긋는 존대는 마치, 구성원으로 받아들일 생각이 없다는 것처럼 들렸다.

해성은 다급히 몸을 돌려세웠다.

"팀장님."

거침없이 앞으로 나아가던 길쭉한 두 다리가 우두커니 멈췄다. 무심한 얼굴이 살짝 옆으로 돌려지자, 해성은 조심히 본론을 꺼냈다.

"사건 배당은 어떻게……."

"이해성 씨가 맡게 될 사건은 없습니다. 앞으로도, 없을 거고."

이해성 씨라니. 경찰 직원 취급조차 받지 못했단 사실만으로도 황당한데, 사건 배당에서 완벽히 제외하겠단 발언은 더욱 기막혔다. 해성이 약하게 인상을 구겼다.

"제가 여자라서 못마땅하신 건 압니다. 하지만."

"여자라서?"

"아닙니까?"

강현이 비스듬히 해성을 응시했다.

"원래 그렇게 판단이 성급한 편입니까."

"그게 무슨……."

잠시 내려가는가 싶던 그의 눈꺼풀이 날렵히 떠밀려 올라갔다.

"난 단순히 이해성 씨 자체가 마음에 안 들었던 것뿐인데."

말문이 턱 막혔다.

"경찰, 왜 됐지?"

면접에서나 물을 법한 이상한 질문이었지만 해성은 다른 의미로 정곡을 찔려 대답할 수 없었다.

"난 언제 터질지 모르는 시한폭탄 떠안고 싶지 않아요. 어린애 돌보는 취미는 더욱 없고. 알다시피 겸직은 불법이니까."

독설을 뱉는 사람치고는 지극히 나른한 얼굴이었다.

오만한 시선이 거만하게 내리깔렸다.

"이만하면, 대답 됐습니까?"

언성을 높이는 일은 없었다. 관심도, 상대할 가치도 없다는 듯, 강현은 잠긴 음성으로 차분히 상황을 마무리 지었다.

해성은 잡을 새도 없이 멀어지는 그의 뒷모습을 넋 놓고 바라봤다.

미처 건네주지 못한 그의 경찰증을 부서질 듯 억세게 손에 쥔 채.

"하여튼. 누가 광수대 소속 아니랄까 봐. 폼이란 폼은 혼자 드럽게 잡아요, 아주."

팀장이 자취를 감추자, 조형운 경위는 기다렸다는 듯 구시렁거리며 강현을 야멸차게 씹었다. 해성의 곁으로 다가온 세찬이 작게 속삭였다.

"신경 쓰지 마요, 선배. 조 경위님 성격 알잖아요. 상황도 그렇고."

"상황?"

"팀장님은 경찰대 출신이고, 경위님은 우리처럼 공채 출신이니까."

아, 답 나왔다.

"아무리 차 팀장님이 직급도 높고 엘리트라 해도, 조 경위님 경력이 얼만데요. 예정대로라면 정년 퇴임 하신 팀장님 자리에 조 경위님이 앉는 걸로 내정됐었는데, 뜻하지 않게 차 경감님이 오시는 바람에. 어휴."

"아……."

세찬의 말처럼 어느 정도 경력을 인정받은 공채 라인 직원들은 경찰대 출신 경찰을 달갑지 않게 생각한다.

경찰에게 가장 중요하다고 할 수 있는 것이 바로 현장 경험인데, 공부 머리가 우월하단 이유로 간부 자리에 덜컥 올라서는 모양새가 곱게 보일 리 없었다. 자리까지 빼앗겼으니 속에서 천불이 날 만도.

한편으로는 이해가 되면서도, 꼭 저렇게까지 불편한 감정을 드러내며 같은 팀 동료끼리 얼굴 붉힐 필요가 있을까, 답답하기도 했다.

세월 좋게 누굴 걱정하고 있는 건지는 모르겠지만.

"아무래도 망한 것 같네."

정신없이 스쳐 지나간 방금 전 상황이 떠올라 절로 한숨이 샜다.

다음 날까지도 해성은 믿지 않았다. 그냥 하는 말이겠지. 어제 유독 기분이 저조했는데 하필 눈에 띈 사람이 자신이라 운 나쁘게 불똥이 튄 거라고. 안일하게 생각했다.

"어이, 이해성이. 무슨 일 있어? 얼굴 봐라. 출근한 지 얼마나 됐다고 벌써부터 죽을상이야."

박건우 경사가 믹스커피를 홀짝이며 해성의 자리로 다가왔다.

"아, 박 경사님. 잘 쉬셨어요?"

"어. 근데 오늘 팀 분위기 왜 이래? 살인이라도 터졌나?"

어제 연가 사용으로 휴무였던 그는 아직 상황을 모르는 눈치였다.

"나 없는 사이에 뭐 있었어?"

많은 일이 있었고, 달라진 건 없었다. 해성은 회사에 첫 출근 한 신입 사원처럼 자리에 앉아 멍하니 빈 책상만 바라봤다. 그게 다였다.

"왜 다들 말이 없어."

회의 참석은커녕, 사건 배당에서 완벽히 배제됐다. 분명 이 사달을 만든 것은 강현이었지만, 일이 많아져 투덜거리는 형운의 눈치를 살펴야하는 건 해성의 몫이었다.

최악이다. 예고에 없던 그의 등장으로 인해, 이곳에 온 목적이 무의미해졌다. 도무지 상식적으로 이해할 수 없었다.

내가 무슨 잘못을 했다고.

뭐가 됐든 사건 배당에서 제외하겠단 통보는 그 어떤 이유로든 명백히 부당한 사안이었다.

"무슨 일? 있었지. 아주 많았지."

비어 있는 팀장 자리를 힐긋거리며, 조형운 경위가 코웃음을 쳤다.

"이해성, 차 팀장한테 제대로 찍혔다. 사건 배당도 받지 말고 출동도하지 말란다. 덕분에 우리만 죽어 나가게 생겼고."

"왜요?"

"나라고 알겠냐? 하, 지금 이해성 몫까지 사건 받아서 해결할 시간이어디 있냐고. 안 그래도 인력은 부족한데 사건은 넘쳐 나서 언제 제대로 쉬었는지 기억도 가물가물한 판국에, 씨발. 이게 대체 뭔 경우냐? 이해성뿐 아니라, 팀원 전체를 엿 먹인 거야. 차강현 그 자식이!"

조형운 경위는 끓어오르는 부아를 참지 못하고 출력해 둔 보고서를 거칠게 내던지며 분통을 터뜨렸다.

"경위님. 워워. 릴렉스, 릴렉스."

혹시라도 강현이 들어올까 싶었는지, 세찬은 바닥에 흐트러진 서류

종이를 서둘러 주워 들며 수습했다.

"이해성. 너 계속 그러고 있을 거야? 꿀 빨려고 강력계 지원했어?"

순식간에 얼어붙은 분위기는 살얼음판을 걷는 듯 위태로웠다.

"……아닙니다."

"그럼 청문감사실이든 형사과장실이든 찾아가서 부당하다 말하고 해결하려는 척이라도 보여야 할 거 아니야! 자리에 접착제 붙여 놨어? 너 때문에 고생하는 다른 팀원들 안 보여? 눈 없냐고, 이 자식아!"

울컥한 감정이 불쑥 치밀어 올라 해성은 눈을 꽉 감아 버렸다.

복장이 터진다며 주먹으로 연신 가슴팍을 퍽퍽 내리치는 조형운 형사를 한 번, 푹 고개를 숙인 채 침묵하는 해성을 한 번. 번갈아 바라보던 박건우 경사가 상황 파악을 마친 듯 어깨를 으쓱였다.

"이제 강력계 들어온 지 한 달 된 친구잖아요, 경위님. 살살 하세요."

"뭐야?"

"그나저나 이상하네요. 되게 정중하시던데. 인사도 잘 받아 주시고."

"인사를 받아 줘? 누가. 차강현, 그 인간이?"

"네. 아까 화장실 가는 길에 우연히 마주쳤거든요. 형사과장실에서 과장님이랑 같이 나오고 계셨어요. 지금쯤이면 아마 과장님이랑 서장실에 계시겠네요. 전입 신고 할 겸."

"걔가 뭔데 과장님이랑 서장실을 같이 가. 서장님이랑 뭐 있어?"

"모르셨어요? 차 팀장님 아버지가 대법원장님이신데."

대법원장이면, 장관급이다. 사법부의 수장. 비록 영역은 다르지만 굳이 따지자면 법무부장관, 검찰총장보다 높은 위치였다. 차관급인 경찰청장은 감히 비빌 수준도 못 되는 위치였다.

건우의 말 한마디에 강력 2팀 형사 직원 전부가 굳었다. 특히, 조형운 경위는 입을 떡 벌린 채 소리 없이 경악하며 눈을 껌뻑거렸다.

"무, 뭐? 이 새끼가……. 너 지금 나 놀리는 거지?"

"제가 상사 가족사로 장난칠 일이 뭐가 있겠습니까."

조형운 경위는 못내 의심을 지우지 못했지만, 경찰청에서 근무한 이력으로 보아 건우의 말은 신빙성이 있었다.

"넌 그걸 어떻게 알았는데."

"경찰청보다 입소문 빠른 곳이 또 있나요. 알 만한 사람은 다 압니다. 다들 모르는 척 암묵적으로 쉬쉬하는 것뿐이지."

이로써 해성은 더 막막해졌다. 수칙 원칙 할 것 없이 막무가내로 굴던 차강현을 멈출 방법이, 없다.

"하여튼, 그렇다고 너무 티 내진 마십시오. 차 경감님 아버지 덕 보는 거, 죽기보다 싫어하신답니다."

"아, 미치겠네. 대법원장 아들이 왜 여기에서 경찰 일을 하고 있대? 조신하게 판검사나 할 것이지."

"왜요. 전 멋있기만 한데."

"넌 대체 누구 편이야? 뭐질래?"

"경위님 지금 좀 유치하십니다."

건우는 해성을 향해 한쪽 눈을 찡긋거리며 신호를 보냈다. 해성은 간신히 입술을 당겼지만, 억지로 만들어 낸 작위적인 미소는 오래가지 못했다.

호랑이도 제 말 하면 온다 했던가. 덜컥, 사무실 문이 열리며 강현이 등장했다. 건우와 세찬이 자리에서 일어나려는 때였다.

"아이고, 오셨습니까. 팀장님."

건우에게 팀장의 가족사를 전해 듣게 된 조형운 경위는 버선발로 달려 나가 강현을 반겼다. 양손을 싹싹 비비는 모양새가 봐 줄 만했는지 건우와 세찬은 터지려는 웃음을 악착같이 참아 냈다.

"오늘 날씨가 차암 좋습니다, 팀장님. 그렇지요?"

"……뭡니까."

손바닥 뒤집듯 달라진 조형운 경위의 태도가 거슬렸는지, 강현은 미간을 좁히며 못마땅하게 조 경위를 훑었다.

마침 팀장 책상 위에 놓인 지령실 전용 무전기에서 치직, 치직 거칠게 찢기는 소음이 흘러나왔다. 곧 사건이 떨어진단 신호였다.

그 의미를 모를 리 없다. 강력 2팀 형사들은 하던 일을 멈추고 굳은 얼굴로 무전기를 바라봤다.

— 신고 접수 번호 6203번. 강남역 11번 출구 앞 노상에서 흉기를 든 40대 추정 남성이 행인을 위협하고 있다는 신고. 말리던 20대 남성 흉기에 긁혀 찰과상 피해. 성도지구대 순마 66, 65호 긴급 종발 하여 현장 초동 조치 바랍니다. 아울러 강력팀 형사 차량 02호 함께 종발합니다. 흉기를 들고 있는 만큼, 직원분들은 방검복, 방검장갑, 테이저 건 등 반드시 안전 장구를 착용하여 안전에 유의하십시오.

지령실의 안내가 끝나기 무섭게 강력 2팀 형사들이 동시다발적으로 자리에서 벌떡 일어났다. 형사들은 팀장의 최종 지시가 떨어지길 기다리며, 강현의 입만 바라보았다.

새 팀장과의 첫 근무다. 서울지방경찰청 광역수사대에서 에이스로 활약하던 차강현의 실력을 바로 눈앞에서 확인할 수 있는 절호의 기회였다. 환상의 호흡을 자랑하며 에이스란 수식어에 걸맞게 사건을 처리할 것인지, 아니면 이름만 거창한 허울이었을지. 직접 판단할 수 있는 자리인 만큼 강력 2팀 팀원들은 강현의 입에서 함께 출동할 형사의 이름으로 자신이 호명되길 바랐다.

일분일초가 급한 상황인데, 정작 강현은 여유로웠다. 팀원의 얼굴을 느리게 훑던 어둑한 눈동자가 해성에게서 멈추었다.

"이번 사건 출동은 조형운 경위. 그리고 내가 갑니다."

그의 맥락 없고 노골적인 군림은 더없이 무례했지만 묘하게 사람을 휘어잡는 힘이 있었다. 꾸며 낸 것이 아니다. 타고난 능력이었다.

조형운 경위는 얼떨떨한 표정을 지었다. 분명 좋은 인상으로 기억됐을 리가 없는데. 당연히 모범생인 건우가 선택될 것이라 생각했다. 에라, 그게 뭐가 대수냐. 형운은 반색하며 활짝 웃었다.

"굉장히 탁월한 선택이십니다!"

강현은 조형운 경위의 말을 가볍게 무시하고 이어 말했다.

"박건우 경사, 김세찬 순경은 사무실에 남아서 배당받은 사건 마저 처리하시고."

"네."

"예. 알겠습니다."

건우와 세찬이 차례로 대답했다. 형운은 구석에 처박아 둔 방검조끼를 꺼내어 입느라 정신이 없었다.

해성은 주먹을 꽉 말아 쥐었다 펴며 크게 숨을 들이켰다. 이대로 물러설 수 없다. 병신 머저리같이 가만히 있으란 말에 수긍하고 싶지 않았다. 조형운 경위의 말처럼 세월 좋게 꿀이나 빨려고 강력계를 지원한 건 아니었으니까.

해성은 굳게 마음을 다잡고 얼굴을 들었다. 뜻하지 않게 그와 눈이 마주쳐 잠시 주춤거렸지만, 물러서지 않았다.

"팀장님."

해성은 목소리를 겨우 쥐어짰다.

"저는."

"이해성 씨는 계속 대기하세요. 아까처럼, 하던 대로."

강현은 이제 와 다시 설명하기도 귀찮다는 듯 대답했다.

예상한 것과 단 한 글자 오차도 없는 말이었다. 덩. 깊은 수렁에 빠진 기분이었다. 소속되는 것을 허락하지 않았기에 그 누구도 도와주지 않을 것이다.

그런 곳이었다. 경찰 조직은.

홀로 살아남아 그 능력을 인정받아야 한다. 배제당한 이유를 알 수 없고, 알고 있다 하더라도 부당하다 말할 수 없다. 그렇게 배웠다.

조직에서 상부의 명령은 절대적이니까. 복종하거나, 옷을 벗거나. 둘 중 하나만 존재할 뿐이다.

"출발합시다."

전할 말을 끝낸 강현은 슬쩍 시선을 내려 손목시계를 확인하고는 지체 없이 몸을 돌렸다.

조형운 경위가 바짝 그의 뒤를 쫓았다. 툭, 부딪친 어깨가 아렸다.

"어이, 이해성이. 괜찮아?"

"선배. 너무 상심하지 마요. 시간 지나면 괜찮아질 거예요."

건우와 세찬의 위로가 멀게 느껴졌다. 우울해하고 있을 시간은 없었다. 해성이 급하게 고개를 돌리며 주변을 살폈다.

"뭐 찾는데?"

건우의 말을 뒤로하며 해성은 성큼성큼 강현의 자리로 다가갔다. 뜻밖의 횡재다. 입구에 서 있던 차강현은 당연히 조형운 경위가 챙길 것이라고 생각한 모양이다. 평소 급한 성격 탓에 덤벙거리는 조형운 경위의 성향을 잘 알고 있었기에 생각해 낼 수 있던 것이다.

형사 차량 키.

해성은 차량 키를 덥석 집어 들고 그대로 사무실을 뛰쳐나갔다.

경찰서 입구를 빠져나오자마자 이끌리듯 주차장으로 향했다. 익숙한 경찰 마크가 새겨진 출동용 하얀색 스타렉스 차량들이 줄지어 주차되어 있는 게 보였다. 그중엔, '형사 02호' 스티커가 부착된 스타렉스 차량도 있었다. 다행히 형운과 강현은 이제 막 차량 근처에 도착한 참이었다.

"잠시만요!"

"이해성. 너 미쳤어?"

해성이 앞을 가로막자 적잖게 당황한 조형운 경위가 강현의 눈치를 살피며 눈짓을 보였다. 일 나기 전에 얼른 돌아가란 뜻이다.

해성은 형운의 경고를 무시하고 냅다 허리를 푹 숙였다.

"제게도 기회를 주십시오, 팀장님. 잘할 수 있습니다."

해성이 거친 숨을 몰아쉬며 말하자, 그의 눈매가 찡그려졌다.

"돌아가요."

강현은 들은 척도 하지 않고 단호히 몸을 돌렸다.

"못 갑니다. 아니, 안 갑니다."

"왜?"

"저도 형사입니다. 팀장님."

"그러니까 왜."

"아무것도 하지 말라 하시면 하지 않겠습니다. 옆에 떨어져서 구경만 하라 하시면 그렇게 하겠습니다. 현장에 따라갈 수 있게만 허락해 주세요. 7년 무사고였어요. 운전, 잘합니다. 저."

강현이 픽, 웃음을 터트리며 반쯤 돌아섰다.

"이해성 씨."

꼼짝도 하지 않는다.

"얼굴 들어요."

역시나, 묵묵부답.

"시간 없으니까 얼굴 들라고."

그제야 천천히 상체를 세웠다. 해성은 입술을 꾹 감쳐물고서 강현을 올려다보았다. 강현은 천천히 해성을 훑어 내렸다.

"볼수록 마음에 안 드네."

"⋯⋯네?"

"방검복 미착용. 상사 명령 불복종. 하다못해 건방진 그 성격까지."

강현이 한 걸음 가까이 다가왔다. 단숨에 거리가 좁혀지자 해성의 눈동자가 잘게 흔들렸다. 묵직한 압도감에 절로 어깨가 움츠러들었다.

강현이 난데없이 팔을 뻗었다. 기다란 손가락이 가리키고 있는 곳을 따라 해성의 불안한 눈길이 느리게 움직였다. 뜻을 알아차린 해성은 재빠르게 차량 키를 등 뒤로 숨겼다.

"제가 하겠습니다. 운전."

짜증 섞인 한숨이 흘렀다.

"말고, 누르라고. 차 타게."

○ ◎ ●

얼마나 긴장을 했는지, 까딱했다간 핸들을 꽉 말아 쥔 손가락에 쥐가 날 것 같았다.

'말고, 누르라고. 차 타게.'

위급한 상황임을 알고 있었으면서, 그 사실을 이용해 무리하게 받아

○ ◎ ●

현장은 아수라장이었다.

지구대 경찰 4명, 그리고 강남경찰서 소속 형사 3명이 인질극을 벌이고 있는 40대 남성과 일정한 거리를 두고 대치 중이었다.

남성은 50대 중반 여성의 목덜미에 흉기를 가까이 밀착하고서 악착같이 소리쳤다.

"비켜!! 다 꺼지라고!!"

흉기를 든 남자의 손은 바들바들 떨리고 있었다. 여성의 목덜미에 당장 찔러 넣을 것처럼 위협하다가도, 경찰이 다가오려 하면 허공에 칼을 휘두르며 거리를 넓혔다.

경찰들은 혹여나 인질이 피해를 입을까 선뜻 다가서지 못하고 제자리에서 주춤거릴 뿐이었다.

"롱 패딩을 입고 있어서 테이저 건도 소용이 없었습니다. 대화를 시도해 봤지만 역시 먹히지 않았고요. 보시다시피 찔러 죽이겠단 말로 계속 협박 중입니다."

지구대 경찰의 보고에 조형운 경위는 골치 아프다는 듯 이마를 짚었다.

"대체 뭐가 문제라는데? 저 인간도 목적이란 게 있을 거 아니야."

"신용 불량자랍니다. 슬하에 희귀병을 앓고 있는 여덟 살 딸이 있는데, 병원비 충당이 안 됐나 봅니다. 그래서 작년 이맘때쯤 3금융권 대출을 받았지만 이자가 말도 안 되게 높은 데다가, 딸아이 장기를 두고 협박했다네요. 돌려 막기도 무리고, 비용 처리가 안 돼서 치료와 수술도 중단된 상황이고요."

"안타까운 건 잘 알겠는데, 왜 죄 없는 사람을 인질로 삼아서 저 지랄이냐고."

"아무래도 언론 노출을 노리는 것 같습니다. 이슈가 되면, 동정 여론으로 방법을 찾을 수 있지 않을까 생각하는 거겠죠."

형운이 푹 한숨을 내쉬었다.

"놀고 자빠졌다. 당장 수갑 차게 생긴 양반이 세월도 좋아."

요구는 돈이었다. 딸의 치료 비용.

테이저 건이 통하지 않는다면 남은 방법은 삼단봉과 실탄이 든 38권총인데, 삼단봉은 가까운 거리에서 대치해야 했기 때문에 위험 부담이 높고, 실탄 발포는 자칫했다간 인질이 위험해진다. 더군다나 상대는 초범이다. 무분별한 총기 사용은 그 기준이 상당히 보수적이고 엄격한 한국에서 경찰 입장만 난감해질 뿐이다. 무엇보다 주변에 몰린 인파가 너무 많았다.

'이를 어쩐다…….'

고민하던 해성이 고개를 돌려 강현을 바라보았다.

그는 무표정한 얼굴로 인질극을 벌이고 있는 남자를 가만히 직시하고 있었다. 정확히는 관찰. 거리를 계산하고 있는 것일까. 아니면, 대책을 강구하고 있는 것일까. 좀처럼 감정을 읽어 낼 수 없다.

찰나의 순간 잠잠하던 그의 눈동자가 미세하게 흔들렸다.

착각이겠지. 하다 하다 이젠 헛것이 보이는 모양이다.

너무 예민해진 탓이라고 치부하며, 해성은 혹시 모를 상황을 대비해 패딩 안으로 조용히 손을 밀어 넣었다. 아무도 모르게 권총 위에 손을 얹은 때였다.

"총에서 손 떼."

엄숙한 목소리에 당황한 해성이 흠칫하며 고개를 들었다.

"경찰 옷 벗고 싶지 않으면."

어느새 그는 평소의 모습으로 돌아와 있었다. 골치 아프단 표정도, 난감한 기색도 없었다.

그는 아무것도 하지 말라 경고했지만, 한시가 긴박한 상황이었다. 해성은 총에서 손을 떼고, 남자를 향해 입을 열었다.

"죄 없는 행인을 붙잡아 칼로 위협하는 행위는, 그 어떤 이유로도 면죄받을 수 없습니다."

인질극 수칙 하나. 무기 사용보단 대화와 협상을 우선으로 한다.

"닥쳐! 너희가 뭘 안다고 지껄여. 내가, 내 딸이 얼마나……!"

"따님도 이런 모습을 원하지 않을 겁니다. 선생님께서 위협하는 그분도, 누군가에겐 목숨보다 소중한 가족일 수 있어요."

해성의 입에서 가족과 딸이란 단어가 언급된 순간 남자의 눈이 세차게 요동쳤다. 흉기를 들고 있는 손이 전보다 더 크게 떨렸다. 해성의 말이 어느 정도 효과가 있는 모양이었다. 잠시 고민하던 남자는 인질로 붙잡은 여성을 거칠게 내팽개쳤다. 하지만 쉽게 항복하지 않고 다른 방법으로 항거했다.

남자가 선택한 최후의 저항은 제 목덜미에 칼을 겨누는 것이었다.

"이 거지 같은 세상……."

남자의 눈이 스르륵 감겼다. 뾰족한 칼날이 남자의 목덜미에 가까워질 때쯤, 강현이 천천히 걸음을 떼어 냈다. 넓은 보폭으로 걷는 그의 걸음걸이엔 망설임이 없었다.

어어, 염려하는 주변 이들의 언성이 높아지자 남자가 눈을 떴다.

"오지 마! 오지 말라고!!"

칼날은 강현에게로 돌아갔다.

"쪽팔리게."

"뭐야?"

"그런 정신력으로 뭘 하겠다고."

더없이 무감한 음성이었다. 남자의 사정은 안중에도 없단 듯.

강현은 대놓고 도발했다. 찌를 수 있으면 어디 한번 찔러 보라고. 고의적인 것인지, 생각 없이 뱉은 말인지는 모르겠지만 해성의 눈엔 강현이 일부러 남자를 자극하는 것처럼 보였다.

"이 새끼가!"

순식간에 벌어진 일이었다. 이성을 잃은 남자는 흉기를 든 채, 그대로 강현에게 달려들었다. 대기하고 있던 경찰들이 엄호할 시간도 부족했다.

"팀장님!!"

해성이 절박하게 소리쳤다.

남자가 코앞으로 다가올 때까지도 강현은 눈 한번 깜빡이지 않았다. 허공으로 붕 떠오른 칼날이 가슴팍으로 내리꽂히기 일보 직전에 강현이 남자의 손목을 가볍게 잡아챘다. 그대로 손목을 돌려 꺾자, 뼈가 어긋나는 고통에 남자가 비명을 내질렀다.

"아악!! 악!!"

남자가 반항할수록 손목을 압박하는 강현의 악력은 더 강해졌다. 결국 억센 힘을 견디지 못하고 남자의 손에 들린 흉기가 챙그랑, 바닥으로 힘없이 떨어졌다.

강현이 눈짓하자 가까이에 있던 지구대 소속 경찰이 재빨리 다가와 남자의 손에 수갑을 채웠다.

"당신을 특수 협박, 살인 미수죄로 현행범 체포합니다."

"죄명 하나 더 추가합시다."

"예?"

"약취 유인 죄."

"아······. 네. 알겠습니다."

할 일을 마친 강현은 미련 없이 몸을 돌렸다. 그가 조금씩 다가온다. 분명 원래의 자리로 되돌아오는 것뿐인데, 이상했다.

마치, 자신을 향해 걸어오는 것만 같아서.

주변이 온통 뿌옇게 보였다. 오직, 차강현. 그 남자만 선명했다. 기이한 현상이라 생각하며, 해성은 손등으로 눈두덩이를 박박 비볐다.

어느새 강현은 바로 앞까지 다가와 멈춰 섰다. 착각이······, 아니었나. 해성은 고개를 들어 멍하니 강현을 올려다보았다.

"말 참 안 들어."

강현이 시니컬하게 말했다.

"목소리는 필요 이상으로 크고."

가까워진 거리에서 은은하게 풍겨 오는 코튼 플라워 향이 코끝을 간지럽혔다. 첫 만남 땐 미처 알아차리지 못했는데, 그의 체취는 숨 막히게 향기로웠다.

"차량 키."

돌려 달라는 뜻인가. 뒤늦게 뜻을 이해한 해성이 서둘러 패딩 주머니를 뒤적거렸다. 두 번 고집부렸다간 제대로 찍히겠지. 해성은 비밀스럽게 꼬옥 말아 쥔 손을 펼치며 순순히 차량 키를 내밀었다.

"여기, 있습니다."

정작 강현은 작은 손바닥에 놓인 차량 키를 물끄러미 내려다보기만 할 뿐, 별다른 말이 없었다. 강현이 시선을 들어 해성을 응시했다.

"춥습니까?"

해성이 커다란 눈을 깜빡였다.

"어제부터 계속 떠네요."

차량 키를 건네받나 싶던 강현은 다시 원래 자리에 차량 키를 돌려놓았다. 해성은 제 손바닥 위에 놓인 차량 키를 얼떨떨하게 바라보았다.

"좀 피곤해서. 가는 길도 부탁 좀 합시다. 운전 잘하던데."

손바닥에 잠시 머무른 그의 손은 쉽게 거둬졌다. 짧았던 접촉의 여파는 강력했다. 과하게 달궈진 심장이 찌르르, 울렸다.

"아……."

가늠할 수 없는 남자였다.

나쁜 건지, 못된 건지, 착한 건지, 다정한 건지. 도무지 분간을 할 수 없다. 그래서 더 헷갈렸다. 그의 행동, 눈빛, 말투까지 전부 다.

혼란스러웠다.

강현은 천천히 해성을 스쳐 지나갔다. 마음 같아선 멀어지는 그를 붙잡고, 어제는 어째서 그런 부당한 처사를 내린 것이었냐고 묻고 싶었다. 하지만 고장 난 입술은 좀처럼 움직일 생각이 없다.

영하의 날씨가 무색해지게 더웠다. 얼른 깨어나라는 듯, 시린 겨울바람이 뺨을 아프게 때렸다.

"팀장님!"

강현이 잠시 걸음을 멈췄다. 여전히 등을 보이고 있는 강현을 향해, 해성은 공손히 허리를 굽혀 인사했다.

"죄송, 아니. 감사합니다. 믿고 맡겨 주셔서."

강현이 싱겁게 웃었다.

"왜 고마워합니까."

"네?"

"미워해야지."

미련하다 꾸짖는 듯했다.

난장판이었던 사건 현장은 조금씩 정리되고 있었다. 무슨 일이 있었냐는 듯 거리는 금세 활기를 되찾았지만 해성은 아니었다.

여전히, 혼란스러웠다.

○ ◎ ●

자정에 가까워진 시각이었다.

팀원 모두가 퇴근한 텅 빈 사무실은 적막했다. 홀로 남아 의자에 몸을 맡긴 강현은 목을 뒤로 젖힌 채 지그시 눈을 감고 있었다.

오랜 시간 떨쳐 내지 못한 깊은 잡념을 끊임없이 되뇌는 사람처럼, 손 끝으로 업무 책상을 의미 없이 탁, 탁 내리치면서.

짙은 어둠과 단절된 고요. 그 속에서 얼마나 더 시간이 흘렀을까.

규칙적으로 책상을 두드리던 손가락이 허공에서 멈추었다. 짧은 고민을 끝내고 다시 책상으로 내려오는 타이밍에 마우스를 툭, 건드리고 말았다.

긴 시간 암전된 모니터가 예민하게 반응하며 번쩍 켜졌다. 강현은 밝은 빛이 눈이 부셨는지 미간을 구기며 눈꺼풀을 밀어 올렸다.

"아……."

짜증 섞인 한숨이 새어 나왔다.

화면엔 KICS(형사사법정보시스템) 홈페이지와 조사 영상이 떠올라 있었다. 강남경찰서 전출이 확정되고 담당 사건들을 인계받은 이후, 질릴 만큼 돌려 본 영상이었다.

언제나처럼, 여고생의 얼굴에서 시선이 멈추었다.

어두운 취조실이 낯설고 두려웠는지 교복 차림의 여학생은 잔뜩 어깨를 웅크리고 있었다. 그럼에도 맞은편의 형사를 잡아먹을 기세로 노려보는 눈빛이 제법 당돌하다.

강현은 익숙하면서도 생소한 여고생의 얼굴을 물끄러미 들여다보며 느리게 손을 움직였다. 스치듯 스페이스 바를 누르자, 여고생의 악 받친 음성이 왈칵 쏟아졌다.

— 내가 왜 여기에 있어야 해요? 여기에 있어야 할 사람은 내가 아니라 그 살인범이잖아요. 우리 집을 불태우고 내 가족을 죽인 그놈은 지금 이 순간에도 멀쩡히 돌아다니면서 또 다른 죄 없는 사람을 죽이고 있을지도 모르는데, 왜!!

이성을 잃고 미쳐 날뛰는 여고생을 보고도 강현의 얼굴엔 그 어떤 감정도 드러나지 않았다. 동정도, 연민도, 찰나의 안타까움도 없었다.
조금은 지루하다는 듯 강현은 손끝으로 관자놀이를 짚고서 재생되는 영상을 싸늘히 흘겼다.

— 학생이 결백한 건 CCTV를 전부 확인한 우리가 더 잘 알아. 너를 용의자라 의심하려는 게 아니야.

담당 형사는 진전이 없는 사건에 상당히 지친 기색이었다.

— 우리가 이곳에 너를 부른 이유는 유일한 현장 목격자가 학생이라서 그래. 학생이 협조해 주면, 범인을 잡는 일이 더 수월해져. 너를 도와주려는 거야. 우리가 그 나쁜 놈 꼭 잡아 줄 테니까……
— 거짓말.

여고생은 두 손을 세차게 말아 쥐며 이를 악물었다.

— 죽여 버릴 거야.

벌겋게 충혈된 눈이 지독한 독기로 일렁였다.

— 그 새끼가 내 가족을 죽인 것처럼. 나도 똑같은 방법으로 잔인하게 죽여 버릴 거야. 수단과 방법을 가리지 않고 찾아내서, 칼로 살을 뚫는 고통이 어떤 건지 느끼게 해 줄 거라고!! 이악!!

영상 속 형사는 적잖은 충격에 할 말을 잃었다.

여고생은 몇 번이고 다짐했다. 살인자가 제 앞에서 무릎을 꿇고 용서를 빌고, 두려움에 몸서리치며 죽어 가는 모습을 봐야만 살겠다고 했다. 사형수가 되어도 상관없다고, 두렵지 않다 말했다.

강현은 그런 여학생이 우습지도 않다는 듯 피식 실소를 흘리며 정지 버튼을 눌렀다.

"어디서 이런 게……."

굴러 들어왔지. 뻔뻔하게.

"어이없네."

생각할수록 헛웃음만 터졌다.

어깨에 이마를 부딪쳤을 때, 멍하니 자신을 올려다보던 여자의 얼굴과 영상 속 여자의 얼굴을 겹쳐 보았다. 분노에 잠식돼 윽박을 내지르며 무너지는 과거의 모습과 침착한 현재의 모습은 전혀 매치가 되지 않는다. 쌍둥이였나, 우습지도 않은 생각이 들 정도로.

뜻하지 못한 장소에서 성숙해진 얼굴을 마주한 순간, 강현은 목구멍이 타들어 가는 기분이었다.

플로랄 향이었던가, 열대 과일 향이었던가. 숨을 들이켤 때마다 호흡기 깊숙이 밀려드는 여자의 체취에 절로 인상이 찌푸려진다.

'저도 형사입니다. 팀장님.'

강현이 한숨 같은 냉소를 흘리며 눈 위로 팔을 올렸다.

10년 전, .열아홉 번째 살인을 마지막으로 서울 동부 연쇄 살인마는 쥐도 새도 모르게 자취를 감췄다.

다른 이에게서 잊히는 건 숨 쉬는 것보다 쉽다. 전 국민을 공포로 몰아넣고, 분노케 했던 끔찍한 사건도 결국 시간이 지나면 연기처럼 희미해진다. 깊은 수면 밑으로 잠잠하게 가라앉는다.

유능한 프로파일러도, 수사관들도 풀지 못한 사건은 결국 미제 편철로 마감되어 창고에 처박혔다.

뿌연 먼지로 뒤덮인 수사 파일철을 꺼내 들게 된 이유는 단순했다.

'강현아. 이젠 너밖에 없다. 나는 아직도 그 애를 볼 낯이 없어. 난 이대로 명예롭게 물러서면 끝이지만 그 애는……. 내가 이렇게 부탁할게. 해결까진 바라지도 않아. 그냥 한 번만 들춰 보기라도 해 줘.'

열여덟. 그 당시 딸과 같은 나이였던 여학생이 눈에 밟힌 건, 어쩌면 당연했을지도 모른다. 하지만.

"예외는 없지."

미안한데, 나는 네가 물러설 때까지 원하는 걸 이뤄 주지 않을 생각이야.

나는 열정도, 정의감도 없으니까.

강현의 어둑한 눈빛이 한층 더 깊게 가라앉았다.

○ ◎ ●

"크으! 완전 제대로였다니까? 그 모습을 니들이 꼭 봤어야 했다. 오, 지져스. 그저, 감탄. 진짜 말이 필요 없었다고. 맞지, 이해성?"

형운은 벌써 같은 말만 정확히 스무 번째 반복하는 중이었다.

해성은 어색하게 웃으며 고개만 끄덕였다. 원형 테이블에 둘러앉은 세찬과 건우는 쪽갈비를 뜯는 것에 집중하느라 실제로 조 경위의 말엔 관심조차 없었다.

집중력을 보인 건 처음 소식을 전해 들었을 때가 전부였다.

1차는 치킨, 2차는 소곱창, 3차는 쪽갈비였다. 지금처럼 호화로운 회식도 이례적이었지만, 허구한 날 피폐한 경찰 조직에 불만을 토로하던 조형운 경위가 태세를 바꾼 것보다 놀랍진 않았다.

형운은 벌겋게 달아오른 얼굴로 열변을 토했다.

"야. 그런 팀장 또 없다. 심지어 발령받고 첫 회식이었는데. 팀원들 불편할까 봐 눈치껏 빠져 주겠다 이거지. 센스 봐라. 덤덤하게 개인 카드 척, 하고 건네주는 거 봤지? 나 그 자리에서 지릴 뻔했잖냐."

세찬이 술병을 집어 드는 형운의 손목을 다급히 잡아챘다.

"그렇게 욕할 땐 언제고. 하여튼, 경위님. 내일 야간 근무라고 너무 무리하시는 거 아닙니까? 우리 지금 소주만 열두 병 깠어요!"

"이 새끼가, 어디서 으른을 막아! 넌 가만 보면 참 위아래가 없어. 썩 그 손 못 치우냐. 엉?"

형운이 입을 열 때마다 독한 술 냄새가 진동했다. 세찬은 손으로 코를 집으며 인상을 찡그렸다.

"어우, 냄새. 그러다 정말 큰일 나도 전 모릅니다."

건우가 절레절레 고개를 흔들며 끼어들었다.

"고작 술 따위로 큰일 날 분이 아니지. 사모님한테 죽도록 얻어맞는다면 또 모를까."

세찬이 그 말도 맞는 것 같다며 수긍했다. 이것들이. 형운이 게슴츠레 눈을 치떴다.

"야, 인마. 니들은 결혼하면 뭐가 좀 다를 것 같지? 아무리 그래도 너희까지 나 무시하지 마라. 상사가 아무리 우스워도……."

쿵! 조형운 경위의 머리통이 테이블 위로 내리꽂혔다. 강한 소음에 주변 사람들의 달갑지 않은 시선이 집중되었다. 세찬과 건우는 고개를 조아리며 대신 사과했다.

"그만 일어나자. 경위님은 우리가 알아서 모셔다드릴 테니까 이해성. 넌 먼저 들어가서 쉬어."

"아니요. 저도 도울게요."

엉거주춤 의자에서 일어난 해성이 곁으로 다가오려 하자, 건우가 단호하게 선을 그었다.

"됐어. 너도 오늘 고생 많았잖아. 사무실에서 농땡이 쳤으면 고민 없이 너한테 미루고 진작 도망쳤다. 진심이야."

취지가 좋았든 나빴든, 해성은 알게 모르게 차별받는 것을 불편해했다. 무시당하지 않기 위해선 같은 일이라도 남경들보다 두 배로 움직이며 사서 고생 해야 겨우 중간 취급이라도 받는 바닥이다. 특히, 강력계는.

건우는 맡아 둔 강현의 신용 카드를 해성에게 내밀며 턱짓으로 계산대를 슬쩍 가리켰다.

"가는 길에 계산만 해 줄래?"

"아, 네. 알겠습니다."

"택시 혼자 잡을 수 있지?"

"그럼요."

해성은 얼떨결에 건네받게 된 신용 카드를 물끄러미 내려다보다, 몸을 돌려 계산대로 향했다. 125,000원. 포스 기계에 찍힌 숫자를 확인한 순간 해성은 덜컥 겁부터 났다.

1차부터 3차까지. 총 삼십만 원을 훌쩍 넘는 금액이었다.

아무리 그래도 이건 너무한 것 같은데. 설마. 팀장님한테 직접 돌려주기 무서워서 일부러 저한테 미룬 건 아니죠, 경사님.

"결제됐습니다. 감사합니다!"

경쾌한 사장님의 인사에 해성은 편히 웃지 못했다. 찝찝한 마음을 뒤로하고 카드를 돌려받았다. 아직도 세찬과 건우는 축 늘어진 형운을 부축하느라 정신이 없었다.

어렵게 눈길을 거두고 가게를 나서려는 때였다. 건너편에서 의경들의 거수경례를 받으며 이제 막 경찰서를 벗어나고 있는 익숙한 얼굴이 보였다.

"아……."

차강현. 그였다.

마침 신호가 바뀌었다. 해성은 이끌리듯 발을 떼어 냈다. 제법 걸음에 속도가 붙자 찬 바람이 사정없이 안면을 강타했다. 아슬아슬 깜빡이는 신호가 빨간불로 바뀌기 바로 직전에 겨우 길을 건넌 해성이 그의 앞에서 멈춰 섰다.

가쁜 숨을 몰아쉬며 고개를 들자 무감하게 자신을 내려다보는 그의 얼굴이 눈에 담겼다.

"뭡니까."

"이거, 돌려드리려고."

강현의 고개가 약간 기울어졌다.

"지갑?"

급한 나머지 덜컥 지갑부터 내밀고 말았다. 해성이 허우적거리며 지갑을 열었다. 얼마나 당황했는지 몇 번이나 손이 미끄러졌다. 해성은 간신히 빼어 든 그의 신용 카드를 두 손으로 공손히 내밀었다.

"죄송합니다. 정신이 없어서."

"많이 마셨습니까."

"저는 한 잔도 안 마셨습니다."

"그런 것치고는 얼굴 상태가."

말을 멈춘 강현은 손등으로 뺨을 문지르는 해성을 가만히 응시했다. 영하의 날씨가 무색하게 해성의 얼굴은 발그스름 달아올라 있었다.

"쫓기는 사람처럼 달려오던데."

지켜보고 있었나. 화끈거리는 열감이 생각보다 뜨거워, 해성은 무의식적으로 흠칫거렸다.

"아니면, 쫓는 쪽이었나?"

"걸어왔습니다. 아마, 식당이 더워서 그런 것 같습니다."

"아, 더워서."

단정한 음성이었지만 일부러 놀리는 것처럼 들렸다. 별게 다 꼬여 보인다. 슬며시 올라선 그의 입꼬리가 괜히 괘씸해, 해성은 확실히 강조했다.

"네. 온풍기 때문에."

거짓된 속내는 강현에겐 너무 쉽게 보였다. 그의 눈썹이 어렴풋 치솟았다.

"알겠어요."

그의 기다란 손가락이 카드 끝에 닿았다. 강현은 카드를 마주 잡은 채로 빤히 해성을 들여다보았다.

"작정하고 긁은 건, 복수?"

"그건······!"

억울함에 언성이 불쑥 높아졌다. 하지만 해성은 차마 아니라고 말할 수 없었다. 핑계 대고 싶지 않았다. 그건 조금, 졸렬해 보이니까.

"농담입니다."

강현이 살짝 손에 힘을 주어 당기자, 카드는 허무하게 주인의 품으로 넘어갔다.

"들어가요."

"······네. 내일, 뵙겠습니다. 경감님."

강현이 조금 멈칫했다. 아마, 바뀐 호칭 때문일 것이다. 반응을 살피며 해성이 조심스레 입을 열었다.

"경감님께서 팀원으로 받아 주실 때까지 더 열심히 할 겁니다. 저."

강현이 느릿하게 입술을 움직였다.

"나한테 인정받을 때까지, 이해성 씨도 나를 팀장으로 인정하지 않겠다. 뭐, 그 비슷한 맥락인가?"

해성은 대답이 없었다. 강현이 기막히다는 듯 웃었다.

"일종의 경고였다면 유치하긴 해도 열심히 머리 굴린 결과치고는 나름 신박한데."

그의 얼굴에 희미하게 묻어난 웃음기가 싹 가셨다.

"좀 건방져."

부드러운 질책은 뾰족한 창이 되어 가슴에 꽂혔다.

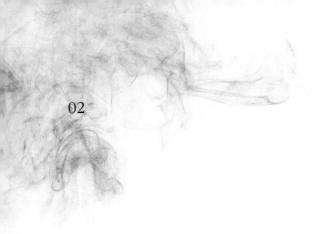

02

어렸을 적 즐겨 보던 형사물의 소설책 주인공들은 늘 바빴다. 눈만 떴다 하면 살인 사건이 터졌고, 형사들은 범인을 잡으러 뛰어다니느라 정신이 없었다.

소설과 현실 사이의 괴리가 크다는 것을 깨닫게 된 건 경찰 공무원 시험에 최종 합격 한 뒤였다.

지구대에서 근무하는 동안, 살인 사건은 단 한 건도 떨어지지 않았다. 주취자, 영업 방해, 시비, 교통사고 신고가 대부분이었고, 비교적 큰 사건은 강도나 가정 폭력, 자살과 데이트 폭력 신고가 전부였다.

그래서 강력계에 지원했다. 그럼 조금이나마 더 가까워질 줄 알았다. 사건의 전말과, 가족을 살해한 살인자를 찾을 수 있을 거라 생각했다. 하지만, 전부 착각이었다.

'연쇄 살인이요? 에이, 영화도 아니고 무슨. 그, 10년 전 사건 알죠? 일반 살인이라면 모를까 연쇄 살인은 그때 이후로 한 건도 없었어요. 개인적으로 전 평생 안 떨어졌으면 좋겠네요. 끔찍하잖아요.'

강력계 첫 출근 날. 연쇄 살인 사건이 발생하는 평균 수치를 물어봤을 때 세찬은 그렇게 대답했다.

평생 안 떨어졌으면 좋겠다고.

그 말을 듣고 해성은 웃을 수도, 그렇다고 울 수도 없었다.

가족을 살해한 살인범을 잡기 위해선 그때와 비슷한 범행 방식의 살인 사건이 터져야 하는데, 그렇게 되면 자신처럼 괴로움에 몸서리칠 또 다른 피해자가 생긴다.

살인범이 나타나길 간절히 바라면서도 무사히 지나간 하루에 가슴을 쓸어내리는 이중적인 마음을, 아직도 이해할 수 없다.

포기한 건 아니었다.

경찰서 강력계에 발령받은 이후, 해성은 매일 30분 일찍 출근했다. 사건 수사 파일이 보관되어 있는 곳을 찾기 위해서.

물론 경찰들이 이용하는 KICS가 있지만, 어디까지나 사건 보고서를 올리는 용도였다. 본인이 맡았던 수사 기록만 확인할 수 있기에 결국 직접 보관실을 찾아가는 방법이 최선이었다.

하지만 그마저 쉽진 않았다.

"아휴, 또 오셨네. 몇 번을 사정하셔도 안 됩니다. 승인받고 다시 오세요."

직원은 절대 안 된다고 했다.

"정말 안 될까요? 중요한 건데."

남자가 푹 한숨을 내쉬었다.

"제가 된다고 해도 방법이 없어요. 다 아실 만한 분이 왜 이러실까.

저쪽부터 여기까지 설치된 CCTV만 무려 열두 대예요. 열두 대."

남자는 답답하다는 듯 호소했다.

"게다가 출입 승인 카드는 팀장급 이상 분들만 갖고 있고요. 그분들도 출입 시엔 결재 올려야 돼요. 그렇게 급한 일이면 팀장님한테 부탁하시면 되잖아요. 매번 이런 식으로 찾아오시면 제 입장도 곤란합니다."

차강현이 퍽이나 허락해 주겠다.

'좀 건방져.'

다시 떠오른 냉담한 그 음성이 심장을 꾹 짓눌렀다.

전 팀장님이 퇴임하기 전에 왔어야 했다. 조금만 더 빨랐다면. 최소한 팀장이 차강현만 아니었더라면 이토록 무력하진 않았을 텐데.

몰라서 이러는 게 아니었다. 오늘은 혹시나 싶은 마음이었지만 오늘도 역시나 별다른 수확 없이 걸음을 돌려야 했다.

담당 사건이 아니라면 같은 경찰 직원이라도 무분별한 사건 공유는 불가하다. 범행 수법이나 조사 과정, 수사 기록이 외부로 노출되는 것을 막기 위함이었다.

알고 있는 정보라고는 유가족 신분이었을 때 들었던 기본적인 수사 결과와 동부 연쇄 살인 사건이 강남경찰서로 인계되었다는 것. 그리고 강력 2팀의 김태수 형사가 사건을 맡았었다는 것뿐인데.

"……봤을까?"

김태수 팀장이 정년 퇴임 했으니, 사건은 그의 자리를 대신할 차강현에게 인수인계되었을 것이다. 문제는 차강현이 그 사건을 언제 확인하는가, 인데. 미제 사건이 한두 건도 아닐 거고, 적다 하더라도 급한 사건이 우선시되면.

그 기간은 보장할 수 없다.

"하……."

없던 두통이 일었다.

차강현은 결코 사정을 봐줄 남자가 아니다. 쉬웠다면 지금처럼 고민할 필요도 없을 테니까.

강력 2팀 사무실 앞에 다다른 순간, 해성이 멈칫했다.

"선배! 무슨 생각을 그렇게 해요. 몇 번을 불렀는데 들은 척도 안 하고. 어젠 집에 잘 들어가셨어요?"

등 뒤에서 이제 막 출근한 세찬이 반갑게 인사를 건넸지만, 해성은 꼼짝할 수 없었다.

"왜 이렇게 기운이 없어 보여요? 오늘 야간 근무라 그런가?"

세찬의 재촉이 멀게 느껴졌다.

활짝 열린 사무실 문 너머로 정중앙 자리를 차지한 차강현이 보인다. 한창 업무를 보는 중이었는지, 사뭇 집중한 표정이었다.

"아……."

왜 거기까지 생각을 못 한 걸까.

따가운 눈길을 느낀 듯, 모니터에 고정되어 있던 그의 시선이 천천히 위로 향했다. 어둑한 눈동자가 직선적으로 날아들었을 때 해성은 확신했다.

봤다.

그날의 사건을.

차강현은, 이미 알고 있다.

심장이 꽈악 조여들며 피가 빠르게 돌았다. 시간이 어떻게 흘렀는지 기억나지 않을 만큼 머리가 어지럽고, 먼지가 들어간 것처럼 부릅뜬 눈이 따가웠다.

차강현은 전부를 알고 있었다.

그럴 확률이 높았다.

첫 만남부터 이상했다. 꿰뚫듯 얼굴을 들여다보던 집요한 시선이나, 무례함을 무릅쓰고 경찰증을 잡아채던 것. 그리고 다짜고짜 이유도, 명분도 없이 사건 배당에서 제외하겠다는 발언까지.

이해할 수 없던 말들이 하나씩 납득되기 시작했다.

'흔한 이름이네.'

짧은 비웃음.

'난 단순히 이해성 씨 자체가 마음에 안 들었던 것뿐인데.'

한심함이 묻어난 말투.

'적당히 놀다 가요. 가능하면, 조용히.'

여자라서가 아니었다. 그는, 자신이 10년 전 서울 동부 연쇄 살인 사건의 피해자 유가족이었기 때문에 기피한 것이다.

'언제 터질지 모르는 시한폭탄 떠안고 싶지 않아요. 어린애 돌보는 취미는 더욱 없고. 알다시피 겹직은 불법이니까.'

피해자 유가족이 경찰이 될 수 없단 법은 없다. 해당 사건을 담당하면 안 된다는 수칙도 없다.

대외적으로 문제 될 건 없었다.

그렇다면 왜. 그는 어째서.

'경찰, 왜 됐지?'

그런 질문을 했던 걸까.

전부를 알고 있다면, 굳이 묻지 않더라도 직감할 수 있었을 텐데.

아니.

"……조롱, 이었나."

그는 매너 있게 비웃은 것이다.

치욕스러웠지만 힐난할 수 없다. 당신이 무슨 자격으로 나를 모욕하는 것이냐고 따져 물을 수 없다.

다시 그때로 돌아간다 해도, 자신 있게 반격하지 못할 것이다. 그날처럼 똑같이. 머뭇거리고 황당해하다 입을 다물고 말겠지.

나는, 열정적이지도 정의롭지도 못한 대한민국 경찰이니까.

해성이 천천히 고개를 들었다. 벽면에 걸려 있는 시계의 초침은 새벽 4시를 가리키고 있었다.

"벌써……."

사무실은 적막했다.

조형운 경위와 세찬은 배당받은 사건을 조사하러 외근을 나간 상태였고, 박건우 경사는 숙직실에서 잠시 눈을 붙이고 있다. 얼이 빠져 있는 사이 차강현 팀장은 잠시 자리를 비운 듯했다. 결국 사건 배당에서 일방적으로 제외당한 해성 혼자 사무실을 지켰다.

평소 같았다면 사무친 억울함에 어쩔 줄 몰라 하며, 뭐라도 해 보려 시도했겠지만 지금은 달랐다. 기력이 쑥 빨려 나갔다.

시계에서 눈을 떼려는데, 이번엔 그 옆에 붙어 있는 액자가 눈길을 붙잡았다.

하얀 종이엔 정갈한 붓질로 교훈이라 쓰인 한자가 박혀 있었다.

〈敎訓〉
知德, 正義, 垂範
지덕, 정의, 수범

고작 글자일 뿐인데, 사정없이 가슴을 난도질당한 기분이었다.

너 따위가 감히 그 자리에 앉아 있을 수나 있겠냐고.

대체 무슨 자격으로. 뻔뻔하게.

질타하며 묻는 듯했다.

저절로 손에 힘이 빠졌다. 그 사이로 꽉 쥐고 있던 경찰증이 툭, 발끝에 떨어졌다.

"아……."

차강현. 그의 것이었다. 언제 돌려줘야 하나 고민만 하다 끝내 전해 주지 못했던.

해성은 천천히 허리를 숙여 경찰증을 주워 들었다. 도무지 마주 볼 용기가 나지 않았다. 떨어지지 않는 걸음을 억지로 움직여 그의 자리로 다가갔다. 책상 위에 조심히 경찰증을 올려 두었을 때, 해성은 다른 의미로 위기를 느꼈다.

모니터는 켜져 있었다. 비밀번호도 걸려 있지 않았고, 심지어 화면에 떠올라 있는 KICS 홈페이지와 개인 이메일까지 전부 그의 아이디로 로그인되어 있었다.

마치, 직접 열어 확인해 보라는 듯.

"이게 대체."

그의 치밀한 성격상 이런 허무한 실수는 결코 용납될 수 없는 것이었다. 일부러 그런 걸까.

악마의 속삭임은 혀가 문드러질 정도로 달았다. 아무도 없는 사무실에서 몰래 찾아볼 수 있는 기회였다. 일반인, 피해자 유가족 신분이었을 땐 차마 이해하지 못했던 것들을 전부 들여다볼 수 있다.

보다 상세한 수사 과정, 용의자로 지목된 사람들을 조사한 영상들, 증거 물품과 부검 결과까지.

"하……, 미치겠다. 진짜."

자신뿐만 아니라 동부 연쇄 살인으로 피해를 입었던 다른 피해자의 것들도 포함해서 말이다.

심장이 당장이라도 터져 나갈 것처럼 쾅쾅 요동쳤다. 죄를 짓기 전 심정이 이런 것일까. 극도의 긴장감에 손끝이 떨리고, 솜털이 삐죽 경기를 일으켰다.

마우스에 손을 올릴까, 말까. 수백 번 고민하며 입술을 잘근 씹었다. 선택의 기로에 놓였는데, 양심은 서로 다른 방향으로 해성을 몰아세웠다.

봐도 돼. 보면 안 돼.

해성은 질끈 눈을 감으며 손을 들었다. 그리고 생각했다. 어떤 선택을 하든, 두고두고 뼈저리게 후회할 것이라고.

그때, 똑똑. 손등으로 문을 두드리는 둔탁한 소음이 넘어왔다. 덜컥. 심장이 떨어졌다.

"기다리기 지루해서 그러는데."

해성의 눈이 잘게 흔들렸다.

"들어가도 됩니까."

마치, 처음부터 지켜봤다는 말투였다. 네가 지금껏 어떤 생각을 했고, 무슨 고민을 했고, 그에 따른 선택과 결정이 무엇이었는지.

시험했고, 증명받았다는 듯.

먹잇감을 노리는 짐승의 고요한 눈과 마주하게 된 지금. 해성의 등줄기로 식은땀이 주륵 흘렀다.

"그런 배포로. 무슨 형사를 하겠다고."

느린 걸음으로 다가와 곁에 멈춰 선 강현이 부드럽게 웃었다. 고요한 시선이 슬쩍 아래로 낮춰졌다.

"기회를 줬으면."

강현의 커다란 손이 가느다란 손목을 덮듯 그러쥐었다.

"득달같이 달려들었어야지."

강현이 약간 힘을 주자, 모니터 전원 버튼을 누르고 있던 해성의 손이 허무하게 아래로 떨어졌다.

"미련하네. 이해성 씨는."

기대와 달랐던 선택이 진심으로 아쉽다는 얼굴이었다.

차강현은.

너무 놀라 말도 나오지 않았다.

충분히 각오했다고 생각했는데, 후회는 예상보다 빨리 찾아왔다.

해성의 선택은 전원 버튼을 눌러 모니터를 꺼 버리는 것이었다. 끝내 확인하지 못했고, 찾아보지 않았다. 칭찬까진 바라지도 않았다. 적어도 질타나 비난받을 행동은 아니었다고 생각했다.

하지만 곧게 와 닿는 강현의 시린 눈빛은 냉철히 지탄하는 듯했다. 묵직하게 짓누르는 공기의 압력에 당장이라도 죄송하다 말하며 고개를 숙여야 할 것 같았다.

죽을죄를 지은 기분이었다.

혹시, 봤다고 오해했으면 어쩌지. 터져 나갈 듯 쿵쾅거리는 심장 소리를 들키지 않으려, 해성은 가까스로 크게 숨을 들이켰다.

"아무것도 보지 않았습니다."

"음?"

"경찰, 경찰증을 돌려드리려고 했던 것뿐입니다. 다른 의도는, 없었습니다."

반은 거짓이고, 반은 진실이었다.

해성은 자신이 말을 더듬는지도 모를 만큼 지나치게 당황한 상태였다. 몇 번이나 마른침을 삼켜 봐도 입안이 텁텁했다.

"의도."

강현이 나직하게 중얼거리며 의미 모를 미소를 그렸다.

알 수 없는 긴장감에 목구멍이 닫히고 손끝이 잘게 경련했다. 꽉 맞잡은 해성의 두 손을 가만히 응시하던 강현이 시선을 올렸다.

"보라고 기회를 준 건데."

강현이 손가락을 세워 책상에 놓인 경찰증을 천천히 훑어 내렸다. 그 느린 손길이 목을 꽉 옥죄는 것만 같아 숨통이 막혔다.

"왜 줘도 못 찾아 먹습니까."

차가운 눈매가 길게 가늘어졌다.

"직접 입에 물려 줘야 먹나?"

직선을 타고 흐르던 기다란 손가락이 경찰증 끝에서 멈추었다.

언젠가, 그런 글을 본 적이 있다.

넓은 들판에 자유롭게 방생해 길러진 초식 동물은 풍족함에 살집이

오르고 경계심이 흐려진다. 그 순간을 놓치지 않고 덫을 놓는다.

초식 동물에게 가장 위협이 되는 존재는 호랑이도, 사자도 아니다.

덫에 물려 헐떡거리는 초식 동물. 진한 피 냄새를 맡고 몰려드는 육식 동물. 그리고 그 모든 상황을 지켜보며 고요히 총구를 겨누는 인간. 먹이 사슬 최상위층에 존재하는.

사냥꾼.

처음엔 그가 날카로운 이빨과 손톱을 감춘 채 먹잇감을 노리는 흑표범 같다고 생각했지만, 착각이었다. 그는, 기회를 노렸다가 포식자인 육식 동물마저 무참히 쏴 죽이는 사냥꾼이었다.

차강현은 위험하다.

해성이 간신히 목소리를 짜냈다.

"제게 무슨 말씀을 하고 싶으신 건지, 잘 모르겠습니다."

검은 눈동자가 노골적으로 비웃는 듯하다.

"눈치가 아예 없는 것 같지는 않은데, 거짓말엔 서툴러 보이고. 계산은 빠른 것 같은데, 미련하고."

강현의 입매가 희미하게 올라섰다.

"목표가 분명하면 수단과 방법을 가리지 않고 달려드는 배포라도 있어야 하는데, 이해성 씨는 상황 분간 못 하고 망설였지."

강현은 집요했다. 해성의 행동 하나하나를 정확히 짚어 가며 보란 듯이 희롱했다.

"잡아먹히기 쉬운 타입이야."

강현은 책상 구석에 차곡차곡 쌓여 있는 서류를 손등으로 툭툭 두드리며 말했다.

"누구처럼."

해성의 눈길이 느릿하게 움직였다. 검은색 파일철에 가려져 있어 비록 문구는 잘 보이지 않았지만 어림잡아 직감할 수 있었다.

그토록 간절히 찾아 헤맸던, 보관실에서 가져온 서울 동부 연쇄 살인 사건의 수사 파일일 것이라고.

놀리는 걸까, 즐기는 걸까.

강현이 슬쩍 눈썹을 만지며 고개를 들었다.

"뭐 하나만 물어봅시다."

해성이 불안하게 떨리는 눈으로 강현을 바라보았다.

"후련할 것 같아요?"

"……."

"다른 의도 없이 묻는 겁니다. 순순하게, 이해성 씨 주관적인 견해가 궁금해서."

불분명한 서술이라, 해성은 선뜻 대답할 수 없었다. 이 또한 시험일지 모르니 신중해야 했다.

"난 더럽게 열받던데."

오랜 기억을 회상하듯, 강현이 쓰게 대꾸했다.

"이봐요, 이해성 씨."

"네, 경감님."

"뭐든 용기가 있어야 시도라도 해 볼 수 있는 겁니다. 물론, 그중엔 복수도 포함이고."

금기시되었던 단어가 강현의 입에서 아무렇지 않게 흘러나오자, 해성의 눈이 크게 떠졌다.

"상대는 연쇄 살인범인데, 고작 나한테 쫄아서 뭘 어쩌겠다고."

비아냥거리는 말투였다. 꽉 말아 쥔 주먹이 볼품없이 퍼들거렸다. 해성은 질끈 눈을 감았다 떴다.

"상황이 상황인 만큼 충분히 오해하실 수 있다고 생각합니다. 그 부분은 변명하지 않겠습니다."

입술을 자근 씹는 해성을 보며, 강현이 느긋하게 팔짱을 끼었다.

"계속해요."

"이런 식의 조롱은 불쾌합니다."

강현은 약간 미간을 찡그리나 싶더니, 이내 피식 웃었다.

"응. 나도."

무심한 눈을 마주한 순간, 해성은 본능적으로 위기감을 느꼈다.

"이해성 씨를 보고 있으면 불쾌해."

어느 정도 인지하고 있었지만 두 번의 확인 사살은 조금, 아렸다.

"참을 수 없을 만큼."

좋아하던 남자에게 대차게 차인 것도 아닌데. 누군가 나를 싫어한다는 사실이 이토록 아픈 것이었나. 새삼 실감했다.

그의 말처럼 자격 미달이었다.

자신은 이유 없이 억울하게 살해당한 피해자의 유가족이었고, 그 옹졸한 감정을 이기지 못해 형사가 되었다. 시민을 지키고자 시작한 일이 아니다. 복수를 꿈꾸며 벌레처럼 서서히 악을 좀먹고 자랐다.

언젠가 살인범과 대면하게 되는 순간이 오면 수갑 대신 대가리에 총을 겨누고 싶었다.

삼시 세끼 영양을 골고루 갖춘 음식을 먹고, 두 다리를 쭉 뻗고 쉴 수 있는 교도소가 그의 최후선 안 된다.

차강현이 조사 영상을 봤다면 분명 느꼈을 것이다. 형사가 될 자격이 없다고. 이상할 건 조금도 없었다.

그때도, 지금도 같은 마음이니까.

오랜 시간 살인으로 복수를 다짐한 너는, 그 잔혹한 연쇄 살인범과 다를 게 없다고. 손가락질하며 힐난한다 하더라도 할 말이 없다.

이해도, 납득도 된다. 자신은 강력 2팀에 소속되었지만 마지막엔 가장 큰 위험을 가져올 존재였다.

동료들에게 피해를 입힐 수도 있고, 개인적인 감정과 분노에 잡아먹혀 기껏 쌓아 올린 전부를 허무하게 무너뜨릴 수도 있다.

어디로 보나 차강현이 내비치는 감정은 설득력 있고 이성적이었다.

안다. 전부 알고 있다. 그런데.

그럼에도 아팠다. 억울했다.

"……제가, 그렇게 싫으신가요."

알면서, 다시 확인받으려 하는 미련함을 이해할 수 없다.

강현이 어이없다는 듯 웃었다.

"내가 이해성 씨를 싫어합니까?"

그걸 왜 나한테 물어 미친놈아.

해성은 목구멍 끝까지 치솟은 말을 겨우 억누르며 이를 악물었다.

"싫다고 하셨잖아요."

"아니. 마음에 안 든다고 했지. 불쾌하다 했고."

그거나, 이거나. 지금 장난칠 때인가. 속이 부글부글 끓었지만 해성은 침착하게 말을 정정했다.

"마음에 차지 않는 부분이 있다면 말씀해 주세요. 시정하겠습니다."

어떻게든, 이곳에서 버텨야 한다.

잔뜩 경직된 해성을 향해 강현이 못마땅한 투로 물었다.

"마음에 들지 않는다는데 이유도 필요합니까?"

"말씀, 해 주세요."

"말해 주면, 고칠 수는 있고?"

"노력해 보겠습니다."

"노력으로 될 수 있는 영역이 아닐 텐데."

말 한번을 지지 않는 해성이 귀찮단 기색이 다분했다. 강현은 눈매를 조금 찡그리고 해성을 내려다보았다.

잠시 뜸을 들이며 한숨을 밀어 내고는 천천히 입을 열었다.

"예전의 누굴 보는 것 같아."

깊게 잠긴 음성이 건조하다.

"그래서 불쾌해. 이해성 씨를 보고 있으면."

혼란스럽고 이해하기 힘든 이유였지만, 뭐가 됐든 결국 싫다는 것이다.

가슴이 답답했다. 돌아온 대답은 존재 자체를 부정하고 싶단 의미였으니까.

해성은 바닥에 시선을 처박고서 기어들어 가는 음성으로 웅얼댔다.

"만약, 제가 형사가 아니었다면."

열여덟. 그 이후, 결핍된 애정에 끊임없이 괴로워했다. 매 순간이 사무치게 외롭고, 그립고, 쓸쓸했다.

자칫 경계를 풀었다면 주변 사람들에게 구걸했을지도 모른다. 나를 좀 더 예뻐해 달라고, 사랑해 달라고. 잘못된 집착이 혹여나 그들에게 불편한 부담으로 전해질까, 차마 다가가지 못했다. 솔직하게 터놓을 수 없었다.

"그럼……. 도와주셨을 건가요."

관심을 원하지 않았기에, 미움받은 적 또한 없었다. 그런데 싫다고 했다. 예전의 누구를 보는 것 같아서.

"아니."

그는 해성의 눈을 똑바로 바라보며 말했다.

"그냥 스쳐 지나갔겠죠."

강현이 바지 뒷주머니에서 무언가를 꺼내 들었다. 강현의 손에 들린 것은 익숙했다. 휴대폰. 해성의 것이었다.

왜 저게 차강현의 손에 있는 걸까. 잃어버린 줄도 몰랐다. 정신이 없어서.

해성이 휴대폰을 건네받기 위해 손을 뻗었다. 액정에 손끝이 닿기 직전, 강현이 팔을 접어 올렸다.

"번호 뭡니까."

"⋯⋯예?"

팀원 번호는 굳이 묻지 않더라도 비상 연락망을 확인하면 쉽게 알 수 있을 텐데. 해성은 얼떨떨하다는 듯 눈을 깜빡였다.

"번호, 뭐냐고."

거침없이 달려드는 강렬한 시선을 피할 수 없었다. 마주 본 상태로 얼마나 더 시간이 흘렀을까.

"물어보면서 수작을 걸었다면 모를까. 도와주진 않았을 겁니다."

멎었던 숨이 훅 토해졌다. 보기 좋게 놀아난 거다.

"왜⋯⋯."

나한테 왜 이래요. 진짜. 따져 묻는 눈빛에 그제야 강현이 비식거리며 팔을 내렸다. 해성의 손바닥 위에 휴대폰을 놓아 주며 느릿하게 입을 열었다.

"사람들은 세상에서 자신이 가장 불행하다 생각해. 왜 하필 나한테 이런 일이 생겼을까. 자책하고, 원망하지. 많게는 하루에도 수십 명이 이곳을 찾아와. 예의도 순서도 없이. 내 사건부터 먼저 수사해 달라며 윽박을 지르고 사정하는데, 골이 다 흔들릴 지경이야."

강현의 눈빛은 손에서 느껴지던 체온만큼이나 서늘했다.

"사건 조사하러 다닐 때마다 그 사람들이 이해성 씨 곁에 붙어서 쫓아다닌다고 생각해 봐. 얼마나 끔찍해. 안 그래요?"

부정할 수 없지만 적잖은 충격에 시간이 멈춘 듯했다. 끔찍하다니.

"그래도 포기 못 하겠으면."

강현의 눈이 어둡게 가라앉았다.

"그 겁 없는 사상부터 뜯어고쳐."

휴대폰을 쥔 해성의 손이 스르륵 힘없이 떨어졌다.

"그럼 혹시 또 모르지."

강현이 이어 말하려는 순간, 사무실 문이 활짝 열렸다. 세찬이었다.

"팀장님. 이번 묻지 마 폭행 사건 말인데요. 팀장님 말씀이 맞았습니다. 포차 술집 뒤편 주차장 CCTV에서 증거 영상 확보했습니다."

다급한 보고에 강현이 고개를 작게 끄덕였다.

"교대하고 올라가서 쉬어요."

강현은 뒤도 돌아보지 않고 넓은 보폭으로 멀어져 갔다.

강현은 경찰서 출입문 앞에 멈춰 서서 세찬이 건네준 휴대폰 액정을 유심히 들여다보았다.

재생되고 있는 18분짜리 영상은 강남역 근처 술집 뒤편의 주차장 CCTV 녹화본이었다.

긴 영상을 처음부터 끝까지 수차례 돌려 보았고, 이번이 일곱 번째였다. 남자들의 얼굴을 자세히 확인하려는 듯, 강현이 일시 정지 버튼을 눌렀다. 화면 위에 손가락 사이를 넓게 벌려 확대했지만 증거가 되기엔 애매했다.

"얼굴 식별이 안 되는데."

CCTV는 밤이 되면 자동으로 흑백 처리가 된다. 그 사실을 감안하더라도 너무하다 싶을 만큼 형체를 알아볼 수 없었다.

세찬이 한숨을 내쉬었다.

"CCTV 자체가 오래된 구식 제품이랍니다. 이것도 그쪽 술집 사장이 영장 받아 오라는 거 겨우 어르고 달래서 확인한 거고요."

5명의 남자가 여자 한 명을 단체로 구타한 사건이었다. 피해자만 벌써 4명이 나왔고, 전부 다음 날까지 의식이 없었다.

갈비뼈와 어깨 골절. 신체 곳곳에 타박상과 심한 상해를 입었고 이번 피해자는 안구 함몰까지 포함되어 전치 5개월을 진단받았다. 감식 결과 체내에서 정액은 발견되지 않았지만, 그 대신 약물 복용이 확인되었다.

"이 새끼들 여자한테 피해 의식이라도 있나 봅니다. 그게 아니고선 20대 여성만 노릴 리가 없잖습니까. 생각할수록 괘씸하고 비열한 놈들이에요. 어떻게 정신도 못 차리는 여자를 상대로 남자 5명이서……."

"김세찬 순경."

단호히 말을 끊어 낸 강현이 세찬에게 휴대폰을 돌려주며 턱을 들었다.

"CCTV 영상 원본, 내일 아침까지 국과수에 전달해서 화질 복원 의뢰해요."

"소요 시간이 예정보다 더 길어지면 어쩌죠. 어떻게, 가서 급하다고 사정이라도 해 볼까요? 피해자들이 한두 명도 아니고, 지금쯤이면 기사 나가서 꽤 이슈도 됐을 텐데."

"그건 국과수에서 결정할 일이고. 우리는 우리가 할 일만 하면 되는 겁니다."

강현은 오싹하리만큼 이성적이었다. 피해자에 대한 걱정은 안중에도 없다. 뼈가 시릴 정도로 차가운 겨울 같은 남자라고, 세찬은 생각했다.

"폭처법(폭력 행위 처벌에 관한 특례법 위반)에 의한 공동 상해면 못해도 2주안에 나올 겁니다. 국과수, 과학수사팀에서 현장 감식 결과 나오는 대로 피의자 특정되면 출석 요구서 보내요."

그저 본인이 맡은 일만 처리하겠다는 식이었는데, 그것이 새로운 팀장님의 방식이라면 이유를 불문하고 따라야 했다.

"아……, 예. 알겠습니다."

세찬은 멋쩍게 웃으며 휴대폰을 건네받았다. 일단 알겠다고는 했지만 마음이 무거웠다.

오늘 아침, 병원에 입원한 피해자를 만나고 왔다. 묻지 마 폭행을 당한 여성은 엉망이 되어 버린 자신의 얼굴에 좌절했고, 여자의 부모님은 제발 한시라도 빨리 범인을 잡아 달라며 애원했다.

한창 꽃필 시기인 나이였다. 보복을 당할까 두렵다며 오열하던 피해자의 얼굴이 아른거렸다. 당장 대학교를 다녀야 하는데 막막하다 말하는 피해자에게 세찬은 그 어떤 확신도 전할 수 없었다.

세찬은 근심으로 일그러진 얼굴을 감추고자 했는지, 푹 고개를 떨궜다. 강현이 무뚝뚝하게 물었다.

"근무한 지 얼마나 됐습니까."

"강력계는 1년 좀 넘었습니다."

"한창 발랄할 시기네."

강현이 비웃듯 짧게 웃었다.

"피해자한테 감정 이입 하는 거, 적당히 조절하는 법부터 배워요. 나중에 피 보고 싶지 않으면."

"아……."

세찬은 강현이 하는 말의 의미를 어렵지 않게 이해할 수 있었다. 형사가 피해자의 감정에 과하게 몰입하는 것은, 의사가 환자에게 감정 이입을 하는 것만큼이나 위험한 일이었다.

들끓는 정의감을 이기지 못해 앞서게 되면, 상황을 분간하는 능력이 흐려진다. 판별력 또한 마찬가지였다.

감정 이입을 하지 말라는 뜻이 아니다. 적당히 조절하라는 것이다.

분명 걱정되는 마음에 전하는 조언일 뿐인데, 염세적인 투로 들렸다면. 그건 착각일까.

복잡한 머릿속을 환기시키듯 강현이 먼저 몸을 돌렸다.

"그만 퇴근해요."

"네? 아직……."

"하세요. 나머지 팀원들도 현장에서 바로 퇴근하라 전해 주시고."

어느덧 날이 밝아 오고 있었다. 검푸른 어둠이 서서히 물러가자, 하루의 시작을 알리는 소음들이 하나둘씩 깨어났다.

버스 배기음 소리, 질주하는 오토바이 소리, 근처 신축 빌라 건설 현장에서 공사를 재가동하는 소리.

누군가의 밤을 지켰고, 쫓았으며, 놓쳤던. 누군가에겐 반드시 필요한 존재였고, 또 다른 누군가에겐 없는 것만도 못한 원망스러운 존재였던.

경찰들이 아주 잠시 쉴 수 있는 시간이었다.

○ ◎ ●

단단히 뭉친 뒷목을 한 손으로 주무르며 사무실 문을 열었다. 발을 떼어 내리는 순간 강현은 잠시 주춤했다.

"끝까지 고집은."

해성은 자리에 앉아 꾸벅꾸벅 고개를 떨어트리며 졸고 있었다. 강현이 슬며시 눈을 찡그렸다.

시위라도 하고 싶은 건가.

강현은 해성에게서 시선을 떼고 사무실을 가로질렀다.

자리에 앉자마자 피로에 젖어 녹진해진 한숨이 쏟아졌다. 무려 48시간 동안 눈을 뜨고 있었으니 지칠 수밖에 없었다.

아직 처리하지 못한 서류를 훑으며 다시 업무에 집중했다. 어딘가 달라진 풍경을 느낀 건, 일전의 인질극 참고인 진술 조서를 집어 든 때였다.

"……."

주변은 깨끗하게 정리되어 있었다. 책상 위에 규칙 없이 어질러진 서류들이나, 빈 컵들까지 싹 정리되었다. 강현의 자리뿐만이 아니었다. 다른 팀원들 자리도 마찬가지였다.

강현은 들고 있던 서류를 조용히 내려 두고, 시선을 옮겼다.

해성의 자리엔 범죄수사학 책이 펼쳐져 있었다. 배당받은 사건이 없으니 빈 시간 동안 공부를 하며 시간을 보낸 모양이다.

"아, 팀장님. 아직 계셨네요."

세찬이 조용히 문을 열고 사무실로 들어섰다. 혹시나 해성이 깰까 싶었는지 조심히 걷는 모습은 하루 이틀 일이 아닌 것처럼 보였다.

"가방 가지러 왔습니다. 업무에 방해가 됐다면 죄송합니다."

세찬이 작게 속삭이며 고개를 꾸벅거렸다. 강현은 해성에게 눈을 떼지 않은 채 대답했다.

"괜찮아요."

"저, 팀장님."

무표정한 얼굴로 해성을 건너다보는 강현의 눈치를 살피며, 세찬이 어렵게 말을 꺼냈다.

"이 경장님, 되게 열심히 하세요. 당직 때 쉬는 모습은 거의 본 적이 없을 정도로요. 무엇보다 업무 처리도 되게 빠르고, 완벽하시거든요. 괜찮다고 됐다고 그렇게 말렸는데, 하루도 빠짐없이 사무실 청소하는 것도 경장님이세요. 막내인 저한테, 실무에선 선배라고 대우해 주시는 것만 봐도……."

"압니다."

"네?"

강현은 더 이상 말이 없었다.

세찬은 괜히 뜨끔했다. 이유도 모르고 배제당한 해성이 안쓰러워 슬쩍 오지랖을 부린 것이었는데, 본의 아니게 말이 길어져 속내를 들킨 것만 같았다. 세찬이 서둘러 가방을 챙겨 들고 꾸벅 허리를 숙였다.

"그럼, 들어가 보겠습니다. 수고하십시오."

달칵, 문이 닫힌 뒤에도 강현의 시선은 여전히 해성에게 머물러 있었다.

이해성이 강남경찰서로 발령받은 뒤부터 꾸준히 작성해 온 사건 보고서나 근무했던 지구대장의 말만 들어 봐도 평소의 성향이 어떤지 대충 짐작할 수 있었다.

사건 현장에서 이해성은 누구보다 적극적이고 동료 남경들과 견주어도 전혀 뒤처지지 않을 만큼 높은 용맹함과 체력을 갖췄다고 들었다. 현행범을 제압할 땐 그 거친 면에 혀를 내두를 정도라 했던가.

무의식적으로 피식 웃음이 터졌다.

며칠 전 인질극 사건 현장에서 침착하게 현행범을 설득하던 이해성의 모습이 떠올랐다. 생각을 아예 안 해 봤다면 거짓말이다. 호기심이 없는 것도 아니다.

"궁금하긴 한데."

하지만 이해성이 언제 터질지 모르는 시한폭탄 같은 존재라는 것 또

한 부정할 수 없는 사실이다. 같잖은 수작질이 우스운 것도 마찬가지고.

별안간 불쾌한 갈증이 일었다. 강현은 책상 구석에 해성이 사 놓은 것으로 보이는 탄산수를 고민 없이 집어 들었다. 손목을 비틀어 뚜껑을 열고 그대로 입술에 가져다 대었다. 따끔한 탄산이 무방비한 목구멍을 타고 흐르자 절로 인상이 구겨졌다.

강현이 날렵하게 눈동자를 올려 해성을 직시했다. 해성은 잠잠히 눈을 감고 있었다.

하얀 얼굴에 오목조목 박혀 있는 이목구비는 순한 고양이를 연상케 했다.

악몽이라도 꾸는 건지, 해성의 미간이 약하게 꿈틀거렸다.

강현의 눈길이 천천히 아래로 흘렀다. 대충 올려 묶은 머리를 지나, 가느다란 목덜미에서 시선이 멈추었다.

"……미친."

강현은 스스로를 경멸하듯 조소하며 마시던 탄산수를 책상에 탁, 신경질적으로 내려 두었다.

강현의 입에서 진한 숨이 새어 나왔다. 의자 깊숙이 몸을 묻고 눈을 감았다. 시야가 어두워지니, 청각은 더 예민해졌다.

곤두선 고막으로 째깍거리는 시계 초침 소리와 함께 여린 음성이 또렷이 스며들었다.

"엄마, 아빠……."

물기에 젖은 듯, 습기에 찬 목소리다.

"……언니."

한 손으로 이마를 짚고 있던 강현이 게슴츠레 눈을 떴다. 처음엔 잘못 들었나 싶었다. 눈매를 구기고 가만히 해성을 주시하는데, 웅얼거리는 음성은 어느 정도의 공백을 두고 다시 이어졌다.

"줘……."

길게 내려온 속눈썹이 파르르 떨렸다. 해성의 얼굴이 구겨진 종잇장처럼 무참히 일그러졌다. 언뜻 보더라도 괴로워 보였다.

보다 못한 강현이 자리에서 몸을 일으켰다. 해성의 곁으로 다가가 한 손으로 책상을 짚고 허리를 숙였다.

"뭐라고?"

웅얼대는 음성이 잘 들리지 않는지, 강현이 눈살을 찌푸렸다.

"응?"

"제발……."

강현은 온 신경을 집중하며 뚫어져라 해성의 입술만 직시했다.

"나 좀……. 도와줘……."

도와 달라, 고.

하. 다물린 입술을 비집고 한숨 같은 실소가 툭 터져 나왔다.

○ ◎ ●

같은 꿈이었다. 피범벅인 방 안에 갇혀, 시뻘겋게 충혈된 엄마의 눈을 마주 보았다.

저번처럼 도망칠 수도 없었다. 발 아래에 고인 진득한 핏물이 질척하게 발목을 잡아끌었다. 헤어 나올 수 없는 늪에 빠진 기분이었다.

"이해성 씨."

익숙하면서도 낯선. 그윽한 중저음 목소리가 멀리서 들려왔다. 어디지. 다급히 고개를 돌려 주변을 살폈지만, 어디에도 없었다.

"이해성."

그 순간, 공간에 균열이 생기며 주변이 소용돌이치듯 어그러졌다.

주문에 걸린 듯 번쩍 눈이 떠졌다. 하아악, 달뜬 숨이 왈칵 쏟아졌다. 흐릿했던 시야가 점차 또렷해지자, 반쯤 정신이 나간 채로 해성이 상체를 일으켰다.

아니, 일으키려 했다. 해성은 다른 의미로 충격을 받아 움직일 수 없었다. 엉거주춤 허리를 세우려다 만 상태로 굳었다.

"아⋯⋯."

바로 눈앞에 차강현의 입술이 있었다. 지나치게 가까운 거리였다. 자칫했다간 닿거나, 스쳐도 이상하지 않을 만큼.

입술 위로 진한 숨결이 흐트러진다. 뜨거운 열기에 숨이 턱 막혔다.

"경감님이 왜⋯⋯."

음성이 산산조각 나며 바르르 떨렸다. 당황해서, 놀라서, 무슨 말을 해도 이상할 것 같았다.

"소원대로 살려도 줬고, 도와도 줬는데."

강현이 엄지로 해성의 눈가를 느릿하게 쓸었다.

"왜 웁니까."

그 말과 동시에 눈가에 맺힌 액체가 툭, 떨어졌다.

현실의 감정과 전혀 관계없는 눈물에 해성은 당혹스러움을 감추지 못하고 연신 눈을 깜빡거렸다.

뒤늦게 손을 들어 눈가를 박박 문질러 봤지만 눈물은 흔적도 없이 증발한 뒤였다.

"아⋯⋯."

분명, 현실이 맞는데. 꿈 같았다.

대체 무슨 상황이야, 이게.

악몽이라기엔 현실적이고, 현실이라기엔 비현실적이다.

자신을 똑바로 주시하는 강렬한 눈빛도, 슬쩍 구겨지는 미간도, 느리게 벌어지는 입술도.

강현이 시선을 거두며 곧게 허리를 세웠다.

"갑시다. 식사하러."

"……예. 네?"

"아침이니까."

강현은 뭘 그렇게까지 놀라는 거냐 표정을 지으며 눈짓으로 창밖을 가리켰다. 그제야 해성의 시선이 창문으로 향했다.

어스름한 하늘은 온데간데없었다. 햇볕이 강하게 내리쬐고 있는데도, 2월의 가혹한 추위는 여전한 모양이다. 두꺼운 점퍼를 껴입고 몸을 떨며 서둘러 발길을 재촉하는 사람들이 보이고, 생명력을 잃은 초라한 나뭇가지가 세찬 바람에 힘없이 흔들리는 풍경이 보인다.

해성은 습관적으로 패딩 주머니에 손을 밀어 넣었다. 집히는 것이 없자 절로 아, 하고 낮은 탄식이 흘렀다.

"약……."

놓고 왔나. 이런 적은 한 번도 없었는데. 해성이 초조하게 입술을 감쳐물었다.

"약도 먹습니까."

해성은 아차 싶었다. 차강현 앞에선 특히 조심해야 하는 부분이었다. 어떻게 하면 제 발로 기어 나가게 할 수 있을까 호시탐탐 기회를 엿보는 사람인데, 정신 치료 약을 복용하고 있단 사실까지 들켰다간 어떤 사달이 날지, 안 봐도 뻔했다.

"네. 감기에 걸려서요."

"아, 감기."

해성이 큼큼, 목을 가다듬는 치밀함을 보였지만, 애석하게도 강현의 집요한 눈은 곱게 물러서지 않았다.

해성이 조심스럽게 강현의 눈치를 살폈다. 가지가지 한다는 말을 하고 싶은 걸까.

"그래서. 뭐 좋아합니까."

"무슨……."

"음식."

해성은 잠시 주춤거리다 의자를 밀고 일어섰다.

"저는 괜찮습니다. 씻지 않아서 찝찝하기도 하고, 집에 가서 약도 챙겨 먹어야 해서요."

미치지 않고서야. 차라리 조형운 경위와 먹는 편이 백배는 낫다.

해성이 머리를 매만지며 어색하게 웃었다. 툭 치면 당장 쓰러질 만큼 피곤했지만 차강현과 단둘이 겸상을 하게 된다면 과로사보다 먼저 음식이 얹혀 죽을 것이다.

"확실한 성격이네."

강현이 시선을 낮춰 손목시계를 힐긋 확인했다.

"1시까지면 됩니까."

"1시요?"

"씻고, 약 먹을 시간."

"아니……."

거절을 예의 있게 돌려 말한 것인데, 눈치도 빠른 사람이 그걸 하나 이해 못 하나.

아니, 알면서 밀어붙이는 건가. 설마.

"지금이 7시니까, 좀 쉬다 나와도 충분할 것 같은데."

강현이 느긋하게 눈을 들어 해성을 바라보았다.

"……저를 탐탁지 않게 생각하시는 줄 알았는데요."

"그 문제는 내가 알아서 합니다."

침범하지 말라는 듯 냉담히 선을 그으며 강현이 말을 이었다.

"아침 말고 점심. 1시까지."

쉽게 물러설 생각이 없다. 몇 시간 전까지만 해도 마주 보는 것조차 질색하던 남자가 무슨 변심으로 함께 겸상하잔 제안을 하는 것인지, 알 방도는 없었지만 해성은 기회라고 생각했다.

"알겠습니다."

강현은 조금 의아하다는 표정으로 해성을 쳐다보았다.

"대신, 사건 배당에서 제외하겠단 발언. 철회해 주세요."

이것 봐라. 강현의 잇새로 짤막한 헛웃음이 터졌다.

"나와 거래를 하자고?"

"거절하셔도 괜찮습니다."

"결과가 뭐가 됐든 감당하겠다는 뜻으로 들리는데."

"저는 협박으로 들립니다."

이렇게 된 이상 이판사판이다. 해성이 눈을 부릅떴다. 강현은 한숨 같은 웃음을 흘리며 미세하게 고개를 기울였다.

"할 생각 없으니 묻는 겁니다."

"솔직히 제 입장에선 충분히 혼란스럽고, 당황스럽습니다. 식사 자리에서 어떤 말을 듣게 될지 두렵기도 하고요."

그 어떤 악담이라도 달게 받을 테지만, 수단과 방법을 가리지 않고 강력계에서 몰아낼 작정이라면. 그보다 암담한 일은 없다.

"경감님께 인정받는 건, 다른 방법으로 노력해 보겠습니다."

"뭔가 착각한 모양인데, 난 지금 이해성 씨한테 선택권을 주려는 게 아니야."

목표를 겨냥하는 흔들림 없는 눈빛에 해성이 조금 주춤했다.

"나와요."

주저하는 해성의 입술을 바라보며, 강현은 확실히 못을 박았다.

"1시까지 청담역."

"아니……."

뭐 저런.

"적어도 가진 배경 등에 업고 협박하는 일은 없을 겁니다."

자신이 무슨 걱정을 하고 있는지 정말 알긴 할까. 태평하다 못해 안연한 강현의 태도에 조급한 쪽은 해성이었다.

"그러니까."

패를 쥔 자는 여유롭다.

"쫄지 말고 나와."

전할 말을 끝낸 강현은 미련 없이 곁을 스쳐 지나갔다. 비로소 참았던 숨이 탁 트였다.

○ ◎ ●

2호선 지하철은 언제 타도 적응이 되질 않는다.

대부분의 직장인들이 출근하는 시간대에 퇴근을 할 때면, 세상과 조금 동떨어진 기분이 들게 한다.

묵직한 피로에 온몸이 녹아 버릴 지경인데, 이중 삼중 앞뒤로 꽉꽉 막힌 지하철은 숨 한번 편히 쉴 틈조차 허락지 않았다.

손잡이를 잡고 무게를 지탱하는 것이 전부였다. 지하철이 움직이는 대로 몸도 따라 휘청거렸다. 밀폐된 공간. 뜨거운 온풍기 바람. 두꺼운 옷차림. 제대로 버틸 힘도 없었다. 식은땀이 뚝뚝 흐르고 눈앞이 어지러웠다.

"후……."

손잡이를 힘껏 말아 쥐며 긴 숨을 토했다. 속이 끝없이 울렁거려, 해성은 질끈 눈을 감아 버렸다.

시야가 캄캄해지자 자동적으로 그의 입술이 떠올랐다.

두툼하지도, 너무 얇지도 않은. 그의 입술은 매끄러웠고, 조금은 붉었다.

평소엔 고집스럽게 일자로 다물려 있지만, 가끔 비스듬히 올라설 땐 이상하게 심장이 간지럽고…….

"드디어 미쳤나."

어이가 없어 단발적인 웃음이 샜다. 상대는 그냥 상사도 아니고 무려 차강현이다. 그토록 저를 경멸하는 남자란 말이다. 겨우 악몽에서 깨어났지만 놀란 가슴을 다스릴 시간도 없었다. 바로 눈앞에 입술이 있었을 때, 그 충격은 말로 다 설명할 수 없다.

'소원대로 살려도 줬고, 도와도 줬는데.'

'왜 웁니까.'

꿈에서 살려 달라 소리치던 애원을 그가 들었을 리는 없고. 잠꼬대였나.

그런데 왜 멋대로 만져. 그렇게 싫다고 거리낌 없이 멸시하던 주제에. 왜 같이 밥을 먹자고 해?

해성이 목구멍까지 차오른 욕설을 욱여넣으며 입술을 콱 씹었다.

진짜 또라인가. 미친놈인가.

은영의 말처럼 사이코인가.

아니면 전부인가. 어떻게 된 게 맥락을 찾아볼 수 없는 남자다.

그런 남자를 피로에 절어 퇴근하는 길에서 떠올리고 생각하는 난, 더 미친 게 분명하고.

"제발 하나만 하세요. 하나만."

싫어하든가. 좋아하든가.

예측이라도 할 수 있게.

무슨 정신으로 집까지 왔는지 모르겠다. 해성은 비틀거리며 도어 록 비밀번호를 눌렀다. 문고리를 잡아 내리자, 구수한 된장국 냄새가 물씬 풍겼다.

"어, 좀 일찍 왔네?"

은영이 활짝 웃으며 다가왔다.

"응. 밥했어?"

"배추된장국이랑, 반찬 이것저것. 얼른 와, 먹게."

지금처럼 은영이 예고도 없이 덜컥 찾아오는 일은 이제 놀랍지도 않았다. 연휴나 비번 날엔 언제나 잊지 않고 해성의 집을 찾았다. 해성은 그 의미를 안다. 친한 친구도, 친척도 없이 늘 혼자이길 고집하는 자신이 안쓰럽고, 걱정이 되어 놓지 못하는 것이다. 해성이 신발을 벗고 안으로 들어섰다.

"고생하지 말래도 그런다."

은영은 스읍 숨을 들이켜며 타박했다.

"울 엄마 지시다. 엄마가 챙겨 준 걸로 대충 만든 거야."

"매번 죄송하네. 감사하다 전해 드려. 잘 먹겠다고."

"인사는 됐으니까 잘 챙겨 먹기나 해. 와서 확인해 보면 새것 그대로 있고. 엄마 알면 서운해한다."

해성이 고개를 끄덕였다. 은영이 국을 뜨며 물었다.

"오늘 비번이지?"

"응."

"푹 쉬어. 무슨 일 있으면……."

"괜찮아. 애도 아니고."

해성이 지친 기색으로 의자에 쏟아지듯 털썩 주저앉았다. 은영은 해성의 앞에 수저를 놓아 주며 인상을 구겼다.

"너도 이제 슬슬 연애 좀 해라."

"형사 여자 친구를 누가 반겨."

"왜? 섹시하고 좋구만. 너를 내 맘을 빼앗은 죄로 현행범 체포한다! 수갑 딱 채우고 침대로 직진. 얼마나 좋아."

못 말려 진짜. 해성이 피식 웃음을 터트렸다.

"남자 친구랑 요즘 그러고 놀아? 침대에서 수갑 채우고?"

"야!"

은영이 밉지 않게 해성을 흘기며 발끈했다.

"진짜. 내가 너한텐 무슨 말을 못 해. 식겠다. 얼른 먹자."

아. 잊은 것이 뒤늦게 생각난 듯 해성이 머뭇거렸다. 난감해하는 기색을 알아차리지 못한 은영은 배추된장국을 한 술 떴다. 맛이 좋은지 만족스럽게 웃으며 물었다.

"강남 어때. 그쪽 사건 많지?"

"적진 않은 것 같은데……."

"힘들겠네."

그 힘든 기분 좀 느껴 봤으면 좋겠다. 본의 아니게 널널해진 업무 환경이 썩 내키지 않았던 해성은 쓰게 웃었다.

"왜 안 먹어? 체했어?"

"사실."

팀장님과 점심 약속이 있다고 말하기엔 미안했다. 음식 차리느라 고생했을 텐데.

"아니야. 아무것도."

해성은 애써 웃어 보이고는 숟가락을 들었다. 국물을 후루룩, 삼켰다. 자극적이지 않은 고소한 풍미가 입안 가득 퍼졌다.

"맛있다."

은영이 눈을 반짝였다.

"정말?"

"응. 진짜 맛있어."

정말이었다. 은영은 예나 지금이나 음식 솜씨가 좋았다. 하지만 해성은 적극적으로 먹지 못했다.

"저기, 은영아."

"왜?"

조금 망설이던 해성이 어렵게 입을 움직였다.

"그, 있잖아. 저번에 말했던. 우리 팀에 새로 온 팀장님 말인데."

"아, 차강현인가. 그 사람?"

"응."

"이참에 물어나 보자. 어때? 진짜 비주얼 끝장나? 성격은?"

이때다 싶어 캐묻는 은영과 달리 해성은 조용히 입을 다물었다.

심상치 않은 기운을 감지한 은영이 웃음기를 싹 지워 내고 재촉했다.

"강남서에 무슨 문제 있어?"

해성이 얼굴을 흔들었다.

"그럼 뭔데?"

"그때, 차 팀장님 경찰청에서 사건 있었다고 한 거. 혹시 자세히 알고 있나 해서."

은영이 고개를 갸우뚱했다.

"음, 뭐가 있긴 했던 것 같은데, 그 선배도 잘 모르는 눈치더라. 극소수만 알고 있다 했어. 궁금하면 물어봐 줄까? 건너 건너면 알 수 있을 것도 같은데. 그래 봤자 소문인 건 감안해야겠지만."

해성이 손을 내저었다.

"아니야, 괜찮아. 그냥 못 들은 걸로 해. 마저 먹자."

섣부른 판단이고, 무례한 행동이다. 누군가의 과거를 궁금해하고, 다른 이의 입을 통해 듣는 것은.

자신 역시, 끔찍할 테니까.

하마터면 큰 실수를 저지를 뻔했다. 생각을 접어야 한다.

끝까지 책임지지 못할 거라면.

○ ◎ ●

늦었다. 늦어도 너무 늦었다.

헉, 헉. 해성의 입에서 거친 숨이 끊이지 않고 터져 나왔다.

앞을 가로막는 사람들을 이리저리 피해 겨우 출구를 찾았는데, 이번엔 등산이다. 아, 빌어먹을. 해성은 후읍, 숨을 크게 들이켜며 두세 개씩 성큼성큼 계단을 올랐다.

"내가, 진짜, 미쳤지……."

피로와 약 기운을 이기지 못해 잠시 눈을 붙인 게 실수였다.

충전기도 꽂아 놓았고, 알람도 무려 8개나 맞춰 놨는데, 단 한 번도 울리지 않았다.

눈을 떴을 때 휴대폰은 방전된 상태였다. 꺼져 있는 멀티탭 전원 버튼을 확인한 순간, 공황 상태에 빠진 해성은 그 자리에서 꼼짝도 할 수 없었다. 누군가 둔기로 뒤통수를 있는 힘껏 내리친 듯했다. 아직까지도 가시지 않는 충격에 머릿속이 댕, 울렸다.

[서울 강남구 도산대로 53]

15분 전. 그러니까, 1시 30분에 차강현에게서 도착한 문자였다. 지각에 대한 걱정도, 질타도 없었다. 고작 주소 한 줄이 전부였다.

30분 동안 특유의 무표정한 얼굴로 강남 한복판에서 자신을 기다렸다고 상상하니 머릿속이 깜깜했다.

완전 호러다. 스릴러인가.

지하철 출구 밖으로 나오자 찬 바람이 사정없이 뺨을 할퀴었다. 당장이라도 주저앉을 것 같았지만 쉴 틈이 없다. 해성은 다급히 팔을 뻗어 지나가는 택시를 잡아탔다.

"기사님. 주소 알려 드릴게요. 내비 찍고 가 주세요. 최대한 빨리요."

얼굴은 추운데, 몸은 더웠다. 기사님에게 전달받은 주소를 그대로 읊어 주고서 좌석 시트에 몸을 파묻었다.

후으, 한숨을 흘리며 반쯤 창문을 내리자 냉기를 품은 바람이 홀홀 밀려 들어왔다. 풀어 헤친 긴 머리가 보기 싫게 흐트러졌지만 정돈하는 것도 귀찮다.

"……난 진짜 죽었다."

어차피 찍힌 거. 대충 몸이 안 좋다 둘러대고 약속을 늦추거나 취소해도 되는데. 몇 번을 생각해 봐도 모를 일이다.

빠르게 스쳐 지나가는 풍경을 뒤로하고 해성이 눈을 감았다.

○ ◎ ●

"뭐야······."

택시에서 내린 해성은 넋이 나간 채 멍하니 정면을 바라봤다.

전통 고유의 기품과 현대의 세련된 미가 조화롭게 어우러진 회색빛 외관부터 예사롭지 않았다. 대충 봐도 고급 한식당이었다.

해성이 느린 걸음으로 정원을 가로질렀다. 사계절 내내 울창한 상록수가 파스스 부서지는 소리를 내며 잘게 흔들렸다.

"어서 오십시오."

식당 내부로 들어선 순간, 깨달았다. 잘못 찾아온 게 분명하다고.

주머니에서 휴대폰을 꺼내 든 해성이 직원에게 문자를 보여 주었다.

"죄송한데. 혹시 여기, 이 주소가 맞나요?"

곁으로 다가온 직원이 내용을 확인하더니 상냥히 웃었다.

"네. 맞습니다. 예약자분 성함이 어떻게 되시나요?"

"차강현······이요."

"잠시만 기다려 주세요."

해성은 입술을 잘근 씹으며 낯선 공간을 둘러보았다.

가늠할 수 없는 높은 층고나, 돌과 숲으로 채운 벽면. 그리고 상아색 편백나무로 이뤄진 내부는 어디로 보나 상견례, 또는 접대를 위해 예약제로 운영하는 곳 같았다.

형사들은 보통 성격이 급하니까, 곰탕 같은 국밥 종류려니. 얼른 후루룩 먹고 돌아가자, 가볍게 생각한 안일함에 치가 떨렸다.

"기다리게 해 드려 죄송합니다. 손님. 자리로 안내해 드리겠습니다."

"아, 감사합니다."

직원에게 안내받은 자리는 길고 좁은 복도 끝이었다. 직원이 똑똑, 문을 두드리자 "네." 낮은 대답이 넘어왔다. 쿵쿵 심장이 뛰었다.

해성을 대신해 직원이 목재 미닫이문을 열어 주었다. 그 사이로 차강현이 보인다.

"좋은 시간 보내십시오."

직원이 멀어진 뒤에도 해성은 꼼짝할 수 없었다.

그는 물을 마시며 통창 밖 풍경을 바라보고 있었다. 곧게 허리를 펴고 앉은 자세는 흠잡을 곳 없이 반듯했다. 느슨히 컵을 감싼 길쭉한 손가락을 지나, 컵에 닿은 불그스름한 입술에서 시선이 멈췄다.

잠에서 덜 깼나. 그럴 리가 없는데, 이상하리만큼 정신이 몽롱했다.

투명한 창문에 비친 형체를 알아본 강현이 천천히 고개를 돌렸다. 눈이 마주치자 화들짝 놀란 해성이 다급히 눈을 피했다.

"뭐 합니까. 들어오지 않고."

"아, 네."

해성은 바닥만 바라보며 걸어갔다. 맞은편 자리에 앉자마자 석고대죄하듯 변명부터 늘어놓았다.

"늦어서 죄송합니다. 깜빡 잠이 들었는데, 멀티탭 전원 버튼을 켜 두는 걸 잊어버려서…… 휴대폰이 방전된 줄 몰랐습니다."

"아아."

대충 이해했다는 표정을 지으며 강현이 작게 고개를 끄덕였다.

그다지 신경 쓰는 기색은 아니었지만, 1시간이나 기다리게 했다는 점이 마음을 불편하게 했다.

긴장의 연속이었다. 공간을 묵직하게 휘감는 정적과 침묵이 심장을 억세게 묶었다. 실처럼 가는 숨만 간신히 흘려보내고 있는데, 강현이 느굿하게 입을 열었다.

"뭘 좋아할지 몰라서 멋대로 시켰어요."

"괜찮습니다. 가리는 것 없이 아무거나 잘 먹어서요."

"다행이네."

가만히 해성을 응시하던 강현이 턱짓으로 얼굴을 가리키며 물었다.

"뛰어왔습니까?"

해성이 커다란 눈을 깜빡이다 황급히 손을 들어 이마를 짚었다. 아직 식지 않은 식은땀이 묻어났다.

"늦어서, 당황하는 바람에……."

강현은 상상이 된다는 표정으로 소리 없이 웃었다.

목이 탄다. 해성은 확인도 하지 않고 앞에 보이는 컵을 덥석 집어 들었다. 강현의 눈매가 미약하게 일그러지는 것을 미처 확인하지 못하고 무작정 물을 들이켰다.

"픕!"

해성이 손으로 입을 덮었다.

뜨거운 차였다. 그것도 몹시 쓴.

입천장이 다 까진 것 같았다. 쉽게 가시지 않는 통증과 열기에 해성이 인상을 확 찌푸렸다.

"……입. 데었을 것 같은데."

"괜찮……습니다."

눈물이 찔끔 나왔다. 강현이 앞에 놓인 컵을 밀어 주며, 손끝으로 컵 표면을 툭툭 두드렸다.

"찬물은, 이거."

"감사합니다."

말이 끝나기 무섭게 해성이 냉수를 벌컥벌컥 들이켰다. 하아. 오늘따라 왜 이렇게 되는 일이 하나도 없지. 속으로 처지를 탓하며 한숨을 내쉬었다.

어느 정도 진정이 되자, 그제야 눈이 트인다. 언뜻 봐서 알고는 있었지만, 식탁은 과부하 상태였다.

호박죽, 영양돌솥밥, 백김치, 구절판과 샐러드. 조개찜, 생연어, 보리굴비찜, 문어숙회 등. 셀 수도 없었다. ……코스 요리인가.

"기다리는 걸 별로 좋아하지 않아서 한 번에 가져와 달라 부탁했는데, 이렇게 놓고 보니 좀 과한 것 같기도 하고."

농담이겠지만, 말에 가시가 박혀 있다. 해성은 입술을 꾹 감쳐물며 다시 한번 더 진심으로 사과했다.

"죄송합니다. 많이 기다리셨죠."

면목이 없어 해성이 푹 얼굴을 수그렸다. 강현이 피식 웃음을 흘리며 숟가락을 들었다.

"먹어요. 맛은 보장하니까."

"……죄송합니다. 정말."

"그 말만 세 번짼데, 지금."

"죄송……."

"귀도 멀쩡하고, 이해력이 부족한 편도 아니니 그쯤 하죠. 죄송한 건 익히 들어서 잘 알겠으니까."

해성은 여전히 미동조차 없었다. 강현은 진한 숨을 흘리며 탁, 소리나게 수저를 내려놓았다.

"매일 30분씩 일찍 출근하는 거 압니다."

해성이 조심스럽게 눈을 들었다.

"그것만 봐도 지각 상습범은 아닐 거고. 내가 이 추운 날 미련하게 지금껏 밖에서 이해성 씨만 기다린 것도 아니고. 융통성 있게 먼저 와서 주문도 끝내 뒀고. 도착 시간에 맞춰서 음식도 나왔고."

대체 뭐가 문제냐는 얼굴이었다.

"잊었나 본데, 약속은 내가 잡았어요. 곤란해하는 사람 억지로 나오라고 주도한 것도 나였고."

"아⋯⋯."

"이렇게 하나하나 풀어 가며 설명했는데, 더 할까? 난 더 이상 배고파서 말할 힘도 없는데."

날카로운 강현의 턱선을 멀거니 응시하며 해성이 입을 달싹였다.

"⋯⋯아닙니다."

해성은 의무적으로 음식을 입에 쑤셔 넣었다. 죄송스러운 마음에 전부를 해치울 요량으로 꾸역꾸역 밀어 넣었다. 맛은 일품이었지만, 곱씹으며 음미할 시간은 없었다.

상대가 상대인 만큼.

"며칠 굶은 사람처럼 먹네."

사레에 들린 듯 해성이 쿨럭거렸다. 해성이 평소와 다르게 허둥거리자 강현의 눈빛이 집요해졌다. 강현이 컵에 물을 채워 주며 말했다.

"안 뺏어 먹을 테니까 천천히 먹어요. 부족하면 더 시키고."

찝찝함을 느낀 것은 해성도 마찬가지였다. 왜 갑자기 친절하고 난리야. 불안하게.

방심한 순간 강현과 눈이 마주친 해성이 급히 얼굴을 떨궜다. 해성은 마지막 한 입까지 깔끔히 비워 내고 숟가락을 내렸다.

속이 더부룩하다. 해성은 강현의 눈치를 살피며 입을 열었다.

"저, 아까부터 계속 묻고 싶었는데. 여쭤봐도 될까요."

"응?"

강현은 조용히 찻잔을 식탁에 놓아두고 시선을 올렸다.

"저한테 따로 식사를 제안하신 이유가 궁금합니다."

"딱히, 이유가 필요한가?"

"……이상하잖아요."

"예를 들면?"

강현의 눈빛이 흥미롭게 빛났다.

"처음부터 지금까지, 전부 다요."

"팀원한테 밥 한번 먹자 했던 내 제안이, 그렇게 이상할 일입니까?"

팀원은 무슨. 인정해 주지도 않았으면서. 놀리는 것도 아니고. 해성이 이를 꽉 다물었다.

"눈에 힘 풀어요. 싸울 생각 없으니까."

원하는 대답을 해 주려는 걸까. 해성은 온 신경을 곤두세우고 강현의 입술만 뚫어져라 바라봤다.

"과정을 듣고 싶으면 서론, 시간이 아깝다 생각되면 결론."

"어떤……."

"골라 봐요."

선택권을 쥐여 준다. 마치, 게임을 하는 것처럼.

"……서론부터 듣겠습니다."

그럴 거라 예상했다는 듯 강현이 작게 고개를 끄덕였다.

"이해성 씨는 나를 싫어하지."

강현은 우회 없이 파고들었고, 해성은 주춤했다.

"누구든 첫인상이 별로라 말하는 상대에게 좋은 인상을 느끼지 못하는 건 당연하겠지만."

그는 처음과 다를 것 없는 단정한 자세로 차분히 말을 이었다.

"난 이해성 씨를 헷갈리게 한 적 없다고 생각해. 모진 말로 상처를 줬다면 모를까."

잠시 말을 멈춘 강현이 똑바로 해성을 직시했다.

"그런데 왜 매번 그런 눈으로 나를 보는 걸까. 내심 궁금했어."

"눈이라니……."

"어쩔 줄 몰라 하는 눈."

컵에 담긴 물 표면이 잘게 진동하며 파동을 쳤다.

"미워하라고 일부러 아프게 찔렀더니 고맙다 하고. 귀찮을 법한데 수고롭게 길을 건너와 카드를 돌려주고. 올라가서 쉬라고 했더니 도와 달라 울고. 이번엔……."

해성의 입술이 바르르 떨렸다.

"달려왔지. 그날처럼 숨차게."

쿵. 심장이 바닥으로 떨어졌다.

"그런 우습지도 않은 방식으로 어필하면. 내 판단이 틀렸던 것 같네. 내일부터 사건 배당받고 수사 참여하세요. 할 줄 알았나?"

시간이 멈춘 듯했다. 아니, 거꾸로 흐르고 있나. 방식이라니. 어필이라니. 기가 막혀 말도 안 나왔다.

"처음 감정에 충실해요. 다른 길로 새지 말고."

"저도 잘 모르는 제 감정이 어떤지 전부 알고 있다는 것처럼 말씀하시네요."

"내가 속단하는 것처럼 보입니까?"

강현이 모호하게 입술을 비틀었다. 해성은 아무런 말도 할 수 없었다. 더럽게 짜증 나는 남자라고 생각했다. 동시에 그에게 무의식적으로 흘러가는 시선을 멈추지 못한 것도, 머리보다 행동이 앞섰던 것도 사실이다. 하지만 결코 의식한 것은 아니었다.

얼이 빠진 해성을 가만히 건너다보며, 강현은 확신하듯 말했다.

"계속 떨더라고."

산소가 부족하다. 전력 질주 하던 때완 비교도 할 수 없을 만큼 호흡이 힘겹다.

"눈 마주칠 때마다. 비 맞은 새끼 고양이처럼."

"착각이십니다. 저는……."

"나는 또 그게 자꾸 거슬려."

강현은 가볍게 해성의 말을 가로채며 천천히 상체를 세웠다.

"그래서 좀 보자고 했습니다."

정리가 필요한 때라고. 그는 그렇게 말하고 있었다.

문득 해성은 현재 자신이 어떤 표정을 짓고 있을지 궁금했다.

그의 말처럼 어쩔 줄 몰라 하는 얼굴일까. 나도 내 마음을 잘 모르겠는데 차강현은 무슨 근거로 확신에 찬 표정을 짓고 있는 걸까.

조용히 찻잔을 기울이는 강현을 바라보며 해성은 속으로 자조했다.

그날 이후, 씩씩하고 철부지였던 이해성은 가족과 함께 죽었다.

꿈 많고 열정 가득한. 장난기 넘치고 간지러운 연애를 꿈꾸던, 열여덟의 수줍은 낭만은 화마로 뒤덮인 집 안에 함께 갇혀 불타 버렸다.

활활 타 버려 까만 재로 남았다.

세상에 대한 비관만 남은 해성에게 누구도 선뜻 말을 걸어오지 못했다.

'쟤네 가족, 그 연쇄 살인범한테 전부 살해당해서 혼자 살아남았대.'

'불쌍하다. 어떻게 살아? 나 같으면 하루도 못 버텨. 진짜 안됐어.'

'아무렇지도 않은 표정 좀 봐. 엄청 독한 것 같아.'

'하긴, 그렇게라도 살아야지.'

'쟤네 언니랑 엄마 말이야. 그 살인범한테 성폭행도 당했을까?'

'하루아침에 혼자가 된 기분은 어떨까. 가엾다.'

불쌍해. 불쌍해. 불쌍해. 불쌍해.

자신은 늘 불쌍한 사람이었다.

염려와 걱정. 연민과 동정을 빙자한 뾰족한 칼을 등에 꽂고 지금껏 살았다. 해성이 바라보는 세상은 온통 잿빛이었다.

부모님이 남긴 재산. 그리고 그들의 마지막 유언이자 선물이었던 사망 보험금은 조금도 위로가 되어 주지 못했다.

하루, 이틀. 1년, 2년…….

사람들의 머릿속에서 사건이 완전히 지워졌을 무렵, 해성은 무채색 성향으로 남아 버린 자신과 마주했다. 튀지 않기 위해 노력했고, 세상과 단절하려 애쓴 결과였다.

조금은 씁쓸했지만, 나쁘지 않았다. 굴곡 없는 인생은 슬플 일도 없을 테니까. 깊은 수렁에 난잡한 감정들을 꼭꼭 숨겨 뒀다가 살인범을 만났을 때 전부 터트리자고.

……다짐했는데.

탁. 찻잔이 테이블에 놓였다. 그 소리가 신호탄이 되어 일시에 과거에서 현재로 장면이 전환된다.

강현은 엄지로 컵 표면을 느리게 매만지다가 시선을 올렸다.

"미안하지만 나는 이해성 씨가 조금도 불쌍하지 않아."

그래서 답지 않게 굴었나 보다.

"그러니 예외도 없었지."

불쌍한 사람이라며 대접해 주지 않아서. 가엾다고 어쭙잖게 동정하지 않아서. 누구와도 다를 것 없는 일개 한 명의 평범한 사람으로 바라봐 줘서. 잔뜩 엉켜 버린, 삐뚤어질 대로 삐뚤어진 어두운 이면을 신랄하게 조롱해 줘서.

더 인정받고 싶었나.

어떻게든 그의 눈에 들어 보려고 그렇게 혼자 속으로 발악했나.

죽여 버렸고 확인했으니 당연히 사라진 줄 알았던 열정이 꿈틀거리고, 나중을 위해 죽여 둔 여러 감정들이 수면 밖으로 스멀스멀 머리꼭지를 들이밀기 시작했다.

해성은 일말의 희망을 걸고, 낮은 확률 판에 화살을 던졌다.

"……그럼, 지금은 절 도와주실 마음이 조금은 생겼단 건가요."

"내가 이해성 씨를?"

강현이 기막히다는 표정으로 짧게 실소했다.

"말 전달에 오류가 있었나 본데."

강현은 입 주변을 툭툭 찍어 누르던 냅킨을 내려 두고 말했다.

"나는 내가 해야 할 일만 합니다. 사건이 터지면 조사를 하고, 수사를 하고, 용의자를 물색하고, 여러 정황들과 증거를 확보해 범인을 잡고."

강현의 목울대가 깊이 잠겼다가 느리게 떠올랐다.

"내가 거슬린다 했던 말. 기억합니까."

"……예."

"방금 전까지만 해도 계속 의문이었는데 이제 좀 알 것 같네요."

강현의 눈빛이 돌연 차가워지자 해성은 괜한 불안감에 휩싸였다.

"이해성 씨는 지금 나한테 감정 이입을 바라는 거야. 그 연약한 눈으로 위로를 바라고 이해를 구하면서, 공감받길 원하지."

"제가요?"

해성의 얼굴이 보기 싫게 일그러졌다. 맞은편에 앉아 있는 상대가 팀장이든 나발이든 알 바 아니었다. 어떻게 저런 주관적인 판단과 폄하를 아무렇지 않은 표정으로 할 수 있을까.

강현은 머뭇거림이 없었다. 도리어 지나치게 의연한 태도로 일관하며 해성을 빤히 쳐다봤다. 무례하고, 서슴없이.

"왜 찾아보지 않았지? 기껏 화면도 켜 두고 서류도 올려 뒀잖아. 편하게 찾아보라고 자리까지 비켜 줬는데. 매일 30분 일찍 출근한 고생이 아깝지 않습니까?"

보관실을 찾아간 것도, 그 이유도 알고 있었으면서. 묻는 저의는 뭘까. 테이블 밑에 가려진 해성의 손이 미세하게 떨렸다.

"훔쳐보는 방식은 옳지 않으니까요. 적어도 그런 식으로 알고 싶은 마음은 없었습니다."

강현이 가소롭다는 듯 웃었다.

"모순이네. 절차도 수칙도 무시하고 살인범 머리에 총구 겨눌 생각만 하는 사람이 할 말은 아닌 것 같은데."

해성의 눈이 크게 떠졌다.

"복수, 좋습니다. 그런데. 그 단어에 언제부터 도덕과 양심이 어울렸죠. 내 눈에 이해성 씨가 자기 합리화를 하는 것처럼 보입니다. 받았던 고통만큼 되돌려 주는 행위는 공정하고 합당한 결과라고, 세뇌하면서."

강현이 검지를 세워 제 관자놀이를 툭툭 두드렸다.

"그러려면 착한 사람으로 남아야지. 마지막까지 확실하게. 대외적으로 이해성 씨는 형사이자 경찰이고 무고한 시민을 지켜야 하는 입장이니까. 정의로운 척. 사명감 넘치는 척. 겉으로 보기에 이해성 씨는 흠잡을 곳 없는 우수한 경찰이지만 정작 내 부당한 처사엔 반박하지 못했어. 왜? 내심 정곡을 찔렸을 테니까."

도시 한복판에 발가벗고 서 있는 기분이다. 지금 해성이 할 수 있는 거라곤 바르르 떨리는 숨을 가까스로 토해 내는 것뿐이었다.

"모든 일이 절차대로 이뤄지는 경찰 조직은 번거롭고 복잡해. 그래서 이해성 씨는 더 막막했을 거야. 10년 전 서울 동부 연쇄 살인 사건을 재수사하기 위해선, 내 힘이 전적으로 필요하니까. 내 말이 틀려요?"

강현의 입술 선이 미묘하게 비틀리며 올라섰다. 속을 들여다본 것처럼 정확히 꿰뚫었다. 그래서 해성은 반박할 수 없었다.

……전부, 맞는 말이라서.

"그럼, 팀장님은 가족 전부가 살인범에게 잔인한 수법으로 살해당해도, 그 현장을 직접 눈으로 확인하고도 경찰의 본분을 다할 수 있다고 장담하실 수 있나요?"

강현은 말이 없었다.

"그런 상황에서 과거를 잊고 이성적으로 살아갈 사람이 몇이나 될 수 있을지는 모르겠지만, 적어도 저는 아닙니다. 복수에 눈이 멀어 경찰이 된 것을 합리화할 생각은 없습니다, 하지만. 한 번도 제 의도가 잘못됐다고 생각한 적은 없습니다."

"도와 달라 했을 때 흔들리지 않았다면 거짓말이야."

아. 해성의 입술이 당황으로 작게 벌어졌다.

"나도 공감 능력이 있는 사람이니까."

더없이 비인간적인 언사를 내뱉고 있으면서 그는 한 치의 동요도 없이 정확한 높낮음으로 말했다. 자신도 사람이라고.

"그런데 말이야. 난 여전히 이해성 씨를 이해하고 싶지 않아. 그래서 더 최선을 다해 배제해 보려 해. 다시 말하지. 이해성. 넌 형사 체질 아니야."

누군가 가슴팍에 손을 쑤셔 넣고 심장을 쥐어뜯는 것만 같았다. 해성이 입을 꽉 다물었다가 겨우 떼어 냈다.

"제 성격이 형사와 맞지 않는다는 건 잘 압니다. 하지만 저도 엄연히 공채 시험에 합격했고, 인성 면접에 통과된 경찰입니다. 과격한 형사가 있고 냉철한 형사가 있듯, 저 역시 같습니다. 함부로 단정 짓지 말아 주셨으면 하는데요."

"성격 때문이라 한 적 없는데."

비아냥거리는 강현의 말투에 냉소가 담겼다.

"오해가 심한 편인가."

해성은 사정없이 요동치는 감정을 들키지 않기 위해 다급히 시선을 피했다. 그럴수록 날카로운 강현의 눈은 더 집요하게 해성을 옭아매며 압박했다.

"10년 전, 서울 동부 연쇄 살인. 확실해요?"

해성이 어이없다는 표정으로 강현을 바라봤다.

"지금 나는. 무슨 근거로 확신하는 거냐고 묻고 있는 겁니다."

다른 접근. 아니, 아예 판을 뒤집는 발언이었다.

"확실합니다. 사건을 담당하셨던 형사님도 그렇고, 프로파일러와 언론. 과학수사팀에서도……."

"확률이 높다고 했지."

강현은 가볍게 해성의 말을 자르며 정정했다. 생각을 잃게 하는 단호함에 해성은 순간 말문이 턱 막혔다.

"그래서 형사 체질이 아니라고 했던 겁니다. 쓸데없는 고집으로 가능성 전부를 외면하려고 하니까."

해성은 부들부들 떨리는 손을 꽉 틀어쥐었다.

"그러는 경감님은요. 확신하세요? 그 살인을 저지른 게 동부 연쇄 살인범이 아닐 거라고."

"자세한 건 재수사를 해 봐야 알겠지."

예민하게 반응하는 해성에 비해, 강현은 더없이 느긋했다. 호흡 한번 흐트러지지 않고 낮지만 정확한 발음으로 핵심을 파고들었다.

"살해 대상에 성별을 가리지 않았단 점과 성폭행 흔적이 없다는 점은 같았지만, 동부 연쇄 살인범은 지금껏 방화는 저지른 적 없었어. 머리와 상, 하체. 그리고 손발을 절단한 뒤 지문을 남기지 않는 방식을 고수했는데 그날, 이해성 씨 가족 시체는 전부 보존된 상태였지. 불에 탔기 때문에 흔적은 찾을 수 없었어도 범행 방식이 다르다는 부분을 고려했을 때."

강현이 잠시 말을 멈추고 길게 숨을 내쉬었다.

현재 해성은 제정신을 유지하기 힘들어 보였다.

"그런 정신력으로 무슨 도움을 바라는 건지 이해를 못 하겠네."

"……우발적 강도 살인이나 모방 범죄일 수도 있다고. 생각하시는 거 잖아요. 아닌가요."

예상과 다른 태도에, 강현이 의아하다는 얼굴로 해성을 응시했다.

"그 또한 가능성이고."

"살인범이 남기고 간 쪽지가 있었습니다. 집에 불이 번지기 전에 제가 발견해서 과학수사팀에 제출했고요. 알고 계시겠지만요."

강현이 고개를 끄덕였다.

"동부 연쇄 살인범이 남긴 것과 같은 내용이었지, 아마. 하지만 텍스트 문서로 인쇄된 상태였고, 감식 결과 종이에 남아 있는 지문은 없었어. 현장도 마찬가지. 지문을 포함한 발자국, 손톱, 머리카락, 성폭행 흔적 등. DNA 분석이 될 만한 그 어떤 범행 흔적도 남기지 않았던 걸로 보아 범인은, 머리가 비상하고 치밀한 놈일 확률이 높아. 물론, 방화 때문에 증거 수집에 더 어려움을 겪기도 했지만."

동굴처럼 검고 어두운 강현의 눈동자가 서늘하게 번뜩였다.

"요지를 잘못 파악했네. 지금 나는 이해성 씨와 미제 편철로 마감된 사건을 두고 탐정놀이를 하고 싶은 게 아니야."

"그럼요?"

"연쇄 살인범은 살인을 쉬지 못해. 사람을 죽일 때 비로소 살아 있음을 느끼니까. 이를테면 카타르시스. 과시욕이 높아 언제든 드러내고 싶어 하는 욕망이 커. 만에 하나 그 사건을 저지른 범인이 동부 연쇄 살인범이 아니었다는 게 사실화되면. 맞다 하더라도 다른 범행으로 이미 수감 중인 상태거나 지병으로 이미 죽었다는 전제하에."

한 번도 생각해 보지 못했다.

생각하고 싶지 않았다. 그러면. 그러면 나는······.

"이해성 씨는 단순히 원망할 상대가 필요한 겁니다. 정의 구현은 둘째 치고, 일차원적으로 생각해 봤을 때. 형사이기 전에 피해자 유가족이니까 당연히 이성보단 감정이 앞설 수밖에."

눈앞이 깜깜했다. 강한 태풍을 만난 것처럼 머릿속이 암전됐다.

강현이 천천히 자리에서 일어섰다. 자연스럽게 높아진 위치에서 해성을 깔아보며 무심히 말했다.

"도덕이고 양심이고 그따위 것들은 모르겠다는 듯이 작정하고 뻔뻔하게 굴든가. 지금처럼 허울만 나쁘다고 얼굴에 써 붙여 놓고 대책 없이 나서면 뭐가 달라지나. 우습기만 하지."

탁, 둔탁한 소음에 해성의 눈이 느리게 움직였다.

강현의 손이 떨어진 자리, 테이블 위에는 소화제가 놓여 있었다.

하······. 해성의 잇새로 허탈한 웃음이 힘없이 새어 나왔다.

"열받아요?"

"네."

재밌네. 강현이 픽, 조소했다.

"그럼 건들지 마."

위험한 경고와 함께 강현의 얼굴이 싸하게 식었다.

"더 열받게 만들기 전에."

새카만 눈동자가 고요히 날아든다. 강현은 목표물을 겨냥하듯 신중히 감정을 억압하며 경고했다.

"그런 눈으로 바라보지 마."

흔들지 말라고.

03

평창동 소재의 대저택 앞에서 검은색 차량이 부드럽게 정차했다.

차에서 내린 강현은 가만히 시선을 올렸다. 쨍한 햇살에 절로 눈매가 찡그려진다. 높고 우람한 담벼락은 빈틈이 없다. 성을 둘러싼 성벽처럼. 언제부턴가 조용하고 차가워진 곳이었다.

초인종을 누르지도 않았는데 덜컹, 대문이 열렸다. 심장도 따라 내려앉는다. 낯설지 않은 기분이었다.

강현은 타이를 조이며 옷매무새를 정돈한 뒤 긴 숨을 내쉬었다. 결심을 다잡고 문을 통과했다. 넓은 정원을 천천히 가로지르면서, 속으로 숫자를 센다.

하나. 둘. 셋……

고개를 들자 매실나무가 보인다. 어머니가 좋아하던 조막만 한 하얀 매실꽃이 조금 이른 시기에 눈송이처럼 피어 있다.

'엄마……라고, 불러 볼래?'

'그래도 돼요?'

'그럼, 당연하지. 넌 오늘부터 내 아이인걸.'

선한 여자였다. 희고 깨끗한 눈처럼. 손에 꽉 쥐면 더럽혀지고, 형체
도 없이 녹아 사라질 것만 같아 늘 조심스러웠다.

네 살, 다섯 살, 여섯 살.

얼굴도 기억나지 않는 친모에게 셀 수도 없이 폭행을 당하고 세 번의
버림을 받았다. 하람보육원에서 생활한 지 2년째 되던 날, 책임자가 크
라우드 펀딩 비용과 투자금 전부를 횡령하고 잠적했다.

보육원 환경은 더 열악해졌고 당장 내일 운영 여부가 어찌 될지 확신
할 수 없었다. 좀처럼 친구들과 어울리지 못하고 방치된 어린 강현에게
그녀는 선뜻 손을 내밀었다.

누구도 예상하지 못한 4월의 눈처럼. 언제나 상냥한 선물처럼.

지저분한 얼굴을 아무런 거리낌 없이 소중하게 쓰다듬어 주던 사람.
곱게 눈을 휘며 웃던 그 얼굴이 당장이라도 달려 나올 것만 같다.

고생 많았어. 오늘도 수고했어. 역시 내 아들. 오늘도 잘생겼다.

끊임없이 이름을 불러 주었다.

내 아들. 아들, 막내아들.

간지러운 노래처럼. 들으면 들을수록 눈물이 날 것 같은 목소리로.

너는 결코 부정한 존재가 아니라고. 세상에 꼭 필요한 존재라고. 그러
기 위해 태어난 거라고.

그런 사람을 죽였다. 죽게 했다.

내 손으로, 잘못된 선택으로.

감히 도둑질을 꿈꿨던 어린 날의 죗값은 잔인했다.

"작은 도련님, 오셨어요?"

신발을 벗고 현관에 들어서자 고용인 아주머니가 환하게 웃으며 강현을 반갑게 맞이했다.

"네. 잘 지내셨죠."

"그럼요. 다들 먼저 와서 기다리고 계셔요. 원장님께서 웬일로 두 아드님이 좋아하는 음식을 부탁하셔서 솜씨 좀 부렸는데 입에 맞을지 모르겠네요."

강현은 말없이 웃었다.

"토란국 좋아하셨잖아요, 어렸을 때부터. 사모님이 그렇게 되시기 전에 비법을 배워 둬서 얼마나 다행인지……."

이크. 아주머니는 뒤늦게 말실수한 것을 깨닫고 강현의 눈치를 살피며 손으로 입을 찰싹 쳤다.

"늘 감사하게 생각하고 있습니다."

1년 전부터 금기시된 주제가 언급되었는데도 강현은 감정 변화 없이 절제된 얼굴로 대꾸했다. 오랜 시간 철저히 훈련한 결과물이었다.

강현이 다이닝 룸으로 들어서려는 때였다.

"요즘 NT그룹 박동석 전무 지방 선거 출마 건으로 말이 많아. 정계에 개입해 뒷돈 새는 풍경 가리려는 수작질, 안 봐도 뻔하지."

문 너머로 들려오는 아버지의 목소리에, 강현이 우두커니 멈췄다.

"이 회장 소환은 예정대로 진행해. 조만간 너한테도 접근해 올 거다. 대충 속아 주는 척 회동 자리 한번 나가 봐. 가서, 뇌물이든 로비든 정황 잡히는 대로 보고하고. 도현이 넌, 네가 맡은 일만 처리하면 되는 거다. 추후 걸리적거리는 것들은 내 선에서 처리할 테니 외압은 신경 쓰지 마."

"예. 아버지."

"우리는 정의와 국가를 위해 사는 사람들이다. 돈맛을 보면 그 끝은 나락이고 시궁창이야. 그간 더러운 꼴 수도 없이 봐 왔으니 말 안 해도 잘 알겠지. 검사답게 흔들리는 일 없도록 마음 잘 다잡고. 알겠냐."

"새겨듣겠습니다."

대화가 마무리될 때쯤, 강현이 다시 움직였다. 문을 열고 들어서자 시선이 한 곳으로 집중된다. 커다란 식탁 정중앙엔 아버지 차석훈 대법원장이, 그리고 바로 오른편엔 형 차도현 검사가 자리했다.

대리석 식탁 위에는 토란국과 여러 종류의 나물 반찬, 그리고 갓 지은 잡곡밥이 놓여 있었다.

강현이 깊게 머리를 숙였다.

"죄송합니다. 조금 늦었습니다."

"오는 길이 많이 막혔냐."

"……아닙니다."

"아니면. 경찰 쪽 일이 많아?"

"평범합니다."

마침 고용인 아주머니가 쟁반 위에 토란국과 잡곡밥을 받쳐 들고 모습을 드러냈다. 강현의 지정석 왼편 자리에 그릇이 놓이자 차 원장이 턱짓으로 의자를 가리켰다. 강현은 대꾸 없이 조용히 걸어가 자리에 착석했다.

이 자리에 앉을 때면, 장엄하고 고요한 눈동자들이 죄를 심판하는 듯했다. 아버지가 말을 걸어올 때마다, 저절로 긴장이 되었다.

"들어라."

완고한 음성은 여전히 단호하다.

강현은 맞은편에서 따갑게 와 닿는 도현의 눈길을 무시하고 묵묵히 숟가락을 들었다.

"국물 맛이 좋아."

"네."

"밥은 잘 챙겨 먹고 다니니."

"예."

무정하지만 두 아들에 대한 차 원장의 신임은 어느 한쪽으로 기울지 않고 공정했다. 하지만 결코 곁을 내주진 않는다. 어머니의 죽음 이후에도 마찬가지였다.

온갖 패리와 비리로 썩어 문드러진 부패한 바닥에서 차석훈 대법원장은 두터운 소나무처럼 일관된 마음가짐으로 굳건히 자리를 지켰다. 목에 칼이 들어와도 눈 한번 깜빡이지 않을 만큼 국가에 대한 충성심이 높은 사람이다.

융통성이라곤 찾아볼 수 없다. 강자에겐 더없이 엄격하고 약자에겐 한없이 너그럽다. 하지만 그뿐이다. 강현은 그들이 오랜 시간 겹겹이 쌓아 올린 단단한 성벽을 침범하지 않는다. 욕심내지 않는다.

지저분한 욕망이 절실하게 달아오르면, 뺨을 쳐 한 걸음 물러선다. 혀를 깨물고, 훼손된 채로.

죄인은 그래야 마땅하다.

"일은. 할 만해."

"네."

"경찰청보단 수월하겠지."

차 원장은 강현이 경찰대에 입학하는 것을 마땅치 않게 생각했다. 기껏 올라 봤자 치안총감. 경찰청장이 한계일 테니, 어찌 보면 당연한 반응이었다.

판사 출신 아버지. 검사 출신 형.

차석훈 대법원장은 옳은 사상을 지닌 인재가 먹이 사슬 최상위층을 차지해야 한다는 신념이 강했다.

경찰대를 수석으로 입학하고 졸업할 정도의 우수한 머리를 가진 강현은 어릴 적부터 하나를 배우면 열을 알았다.

눈치도 또래보다 빨랐고 조기 입학으로 주변 이들을 놀라게 했던 만큼 판검사도 거뜬했다. 검사인 형도 우습게 제칠 수 있었다. 그 모든 것을 알기에 멈춰야 했다.

차 원장은 강현의 앞에서 아쉬움을 내색하지 않았다. 묵묵히 고개를 끄덕였고, 그것이 너의 선택이라면 존중하겠노라 답했다. 아마, 터무니없는 직업을 꿈꿨다면 그 또한 그리하라 했을 분이다.

세 번의 질문, 두 번의 침묵. 한 번의 수긍은 차 원장의 방식이다.

"개인 사정이란 점을 강조해 기사는 최대한 막고 있지만 소문은 막을 길이 없어. 잠잠해질 때까진 보는 눈 신경 써라."

"……예."

"이슈 될 만한 큼직한 사건은 웬만하면 피하도록 하고."

"제가 피한다고 피해지나요."

"그렇게 되게 이미 손써 뒀다."

"아버지."

"나답지 않다 말하고 싶은 거냐."

단도직입적인 물음이었다. 강현은 대답하지 못했다. 그럴 자격이 없어서였다. 일을 이렇게 만든 장본인이었으니까.

차 원장이 눈썹을 꿈틀거렸다. 팽팽하게 대립하는 긴장감 속에서 물러서야 할 사람은 정해져 있다. 강현은 무표정하게 침묵을 끊어 냈다.

"아닙니다. 그렇게 하겠습니다."

속에 음식이 꽉 얹힌 듯했다.

이해성이 이런 기분이었을까.

조금 미안해지려 하네.

비식, 실없는 조소를 흘리며 강현은 묵묵히 식사를 이어 갔다.

좀처럼 볼 수 없는 웃음기가 강현의 얼굴에 언뜻 스치자, 차 원장은 조금 의아하다는 듯 눈을 떴다. 그마저 잠시였다.

차 원장은 마시던 찻잔을 소리 나게 놓아두고 고개를 들었다.

"강현아."

"예, 아버지."

강현은 숟가락을 식탁에 내려 두고 평소와 같은 어조로 답했다. 차 원장은 뜸을 들이다 입을 열었다.

"네 잘못이 아니다."

셀 수 없는 원망과 뼈아픈 질타를 감추고, 속이며 말한다. 눈을 감고 말하는 데엔 이유가 있다. 용서하지 못했기 때문이다.

"그러니 마음 쓸 것도 없다."

예전부터 거짓말은 곧 죽어도 못 하던 아버지임을 새삼 깨닫는다. 잔인한 위로가 백번의 멸시보다 더 곤욕스럽단 말을 끝끝내 삼키며 강현은 슬며시 입술을 당겨 웃었다.

그럼요. 그럼요, 아버지.

○ ◎ ●

식사를 마무리 짓고 집을 나섰을 땐 해가 저물고 있었다. 막바지 에너지를 전부 폭발시키듯 팽창하는 황금빛이 발개진 하늘에서 눈부시게 쏟아진다.

강현은 질끈 눈을 감고서 신경질적으로 넥타이를 풀어 헤쳤다.

"차강현."

발목을 잡는 부름에 강현은 잠시 멈칫했지만 무시하고 다시 걸음을 떼어 냈다. 그러나 한 걸음도 채 나아가지 못하고 멈추어야 했다.

강현이 비스듬히 돌아보았다.

"말해."

도현은 불러 놓고 말이 없었다. 그저 빤히 강현을 쳐다볼 뿐이었다.

어렸을 때부터 무뚝뚝한 형이었다. 놀아 달라 투정을 부리면 차갑게 손을 내쳤고, 아버지와 어머니의 시선이 닿지 않는 곳에서 유치한 수법으로 괴롭힌 적도 있었다.

하지만 강현은 전부 이해할 수 있었다. 독차지해 온 애정을 외부인에게 반으로 쪼개 줘야 하는 심정을 어찌 감히 헤아릴 수 있을까.

지혜롭고 현명한 어머니는 긴 시간 도현을 납득시키려 애썼다. 그 결과 살갑진 못해도 맹목적으로 혐오하고 질시하지 않는 관계로 마무리되는 듯했다. 감정 소모에 사력을 다할 사춘기 시절은 한참 지났다고, 타협하면서.

시간이 지날수록 조금씩 나아지고 있다 생각한 관계는 그 사건을 기점으로 완전히 박살 났다.

은혜도 모르는 놈. 뻔뻔한 새끼. 어머니를 죽음으로 몰아넣은 외부인. 원망의 이유는 차고 넘쳤다.

불안하진 않았다. 차라리 절규하며 네 탓이라 비난하고 주먹을 날리는 편이 나을지도 모른다고, 내내 생각했으니까.

지금보다 더한 지옥은 없었다.

차가운 야유를 감추고, 끓어오르는 감정을 애써 내색하지 않고, 그저 쓰게 미소 짓고 마는 바로 지금. 이 순간.

"……아니, 됐다. 가라."

긴 시간 이어진 정적을 뚫고 겨우 흘러나온 대답은 허무했다.

강현은 약간 눈살을 찡그리고서 무감정하게 입을 열었다.

"차 검사님."

도현이 슬며시 시선을 올렸다.

"쓰레기한테 쓰레기라고 하는 거. 죄 아닙니다."

"건방진 새끼가……."

도현이 입술을 잘근 씹으며 사납게 눈을 치떴다.

도현의 눈동자에 경멸이 스친다. 그럼에도 강현은 덤덤하다. 잔잔한 얼굴은 도현이 무엇을 말하든 내려놓고 받아들일 준비가 되어 있다.

"하……. 진짜."

좆같네. 적어도 검사의 입에서 나올 언사는 아니었다. 반듯함을 추구하는 차 원장 밑에서 엄하게 교육받아 자라 온 차도현이라면 더욱 어울리지 못했다.

"넌 아직 덜됐다. 어?"

흥분으로 달아오른 음성이 잘게 떨렸다. 꼴도 보기 싫다는 듯, 도현은 살벌하게 강현을 노려보던 눈을 치워 내고 말했다.

"그냥 그 잘난 입 다물고 눈앞에서 꺼져, 씹새야."

뒤도 돌아보지 않고 멀어지는 도현의 뒷모습을 가만히 응시하며, 강현은 쓰게 피식 웃었다.

'형이, 조금 무뚝뚝해서 그래. 아버지를 닮아서 표현을 잘 못해.'

알아요.

'형이 동생을 얼마나 갖고 싶어 했는데. 맨날 노래를 불렀어. 그러니까, 우리

착한 강현이가 조금만 더 기다려 주자. 알겠지?

어머니.
사실, 사실은요.
나도 진짜 아들이고 싶었어요.
감히 바랐어요. 주제도 모르고.
내가 형이었으면 좋겠다고.
쓰레기처럼, 은혜도 모르고.

○ ◎ ●

새벽 운동을 다녀온 직후라, 강현의 몸은 땀으로 흥건했다. 자주 찾는 피트니스 센터에서 평소처럼 근력 운동만 마무리 짓고 돌아올 생각이었는데 답답함이 가시지 않아 근처 한강에서 14km 러닝을 더 했다.

무리한 탓인지 갈증이 심하다.

강현은 한 손으로 젖은 머리를 털어 내며 은은한 벽부등 빛을 따라 긴 현관 복도를 가로질렀다.

냉장고 속을 빼곡히 채운 500ml 생수병 중 하나를 꺼내 든 강현이 뚜껑을 비틀었다. 퍼석해진 입안으로 생명수를 흘려보내며 다시 움직였다.

강현은 거실 소파에 쓰러지듯 풀썩 주저앉아 목을 젖혔다.

"후……."

꽉 다문 입술을 비집고 묵직한 숨이 흐른다.

등으로 느껴지는 축축한 물기운이 견디기 힘들 정도로 찝찝했지만 강현은 눈을 감은 채 꼼짝도 하지 않았다.

조용하다. 아무도 없다.

해가 짧고 달이 머무는 시간이 긴 겨울 새벽은 아직도 어둡다. 비가 내리려는지 자욱한 안개 냄새가 코에 스민다. 창문을 열어 뒀었나. 머리카락이 제멋대로 흐트러진다. 얼굴에 와 닿는 찬 바람이 싫지 않아 그마저 내버려 두었다.

'왜 나였어요?'

묻고 싶었다. 보육원의 수많은 아이들 중 왜 하필 나였냐고.

한 순간도, 단 한 순간도.

진실을 마주한 적 없었다. 복에 겨웠다고 생각할까 역한 호기심을 아프게 씹어 삼켰다. 위선적으로, 이기적으로.

눈물겹도록 행복한 삶을 누렸다. 뻔뻔스럽게, 마치 처음부터 내 것인 것처럼. 진창에서 구르던 지난날을 까맣게 잊고서.

사춘기는 없었다. 없는 척했다. 흔한 밥투정 한번 부려 본 적 없었다.

'우리 막내아들은 참 착해. 그래서 엄만, 때때로 조금은 슬퍼.'

버림받지 않기 위해, 데려온 선택을 후회하지 않게. 마지막까지 착한 아들로, 자랑스러운 아들로 남고 싶었다. 설령 가짜일지라도 적당한 위치에서 마지막까지 완벽하게.

발끝에서부터 스멀스멀 기어 올라오는 노곤함이 머릿속을 뒤덮으면, 멀쩡했던 정신은 질척한 늪지로 빨려 들어간다. 깜깜한 시야 속에서 물안개처럼 아른거리는 환영은, 깊은 곳에 처박아 둔 기억의 잔해들이다.

잊어선 안 될 그날이, 떠오른다.

○ ◎ ●

1년 전.

세상이 온통 하얀 눈으로 뒤덮인 2월, 겨울이었다.

강현이 현장에서 체포한 강도 살인 미수범 기결수 한범수가 교도소에서 탈옥했다. 경찰에게 이보다 더 큰 불명예는 없었다.

언론사, 보도국과 합의한 엠바고 기간까지는 앞으로 일주일.

그 안에 무슨 수를 써서라도 다시 잡아넣어야 했다. 전국 경찰들이 단체로 눈에 불을 켜고 달려들었지만 5일째 필사적인 노력에도 한범수의 털끝 하나 찾지 못했다.

프로파일러의 분석도, 강현의 추론도 보란 듯이 비껴갔다. 덕분에 담당 수사관들은 바짝 예민해진 상태였다.

자정이 가까워진 시각, 강현도 예외는 아니었다. 한창 업무에 집중하고 있는데 책상이 부르르 진동을 일으켰다. 슬며시 시선을 내려 발신자를 확인한 순간 싸하게 굳은 강현의 얼굴이 서서히 풀어졌다.

─ 아들, 바빠? 일 중?

어머니, 수연이었다. 피식, 기분 좋은 웃음이 새어 나왔다.

"아니요. 잠깐 복도에 나왔어요."

─ 오늘도 경찰청에서 자?

"네. 처리해야 할 사건이 있어서."

─ 거긴 무슨 맨날 일이 그렇게 많니.

강현은 그저 웃었다. 알 만하다는 듯 수연이 긴 숨을 내쉬었다.

─ 또 그놈의 기밀인 거니?

"네. 죄송해요."

― 어휴, 너나 형이나 다들 고생이 많네. 두 아들 내세울 건 얼굴뿐인데. 그치? 이러다 장가 못 가는 거 아니야? 그래도 잠은 집에서 자게 해 주지. 밥은 잘 챙겨 먹어?

"하나씩 천천히 물어보세요. 저 어디 도망 안 가요."

그날도 수연은 수다스러웠다.

고용인 아주머니와 함께 장을 보러 갔다가 특가 세일 상품을 쓸어 왔다는 얘기, 식사 여부, 보고 싶다는 말이나 본가엔 언제쯤 올라올 거냐는 재촉이 통화 내용 중 9할을 차지했다. 다정하고 상냥한 음성은 언제 들어도 좋았다.

좀처럼 진전이 없는 수사에 심신이 지쳐 있을 땐, 불시에 걸려 오는 수연의 전화가 가장 효과 빠른 피로 회복제였다.

― 남편은 대법원, 큰아들은 검찰청, 막내아들은 경찰청. 혼자 집에서 뭐 하는 건지 모르겠다.

집안에 저 혼자 여자인 것도 서러운데, 무뚝뚝한 남편이고 두 아들이고 전부 바쁘다며, 수연은 혼자 남은 삭막한 집 안이 재미없고 쓸쓸하단 말을 입버릇처럼 했다. 그나마 이따금씩 수연의 말동무가 되어 주는 건 막내아들 강현뿐이었다.

그 정도 수고로움은 아무것도 아니었다. 오히려 안심했다.

불현듯 찾아오는 고립이 멀어지고, 아주 잠시나마 진짜 가족이 된 것만 같은 착각이 허락되는 유일한 순간이었으니까.

― 엄마가 도시락 싸 들고 지금 경찰청으로 갈까?

"밤길 위험해요. 언제 긴급 상황 떨어질지도 모르고요. 사건 마무리 되는 대로 들를게요."

― 얘는, 내 나이가 몇인데 밤길 걱정을 해. 엄마도 저녁 안 먹었으니까 같이 먹자. 네가 좋아하는 토란국이랑 계란말이 해 갈게. 응?

평소 같았다면 못 이기는 척 고개를 끄덕였겠지만 상황이 상황인 만큼 강현은 쉽게 수락하지 못했다.

역시, 안 되겠다.

고민 끝에 죄송하다, 이번 한 번만 져 달라 말하려는데 불현듯 이질감을 느낀 강현이 멈칫했다. 지금처럼 곤란함을 내비칠 땐 수연은 단 한 번도 고집을 부린 적이 없었다.

"어머니."

— 으응? 왜?

"……어디세요. 지금."

적잖게 놀란 듯 수연은 한동안 말이 없었다. 분명 당황한 것이다.

"어머니."

— 누가 형사 아니랄까 봐. 미안해. 네가 안 된다고 할까 봐 30분 전에 이미 출발했어. 곧 도착할 것 같아.

"서 기사님 동행하시는 거죠."

— 내가 재벌 집 사모님이니? 너무 유난이야. 그런 식으로 사람 부리면 못써. 도착하면 연락할게, 아들. 일하고 있어.

"지금 모시러 갈게요. 위치 말씀해 주세요."

— 아냐. 정말 거의 다 왔어. 바쁠 텐데 얼른 들어가.

"위험해요."

— 경찰청 주변이 뭐가 위험하니. 이참에 너도 엄마 맘 좀 느껴 봐. 걱정 말고, 빨리 갈게.

조금 더 단호하게 말려 보려 했지만 통화는 이미 끊어진 뒤였다.

직접 만든 도시락을 들고 찾아오겠다는 수연의 말은 가슴을 뜨겁게 달궜지만 동시에 불안했다.

'이름이, 차강현?'

한범수의 경고가 그 이유였다.

'두고 봐라. 짭새 새끼야.'

강도 높은 취조 끝에 결국 자백한 한범수는 맞은편의 강현을 향해 미친 사람처럼 웃었다. 두고 보라 말한 놈은 셀 수도 없었다. 웃어넘긴 것이 실수였을까.

기억 속 한범수는 수갑이 채워진 손목을 허공에 흔들며 비열하게 입꼬리를 비틀어 올렸다.

'내가, 너 새끼 눈깔에서 피눈물 나는 꼴 꼭 보고 만다. 조만간.'

휴대폰을 쥐고 있던 강현의 손에 꽈악 힘이 실렸다.

바로 수연에게 전화를 걸어 봤지만, 받지 않는다. 처음이었다.

강현은 뒤도 돌아보지 않고 경찰청을 빠져나와 발길이 닿는 대로 앞만 보며 무작정 내달렸다.

불안한 직감은 단 한 순간도 어긋난 적이 없었다. 뛰는 동안 쉬지 않고 수연에게 전화를 걸었다. 역시나, 배터리가 바닥날 때까지 통화는 연결되지 않았다. 비 오듯 흐르는 땀에 눈앞이 뿌옇게 흐려질 때쯤.

전화가 걸려 왔다.

수연은 말이 없었다. 불안한 예감이 확신으로 뒤바뀌려는 찰나, 끅끅거리는 기분 나쁜 웃음소리가 곤두선 청각을 건드렸다.

"누구야. 너."

— 어이, 차 형사. 잘 지냈어?

강현은 턱이 뻐근해질 만큼 이를 악물었다.

"미친 새끼가……."

— 문자로 위치 보냈으니까 확인해. 주변에 카메라 싹 깔아 놨으니까 골치 아프게 서로 대가리 굴리지 말자. 그러다 골로 가는 수가 있어.

질끈 눈을 감았다 떴다. 북을 치듯 심장이 둥둥 울렸다. 강현은 간신히 마음을 다잡고 문자를 확인했다. 근처 신축 건물 공사장이었다.

인질극, 살인, 강도, 폭행. 범죄라면 질릴 만큼 수도 없이 겪어 봤다. 흉측하게 절단된 변사체를 봤을 때도 눈 한번 깜빡이지 않았다.

그날, 그 순간.

강현은 어느 때보다 심하게 동요하고 있었다. 사건이 터지면 차갑게 머리를 식히던 여유는 찾아볼 수 없었다. 머릿속이 새하얘졌다.

그럼에도 경험으로 숙련된 몸은 머리보다 먼저 움직였다.

"계장님. 한범수 찾았습니다. 동현건설 공사장 건물 5층에 납치한 인질과 함께 있습니다. 지금 즉시 특공대 출동 명령 내려 주세요. 한범수가 직접 설치한 카메라가 있어 거리 확보 해 주셔야 합니다. 신호드릴 때까지 대기 부탁드립니다. 인질은……."

쉬지 않고 말을 쏟아 내던 강현이 크게 숨을 들이켜며 이마를 짚었다. 하아, 뜨거운 한숨이 잘게 쪼개졌다. 평소답지 않게 왜 그렇게 흥분한 거냐고, 일단 진정하라는 계장님의 말이 이명에 묻혔다. 강현은 멋대로 떨리는 입술을 턱이 뻐근해질 만큼 꽉 씹어 물었다.

인질은. 그러니까. 인질은.

"……이수연. 제 어머닙니다."

'관계자 외 출입 금지' 경고 문구가 붙어 있는 낡은 쇠창살 문이 강현의 거친 발길질 한 번에 팡, 소리를 내며 무참히 뜯겨 나갔다.

강현은 혹시 모를 상황에 대비해 챙겨 온 홀스터에서 총기를 빼 들었다. 익숙하게 총을 움켜쥔 채, 민첩하고 정확하게 주변을 살폈다.

카메라로 추정되는 물체는 찾아볼 수 없었다. 작은 불빛조차 차단된 칠흑 같은 어둠에 시야 확보가 어려웠다. 눈으로 식별이 불가할 정도라면 카메라는 아마 초소형일 것이다.

강현은 이제 막 미장 작업을 끝낸 시멘트 계단을 천천히 밟아 오르며 계산하고, 또 생각했다.

한범수가 어머니를 어떻게 알았을까. 교도소에서 어떻게. 초소형 카메라를 설치하고 공사장 설계 정보까지, 대체 무슨 수로……

외부인? 면회? 아니. 한범수는 5살 어린 딸을 제외하면 지인도, 가족도 없다. 상습적으로 강도를 저질렀을 때 숨겨 둔 공범이 있었나.

"미친."

강현이 짧게 조소를 터트렸다. 이런 상황에서까지 수사 때 놓친 부분을 되짚는 스스로가 역겨워서.

5층에 다다랐을 때, 강현은 숨을 참았다. 캄캄한 허공을 향해 반듯한 자세로 고요히 총구를 겨누며, 흥분과 두려움으로 잠식된 머릿속을 차갑게 비우려 애썼다.

한범수는 삶에 미련이 없는 놈이다. 어린 딸에게 성폭행을 일삼았던 만큼 제정신이 아니다. 하지만 여태껏 살인에 성공한 적은 없었다. 전부 미수로 그쳤다. 금품을 갈취하기 위한 그저 보여 주기 식의 쇼에 불과했다. 보이는 것과 달리 겁이 많은 놈이다.

최악의 상황은 벌어지지 않는다.

강현이 지금처럼 여러 가능성을 배제한 적은 처음이었다. 어쩔 수 없었다. 상상만으로도 끔찍하니까.

"여어. 왔어?"

빈정대는 한범수의 목소리가 텅 빈 공간을 크게 울렸다.

강현의 눈이 가느다래졌다. 어둠에 익숙해지며 불분명한 형체가 서서히 또렷해졌다.

한범수가 보이고, 그 앞에 방패막이가 된 수연이 보인다. 처음 겪는 상황이 두려웠는지 수연은 공포에 질린 얼굴로 발발 떨고 있었다. 다리에 힘이 풀려 주저앉으려 할 때마다 한범수가 수연의 어깨를 거칠게 잡아 끌어 올렸다.

"으윽, 으으읍!"

접착된 테이프가 입을 꽉 틀어막고 있어 의사 전달이 불가했다. 뭉개진 발음으로 오지 말라며 절박하게 고개를 내젓는 어머니의 얼굴은 엉망진창이었다.

한범수의 손에 들린 칼날이 달빛을 받아 날카롭게 번뜩였다. 강현의 얼굴이 사납게 일그러졌다.

"좋게 말할 때 칼 버려."

"누구한테 명령? 아직도 상황 파악이 안 돼? 우리 형사님 그동안 눈 관리 잘 안 했나 봐."

한범수가 능청스럽게 히죽이며 놀리듯 칼을 빙글 돌렸다.

감흥도, 재미도 없는 뻔한 도발이다. 강현은 무표정한 얼굴로 한범수를 꿰뚫듯 주시하며, 조용히 방아쇠에 손가락을 걸었다.

공포탄 한 발. 실탄 세 발.

예상치 못한 난관에 직면했다. 첫 발은 무조건 공포탄이다. 타격 없는 공포탄을 발포하면, 한범수는 이성을 잃을 것이다.

강현이 낮게 욕을 읊조리며 총을 내렸다. 한범수를 똑바로 직시한 채 믿을 수 없을 만큼 빠른 속도로 손을 움직였다. 실린더를 해체하고 1시

118

방향에 꽂혀 있는 공포탄을 빼어 낸 뒤, 마지막 실탄을 공포탄 자리에 옮겨 넣었다. 한 치의 오차도 없는 명확한 움직임이었다.

그 모습을 유심히 지켜보던 한범수가 코웃음을 쳤다.

"겁 없네. 바로 실탄 쏘려고? 아아, 대법원장 댁 귀한 막내아드님이시라 눈에 뵈는 게 없나?"

"입 다물고 여자 내려놔."

철컥, 총알이 장전되자마자 강현이 총기를 받쳐 올렸다.

"어이, 차 형사. 눈 감고 총 쏴 봤어? 너 그거 함부로 당기지 마. 까딱하면 니네 엄마 벌집 된다."

한범수가 칼끝으로 수연의 목덜미를 툭툭 두드리며 가증스럽게 낄낄거렸다.

"알지? 사람 신체 중에서 가장 연약한 부위가 모가지인 거. 부드럽고 얇아서 대충 찔러 넣어도 쉽게 뚫리잖아."

"입. 닫으라 했지."

"있잖아, 차 형사. 내 생각엔 사정거리 밖에서 쏘는 총보단 바로 옆에서 칼로 쑤시는 게 더 효과적이고 빠를 것 같거든? 더군다나 사람은 총한번 맞는다고 쉽게 죽는 동물이 아니야. 즉사하려면 심장뿐인데……."

한범수가 얼굴을 갸웃거렸다.

"여기 이렇게. 떡하니 서서 막아 주고 있잖아. 친절한 너희 엄마가, 나 뒈지지 말라고."

"머리."

"……뭐?"

"대가리는 왜 빼, 새끼야."

푸하하! 한범수가 박장대소를 터트렸다. 그러다가도 언제 그랬냐는 듯 웃음기를 싹 지워 내고 수연의 목에 더 가까이 칼을 들이밀었다.

개새끼가……

"목에서 칼 치워."

무심한 어조와 달리 강현의 짙은 눈은 거칠게 요동치고 있었다. 참다 못해 걸음을 떼어 내려는데, 한범수가 노골적으로 협박했다.

"워워. 거기서 한 발자국만 더 다가오면 바로 죽일 거야."

씹. 강현이 움직임을 멈추자 한범수의 입술이 만족스럽게 올라섰다.

"알잖아. 난 지금 눈에 뵈는 게 없어. 개인적으로 여기보다 깜빵이 더 편하더라고. 니들이 낸 세금 때문에 잠자리도 아늑하고 밥도 잘 나와. 군대보다 훨씬 낫다니까? 근데 내가 왜 도망쳤게? 우리 차 형사가 자꾸 눈에 아른거려. 보고 싶어서 참을 수가 없었거든."

강현의 손이 미세하게 흔들렸다. 총기를 다시 고쳐 잡아 봐도 떨림은 좀처럼 줄어들지 않았다.

"자, 배려해 줄 테니까 선택해. 마지막 인사 하시든가. 쏘시든가."

수연에게 완벽히 가려진 한범수의 몸은 빈틈이 없었다.

"안 해?"

조금만……. 조금 더 옆으로.

"원하는 게 뭐야."

강현은 일부러 시간을 끌며 한범수가 방심하는 순간을 노렸다.

"원하는 거? 당연히 차 형사 눈깔에서 피눈물 흘리는 모습 보는 거지. 예전에 말했잖아. 기억 안 나?"

제발, 제발 좀.

강현은 동요하지 않고 침착하게 한쪽 눈매를 찡그리며 목표물을 조준 했다. 뇌세포가 솟구치는 기분이다. 고도의 집중력을 발휘하며 호흡을 멈추었다. 신중해야 한다. 한 치의 실수도 있어선 안 된다.

강현의 간절함을 알아챈 듯, 꼼짝없이 한범수에게 붙잡혀 있던 수연이 있는 힘껏 몸을 비틀었다.

드디어……,

보인다. 보였다. 빈틈.

"이 미친년이 진짜!"

탕!

커다란 굉음과 함께 발포된 실탄은 어둠을 뚫고 정확히 한범수의 두 개골에 명중했다. 한범수가 커읔 신음하며 풀썩 쓰러지고, 동시에 수연이 허물어지듯 무너졌다.

강현이 방아쇠를 당겼을 때, 눈이 뒤집힌 한범수가 기회를 놓치지 않고 수연의 목덜미에 칼날을 푹 찔러 넣은 것이다.

한범수가, 더 빨랐다.

안 돼.

심장이 발끝으로 쿵, 내려앉았다. 온몸에 힘이 빠졌다. 누군가 발목을 잡아끄는 것 같았지만, 강현은 억지로 다리를 움직였다.

발에 감각이 없다. 비현실적이다.

수연의 목에서 뿜어져 나오는 붉은 핏물이 바닥으로 뚝뚝 떨어졌다. 바닥에 고인 웅덩이가 물인지, 피인지, 누구의 것인지 알 수 없다.

곁에 멈춰 선 강현이 털썩 쓰러지듯 무릎을 꿇고 주저앉았다. 목에 꽂힌 칼을 무턱대고 빼낼 수도 없었다. 자칫 혈관을 잘못 건드리면 과다 출혈로 죽을 것이다.

"아……."

눈가가 뜨거워졌다. 제정신을 유지하기 힘들 정도로 어지러웠다. 강현은 두 손 놓고 있을 때가 아님을 뒤늦게 깨닫고 다급히 휴대폰을 꺼내 들었다.

119. 숫자를 누르는데 힘겹게 팔을 올린 수연이 휴대폰을 내렸다.

시선을 내리고서 느릿느릿 눈을 깜빡인다. 자신의 입에 붙어 있는 테이프를 떼어 달란 뜻이다.

"움직이시면 안 돼요. 출혈이."

괜찮다고 말하는 듯, 수연이 애처롭게 눈을 휘어 웃었다.

피가 거꾸로 솟고, 심장이 펄펄 끓어올랐다.

강현이 아랫입술을 아프게 씹으며 천천히 손을 들었다. 조심히 테이프를 떼어 내자, 수연은 창백하게 질린 얼굴로 가쁜 숨을 토했다.

"강현. 강현아……."

목덜미에 칼이 박혀 있어 탁 잠긴 쇳소리가 흘렀다. 수연은 귀를 가까이 밀착해야 겨우 들릴 만큼 미세한 음성으로 쥐어짜듯 속삭였다.

"말하지 마세요. 상태 나빠요."

칼을 피해 목 주변을 압박해 봐도 피는 멈출 생각 없이 폭포처럼 철철 쏟아졌다. 강현의 얼굴이 고통스럽게 일그러졌다.

"떨지 마. 강현아."

아플 텐데. 고통스러울 텐데.

전부 내 탓이다. 전부, 전부 다.

죽어도 안 된다고, 오지 말라고. 끝까지 당신을 말렸더라면. 오늘 하루쯤 나쁜 아들로 남았다면. 조금만 더 빨랐다면. 내가, 내가.

"아버지랑, 형……. 잘 부탁해."

안심하라고, 수연은 정신을 잃어 가고 있는 상황에서도 눈을 맞추며 강현을 향해 흐리게 웃었다.

"나쁜 사람들, 아니야……. 가족, 가족이야. 강현아. 표현하는 법을 잘 몰라서……, 그래서 그래."

숨소리인지, 목소리인지 분간이 어려웠다. 수연의 눈가에서 물줄기가 흘렀다. 마지막 남은 힘을 끌어모아 손을 올린 수연이 강현의 뺨을 다정하게 쓰다듬었다.

"……아들."

핏대 선 강현의 눈이 시뻘겋게 익어 갔다.

"그만……, 그만, 하세요. 제발."

하나밖에 없는 우리 아들.

어떡하지. 우리 막내아들 장가가는 모습은 봐야 하는데. 못 해 준 게 너무 많아서, 아쉬워서 어쩌지.

수연의 눈꺼풀이 감겼다 떠지는 속도가 눈에 띄게 느려졌다.

어……, 어머니…….

어머니!

강현이 울음을 삼키며 애원했다.

"네 잘못이 아니야……."

가느다란 음성, 불안정한 호흡.

상황은 갈수록 최악이었다.

"엄마는, 늘 자랑스러워. 아들. 착한, 우리……, 막내, 아들. 강현이."

강현의 뺨에 머물렀던 수연의 손이 스르륵 흘러내렸다. 강풍에 휘날리는 촛불처럼 위태롭게 점멸하던 생명력이 끝내 꺼졌다.

……죽지 마.

죽지, 마.

믿을 수 없어 강현은 몇 번이고 소리쳤다.

"안 돼……. 눈 떠. 눈 뜨라니까!!"

힘을 잃은 수연의 몸이 강현의 손길을 따라 이리저리 이끌리듯 종이처럼 흔들렸다.

차게 식어 가는 수연의 품에 얼굴을 묻고, 덜덜 떨리는 손으로 창백한 뺨을 쓸어 올리고, 이를 악다물며 다시 어깨를 흔들고. 욕을 읊조리고,

심장에 귀를 가져다 대고, 맥박 수를 확인하고, 몸에 올라타 가슴을 압박하며 심폐 소생술을 하고.

전부, 부질없었다.

아, 아아…….

모든 것이 멈추었다.

강현이 덜덜 떨리는 손으로 제 얼굴을 쓸어 냈다. 시선을 내리자 피범벅이 된 손바닥이 눈에 담긴다.

"왜……."

왜 죽었지. 어떻게 이런 일이 벌어질 수 있지.

죽어 버린 강현의 검은 눈동자가 느리게 옆으로 움직였다.

"……총 한번 맞는다고 쉽게 안 뒤진다며. 근데 뭘 했다고 뒤져. 씹새끼야. 아직 시작도 안 했는데. 어?"

깊게 가라앉은 음성이 살벌하게 흘러나왔다. 강현은 싸하게 얼어붙은 표정으로 숨을 거둔 한범수를 향해 천천히 손을 올렸다.

초점을 잃은 눈동자에 잠잠한 한범수의 얼굴이 들어찬 순간, 강현은 미련 없이 방아쇠를 당겼다.

탕! 타앙!

이미 기능을 멈춘 한범수의 몸이 강한 반동에 활어처럼 높게 튕겨 올랐다. 머리통에 연속으로 실탄이 처박히는 광경을 똑똑히 봐 놓고도 강현은 덤덤했다.

부질없는 복수로 얻는 건 그 무엇도 없었다.

모든 감정을 송두리째 빼앗긴 사람처럼. 괴로움도, 분노도, 슬픔도, 후련함도, 허탈함도. 없었다.

텅 비었다.

죄인은 말이 없다.

앞으로도, 없을 것이다.

○ ◎ ●

툭. 손에 힘이 풀려 들고 있던 생수병이 바닥으로 추락했다. 둔탁한 소리에 강현의 눈꺼풀이 느릿하게 떠밀려 올라갔다.

뿌옇게 번져 보이는 주황빛 브래킷 조명이 점차 선명해진다. 완전히 초점이 맞춰졌을 때, 기억의 잔해는 흔적도 없이 흩어져 사라졌다. 평소처럼. 깊은 심연 속에 꽁꽁 묻어 숨기고 자물쇠를 걸어 잠근다.

'반드시 지켜 줘. 강현아. 너를 간절히 필요로 하는 사람들을. 구해 줘. 내가 그랬던 것처럼. 너도. 너도……'

지긋지긋한 겨울이다.

지독하고. 끔찍하고. 그립고.

보고 싶고. 간절하고……

'만약, 제가 형사가 아니었다면.'

무방비한 상태에서 낯선 환청이 불쑥 뇌리를 뚫고 밀려왔다.

관심과 분노. 간절함이 어지럽게 뒤섞인 고동색 눈동자. 검은 머리카락과 상반되는 흰 목덜미. 범죄자를 제압하기엔 지나치게 가늘고 여린 손목이 뒤이어 떠오른다.

한 손으로 움켜쥐고 그대로 힘을 주면, 바스락 꺾일 듯 연약한 너를 보며, 나는 어쩌면.

……두려웠나.

거울 앞에 선 기분이라서. 마주 보는 기분을 지울 수 없어서. 그토록 필사적으로 부정하고, 외면하며 모질게 굴었던가.

강현은 미간을 구기며 신경질적으로 트레이닝 점퍼 지퍼를 내렸다. 땀에 젖은 운동복을 벗고 샤워실로 향했다.

세차게 떨어지는 차가운 물줄기를 온몸으로 맞으며, 강현이 주먹을 꽉 말아 쥐었다.

'죽여 버릴 거야.'

영상 속 목소리가 끊임없이 재생됐다. 충혈된 눈으로, 잠식된 독기로 저주를 퍼붓던 어린 날의 이해성이, 계속.

……형사가 아니었다면 도와줬을 거냐고 물었던가.

"웃기고 있어……."

뚝. 물줄기가 멈추었다.

○ ◎ ●

출근하는 길, 지나치게 맑은 하늘에 비해 컨디션은 최악이었다.

잊을 만하면 떠오르는 그날의 장면 때문에 해성은 뜬눈으로 밤을 지새워야 했다.

연신 뒤척이다 한숨을 쉬고, 답답함을 참지 못해 이불을 박차고 몸을 일으켰다가 다시 드러눕고. 헛짓만 하다 보니 어느새 동이 텄다.

수면 부족 탓인지 이물질이 들어간 것처럼 눈이 얼얼하고, 뒷골이 당겨 없던 두통까지 생겼다.

원 플러스 원 행사 상품도 아니고.

감은 눈과 귀로 날 선 목소리가 흘러들었다.

'그럼 건들지 마.'

'더 열받게 만들기 전에.'

차강현의 견고한 얼굴에선 그 어떤 미세한 균열조차 찾을 수 없었지만, 어쩐지 화가 난 것 같았다.

내가 언제 건드렸냐고. 대체 뭘 열받게 했냐고. 가만히 있는 사람 상대로 먼저 모멸감 느끼게 한 건 당신이지 않았냐고.

상사 앞이라고 성격 죽이고 침묵한 과거의 자신이 원망스럽다.

사납게 이빨을 세우며 캬옹— 정도는 해 볼 걸 그랬다. 팀장이 말한 그 고양인지 뭔지 하는 동물처럼. 그래 봤자 위협은커녕 웃음거리만 되겠지만.

'그런 눈으로 바라보지 마.'

마치, 네가 나를 바라보는 눈빛과 감정이 무엇인지 전부 알고 있다는 말투여서 더 심신이 뒤틀렸다.

그래. 재수 없다고 생각했고, 그만큼 멋있는 사람이라 생각했다. 꾸며 낸 허세가 아닌 경험으로 얻은 강함이 매력으로 다가왔다.

신랄한 조롱은 조금 아팠지만, 전부 맞는 말이었으니 납득했다. 그토록 집요하게 사건 배당에서 제외하려 한 이유 역시, 이해한다.

'좋다' 또는 '싫다'.

한 끗 차이로 달라지는 감정의 경계선에 서 있는 기분이 석연치 않다.

설령 좋은 쪽으로 기울어진대도 어쩔 텐가. 달라질 건 없었다.

불쑥 찾아온 봄바람처럼 살랑거리는 간지러움에 주책없이 가슴 떨려 하기엔 나는 너무 아픈 사람이고, 담을 여유가 없고, 상처투성이인데.

상처와 불행은 전염성이 강한 바이러스라고 했다. 적어도 피해는 주지 말자. 품지 않으면 욕심도 나지 않을 것이다. 늘 그랬던 것처럼.

"하아⋯⋯."

선명한 남자의 잔상을 머릿속에서 지워 내고 천천히 눈을 떴다.

삼성역까지 앞으로 두 정거장.

해성은 꽉 들어찬 인파를 겨우 뚫고 출입문 앞에 간신히 멈춰 섰다.

제발 오늘만큼은 별 탈 없이 무난하게 지나가길, 간절히 바라면서.

⋯⋯그랬는데.

그 염원을 보란 듯이 비웃는 듯한 눈앞의 광경은 또 무어란 말인가.

마스크, 모자, 가죽 재킷. 온통 검은색으로 무장한 남자가 고개를 푹숙인 채 은밀하게 손을 움직였다.

조 경위가 입버릇처럼 말하던 '형사의 촉'이란 것이 바로 이런 건가.

"⋯⋯."

해성은 숨을 죽이고 남자의 동태를 유심히 살폈다.

출입문 앞이었고, 지나치게 많은 인파가 밀집된 상태인 데다가 다들 각자의 휴대폰에 정신이 팔려 있다.

누구도 자신에게 관심이 없다는 사실을 인지한 모양인지, 남자의 행위가 퍽 대담했다.

처음엔 여자의 뒷모습을, 그다음엔 짧은 치마 속을 휴대폰 카메라에 담는다. 무음 어플을 사용하는 듯, 촬영 소음은 일절 없었다.

'이것 봐라⋯⋯.'

어이가 없어 피식 웃음이 샜다.

20대 초중반쯤 될까. 남자는 앳된 얼굴이다. 해성은 성급히 나서지 않았다. 잡을 때 잡더라도 증거는 확실해야 하니까.

역에 가까워질수록 남자의 범행은 더욱 과감해졌다. 인파에 떠밀리는 척하며 여자의 엉덩이를 스치듯 슬쩍 더듬거리질 않나. 혼자 끅끅거리며 징그럽게 웃기까지 한다.

해성은 시선을 내려 손목시계를 확인했다. 지체했다간 지각이다.

"아침부터 짜증 나게 하네."

해성이 혼잣말하듯 중얼거렸다.

사건에 휘말리면 골치 아파질 건 뻔했다. 피해자가 적극적으로 협조해 줄지도 미지수다. 일시에 집중되는 시선과 수치스러움을 견디지 못해 자리를 뜰 확률도 있으니까.

하지만, 목격하지 못했다면 모를까. 직접 눈앞에서 저런 짐승만도 못한 짓을 벌이고 있는 인간을 모르는 척할 만큼 썩진 않았다.

제아무리 정의 따윈 없이 복수심에 불타 덜컥 경찰이 됐다 해도.

"이봐요."

해성이 손끝으로 어깨를 툭툭 치자, 놀란 여자가 홱 돌아본다.

"자세한 설명은 나중에 해 줄 테니까, 일단 내 옆으로 와요."

"……네?"

여자는 당황한 기색이 역력했다.

"얼른요."

해성이 턱짓으로 옆자리를 가리키자 30대 직장인으로 추정되는 여자는 심상치 않은 기운을 감지하고 엉거주춤 자리를 옮겼다.

"누구신데 저를……."

"형사입니다. 협조 좀 해 주세요. 어디 가지 말고."

형사란 말에 여자와 남자는 적잖게 당황한 얼굴이었다. 역에 도착하고, 출입문이 열리자마자 남자가 급히 걸음을 떼어 냈다.

느긋하게 따라 내린 해성이 멀어지는 남자의 손을 덥석 잡아챘다.

"뭐, 뭐야!"

"어딜 그렇게 바쁘게 가십니까."

"놔! 왜 애먼 사람한테 지랄이야!"

남자가 격하게 거부 의사를 보이자 지나치던 사람들의 시선이 단숨에 집중되었다.

"아……. 매번 똑같은 그 구닥다리 멘트는 질리지도 않나."

남자가 몸을 비틀수록 손목을 붙잡고 있는 해성의 악력은 더 강해졌다. 해성이 얼굴을 돌려 여자를 향해 말했다.

"휴대폰 있으면 112에 신고 좀 해 주세요. 보다시피 내가 지금 손이 모자라서."

"시, 신고요?"

"몰카 성추행범 현장에 잡아 두고 있다 하면 5분 안에 기가 막힌 속도로 달려올 겁니다. 아마도."

여자의 눈이 크게 떠졌다. 성추행이라니, 몰카범이라니. 표면적으로는 지나가는 행인에게 도움을 청하는 것처럼 보일 수도 있지만, 여자는 직감적으로 알아차릴 수 있었다.

자신이 피해자란 사실을.

해성은 마지막까지 배려한 거였다. 혹여나 촬영을 하는 시민들의 휴대폰에 피해자의 신상까지 노출될까 싶어서.

해성은 발악하는 남자를 한심스럽게 바라봤다.

"곱게 휴대폰 넘겨요."

"닥쳐! 형사면 다야? 어? 무고한 시민 붙잡고 뭐 하는 짓인데. 증거

130

있어? 있냐고!"

해성이 손으로 남자의 바지 주머니를 가리켰다.

"그걸 왜 나한테 묻습니까. 당연히 거기에 있겠죠. 당신 휴대폰에."

남자가 눈을 부라렸다.

"없으면 어쩔 건데. 내 정신적 피해 보상, 네가 다 책임질 거야?"

정신적 피해 보상이란다……

"근데 나보다 한참 어린 것 같은데 왜 자꾸 아까부터 반말이세요."

"뭐?"

"가져와. 휴대폰."

해성이 반대편 손바닥을 펼쳤다. 갈수록 억세지는 손힘에 남자가 인상을 구기며 해성을 노려보았다.

"뭔 계집애 힘이……"

"계집애 아니고 형사."

해성은 슬슬 짜증이 치밀어 올라 인상을 구겼다. 남자가 입술을 씹으며 주춤거렸다. 쉬운 상대가 아니다. 재수가 없으려니까.

"허튼 생각 말지. 도망쳐 봤자, 내가 당신 얼굴 알고 있는 이상 수배 때리면 잡히는 건 시간문젠데."

"씹……"

남자는 순순히 주머니에 손을 가져가는가 싶더니, 방심한 틈을 노려 해성의 얼굴에 있는 힘껏 주먹을 날렸다.

퍼억! 강한 타격음과 함께 해성의 몸이 작게 휘청거리며 얼굴이 반쯤 꺾였다. 턱 부근으로 전해지는 아릿한 통증은 둘째 치고 어처구니가 없어 하, 헛웃음이 터졌다.

"놔! 이거 완전 또라이 아니야?"

그럼에도 남자의 손목을 움켜쥔 해성의 손은 여전히 건재했다. 집요한 건지, 정신력이 대단한 건지.

주변 사람들의 수군거림이 커지든 말든 알 바 아니었다. 해성은 얼얼한 턱을 감싸 쥔 채 천천히 고개를 돌려 뚫어져라 남자를 응시했다.

"야."

싸하게 가라앉은 해성의 얼굴을 마주한 남자가 흠칫하며 뒷걸음질 쳤다. 분노로 일렁이는 눈빛은 사람의 것이 아니었다.

차강현, 조형운. 그 둘에게 당한 것만 몇이던가. 상사에게 빌빌 기던 모습은 온데간데없었다.

넌 오늘 아주 제대로 걸렸다. 해성이 씨익 입술을 늘여 웃었다.

"뭐, 뭐! 그, 그러면 내가 쫄 것 같냐? 어? 여경이면 얌전히 경찰서에 처박혀서……."

말이 채 끝나기도 전에 벌어진 일이었다. 잡고 있던 남자의 손목을 확 끌어당긴 해성이 단숨에 멱살을 잡아 그대로 남자를 엎어쳤다.

쿵!

"아악!!"

바닥으로 내리꽂힌 남자가 비명을 내지르며 고통을 호소했다. 그러거나 말거나 해성은 남자의 팔을 꺾으며 체중을 실어 도주하지 못하도록 압박했다. 도무지 작은 체구에서 나올 수 있는 괴력이 아니었다.

"으윽! 겨, 경찰이 이래도 돼? 법치 국가에서……, 경찰이 사람을 때리는 게 가당키나 하냐고!!"

"어디서 주워들은 건 있어 가지고. 법치 국가라서 이 정도로 끝난 줄 알아. 아니었으면 그 얼굴 한참 전에 걸레짝 됐어, 알아? 너 같은 쓰레기 새끼 지켜 주라고 시행된 제도 아니니까 가벼운 입 그만 떠들고 휴대폰 내놔, 양아치 새끼야."

때맞춰 도착한 지구대 경찰들이 다급하게 현장으로 달려왔다.

도저히 분이 안 풀린다. 해성은 경찰에게 인계하기 전에 강한 힘으로 남자의 머리통을 후려갈겼다.

마음을 혼란스럽게 했던 남자.

차강현을 떠올리면서.

○ ◎ ●

"저년 내가 고소할 거야!!"

지구대에 남자의 음성이 쩌렁쩌렁 울려 퍼졌다. 벌써 30분째, 경찰들의 냉담한 눈총에도 남자는 아랑곳하지 않고 진상을 부렸다.

유일한 증거물인 남자의 휴대폰은 엎어치기의 여파로 액정에 금이 가긴 했지만 다행히 작동엔 전혀 문제가 없었다. 확인해 본 결과 여성의 신체를 몰래 촬영한 사진은 무려 1500장이 넘었다.

성추행 장면은 지하철 CCTV를 확인하면 자연스레 밝혀질 일이다.

"형사님, 얼굴은 괜찮으세요?"

지구대 순경이 걱정스럽게 물어 오자, 해성은 대답 대신 고개를 끄덕였다. 비록 턱 주변에 멍이 들고, 입술이 터지긴 했지만.

"저놈 완전 악질이에요. 증거가 떡하니 나왔는데도 끝까지 아니라고 잡아떼질 않나. 하여튼……, 작성해 주신 참고인 진술서는 확인됐으니, 취합해서 여청과(경찰서 여성청소년과 줄임말)에 보고서 올리겠습니다."

"네, 수고해 주세요."

"아닙니다, 저 근데……."

지구대 경찰이 해성의 눈치를 살피며 체포된 남자를 힐긋거렸다.

"아무래도 좀 복잡해질 것 같습니다. 저놈이 하도 형사님한테 폭력을 당했다면서 고소하겠다고 박박 우겨 대는 바람에……."

해성은 대수롭지 않게 대답했다.

"상해나 폭력은 없었습니다. 도주할 우려가 있어서 제지 목적으로 제압한 것뿐이고요. 해 봤자 엎어치기 정도였는데요, 뭘."

머리를 아주 살짝 때리긴 했지만.

"야!! 그게 제압이야? 웃기지 마! 명백한 폭력이었다고! 지금 어깨 안 움직이는 거 보면 몰라? 네가 그러고도 경찰이야? 깡패 년이지?"

해성이 멀찍이 떨어진 남자를 차갑게 흘기자, 피의자는 방금 전 상황이 떠올랐는지 씩씩거리면서도 슬그머니 시선을 피했다.

해성은 남자를 빤히 쳐다보며 지구대 경찰을 향해 말했다.

"그렇게 억울하면 마음대로 고소하라 하세요. 보고서 작성하실 때 제가 말씀드린 것 그대로 적어 주시고요. 문제없을 겁니다."

"아니, 그게 아니라……."

남자 순경은 곤란하다는 듯 목덜미를 긁적였다.

"저……, 그건 문제가 아닌데 이미 강남서에 상황 보고 들어갔습니다. 지금쯤이면 팀장님 도착하실 것 같은데, 어쩌죠?"

"그게 무슨……."

"큰일은 아니지만요, 절차라는 게 있으니까. 아무래도 출근 도중에 벌어진 일이기도 하고, 피의자는 부당한 물리력 행사라 강력히 주장하고 있어서요. 별 탈은 없겠지만 팀원분이시니, 팀장님께서 사건 경위 확인차 오셔야 합니다."

젠장. 빌어먹을. 망했다. 왜 하필.

해성이 질끈 눈을 감았다 떴다. 기가 막힌 타이밍이었다. 지구대 출입문이 열리며 그 사이로 강현이 모습을 드러냈다.

"안녕하십니까, 팀장님."

지구대 경찰들이 일시에 일어나 허리를 굽혔다. 남자는 눈치도 없이 목에 핏대를 세우며 광분했다.

"너들 내 아버지가 누군지 알아? 알고서도 이렇게 나올 수 있을 것 같냐고!! 뭣도 없는 짭새 새끼들이!!"

난장판이 되어 버린 지구대에 서늘한 정적이 감돌았다. 더는 안 되겠다 싶었던 경찰이 남자의 손목에 수갑을 채우려는 순간, 낮게 가라앉은 음성이 고요히 흘러나왔다.

"너희 아빠가 누군데."

강남경찰서 강력 2팀 팀장, 차강현이었다.

정작 남자는 먼저 물어 놓고 대답이 없었다. 당황한 것인지, 차 팀장의 범상치 않은 체격과 외모에서 풍기는 고압적인 분위기에 위축된 건지는 모르겠지만, 얼굴을 구기며 소심하게 구시렁거릴 뿐이었다.

"아⋯⋯."

뒤늦게 뒤를 돌아본 해성이 숨을 멈췄다. 눈이 마주친 탓이다.

강현은 발을 떼려다 말고 해성의 얼굴을 뚫어져라 주시했다.

그의 눈동자가 느리게 움직이며 해성의 눈을 지나 콧대를 스쳐 입술에서 멈추었다. 얼굴 곳곳을 훑는 끈질긴 시선에 해성은 저절로 긴장이 되어 솜털이 삐죽 솟는 기분을 느꼈다.

터진 입술과 피멍이 든 턱 부근을 확인한 듯, 돌연 강현의 눈매가 가늘어졌다.

"지하철 성추행 영상은 현장에 있는 경찰이 확인 중에 있고, 이 형사님 폭행과 관련된 CCTV 영상은 방금 전에 전달받아 저희 지구대에서 보관하고 있습니다."

지구대 경찰 직원이 다가와 사건 경위를 보고했다. 그제야 해성에게서 시선을 거둬 낸 강현이 큰 걸음으로 걸어왔다. 경찰 직원의 보고는 계속 이어졌다.

"확인해 봤는데 별다른 이상이나 문제는 없어 보입니다. 매뉴얼대로 도주하려는 현행범을 제압……."

구구절절한 설명은 필요 없다는 듯 강현이 손을 들었다.

"폭행 영상 먼저 확인합시다."

"예. 알겠습니다. 따라오시죠."

강현은 지구대 경찰 직원을 따라 걸음을 옮겼다. 경찰이 안내한 곳은 하필이면 해성이 앉아 있는 자리의 맞은편이었다.

가운데 놓인 모니터를 방패 삼아 해성은 약간 고개를 숙이고서 초조하게 손가락을 매만졌다.

완전 낭패다. 분명 한 소리 하겠지. '사고 치지 말라고 사건 배당에서 제외시켰더니 이젠 직접 사건을 만들어 오네요. 지금 시위합니까?' 라든지, '하다 하다 일개 몰카 성추행범한테 맞고 다닙니까. 아주 잘하는 짓이네요.' ……같은.

상상만으로도 골이 울린다. 그나마 시야를 가로막는 모니터 덕분에 그의 표정을 읽을 수 없어 다행이었다.

문득, 맞은편에서 짧은 헛웃음이 터졌다. 숨소리에 가까운 미세한 웃음소리였지만, 분명히 들렸다. 해성이 천천히 얼굴을 들었다.

강현은 여전히 감흥 없는 얼굴로 모니터를 응시하고 있었다. CCTV 영상에 집중하는 그의 얼굴은 늘 그렇듯 잠잠했다. 조금이라도 감정이 드러난다면 무슨 생각을 하고 있을지 예측이라도 할 텐데, 무표정하여 그마저 무리였다.

혹시나 놓친 부분이 있는지 확인하려는 듯, 탁탁 키보드를 두드리는 소음이 늘어 갈수록 해성은 입술이 바짝 말라 갔다.

언제 불호령이 떨어질지 몰라 최대한 마음을 비우며 눈을 감았다.

"죄지었습니까?"

나직한 음성에 해성이 번쩍 눈을 떴다. 어느새 강현의 시선은 해성에게 향해 있었다.

"아까부터 왜 그러고 있냐고."

강현의 눈빛이 비딱해졌다. 그도 그럴 것이, 현재 모양새가 딱 형사가 범인을 취조하는 그림이었다. 해성은 무슨 말을 해야 할지 몰라 붕어처럼 입술만 벙긋거렸다.

그때, 구석 자리에서 악 받친 남자의 고함이 다시 왈칵 쏟아졌다.

"아, 진짜!! 난 잘못한 거 없다니까? 그 사진들, 나도 지인한테 받아서 갖고만 있던 거야. 저 여자 혼자 멋대로 오해해서 말도 안 되는 무력으로 나 이렇게 만든 거라고! 이거 알려지면 니들 다 멀쩡할 거 같아? 경찰옷 벗고 싶어?"

현행범으로 체포된 남자는 지치지도 않는지 먹힐 리 없는 변명을 고집스럽게 주장하며 무고를 밀어붙였다.

현행범 체포서를 작성하던 경찰관은 혀를 내두르게 하는 남자의 뻔뻔함에 기가 막힌다는 표정이었다.

한 번만 더 진상을 떨면 수갑을 채우겠단 경고에도 남자는 꿈쩍하지 않고 더 크게 악을 질렀다. 이 이상으로 흥분했다간 어떤 일이 벌어져도 이상하지 않았다.

정신없는 난잡한 상황이 거슬렸는지, 강현이 못마땅한 기색을 내비치며 한쪽 눈썹을 구겼다.

"수갑 채워요."

더없이 시니컬한 말투로 말하며 강현이 턱짓으로 남자를 가리켰다.

근처에 있던 경찰이 수갑을 들고 다가서자, 남자는 경기를 일으키면서 빽— 목청을 높였다.

"채우기만 해 봐!!"

"좀! 가만히 있어. 이 자식아."

남자는 경찰에게 순순히 손목을 내어 주지 않았다. 한창 실랑이를 벌이고 있는 와중, 다른 경찰 직원이 강현에게 다가와 서류 한 장을 내밀었다.

"팀장님. 강남서에서 보내온 팩스 도착했습니다."

지구대 경찰이 내민 서류를 건네받은 강현이 시선을 내렸다.

연락을 받고 지구대로 오는 길에 혹시 몰라 부탁해 둔 남자의 전과 목록이었다. 강현은 서류를 빠르게 훑으며 비웃음을 흘렸다.

"음주 운전, 폭행, 성추행에 불법 촬영까지……."

대놓고 빈정거리는 강현의 어조엔 한심스러움이 묻어나 있었다.

강현은 툭, 손끝으로 서류를 올려 치고서 남자를 빤히 쳐다보았다.

"약은 안 빨았어?"

"개소리하지 마!!"

"신강호 의원."

강현의 입에서 국회의원의 이름이 언급되자, 남자가 흠칫했다.

지구대 경찰들은 설마, 하는 표정으로 남자와 강현을 번갈아 보았다.

강현의 가족사를 알지 못하는 지구대 경찰 직원 입장에선 국회의원의 아들은 골치 아픈 문제였다.

그러거나 말거나 정작 강현은 무신경했다.

"막내아들이 싸지르고 다닌 것들 하나하나 따라다니면서 뒷수습하느라 골치 좀 아팠겠네. 그렇지 않아도 바닥 친 당 지지율 때문에 속이 말이 아닐 텐데."

자리에서 몸을 일으킨 강현이 넓은 보폭으로 남자를 향해 걸어갔다. 170을 간신히 웃도는 마른 체구의 남자는 눈앞까지 다가온 강현의 큰 체격에 놀라 반사적으로 어깨를 움츠렸다.

"왜! 뭐! 너도 저년처럼 나 때리려고?"

"경찰이 우습지."

강현이 나지막이 물었다. 큰 소리 한번 내지 않고 무덤덤한 어조였지만 조용하고 정확한 음성은 상대를 긴장시키는 힘이 있었다.

잘난 것처럼 실컷 떠들 땐 언제고, 남자는 마른침을 꿀꺽 삼켰다.

본능적으로 직감한 것이다. 잘못 걸리면 죽는다고.

강현은 우위에 서는 법을 아는 사람이었다. 정중한 매너와 품위 뒤에 감춰진 이면은 보다 명확했다.

"고소해."

"이, 이것들이 내가 진짜 못 할 줄 알고……."

"매뉴얼대로 처리한 공무원은 위에서 욕 한번 듣고 말겠지만, 너는."

강현이 손에 쥐고 있는 서류를 흔들었다.

"끝이야."

남자의 전과 목록이 공론화되는 순간, 신강호 의원의 체면과 정치 인생도 끝이라는 뜻이었다.

"민원실은 경찰서에 있는데. 어떻게, 지금 같이 가?"

뒤늦게 이해한 남자의 동공이 거칠게 출렁였다.

강현이 손가락을 까딱였다. 근처에 서 있던 경찰 직원이 용케 의미를 알아듣고 현행범 체포 확인서를 내밀었다.

강현은 미란다 고지가 적혀 있는 체포 확인서를 받아 남자의 얼굴에 들이밀며 다시 물었다.

"서명, 사인할래. 아니면, 같이 사이좋게 경찰서 갈래."

경찰인지, 사채업자인지.

남자는 도통 가늠할 수 없었다.

○ ◎ ●

"두 분 덕분에 수월하게 마무리할 수 있었습니다. 바쁘실 텐데 협조해 주셔서 감사드립니다. 조심히 들어가십시오."

경찰 직원들은 강현과 해성을 배웅하고 다시 지구대로 들어갔다.

매서운 겨울 날씨는 자비가 없다. 사정없이 얼굴을 휘갈기는 날 선 바람에 벌어진 상처가 따끔거렸다.

통증을 내색하지 않으려 해도 인상이 찡그려지는 건 어쩔 수 없었다. 해성은 강현의 얼굴을 살피며 조심스레 입을 떼어 냈다.

"……감사합니다. 팀장님."

"뭘 했다고."

"와 주셨잖아요. 도와주셨고요."

팔은 안으로 굽는다고. 미운 새끼라도 제 새끼라고 한걸음에 달려와 준 차 팀장에게 해성은 진심으로 고마웠다.

호되게 혼을 낸다고 해도 기꺼이 수긍할 생각이었다.

"싸움 좀 합니까?"

"……네?"

잘못 들었나. 아까 그놈한테 잘못 맞아서 고막이 다쳤나. 그만큼 뜬금없는 말이라, 해성은 두 귀를 의심했다.

"보니까 꽤 하는 것 같던데."

"아니, 저. 그게."

진심으로 당황한 해성이 자그맣게 입을 벌린 채 눈을 껌뻑거렸다.

지금……, 한판 붙자는 건가?

"운동해요?"

"아, 네. 유도 조금 합니다."

"조금 하는 폼은 아니었고."

강현은 느릿하게 눈을 감았다 뜨며 비스듬히 해성을 내려다보았다.

"머리, 풀었네요."

해성이 아, 작게 탄식하며 뒷머리를 쓸었다. 남자를 제압하면서 함께 뜯어진 모양이었다. 늘 같은 것을 고집해서 느슨해진 고무줄이 내심 불안하다 했는데. 형사 일을 하다 보면 긴 머리는 아무래도 거추장스러울 때가 많았다.

"내일 바로 자르겠습니다."

무슨 말을 못 하겠네. 강현이 기막히다는 표정을 지었다.

"됐고."

해성의 말을 끊어 낸 강현이 뒷주머니에서 꺼낸 물체를 내밀었다.

"받아요."

그의 손에 들린 것은 연고였다. 해성이 눈을 크게 뜨자, 강현은 대수롭지 않게 검지로 제 입술을 툭툭 두드렸다.

"흉터 남으면 누굴 원망하려고 그럽니까."

해성이 황급히 손을 내저었다.

"절대 팀장님을 원망할 일은 없습니다. 이번 일은……."

"저번까진 원망했었나 봅니다."

"그럴 리가 없잖습니까."

끈질기게 부정해 봤자 수긍할 것 같지 않았다. 해성은 순순히 연고를 받아 들며 꾸벅 인사했다.

"감사합니다."

"그날 식사 자리에서 있었던 일은 마음에 두지 말고 흘려들어요. 그 땐 나도 감정이 격해져서 말이 심했습니다."

사과도, 할 줄 아는 사람이었나.

오늘만 대체 몇 번을 당황하는지 모르겠다.

"아니요, 괜찮습니다. 저 역시 팀장님 마음, 충분히 이해합니다."

"이해?"

강현이 다시 되묻자 해성이 고개를 끄덕였다.

"제가 팀장님 입장이었어도 충분히 걱정했을 겁니다. 팀원이 피해자 유가족이라면……."

"걱정이 아니라 기피."

"네?"

"나는 이해성 씨를 피하고 싶은 겁니다. 걱정했던 게 아니라."

"아……."

해성은 발끝에 시선을 고정한 채 불쑥 솟구치려는 원인 모를 감정을 잠재우려 애썼다.

"근데."

강현은 크게 흔들리는 해성의 눈을 꿰뚫듯 들여다보며 천천히 입을 움직였다.

"이젠 좀 걱정되려고 해."

해성이 조금 놀라며 천천히 고개를 들었다.

"이해성 씨 말고, 내가."

이해할 수 없는 말을…….

"이해하려 하지 말아요. 나는 생각보다 훨씬 더 뻔뻔한 사람이니까."

강현은 발을 떼어 내려다 말고 잊은 것이 생각난 듯 슬쩍 고개를 들었다.

"내 팀에 있는 동안 다치는 일 없도록 하세요."

전할 말을 끝낸 강현은 넓은 보폭으로 멀어져 갔지만 해성은 그 자리에서 꼼짝할 수 없었다. 짧게나마 제 입술에 머물렀던 강렬한 시선을 자각했기 때문이다.

이상하다. 분명 상처 난 입술이 뜨겁고, 아픈데도 간지러웠다.

해성은 복잡한 생각을 멈추고 다리를 움직이기 시작했다.

소복하게 쌓인 눈밭 위, 누군가 남겨 놓고 간 발자국을 바라보며 천천히 따라 걷는 막연한 기분이다.

목적지도 모르고, 그 끝에 무엇이 있을지도 모르고.

향기에, 흔적에 이끌리듯, 그렇게 하염없이.

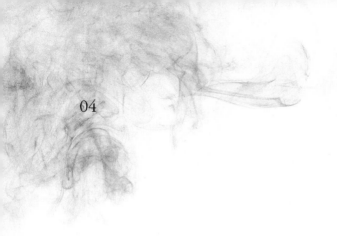

04

그날 이후, 상황은 훨씬 나아졌다. 아주 미미한 변화였어도 처음에 비하면 쌀알만큼의 가능성은 보였다.

강현은 이제 적극적으로 해성을 막거나 몰아세우지 않았다. 비록 회의에 참여해도 된다는 허락은 없었지만, 누가 멋대로 회의실에 들어오라 했느냐며 타박하거나 매정하게 내쫓진 않는다.

포기. 또는 무관심.

둘 중 하나. 아니라면 둘 다였다. 사건 배당 역시 마찬가지였다. 여전히 해성에게 떨어지는 사건은 없었다.

대신 해성은 눈치껏 강현의 눈을 피해 팀원들의 백업을 도왔다.

눈치 빠른 차 팀장이 그 사실을 모를 리 없겠지만, 해성은 충분히 만족스러웠다. 앞으로 더 나아질 수 있다는 방증이었으니까.

"폭처법에 의한 공동 상해……."

해성은 혼잣말하듯 중얼거리며 뚫어져라 보고서를 들여다보았다.

스물한 살의 여대생, 김지수가 강남 인근 포차 술집 뒤편에서 성인 남자 5명에게 둘러싸여 무차별 폭행을 당했던 사건이었다.

"미친 새끼들 진짜."

해성은 보고서 하단에 증거 자료로 첨부된 피해자의 사진을 확인하며, 인상을 찡그렸다.

어제저녁 국과수에서 복원된 CCTV 영상과 증거에 묻어난 지문을 통해 신원 확인서를 전달받았고, 곧 압수 수색과 체포 영장이 발부될 것이다. 이제 그들이 어디에 숨어 있는지만 찾아내면 된다.

한창 집중하고 있는데, 휴대폰이 부르르 떨며 진동했다.

[미친. 대박 사건.]

은영에게서 온 문자였다.

[뭔데?]
[강남 도착함. 일단 만나.]
[갑자기? 급한 일이야?]
[ㅇㅇ 퇴근 몇 시?]

해성이 시선을 내려 손목시계를 확인했다. 퇴근 시간은 한참 지났다. 다들 퇴근한 모양인지 사무실은 텅 비어 있었다. 이 정도면 보고서도 대충 마무리된 것 같고……. 취합해서 팀장 자리에 올려 두고 가면 되겠다.

[곧 끝날 것 같아. 어딘데?]

[너희 경찰서 정문 앞임.]

[벌써? 잠시만. 금방 나갈게.]

은영에게 답문을 보낸 뒤, 보고서를 모아 책상에 탁탁 내리쳤다. 자리에서 일어난 해성은 반듯하게 맞춰진 서류 뭉치를 차 팀장 책상에 올려두고 사무실을 나섰다.

경찰서 정문에 다다르자, 주변을 둘러보던 은영과 눈이 마주쳤다.

"은……."

"일단 가자. 어디든."

은영은 해성을 만나자마자 인사도 없이 덥석 손부터 잡아끌었다.

발길이 닿는 대로 정신없이 이끌려 들어간 곳은 경찰서 근처 골목에 위치한 퓨전 술집이었다.

개시한 지 얼마 되지 않아 손님이라고는 해성과 은영 둘뿐이었다.

"무슨 일 있어?"

해성이 자리에 앉으며 묻자, 은영은 숨을 크게 후우, 내쉬더니 비장하게 손을 쫙 펼쳤다.

"아직, 잠시만. 마음의 준비 좀 하고. 저기요! 여기 조개술찜이랑 소주 한 병이요. 술 먼저 주세요!"

은영은 잔뜩 상기된 얼굴이었다. 지구대에서 무슨 일이라도 있었나. 국민과 가장 밀접한 곳에서 업무를 수행하는 지구대 소속 경찰이라면 별의별 사람들을 만나 갖은 곤욕을 치르는 게 일상이라 이상할 것도 없었다.

해성은 기본 안주로 나오는 마카로니 뻥튀기를 입안에 쏙 밀어 넣고 허공을 바라보며 우물거렸다.

아, 눅눅하다. 바삭해야 맛있는데.

쓸데없는 생각을 하는 사이, 다가온 종업원이 술과 술잔, 그리고 기본 세팅을 마쳤다.

은영은 마시던 물컵을 내려놓고 곧장 집어 든 소주병을 현란하게 흔들었다. 언제 봐도 대단한 기술이다. 작은 잔에 쫄쫄쫄 흘러드는 알코올을 물끄러미 바라보고 있는데, 은영이 먼저 말문을 텄다.

"차강현, 그 사람 어때?"

"……뭐가?"

해성이 시선을 올렸다.

"그때 말했었잖아, 조심하라고."

"아아……."

해성이 고개를 끄덕였다. 대수롭지 않아 보이는 시큰둥한 해성의 반응이 못내 답답했는지, 은영이 미간을 구겼다.

"아아? 그게 끝? 좀 더 말해 봐. 진짜 사이코야? 아니면, 밑도 끝도 없이 멋대로 구는 안하무인? 설마, 맘에 안 드는 팀원한테 너 어디 한번 엿 먹어 보라는 식으로 사건 배당 몰아주고 그래?"

또라이. 혹은 사이코라고 단정 짓기엔 애매한 구석이 있고, 안하무인이란 타이틀엔 어느 정도 동의하는 바이지만 그 역시 애매하다. 납득할 이유가 충분했으니까.

사건 배당 문제는…….

그 반대여서 문제지.

대체 경찰청에서 무슨 일이 있었기에 악의적인 수식어를 열매처럼 주렁주렁 매달게 된 걸까.

"해성아. 아무래도 안 되겠다. 그냥 2분기 때 인사이동 신청하자."

"또. 걱정 말래도 그런다."

입버릇처럼 하는 말이라 그러려니 하며, 해성이 술잔을 들었다.

"너희 팀장. 총 쐈대."

술을 들이켜려는 순간, 해성이 눈매를 찡그렸다.

"……뭐?"

"한범수 알지? 1년 전에 교도소 탈옥했던 강도 살인 미수범. 탈옥하자마자 인질 잡아서 협박하고 난리도 아니었잖아."

모를 리가 없다. 1년 전, 전국 경찰의 PDA(경찰 업무 휴대폰)에 수배가 떨어졌으니까. 결과는 '도주 중 사고사'로 마무리되었던 걸로 기억한다.

"도주하다가 차에 치인 게 아니라, 너희 팀장 총에 맞고 즉사한 거래. 공포탄은 일부러 뺐고, 바로 두개골에 실탄 박아 넣었단다."

"……뭐?"

"끝이 아니야. 이미 죽은 한범수 시체에 두 번이나 더 쐈대. 생각해 보면 진짜 미친놈이잖아. 사이코패스가 따로 없다고. 대체 매뉴얼 몇 개를 어긴 거야. 그거 거의 살인이나 마찬가진 건 알지? 아무리 상대가 탈옥수에 강도 살인 미수범이라 해도 경찰이 죽은 시체에 실탄 발포라니. 가당키나 해?"

도무지 믿기 힘들 만큼 충격적이었다. 일전의 인질극 사건에서 차강현은 누구보다 매뉴얼을 중요시 여기는 사람이었으니까.

'총에서 손 떼.'
'경찰 옷 벗고 싶지 않으면.'

그런 사람이, 공포탄을 발포하지도 않고 머리에 실탄을 쐈다고? 심지어 죽은 시체에 두 발을 더…….

"말도 안 돼."

"그치? 대법원장 막내아들이래. 그래서 강남경찰서로 온 거고. 일반 경찰 직원이었으면 중징계감이었거나 진작 경찰 옷 벗었어. 백번 양보해서 인질 살리려고 어쩔 수 없었다 치더라도 이건 말이 안 돼. 매뉴얼도 수칙도 눈에 뵈는 게 없는 인간인데 그런 사람 밑에서 뭘 해. 이런 사건이 또 안 터질 거란 보장 있어? 피 보는 거 시간문제야."

은영의 걱정을 이해하지 못하는 건 아니다. 하지만.

"죽어도 싸. 어린 딸을 상대로 성폭행을 일삼았던 놈이야. 범죄자한테 인권이 왜 필요해. 과격하긴 했어도 인질을 살리기 위해선 그 방법이 최선이었겠지. 앞뒤 분간 못 하는 사람 아니야, 팀장님."

"하, 그새 정들었어? 범죄자들이 박멸돼야 할 벌레만도 못한 새끼들인 거 누가 몰라서 이러냐고. 인권이고 나발이고 답답한 건 마찬가지야. 그런데도 매뉴얼 수칙 따지는 이유가 뭔데? 왜, 그럴 거면 죄다 쏴 죽이지. 뭐 하러 검찰에 송치하고 법정에 세워. 검사가 왜 있고 판사가 왜 있는데? 그따위로 처리하면 같은 쓰레기, 살인범밖에 더 돼?"

"범죄자한테 관대한 나라는 우리나라밖에 없어. 알잖아."

"공권력 쥐뿔도 없는 거 누가 몰라? 같은 경찰 직원 편들어 주는 것도 정도라는 게 있어. 여기 미국 아니고 대한민국이야, 이해성. 정신 차려. 그 사람 밑에 있어 봤자 좋을 거 하나도 없다고. 구설수 많은 팀장, 어디로 보나 위험해."

물론, 은영의 말은 하나도 틀린 게 없었다. 매뉴얼, 수칙을 포함해 업무 처리 지침을 어긴 경찰은 용납할 수 없고, 되어서도 안 된다. 모든 것엔 그만한 이유가 있기 때문이다.

사건 현장에서 방검복을 던져 주던 차강현. 눈물을 닦아 주던 차강현. 흔들지 말라던 차강현. 지구대에 달려와 준 차강현…….

"……야, 이해성!"

은영이 손등으로 테이블을 탁탁 두드리며 반쯤 가출한 해성의 정신을 붙잡았다.

"어, 어?"

"무슨 생각을 그렇게 해. 몇 번을 불렀는데. 계속 전화 온다니까."

그제야 해성이 테이블에 올려 둔 휴대폰을 집어 들었다. 부재중 전화 13통. 발신자는 전부 조 경위님이었다. 세찬이나 박 경사님도 아니고 왜……. 해성은 의아함을 감추지 못한 채 통화 버튼을 눌렀다.

— 이해성, 전화를 왜 이제 받아!!

연결이 되자마자 버럭 소리치는 고함 소리에 해성이 눈을 찡그렸다.

"죄송합니다. 밖에 나와 있어서."

— 됐고. 지금 당장 경찰서로 뛰어가. 급하니까 최대한 빨리.

"예? 지금이요?"

— 김지수 사건 영장 떨어졌어.

"묻지 마 공동 폭행 사건 말입니까?"

— 그래. 피의자들 자주 가는 위치 확보했고. 오늘 밤 잠복 들어가야 되는데, 지금 사무실에 차 팀장밖에 없어.

"하지만 저는……."

— 네가 언제부터 차 팀장 눈치를 봤는데? 박건우, 김세찬 둘 다 연락 안 되고, 나도 못 가는 상황이야. 이해성. 너마저 못 가면 1팀에 인수인계돼. 죽 쒀서 개 주는 꼴이라고. 내 말, 무슨 뜻인지 알지.

경찰은 최소한 2인 1조로 사건 조사가 이뤄진다. 예외는 없었다.

— 언제까지 백업만 할래. 무릎을 꿇든 싹싹 빌든 이번 기회에 무조건 차 팀장 눈에 들어. 사건 배당 받아서 네 몫 챙기라고, 팀원들한테 피해 주지 말고. 일주일 동안 이번 사건 조사하느라 팀원들 개고생했어. 1팀한테 성과 뺏겼다간 너 진짜 뒈질 줄 알아. 알겠어?

전화는 일방적으로 끊겼다.

"뭔데 그래. 급한 일이야?"

걱정스러운 은영의 물음에 해성은 대답 대신 벌떡 일어났다. 그 반동으로 술병이 쓰러지며 알코올이 왈칵 쏟아졌다. 옷가지가 흠뻑 젖었지만 신경 쓸 시간이 없었다.

"은영아. 미안한데, 술은 다음에 먹자. 급한 사건 때문에 경찰서 가 봐야 할 것 같아."

은영이 얼떨떨한 표정으로 고개를 끄덕였다.

"어어, 난 신경 쓰지 말고 얼른 들어가 봐. 너 걱정돼서 그런 거니까, 아까 말한 건 너무 기분 나쁘게 듣지 말고."

"응. 고마워."

해성은 엷게 웃어 보이며 그대로 자리를 박차고 뛰쳐나갔다.

○ ◎ ●

예고에 없던 비가 내렸다. 사선으로 세차게 내리꽂히는 굵은 빗방울을 온몸으로 맞으며, 해성은 필사적으로 내달렸다.

좁은 골목을 빠져나와 길을 건너고, 길게 뻗은 보도블록을 따라 3분쯤 전력 질주 한 끝에 익숙한 경찰 마크가 보였다.

요란한 비바람을 뚫고 정문을 통과했다. 그대로 경찰서에 뛰어 들어가려는 때였다. 이제 막 출입문을 열고 모습을 드러낸 범상치 않은 얼굴을 확인한 순간, 거짓말처럼 두 다리가 우뚝 멈춰 섰다.

다행이다. 늦지 않았다.

인정사정없이 퍼붓는 빗줄기가 눈앞을 부옇게 가렸지만 분명했다.

차강현, 그가 맞다.

뒤늦게 해성을 발견한 강현은 네가 왜 여기에 있냐는 얼굴로 미약하게 인상을 구겼다.

비를 맞고 있는 모양새가 차마 두 눈 뜨고 못 봐 줄 몰골이었지 싶다. 강현이 느린 걸음으로 해성의 앞에 다가와 섰다.

"뭡니까."

강현이 들고 있던 우산을 조금 앞으로 기울였다. 그 덕분에 해성의 머리 위로 무참히 쏟아지던 빗줄기가 뚝 끊겼다.

달릴 땐 몰랐는데 움직임이 없자 잊고 있던 차가운 한기가 불쑥 밀려와 젖은 몸이 떨렸다. 하아, 숨을 내쉴 때마다 해성의 입에서 하얀 입김이 연기처럼 뿜어져 나왔다. 크게 들썩이는 가슴을 겨우 잠재운 해성이 입을 열었다.

"잠복근무, 함께 가겠습니다."

강현은 대답이 없었다. 그저 빤히 해성을 내려다보기만 했다.

갑자기 강한 바람이 불어닥쳤다. 흥건히 젖은 몸이 더 차갑게 느껴져 해성이 어깨를 움츠렸다.

"이해성, 씨."

동굴에 갇힌 듯, 울림 있는 음성이 흘러나왔다. 정교한 검은 눈동자가 올곧게 와 닿자 잠재워 둔 긴장감이 용암처럼 뜨겁게 솟구친다.

대답하는 것도 잊어버리고서 두 눈만 깜빡이고 있는데, 강현의 상체가 비스듬히 낮춰졌다. 그의 손에 들린 우산도 따라 기울어졌다.

불쑥 다가온 얼굴에 놀란 해성이 흠칫하며 한 걸음 물러섰다.

숨이, 쉬어지지 않는다.

"술."

누구의 것인지 모를 뜨거운 숨결이 입술을 간지럽혔다.

"마셨습니까?"

강현의 눈동자가 날렵하게 떠밀려 올라왔다.

뚝 떨어진 기온을 이기지 못하고 해성의 입술이 바르르 떨렸다.

결코, 닿을 듯 말 듯 한 가까운 거리 때문이 아니었다.

절대로.

절대로.

언젠가 지금과 비슷한 상황이 있었었던 것 같은데 전해지는 느낌은 완전히 달랐다.

"술 냄새가 진동을 하는데."

강현은 천천히 허리를 세우고는 해성을 깔아 보았다.

"음주한 상태로 잠복근무라……."

짧은 공백 끝엔 비웃음이 남았다.

"정신이 나갔든 술에 취해서 이성을 잃었든. 이해성 씨는 매번 이런 식으로 존재감을 어필하나 봅니다. 이쯤 되면 내 성향이 어떤지 파악했을 거라 생각했는데 말이죠."

말끔한 얼굴은 겉으로 보기엔 평소와 다를 것 없었지만 느릿하게 감겼다 떠지는 눈동자엔 어딘가 모르게 지친 기색이 묻어나 있었다.

"……매뉴얼이요."

"음?"

"수칙, 원칙, 지침. 그런 것들 누구보다 중요하게 생각하시잖아요."

안 마셨다고. 술자리에 있었던 건 맞지만 술은 입에 대지도 않았다고. 급히 나오느라 쏟은 술에 옷이 젖은 것뿐이라고. 해명하면 될 일인데. 마음과 달리 입은 날 선 말만 쏟아 냈다.

"그래서 팀장님은 한 번도 흔들린 적 없으셨나요. 형사이기 전에 인간으로서 이성보다 감정이 앞섰던 적. 단 한 순간도 없었다 단언하실 수 있냐고요."

강현의 눈동자가 차게 식었다.

바라보는 것만으로도 싸늘했다. 예전과는 감히 비교조차 할 수 없을 정도로 그 무게가 상당하다.

"다시 말해 봐."

……화가 난 것이다. 차강현은.

주변 공기가 순식간에 얼어붙었다.

해성이 내뱉은 말에 내포된 의미를 이해한 까닭이다. 1년 전 인질극을 벌인 탈옥수 한범수의 사건을 언급해서. 실수했음을 인지했으면서도 해성은 물러서지 않았다.

"모순은 제가 아니라 팀장님이십니다. 팀장님은 그날의 사건이 잘못된 처사였다 후회하고, 그래서 더욱 제게 엄격한 잣대를 세웠던 것일 수도 있지만. 저는 그 당시 팀장님의 판단과 선택이 틀렸다고 생각하지 않습니다."

해성의 입에서 흰 김이 뿜어져 나왔다가 사라질 때까지도 강현은 찰나의 미동조차 없었다.

화가 난 듯, 어이가 없다는 듯.

약간 찡그려진 눈썹, 차가운 눈매는 여전히 해성을 향해 있었다.

"저희도 사람이기 때문에 만일의 충동적 상황을 대비해 만들어진 것이 매뉴얼이고 지침이라고 배웠습니다. 하지만 불가항력인 상황에선 중요한 것이 최우선되어야 한다고 생각합니다."

"……중요?"

해성이 마른침을 삼켰다.

"형사인 저희에게 무조건적으로 우선시되어야 하는 건 피해자지 범죄를 저지르는 피의자가 아니니까요."

강현의 잇새로 비웃음이 새어 나왔다.

"이해성 씨는 뚫린 입이라고 잘만 떠들 줄 알지, 정작 짚고 넘어가야 할 핵심을 모르네."

차 팀장의 차갑고 새까만 눈동자가 직선적으로 박혀 들었다.

"어디서 내 얘기를 주워듣고 와서 어디까지 알고 잘난 척 지껄이는 건지는 모르겠지만."

쏴아아— 쏟아지는 빗줄기가 주변 소음을 단숨에 집어삼켰다.

해성의 눈을 가만히 들여다보며 강현은 차분히 이어 말했다.

"난 후회하지 않아요."

해성의 입술이 작게 벌어졌다.

"그래서 더 문제인 거고."

"그 말은……."

강현이 고개를 끄덕였다.

"나는 그날, 일부러 쏜 겁니다. 어쩔 수 없는 불가항력 때문이 아니라, 고의적으로 한범수를 죽였고, 죽은 시체에 복수했어."

"아……."

"자격 없는 형사는 나 한 명으로 충분해. 그러니까, 돌아가요."

강현이 들고 있던 우산을 해성에게 내밀었다. 쓰고 가라는 뜻이다.

해성은 받아 들 생각 없이 강현의 큼직한 손만 응시했다.

"……안 마셨어요."

가세하는 빗줄기에 잘게 떨리는 해성의 음성이 까무룩 묻혔다.

"안 마셨다고요, 술."

"그래서."

"같이 가게 해 주세요. 아니, 싫다고 하셔도 따라갈 겁니다."

평소답지 않게 고집을 부리자 강현의 미간에 주름이 깊어졌다.

좋아하는 남자에게 말도 안 되는 투정으로 집착하는 것처럼 느껴졌을까. 오해의 여지가 충분했음을 반박자 늦게 알아차린 해성이 서둘러 변명을 덧붙였다.

"혼자선 안 됩니다. 아시잖아요. 현장엔 반드시 2인 1조로……."

"그런 이유라면 문제없겠네요."

해성의 눈이 커다랗게 떠졌다.

"방금 1팀에 인수인계하고 오는 길이었으니까."

"안 됩니다! 그러면 저 죽……."

다급히 목청을 높이다 말고 해성이 멈칫, 입을 다물었다.

강현이 눈매가 옅게 찡그려졌다.

"왜."

해성은 차마 대답할 수 없었다.

조 경위님한테 죽는다고요.

목구멍 끝까지 차올랐지만 미쳤다고 그 말을 어떻게 할 수 있을까.

"왜 죽는지 물었습니다."

"그건……."

"그건 뭐."

"……아닙니다. 아무것도."

해성이 체념하며 고개를 숙였다. 강현은 추위를 이기지 못하고 오들오들 떨고 있는 해성을 덤덤히 내려다보다, 이내 긴 숨을 내쉬었다.

"손."

"……네?"

강현이 대답 대신 시선을 내렸다.

어딜 보고 있는 걸까.

해성은 그의 눈길이 향하는 곳을 따라 눈동자를 움직였다.

……손. 자신의 손이었다.

해성은 조금 머뭇거리는가 싶더니 조심스레 손을 펼쳤다.

작은 손을 덮은 큼직한 손이 사라지고 난 뒤, 손바닥 위에 남은 건 차량 키였다.

"이건 왜……."

빗물에 흠뻑 젖은 해성을 천천히 훑어 내리며, 강현이 허공 어딘가를 턱짓으로 가리켰다.

"들어가 있어요."

그가 다시 손을 뻗었고, 해성은 얼떨결에 우산을 건네받았다. 그럼 팀장님은 비 맞고 가야 하잖아요. 같이 가요. 해성이 답하기도 전, 강현은 이미 시선을 거둬 내고 돌아선 뒤였다.

지금이라도 따라가야 하나. 하지만 또 어떤 타박을 들을지 몰라 그만두었다. 넓은 보폭으로 멀어지는 강현의 뒷모습에서 눈을 떼고 해성은 손바닥에 놓인 차량 키를 꼬옥 움켜쥐었다.

"어두워서 잘 보이지도 않는데 무슨 수로 찾으라고……."

불만을 웅얼거리며 생각 없이 버튼을 꾹 눌렀다. 다행히 근처에서 헤드라이트 빛이 번쩍이며 어둠을 밝혔다.

형사 출동 차량이 아니었다. 검은색 세단 외제 차. 차 팀장의 개인 차량인 듯했다.

주인 없는 차 안에 덩그러니 혼자 남겨진 모양새를 떠올리면 그보다 더 이상한 그림도 없었지만 이대로라면 비 내리는 영하권 날씨에 홀딱 젖은 상태로 얼어 죽을 것이다.

차량은 몇 걸음 떨어지지 않는 곳에 주차돼 있었다. 차 팀장의 차에 다가섰을 무렵, 해성은 진지하게 고민했다.

뒷좌석. 조수석. 운전석.

어디에 타야 하나.

뒷좌석은 탈락이다. 건방져 보이니까. 운전석도 영 아니다. 개인 차량이라 운전자가 아닌 사람은 보험에 안 들어 있으니까. 그렇다면.

해성은 결국 조수석 문을 열고 차에 올라탔다. 혹여나 고가의 차량 시트에 물기가 묻을까 싶어서 최대한 끝자락에 걸터앉았다.

"하아⋯⋯."

대체 지금 이게 뭐 하는 짓인지 모르겠다. 질끈 눈을 감았다 뜨자, 시원한 향기가 코끝을 찔렀다.

차 팀장의 체취가 가득하다.

독하지도, 옅지도 않은. 은은한 향기. 언제 맡아도 좋다고, 독한 향수가 더 잘 어울릴 것 같은 남잔데, 의외라고. 생각하기 무섭게 운전석 문이 덜컥 열렸다.

강현은 차 안으로 몸을 밀어 넣고 탁, 운전석 문을 닫았다. 시동을 켜고 버튼을 연속으로 누르자 뜨거운 바람이 강하게 뿜어져 나왔다.

"이해성 씨."

낮은 목소리에 해성이 화들짝 옆을 돌아보았다. 마주한 그의 얼굴이 이름 한번 부른 것뿐인데 뭘 그렇게 놀라는 거냐고 묻는 듯하다.

"그렇게 있으면 안 불편합니까."

"네."

"시트 신경 쓰지 말고 편하게 앉아요. 보는 사람이 다 불편해서 그럽니다."

선뜻 자세를 고치지 못하고 우물쭈물하고 있는데, 그럴수록 옆에 와 닿는 눈빛은 더 집요해졌다. 결국 해성은 그의 뜻대로 시트에 등을 붙이고 앉았다.

강현은 짧은 한숨을 흘려보내며 입고 있던 점퍼를 벗었다. 별다른 의심 없이 그냥 덥나 보다, 하고 넘기려는 찰나 해성의 무릎 위로 두툼한 검은색 패딩 점퍼가 놓였다.

"입어요."

"저는 괜찮은데요."

"내가 안 괜찮습니다."

"예?"

"그렇게 입고서 안 춥습니까?"

춥다. 추워서 죽을 뻔했다. 정신없이 뛰어오느라 벗어 둔 점퍼를 챙길 시간도 없었다.

강현은 해성에게서 눈을 떼지 않았다. 얼굴에 머물러 있던 매섭고 서늘한 눈이 천천히 아래로 흘렀다. 강현은 노골적으로 어딘가를 비스듬히 뚫어져라 바라보며, 감흥 없이 말했다.

"다 보입니다."

"보이다니……."

"속옷."

해성은 그제야 깨달았다. 잠결에 대충 집히는 옷을 꺼내 입었는데, 하필 그게 얇은 셔츠였다는 사실을, 하필 그 셔츠가 흰색이었단 것까지도.

해성의 얼굴이 확 달아올랐다. 점퍼를 입고 있으니까, 브래지어 색상도 살색에 가까운 갈색이어서 괜찮을 거라고 가볍게 넘긴 것이 실수였다. 비를 맞게 될 거라고 누가 상상이나 했을까.

해성은 앞, 뒤 가릴 것 없이 강현의 점퍼에 팔을 쑥 끼워 넣었다.

"……세탁해서 돌려드리겠습니다."

"좋을 대로."

무심한 어조였다. 차마 얼굴을 마주할 용기가 나지 않아 그의 패딩 점퍼에 얼굴을 푹 묻어 버렸다. 목화 비누 향이 더 진하게 풍겨 와 해성은 저도 모르게 숨을 참았다.

강현은 그 모습을 흘기듯 살피다 숨소리에 가까운 웃음을 흘렸다.

"옷이 많이 크네요."

머리가 어깨에 닿을까 말까 할 정도로 체격 차이가 심했으니 당연했다. 꼭 아빠 옷을 훔쳐 입은 것처럼. 꼴이 말도 아니다.

해성이 재빨리 화제를 돌렸다.

"팀장님. 사건 인수인계는."

"싫다 해도 쫓아오겠다면서."

긍정적인 대답을 듣자마자 해성의 얼굴이 환하게 펴졌다.

"그럼 한시라도 빨리 출발……."

"그 전에 확인 좀 합시다."

"네?"

강현은 어리둥절해하는 해성을 흘끗거리며 바지 뒷주머니에서 뭔가를 꺼내어 들었다.

"정확히 짚고 넘어가서 나쁠 건 없으니까."

그의 손엔 음주 감지기가 들려 있었다. 음주 측정기는 정확한 수치가 나오기 때문에 사용 보고를 올려야 하니까 감지기를 갖고 온 거다.

"저 안 마셨다니까요?"

강현이 피식거렸다.

"음주 운전자가 할 법한 말을 하고 있네요, 더 수상하게. 당당하면 불어. 빼지 말고."

강현이 팔을 뻗으며 음주 감지기를 해성의 입 가까이 가져다 댔다.

"두세 번 서로 힘쓰지 말고 깔끔하게 한 번으로 끝냅시다."

해성이 인상을 찡그렸다. 꿀릴 건 없었다. 그런데 이 이해할 수 없는 묘한 긴장감은 무어란 말인가. 그냥 빨리 끝내 버리자. 해성은 못 이기는 척 감지기에 숨을 불어 넣었다.

음주한 상태가 아니라면 초록불. 음주한 상태라면 빨간불이 들어와야 하는데, 감지기는 미동조차 없었다. 강현이 삐딱하게 고개를 기울이며 손가락을 까딱였다.

"가까이."

가까이 오라 했으면서, 정작 음주 감지기를 들고 있는 차 팀장의 손은 전보다 멀어졌다. 기분 탓인가.

해성은 주춤거리며 강현의 쪽으로 다가가 상체를 숙였다. 질끈 눈을 감고 다시 한번 크게 숨을 후, 내쉬었다.

"더."

대체 언제까지…….

찝찝함을 느낀 해성이 불만스럽게 눈썹을 모으며 눈을 떴다. 바로 앞엔 차 팀장의 얼굴이 있었다. 너무, 가까운데.

그 마음을 아는지 모르는지 강현은 알 수 없는 모호한 얼굴로 해성의 입술을 가만히 주시했다. 움직임이 없자 강현이 손을 뻗어 해성의 턱을 가볍게 잡아 올렸다.

"더. 제대로 해."

차 팀장은 전보다 훨씬 가까운 거리에서 해성을 내려다보며 말했다.

해성은 숨 쉬는 것도 잊은 채 멍하니 강현을 바라보았다. 분명, 음주 감지를 하는 것뿐인데, 왜…….

왜 이렇게 야하게 느껴지는 건지. 보이지 않는 솜털이 삐죽 일어서는 기분이 드는 건지. 모를 일이다.

해성이 입술 안쪽 살을 잘근 깨물었다. 장난을 치는 걸까. 하지만 차 팀장의 무감정한 얼굴은 그렇다 할 변화가 없다.

해성은 간신히 이성을 되찾고 크게 들이켠 숨을 있는 힘껏 불었다.

후욱, 뿜어진 숨결에 강현의 머리카락이 잘게 흐트러졌다.

이번엔 제대로 반응했다.

음주 감지기에 초록불이 들어왔고,

"아……."

강현은 깊은 탄식을 흘려보내며 순간적으로 한쪽 눈썹을 찡그렸다.

○ ◎ ●

차 안은 고요하다.

후드득, 투드득. 유리창을 두드리는 빗방울 소리. 그리고 차량 내부를 덥히는 히터 가동 소리를 제외하면 그 어떤 소음도 없다.

벌써 4시간째였다. 언제나 그렇듯 기다림의 연속인 잠복근무는 진전도, 성과도 기대하기 힘들었다.

사각, 소리를 내며 서류가 뒤로 넘어갔다. 강현은 꼼꼼히 보고서를 훑었다. 완벽했다. 비문 한 줄 없다.

맞춤법과 띄어쓰기가 엉망이라 검토하는 데 무리였던 일전의 보고서와 판이하게 달랐다. 성격 급한 조 경위가 작성했을 리 만무하다.

"으……."

앓는 소리에 강현의 얼굴이 천천히 옆으로 돌아갔다.

쉬라고 해도 끝까지 고집을 부리더니, 결국 해성은 나른함을 견디지 못하고 꾸벅꾸벅 졸고 있었다.

그날처럼 악몽에 시달리는 건가 싶었지만 다행히 아닌 듯 보였다.

"일정한 주기가 있나."

강현이 조용히 중얼거렸다.

트라우마로 남아 버린 기억이 매일 꿈으로 나타난다면 일상생활 자체가 불가능하겠지.

그녀만큼이나 충격적인 사건을 겪었지만, 수연은 단 한 번도 꿈에 찾아오지 않았다. 악몽이나 피범벅이 된 얼굴이라도 상관없었다. 사실은 죽고 싶지 않았다며 울부짖어도 어머니를 마주할 수 있다면, 그 나름대로 행복했을지도.

콜록, 콜록.

해성이 잠결에 잔기침을 토했다. 몸을 떨면서 무의식적으로 강현의 점퍼를 목 끝까지 끌어 올린다.

강현이 히터 온도를 높이려 손을 뻗었다. 하지만 버튼에 닿기 직전 허공에서 움직임이 멈추었다.

아직 완벽히 마르지 않은 해성의 모습이 눈에 담긴 탓이다.

젖은 머리카락, 차가운 물기운이 남아 있어 평소보다 더 투명하게 느껴지는 얼굴.

'저는 그 당시 팀장님의 판단과 선택이 틀렸다고 생각하지 않습니다.'

새파랗게 질린 입술로 잘도 떠들던 건방진 목소리와 총기 어린 눈빛까지도.

"하……."

강현은 한숨 섞인 헛웃음을 토해 내며, 시트에 길게 몸을 묻었다. 뻐근해진 눈 위로 손등을 올렸다. 시야를 가려 봐도 옆자리로 흘러가는 시선은 막을 길이 없다.

그녀의 작은 체구를 한참 가리고도 남을 만큼 큰 점퍼가 힘없이 흘러내렸다. 그 위로 흰색 셔츠가 드러났다. 물기가 마르지 않아 살결에 착 달라붙은 광경에, 툭 터지려는 욕을 억세게 씹어 삼켜 버린다.

해성은 강현이 정해 둔 궤도에서 한참 엇나간 여자였다. 어디로 튈지 모르고, 어떤 식으로 치고 들어올지 몰라 항상 경계해야 할 대상이었다. 그런데.

"잠복 한번 하기 더럽게 어렵네."

가지가지로 힘들게 한다.

강현은 결국 운전석 문을 열고 몸을 내렸다.

느닷없이 달아오른 열기를 찬 바람으로 식혀야 할 때였다.

○ ◎ ●

덥다. 불가마 속에 갇힌 것처럼 온몸이 펄펄 끓었다. 해성은 미간을 구기며 게슴츠레 눈을 떴다.

"아……."

물먹은 솜처럼 몸이 무거웠다. 열이 오른 건지, 뜨거운 히터 바람 때문인 건지. 뭐가 됐든 몸에 이상이 생긴 건 확실했다.

누구를 탓할 일도 아니었다. 전부 자신이 자초한 결과였으니까.

"아, 팀장님."

정신을 차린 해성이 재빨리 고개를 돌려 옆자리를 확인했다. 운전석은 텅 비어 있었다.

설마, 범인을 찾았나?

다급히 안전벨트를 풀어내고 조수석 문을 덜컥 열어젖혔다. 차에서 내리자 살벌하리만큼 시린 겨울 새벽 공기에 이가 딱딱 부딪쳤다. 비가 내린 직후라 그런지 온도가 뚝 떨어져 날씨는 더 추워졌다.

해성은 강현의 점퍼를 바짝 여미며 주변을 살폈다. 차가 정차된 곳은 강남에서 가장 유명하기로 소문난 헤나 클럽 앞 도로변이었다.

쿵, 쿵 북을 치대듯 클럽 안에서 새어 나오는 베이스 음이 고막을 둥

둥 두드렸다. 주머니에서 휴대폰을 꺼내 들었다. 차 팀장이 남긴 연락은 없었다.

그 말인즉, 근처에 있다는 뜻이다. 차 팀장은 절대 돌발 행동을 하는 남자가 아니었으니까.

다시 얌전히 조수석 문을 열고 차에 몸을 밀어 넣으려는 때였다.

"야, 애 봐라. 완전 떡 됐어."

기분 나쁘게 낄낄거리는 남자 무리의 대화가 예민해진 귓속을 파고들었다. 해성은 목소리를 따라 홱 얼굴을 틀었다. 이제 막 클럽을 나선 남자들이 제대로 몸을 가누지 못하고 휘청거리는 여자를 질질 끌며 어딘가로 데려가고 있었다.

5명의 남자. 정신을 잃은 20대 초반의 여자. 해성이 눈을 가늘게 뜬 채 초점을 맞췄다. 분명, 퇴근하기 전 살펴본 수배 명단에 올라가 있던 익숙한 얼굴들이었다.

"……찾았다."

해성은 더 생각해 볼 것도 없이 곧장 걸음을 떼어 냈다. 예상이 맞는다면 인적이 드문 주차장이나 공터로 향할 것이다.

조심히 뒤를 쫓으면서도, 바쁘게 손을 움직여 강현에게 연락했다.

무턱대고 혼자 나섰다간 또 어떤 불호령이 떨어질지 모르니까.

그런데.

"왜 안 받냐고."

하필이면 꼭 중요한 순간에.

제발 적절한 때에 나타나 주길 바라며 위치를 찍어 보냈다.

걸음이 멈춘 곳은 예상대로 클럽 뒤편의 공터였다. 그 흔한 방범용 CCTV도 없는 장소는 범행을 저지르기에 안성맞춤이었다. 물기를 머금은 흙바닥에서 비린내가 물씬 풍겼다. 철창을 사이에 두고, 해성이 숨을 죽였다.

불빛이 완벽히 차단되어 벌어지는 상황을 가늠할 수 없다. 상대는 무려 건장한 성인 남성 5명이다. 형사고 나발이고 이건 차 팀장 혼자서도 무리인데, 해성 혼자 나선다고 해결될 사이즈가 아니었다.

"진짜 어떡하라고……."

골치가 아파 와 해성이 이마를 짚었다. 하필 이 순간 머리가 띵 울릴 건 또 뭐란 말인가.

마침, 조금 떨어진 곳에서 남자들의 대화 소리가 넘어왔다.

"야, 애 현금 없는데? 죄다 카드야. 아, 씹. 이번에도 공쳤네."

"머리부터 발끝까지 명품 두르고 있길래 뭐 좀 있나 싶었더니……."

남자 무리는 혐오스러운 욕설을 스스럼없이 뱉으며 여자를 차갑고 질척한 흙바닥에 내동댕이쳤다. 돌겠네. 해성이 입술을 꽉 씹었다.

남자들이 여자의 머리를 발로 짓밟으려는 순간, 보다 못한 해성이 안으로 뛰어 들어갔다.

"경찰이다. 여자한테서 떨어지고 손 들어."

갑작스러운 급습에 남자들의 시선이 해성에게 집중되었다.

"뭐야, 짭새야?"

"아, 씨발……."

"야, 잠시만. 혼자 온 것 같은데?"

쿵쿵 심장이 뛰었다. 총도 없고, 수갑도 없고, 삼단봉도 없고, 지원도 없다. 더구나 김진호가 여자를 폭행하기 직전에 해성이 나섰으므로 증거가 불충분하기 때문에 현행범 체포도 불가하다.

"뭘 깡으로 혼자 보냈다냐. 것도 여경을. 요즘 경찰 골 때리네."

상황 파악을 마친 남자 한 명이 휘적휘적 걸어왔다. 무리의 리더쯤 되어 보이는 듯했다.

"어이, 체포 영장은 갖고 왔어?"

그래. 영장을 포함해 필요한 모든 서류와 무기는 차 팀장에게 있다.

해성은 자신에게 가까이 머리를 들이밀며 씨익 웃는 남자의 얼굴을 훑었다. 아마 김진수. 피해자들을 가장 악질적으로 짓밟은 놈이었다.

김진수는 손가락으로 해성의 어깨를 꾹꾹 찍어 누르며 도발을 서슴지 않았다.

"여기가 어디라고 혼자 오셨어?"

"꺾어 버리기 전에 손 치워."

"허어……. 손 치워라아?"

김진수가 해성의 말투를 따라 하며 으스대자 뒤를 지키던 남자 무리들이 따라 웃었다.

김진수는 언제 그랬냐는 듯 표정을 굳히고는 사납게 눈을 치떴다.

"갖고 왔냐고. 영장."

해성은 죽일 것처럼 김진수를 노려보았다. 그러면서 은밀하게 손을 움직여 강현에게 전화를 걸었다.

제발 받아라. 제발 좀…….

"뭘 야려, 띠껍게!"

김진수가 뺨을 후려치려 손바닥을 날린 순간, 해성은 잽싸게 한 걸음 뒤로 빠지며 고개를 비틀어 남자의 손을 가뿐히 피했다.

"피해? 어이없네."

김진수가 해성의 멱살을 콱 비틀어 잡아 올렸다. 해성은 숨통이 막혀 인상을 찡그리면서 동요 없이 김진수를 똑바로 직시했다.

"경찰 때려서 좋은 꼴 본 놈들 못 봤어. 근데, 지금 네 눈깔 상태 보니까 그 정도 상황도 분간 못 할 정도로 신나게 빨아 재꼈나 봐. 말해. 약 뭐 했어. 어디서 구했어."

"입 안 닥쳐?"

어눌한 발음과 격하게 드러나는 폭력성. 그리고 초점을 잃은 눈동자는 마약을 했다는 증거였다.

해성은 자백을 받아 내기 위해, 더 집요하게 남자를 건드렸다.

"귀한 집 자식 신나게 패고 다닐 땐 몰랐겠지. 경찰 머리 위에서 놀고 있단 기분에 취해서 재미 좀 봤나 본데, 어디까지 했어. 성폭행, 했어?"

"이거 완전 겁 잃었네……."

맞아 봤자 얼마나 아플까. 죽지만 않으면 된다. 자백을 받아 내고, 저 벌레만도 못한 쓰레기 새끼들을 잡아 처넣을 수만 있다면.

그때, 이성이 흐려진 김진수가 목을 젖히며 홀린 사람처럼 웃었다.

"그래. 했다면 어쩔래. 어?"

"몇 명이나 패고 다녔는데?"

"셀 수도 없지……. 딱 너 또래 되는 년들 잡아다가 분이 풀릴 때까지 때리고 쑤셔 댔지. 이거 써서."

김진수가 콘돔을 흔들었다. 해성은 이를 악물며 물었다.

"왜?"

"그냥. 그러면 기분이 좋아지니까? 그래서 말야, 내가 지금 정말 신박한 호기심이 생겼거든."

김진수가 징그럽게 혀를 날름거리더니 잡고 있던 해성의 멱살을 제 쪽으로 확 끌어당겼다.

"우리 여경 맛은 어떨까. 응?"

"진짜 제대로 미쳤구나……."

해성이 한심이 담긴 조소를 흘리며 더러운 오물을 바라보듯 경멸 어린 눈빛으로 남자를 응시했다.

그게 또 남자의 꼭지를 돌게 만들었는지, 김진수는 멱살을 쥐고 있던 손을 풀고 해성의 머리채를 잡아당겼다.

"미친 건 너지. 겁도 없이 무작정 들이닥쳐서 영장도 없이 뭘 어쩌겠다고. 형사? 해 봤자 검찰청 졸개들 아니냐?"

윽, 두피가 팽팽하게 당겨져 절로 신음이 터졌다. 해성이 팔을 올려 남자의 손목을 잡아 비틀려는 찰나였다.

"쓰레기 치워."

깊게 잠긴 느긋한 목소리는 낯설지 않았다. 시선을 뒤틀어 강현의 얼굴을 확인한 해성이 아, 하고서 안도의 숨을 토했다.

해성의 머리카락을 휘어잡고 있는 김진수의 손목으로 철컥, 수갑이 채워졌다.

"뭐, 뭐야……"

놀란 김진수가 말끝을 흐리자, 뒤이어 웅성거림이 심해졌다. 요란한 불빛과 사이렌 소리가 들리는 것으로 보아, 지원 요청을 하느라 늦은 모양이었다.

"치우라니까. 쓰레기."

강현이 커다란 손을 펼친 채로 남자의 안면을 밀쳤다. 상상을 초월하는 강한 힘에 김진수는 작은 반항 한번 해 보지 못하고 흙바닥에 볼품없이 풀썩 널브러졌다.

"이리로."

강현은 김진수에게 시선을 붙박은 채 해성의 얇은 손목을 잡아 제 쪽으로 끌어당겼다. 움켜쥔 손목이, 뜨겁다. 화상을 입은 것처럼.

해성은 자신의 손목을 덮고 있는 강현의 손등을 물끄러미 내려다보다 눈을 들어 올렸다.

도망칠 생각인지 남자들이 욕을 지껄이며 주춤거렸다. 때를 놓치지 않고 지원을 나온 강력 1팀 형사들이 승합차에서 우르르 밀려와 남자 무리를 단숨에 제압했다.

눈 깜빡할 사이에 진압된 상황은 아수라장으로 변했지만, 정신없는 현장에서 강현 홀로 덤덤했다.

강현이 파일철에 반듯이 끼워진 서류 한 장을 꺼내 들었다. 그리고 한 손에 힘을 줘 무참히 구겨 낸 서류를 남자의 얼굴에 튕겼다.

"그렇게 원하던 체포 영장."

부드러운 말투였지만, 남자를 낮게 내리깔아 보는 시선은 무례했다.

"받고."

강현은 서류 한 장을 더 꺼내 들고는 같은 방식으로 구겨서 남자의 얼굴에 또 한 번 내던졌다.

"약을 했는지, 안 했는지 너희 집 뒤져 봐도 된다는 압수 수색 영장."

진심으로 당황한 김진수는 답도 하지 못하고 입만 벙긋거렸다.

"이제 검찰청 졸개들한테 밤새도록 취조당할 일만 남았네."

강현이 무표정하게 빈정거렸다. 그것이 신호가 되어 곁에 선 형사가 김진수를 억지로 일으켰다.

일주일 동안 포털 사이트를 뜨겁게 달군 '묻지 마 폭행 사건'이 해결되는 순간이었다.

둘만 남게 되자, 해성은 엉망이 된 머리를 매만지고 옷을 추스르며 입을 열었다.

"늦으셨네요."

강현의 시선이 그제야 해성에게 향했다.

"지금 원망합니까?"

"네."

"기가 막혀서."

강현이 어이없다는 듯 웃었다.

"멋대로 맞고 다니지 말라고 분명 말했던 것 같은데."

"전 잘못 없습니다. 연락드렸는데 안 받은 건 팀장님이셨잖아요."

"그럼 받을 때까지 대기했어야지. 무턱대고 튀어 나갈 게 아니라."

"두 눈 뜨고 놓치라고요?"

"상대는 다섯이었어. 그것도 약 빨아서 제정신이 아닌 성인 남자 다섯. 내가 조금 더 늦었으면."

"결국 와 주셨잖아요."

해성은 사무적인 강현의 말을 잘라내고 겁 없이 대꾸했다.

"늦지 않게 와 주실 거라고 믿었습니다. 팀장님이라면."

검은 눈동자가 잘게 흔들렸다. 눈이 마주치자 강현이 피식 웃었다.

"너. 이젠 아주 나를 갖고 논다. 어?"

05

이상한 하루였다.

경찰서 복도를 지나는 내내 일면식조차 없는 경찰 직원들이 힐긋거리며 얼굴을 훔쳐보질 않나, 엄지를 척 추켜세우질 않나. 더 나아가 박수갈채까지 받았다. 덕분에 해성은 화장실 한번 제대로 가지 못했다.

부담스럽고 얼떨떨했다. 몰래카메라인가, 생각될 정도로 과했다.

이해할 수도, 어이도 없는 아침의 이상한 풍경은 점심 식사를 하러 가는 동안에도 지속되었다.

꺼림칙한 기분을 떠안고 세찬과 건우를 따라 도착한 곳은 경찰서 근처 콩나물국밥집이었다.

어제저녁 작정하고 마신 술 때문에 속이 뒤집혔다며, 오늘 점심은 무조건 국밥이어야 한다는 두 남자의 의견이 일치한 탓이다.

잠복근무로 연이어 식사를 건너뛴 터라, 해성은 부지런히 밥을 먹는 데 집중했다.

"이해성. 제대로 한 건 했더라?"

건우가 짓궂게 웃으며 거들자 옆자리의 세찬이 입을 보탰다.

"맞아요. 지금 경찰서에 소문 쫙 퍼졌어요. 기사도 나갔고. 어제 진짜 장난 아니었다고 난리던데."

"그게 무슨 소리야?"

해성은 국을 뜨다 말고 고개를 들었다. 어리둥절한 반응에 세찬이 푸 핫, 웃음을 터트렸다.

"설마. 선배 여태 몰랐어요? 아, 그래서 계속 얼타고 있었구나."

해성이 어찌 된 일인지 캐묻다시피 건우를 바라보았다.

"1팀 직원들이 어제 일 전부 다 말하고 다녔어. 이 형사 덕분에 묻지 마 폭행 사건 범인 잡았다고. 무려 성인 남자 5명이나 있었는데 대단하 더라. 이해성 아니었으면 그대로 또 놓칠 뻔했다. 말수도 없고 연약해 보였는데 직접 보니까 담력이 웬만한 남자 저리 가라 할 만큼 강하더라. 이번 일로 다시 봤다…… 등등."

세찬이 격하게 고개를 끄덕이면서 맞장구를 쳤다.

"1팀에서 그동안 우리 팀 은근히 견제했잖아요. 괜히 듣는 제가 다 뿌 듯했다니까요? 어깨가 막 하늘을 뚫고 치솟는데, 얼마나 통쾌하던지. 어 우……, 소름. 아, 맞네. 이러다 선배 표창 받는 거 아니에요?"

"확률이 아예 없는 건 아니지. 한창 이슈였던 사건이기도 했고. 미리 축하한다. 이해성."

"제가 뭘 했다고요……."

그래서 오늘 아침에 그 난리였던 건가.

사정을 듣고 나니 흩어진 퍼즐이 맞춰졌다. 하지만 성과를 바라고 한 일이 아니었기에 해성은 편하게 웃을 수 없었다.

사실상 차 팀장만 믿고서 에라 모르겠단 식으로 판을 펼친 것뿐, 수습은 전부 팀장님이 하셨는데.

도리어 민망했다.

그 마음을 알 리 없는 세찬이 툴툴거리며 뒤늦게 후회했다.

"아, 진짜 아깝다. 나도 그 자리에 있었으면 선배가 멋있게 그놈들 제압하는 거 실시간으로 봤을 텐데! 박 경사님이랑 술 먹는 게 아니었어요."

"야, 인마. 네가 휴대폰 꺼 두자고 했잖아. 지금까지 내가 누구 때문에 경위님한테 욕먹었는데."

"퇴근하면 뒤도 돌아보지 말고 휴대폰부터 꺼야 한다면서요. 저 처음 인사 발령 받았을 때 입이 닳도록 말씀하셨던 거 잊으셨습니까? 저는 배운 대로 했을 뿐입니다."

"얼씨구. 까분다?"

티격태격하는 두 남자를 물끄러미 바라보던 해성이 어색하게 웃으며 국밥을 한 술 크게 퍼서 입에 밀어 넣었다.

"그나저나 차 팀장님 고생 많으시네요. 새벽부터 지금까지 그놈들 계속 취조 중인 것 같던데. 저, 이렇게 강도 높은 조사는 처음 본 것 같아요. 카리스마 대박. 그놈들 차 팀장님한테 완전 쫄았던데요."

세찬의 입에서 강현이 언급되자, 괜히 속이 뜨끔거렸다. 해성은 입안에 있던 밥을 씹지도 않고 꿀꺽 삼키고는 숟가락을 내렸다.

그럼 여태 잠도 못 자고…….

"그러게 말이다. 이 정도로 길어질 게 아닌데. 정신력 하난 정말 대단하신 분이라니까. ……아, 그거 때문에 그런가?"

"그게 뭔데요?"

해성이 되묻자 건우가 부가 설명을 덧붙였다.

"왜 있잖아. 일전에 이해성 네가 잡은 현행범. 몰카 성추행범이었나?

174

국회의원 아들인지 뭔지 하는 그 새끼. 기억하지?"

"네. 그게 왜……."

"그놈도 마약했다더라. 걔네 아버지가 최대한 기사 막고 있는 것 같긴 한데, 그게 얼마나 가겠어. 그리고 이번에 잡혀 들어온 놈들도 모발이랑 소변 받아 내서 감식 의뢰 넣어 둔 상태야."

"아……."

"결과는 뭐, 보나 마나 양성 뜨겠지. 거미줄처럼 연관돼 있는 모양이야. 그 헤나 클럽이 공급처 같은데, 이젠 알선한 놈을 언제 어떻게 찾느냐가 관건이겠지. 아마 그거 캐내느라 늦어지는 걸 수도 있어. 뭐, 마약 건은 조만간 경찰청으로 사건 인계 되겠지만."

기가 막힌 우연이었다. 뜻하지 못한 장소에서 잡은 몰카 성추행범과 묻지 마 폭행 사건 피의자들이 마약으로 얽혀 있다니. 어떻게 이런 일이 하루 간격으로 벌어질 수 있나.

운이 좋았던 건지, 뭔지.

"와, 그럼 이 경장님이 두 건이나 처리한 거네요? 오졌다."

"그러게. 이제 보니 경찰이 천직이었던 것 같네."

"그럼 이제 차 팀장님도 이 경장님한테 사건 배당 내려 주시지 않을까요? 큰 사건을 무려 두 건이나 한 방에 해결했는데."

"글쎄다……. 차 경감님 성격이 워낙 확실하셔야지."

"왜요?"

"경찰청에서도 유명했어. 한번 결정한 선택에 번복 없는 분으로."

"에이, 아무리 차 팀장님이라도 그 정도 융통성은 있겠죠! 이번에도 무시하면 너무한 거다. 진짜."

세찬은 마치 제 일인 것처럼 발끈했지만, 정작 해성은 약간 멍한 상태였다.

"하여튼, 이해성. 어제는 진심으로 미안하게 됐다. 바로 지원 나갔어야 했는데, 졸지에 너만 고생시킨 것 같네. 목 상태 안 좋아 보이던데 비 맞아서 감기 걸린 거 아냐?"

목이 따끔거리고 몸살 기운이 돌긴 했어도 일에 지장이 있을 정도는 아니었다. 해성은 애써 미소를 그리며 절레절레 얼굴을 내저었다.

"저는 괜찮아요."

"그럼 다행이고. 매년 봄 시즌마다 일복 터지는 거 다들 알지? 한 명이라도 부재 생기면 수사에 타격 크니까 몸 상태 좀 이상하다 싶을 땐 바로 병원 다녀와."

미련하게 고집부리지 말라는 뜻이었다. 해성은 대답 대신 웃으며 물을 한 모금 삼켰다.

건우가 으, 소릴 내며 팔을 쭉 뻗어 기지개를 켰다.

"기분이다. 이해성한테 미안한 일도 있었고, 축하할 겸 오늘 점심은 내가 쏜다."

건우가 빌지를 집어 들고 자리에서 일어서자 세찬이 오오, 박수를 쳤다.

"먼저 나가서 담배 피우고 있을 테니까 천천히 마저 먹고 나와."

해성은 계산을 하고 식당을 빠져나가는 두 남자의 뒷모습을 물끄러미 바라보다 시선을 내렸다. 아직 국밥은 반이나 남았는데 도무지 입에 들어가지 않는다.

혼자 남게 되자 참았던 한숨이 왈칵 토해졌다. 해성이 의자에 몸을 깊게 기대고는 눈을 감았다.

'너, 이젠 아주 나를 갖고 논다. 어?'

의미 없는 말일 텐데, 그게 뭐라고 머릿속에서 떠나지 않는 건지.

경계가 풀린 눈동자는 해석하기 힘들었다. 웃는 건지 인상을 찡그린 건지, 도통 알 수 없는 길고 날렵한 눈매가 뒤이어 떠오른다.

'꼬박꼬박 말대답하는 건 타고났나 봅니다.'

차 팀장의 가라앉은 목소리와 특유의 무표정한 얼굴은 어쩐지 예전만큼 뾰족하지 않았다.

……착각이었을까.

'다친 곳은.'

'괜찮습니다.'

원하는 대답이 아니었는지, 강현은 눈썹을 구기며 다시 물었다.

'상처는.'

'……없습니다.'

그때, 그 순간을 해성은 잊지 못한다.

차 팀장은 못내 의심스러운 얼굴로 서슴없이 팔을 뻗었다.

뼈마디가 굵고 기다란 손이 허공을 가르고 불쑥 침범했다.

한 손으로 턱을 가볍게 감싼 강현이 슬며시 힘을 주어 해성의 얼굴을 옆으로 돌렸다.

단순히 다친 곳이 있는지, 없는지 확인하려는 거겠지만 전혀 예상 못한 접촉에 심장이 통통볼처럼 튀어 올랐다.

오른쪽으로 한 번, 왼쪽으로 한 번.

차 팀장의 손힘에 이끌려 움직이는 동안, 적잖게 당황한 해성은 어쩌지도 못하고 눈만 깜빡였다.

멀쩡한 상태를 직접 두 눈으로 확인한 뒤에야 강현의 손길이 멀어졌다.

모든 것들이 멈추었는데, 눈치 없는 심장만 혼자서 거세게 날뛰었다.

'결과와 별개로 이해성 씨 개인행동을 용납할 생각은 없습니다.'

해성은 싸늘한 강현의 눈을 확인하고 고개를 숙였다. 겨우 나아졌나 했는데, 다시 원점으로 돌아가게 생겼으니 앞이 깜깜했다.

'그런데.'

하지만 그다음 말은 의외였다.

'아예 형편없진 않네요.'

해성이 천천히 시선을 올렸다. 휴대폰 끝을 잡아 쥔 차 팀장이 두어 번 손을 흔들었다.

전화를 받았고, 유도한 자백 또한 확실히 전해 들었단 의미였다.

치밀한 차 팀장의 성격상 잊지 않고 녹음해 뒀을 확률이 높다.

그렇다면, 형편없지 않다는 그 말은. 그 뜻은……

'팀장님. 저, 그럼.'

강현은 의미 모를 열기가 일렁이는 눈으로 해성을 빤히 바라보며 말했다.

'오늘 퇴근할 생각 마세요.'

그 말이 단비처럼 느껴졌다면, 드디어 미친 걸까. 아니, 이미 한참 전부터 미쳐 있던 걸지도.

평소답지 않게 마음이 들떴다. 몇 시간 전 일을 떠올리면, 몇 번이고 숨죽여 웃을 수 있을 것 같았다.

정말이지, 처음으로 날아갈 듯 기분 좋았던 하루였다.

어쩐지, 불안할 만큼.

○ ◎ ●

점심 식사를 끝내고 돌아왔을 때, 경찰서는 정신이 하나도 없었다.

'묻지 마 폭행 사건'에 연루된 피의자를 차례로 조사하고, 피해자들이 대거 출석하였으며, 분노하는 보호자들을 진정시키느라 진이 다 빠졌다.

그러는 와중에도 사건은 쉴 새 없이 떨어졌고, 형사들은 차례대로 외근을 나갔다 들어오길 반복했다.

어느 정도 상황이 정리됐나 했지만, 사건이 컸던 만큼 처리해야 할 보고서의 양도 어마어마했다.

해성은 시야를 가리고도 남을 만큼 수북하게 쌓인 보고서 서류를 두 손으로 겨우 받쳐 들고 아슬아슬 걸음을 옮겼다.

강력 2팀 사무실 안으로 들어서자, 기다렸다는 듯 자리에서 벌떡 일어난 세찬이 서둘러 다가왔다.

"어우, 선배, 연락하지 그랬어요. 엄청 무거워 보이는데."

세찬이 서류 일부를 걷어 가니 그제야 시야가 트였다. 해성이 크게 심호흡을 했다. 그리고 고개를 들었을 때, 정중앙 자리를 차지한 강현과 시선이 부딪쳤다.

어떤 반응을 보여야 할지 몰라 어수선하게 눈동자를 굴리고 있는데, 직선적으로 뻗어진 강현의 눈길은 좀처럼 거둬질 생각이 없었다.

붓으로 날렵하게 그린 것 같은 눈매가 천천히 감겼다 떠졌다.

전기에 감전된 것처럼 따끔거리는 것 같기도 하고, 깃털로 목덜미를 살살 긁어 내는 것 같기도 하고. 이상하고 기묘한 기분이었다.

누군가 그랬던가.

시작과 끝은 손바닥 한 번 뒤집는, 고작 그 정도의 차이일 뿐이라고.

공기 청정기와 온풍기가 가동되는 소리, 업무를 보느라 키보드를 바쁘게 두드리는 소리, 서류를 뒤적거리는 소리. 평소와 다를 것 없는 공간을 비집고 오늘만큼은 울리지 않길 바랐던 무전기 소음이 끼어든다.

— 코드제로, 코드제로. 논현동 토막 살인 사건 발생. 다시 한번 말씀 드립니다. 코드제로, 코드제로. 논현동 토막 살인 사건 발생.

툭. 들고 있던 서류가 바닥으로 무참히 쏟아져 내렸다.

"팀장님, 저도 함께 가겠습니다!"

"저도 가겠습니다."

세찬과 건우가 차례로 외쳤다.

그나마 멀쩡한 변사체도 아니고 무려 토막 난 시체였다.

다른 사건으로 자리를 비운 조 경위를 대신해 무리 없이 현장을 조사

할 능력이 있는 건우와 달리, 세찬은 이제 갓 시보를 뗀 1년 차 순경이었다. 분명 적잖은 충격으로 멍하니 넋 놓고 있을 확률이 높았다.

현장에서 구역질을 하지 않으면 다행일 정도로 처음 겪는 살인 사건은 그 후폭풍이 심했다. 그럼에도 긴장으로 경직된 세찬의 얼굴 속에 반짝이는 눈은 베테랑 팀장의 지휘 아래 배우고자 하는 열망이 상당했다.

강현이 차량 키를 던졌다.

"시동 걸어 놓고 대기하세요."

포물선을 그리며 날아온 차량 키를 잽싸게 받아 낸 세찬이 격하게 고개를 끄덕이고는 자리를 박차고 사무실을 빠져나갔다. 건우가 손가락으로 제 가슴팍을 소심히 가리키자, 강현은 대답 없이 슬쩍 고개만 까딱였다.

허락이다.

건우마저 더 볼 것도 없이 신속하게 모습을 감추자 사무실에 남은 사람은 해성과 강현. 둘뿐이었다.

강현이 천천히 걸음을 떼어 냈다. 그대로 스쳐 가나 싶더니, 해성의 코앞까지 다가와 멈추었다.

"따라갈 수 있게만 해 달라."

움찔, 해성의 몸이 떨렸다.

"싫다고 해도 쫓아오겠다."

강현은 미묘하게 입술 끝을 올리며 삐딱하게 해성을 응시했다.

"여태 입만 살았었나 봅니다."

저도 형사입니다.

잘났다고 소리치던 배짱은 어디에 갖다 팔아먹었냐고. 묻는 듯하다.

몇 번이나 상상하고, 대비해 온 일이었다. 살인 사건은 예고가 없다고. 동부 연쇄 살인 사건과 전혀 관계없는 일반 살인일 수도 있고, 연관이 있다면 그토록 바라 온 순간일 테니 그 역시 나쁘지 않은 소식이라고. 다짐하고, 세뇌했는데.

방심했다.

해성은 애써 침착한 척하며 무릎을 굽혀 앉았다.

"······허락, 안 해 주실 거잖아요."

최악이다. 기껏 생각해 낸 변명이 남 탓이라니. 신랄하게 조롱당해도 마땅했지만 돌아온 대답은 없었다.

해성은 떨리는 손으로 서둘러 바닥에 흐트러진 서류를 수습했다. 움직이는 동안 집요하게 와 닿는 뾰족한 시선에 손등이 따가웠다.

"겁에 질린 얼굴이네요."

비웃는 건가.

"범인이 동일범일까 봐 두려워?"

해성은 저도 모르게 손에 잡힌 서류를 꽉 움켜쥐며 얼굴을 들었다.

"아닌데요."

"그럼 헛짓 그만하고 일어나."

해성의 눈을 똑바로 쳐다보며 강현이 시니컬하게 말했다.

따라오라고.

○ ◎ ●

현장에 도착했을 땐 무슨 일인가 궁금해하는 사람들이 벌떼처럼 모여 있었다. 순찰차와 과학수사팀, 형사 차량이 줄지어 세워져 있어 더 눈에 띌 수밖에 없었다.

"잠시만 비켜 주세요."

인파를 뚫고 앞장서는 세찬을 따라 걸으며 해성이 주변을 살폈다.

저수지, 한강, 산 중턱. 하다못해 바다도 아니고, 평범한 동네 골목길, 재건축 건설 현장이라니.

놀란 건 해성뿐만이 아니었다.

"와, 이거 진짜 완전 미친놈이네. 이렇게 눈에 띄는 곳에 시체 투기할 정도면 작정한 거 아닙니까?"

경악하는 세찬의 말에 건우가 대수롭지 않게 대답했다.

"둘 중 하나겠지. 과시욕이 엄청난 사이코패스 아니면, 살인이 처음인 덜떨어진 놈. 시체 보면 답 나올 테니까 기다려 봐. 그나저나 너 괜찮겠냐?"

"뭐가요?"

"살인 사건 처음이잖아. 시체 보고 토할 것 같으면 나가서 해. 그대로 쏟아 내면 현장 어지럽혔다고 과학수사팀한테 욕 뒤지게 먹는다."

"박 경사님 경험담입니까?"

"아, 이거 또 꼭지 돌게 하네."

2팀 형사들이 차례로 폴리스 라인을 걷어 올리고 안으로 들어섰다.

수사 책임자가 도착하기 전까지 현장을 보존하고 있던 관할 지구대 경찰이 다가왔다. 한눈에 강현을 알아보고 상황을 보고했다.

"최초 발견자는 건설 현장 직원들이었습니다. 점심 식사 후 공사 시작 전에 날이 추워서 불을 지피려다가 뭔가 이상해서 봤더니, 드럼통 안에 웬 쌀 포대가 있었답니다. 수상해서 슬쩍 들춰 보던 중 시체가 발견된 거고요. 모르고 불을 피울 뻔했다고 하는데, 아마 범인은 그걸 노린 것 같습니다. 발견자에게 다른 특이점은 없었습니다."

강현이 고개를 끄덕이며 손을 까딱였다. 계속 말하라는 뜻이었다.

지구대 경찰은 강현의 보폭에 맞춰 따라 걸으며 이어 말했다.

"피해자 시체는 대용량 쌀 포대에 들어 있었습니다."

"개수는."

"총 네 개였습니다. 과학수사팀 말로는 머리와 상, 하체가 절단돼 있었고 손발은 없었다 합니다."

강현의 등 뒤에서 다른 경찰 직원에게 건네받은 비닐 족신과 라텍스 장갑을 착용하고 있던 해성이 순간 멈칫했다.

설마……. 아니겠지.

머리가 있잖아. 머리가, 있으니까.

신원을 불분명하게 하고, 사건 조사에 혼선을 주기 위해 동부 연쇄 살인범은 절단한 손발과 머리를 현장에 남기지 않는다.

해성은 가까스로 마음을 달래며 질끈 눈을 감았다 뜨고는 마저 장갑에 손을 끼워 넣었다.

그 잠깐의 머뭇거림을 놓치지 않고 강현이 힐끔, 해성에게 시선을 던졌다. 하지만 언제 그랬냐는 듯 이내 눈길을 거둬 내고는 침착하게 절차를 밟았다.

"신원은 밝혀졌습니까."

경찰 직원이 고개를 내저었다.

"현장에서 밝혀진 건 없습니다. 보다 명확한 사인 규명은 국과수에서 담당 부검의에게 전달받으셔야 할 것 같습니다."

여기까지가 관할 지구대 경찰의 역할이다. 맡은 일을 끝낸 경찰 직원은 강현을 향해 공손히 허리를 숙여 인사를 하고는 멀어져 갔다.

"우욱! 우웩……!"

근처에서 들려오는 적나라한 소리를 따라 해성의 얼굴이 돌아갔다.

먼저 토막 난 시체를 확인한 듯, 세찬이 토사물을 쏟아 내고 있었다.

"야, 인마! 너희 팀장 누구야. 어? 아직 촬영도 안 끝났는데 누가 멋대로 현장 훼손하라 했어! 당장 벽에서 손 안 떼, 새끼야?"

건우의 예상과 한 치의 오차도 없는 상황이었다. 과학수사대 경찰이 역정을 내며 다그치자, 세찬은 울상이 된 얼굴로 죄송하다 말했다. 그러면서 다시 불쑥 치미는 역함을 참지 못하고 욱, 입을 틀어막았다.

"팀원 교육을 대체 어떻게 시킨 거야. 돌겠네, 진짜……. 어? 차 경감님 아니십니까?"

과학수사팀 직원이 한걸음에 달려왔다. 과학수사대는 경찰청 소속이니, 일면식이 있는 건 이상할 일도 아니었다.

"이야, 어디 가셨나 했더니 강남서에 계셨네요. 전출 가셨단 말은 들었습니다. 인사도 제대로 못 드린 것 같아 아쉬웠……."

"시체 상태 좀 확인하고 싶은데."

강현은 보는 이가 다 무안할 만큼 사무적으로 답했다. 과학수사팀 직원은 이런 모습에 익숙해 보였다. 직원이 웃으며 자리를 안내했다.

"여전하시네요, 경감님. 편히 확인하시고 말씀해 주십시오. 그래도 조금만 서둘러 주시면 감사하겠습니다. 저희도 일이 밀려 있어서."

"노력해 보죠."

네 개의 대형 쌀 포대는 전부 묵직했다. 세찬이 확인한 마지막 쌀 포대를 제외하고 나머지 세 개는 오염 방지를 위해 백색 천으로 입구를 덮어 놓은 상태였다.

백색 천을 반쯤 들춰낸 강현이 쌀 포대 안을 들여다보며 절단된 시체를 하나씩 확인했다.

무감각한 그의 얼굴은 덤덤했다.

세 번째 쌀 포대를 덮고 있는 백색 천을 집으려다 말고, 강현이 슬쩍 뒤를 돌아보았다.

"뭐 하고 있습니까. 오지 않고."

그제야 해성이 다리를 움직였다. 강현의 옆에 멈춰 섰을 때 가장 먼저 보인 건, 방금 전 세찬이 확인한 피해자의 머리였다.

다행히 세찬처럼 현장에 토사물을 쏟아 내는 불상사는 벌어지지 않았다. 두 번째, 세 번째, 네 번째 쌀 포대를 가린 백색 천이 강현의 손에 의해 거둬졌다. 비명이 절로 터질 만큼 끔찍하게 절단된 시체가 하나둘씩 모습을 드러냈지만 해성은 의연했다.

아니, 의연하려고 애썼다.

기껏 데려왔더니 고작 그 정도였느냐는 비웃음은 피하고 싶었다. 하지만 저절로 인상이 찡그려지는 건 어쩔 수 없었다.

"경감님. 마지막 쌀 포대에서 이런 게 발견됐는데요. 확인해 보셔야 할 것 같습니다."

급히 달려온 과학수사팀 경찰이 투명한 지퍼 백을 내밀었다.

지퍼 백을 받아 들고, 그 안에 들어 있는 물체를 확인한 순간 강현의 얼굴이 차갑게 식었다.

해성의 시선이 천천히 움직였다.

「mas libranos del mal.」

익숙한 글귀가 해성의 눈에 담기자, 동공이 확장되며 눈동자가 거칠게 파동을 일으켰다. 덜덜 떨리는 손을 움켜쥐고, 경련이 일어난 입술을 잘근 씹어 봐도 떨림은 멈추지 않았다.

온몸이 미친 듯이 진동했다. 밀려오는 현기증에 눈앞이 어지러웠다. 시체를 목격한 것보다 더한 충격임은 확실했다. 발가락에 힘을 주고 간신히 버텨 봐도 자꾸만 다리에 힘이 풀렸다.

해성의 몸이 작게 휘청거린 찰나, 신속하게 손을 뻗은 강현이 강한 힘으로 얇은 팔을 꽉 잡아 올렸다.

"아……."

미세한 탄식을 흘려보낸 해성이 천천히 얼굴을 들었다. 강현이 싸늘한 눈으로 해성을 내려다보며 명령했다.

"나가."

가차 없고, 단정하게.

○ ◎ ●

무작정 현장을 빠져나왔다.

현장에서 3분 정도 떨어진 곳에 멈춰 선 해성은 전봇대를 짚고 그대로 주저앉았다.

"우윽……!"

속이 울렁거려 절로 헛구역질이 터졌다. 차라리 시원하게 먹은 음식물을 게워 내면 좋겠는데, 입 밖으로 나오는 건 아무것도 없었다.

더 미칠 노릇이다. 입에 손가락이라도 밀어 넣어 볼까. 무식한 고민과 함께 울컥함이 밀려왔다.

재수 없어.

이럴 줄 알고 데려온 거다. 나약한 모습을 보이면 기다렸다는 듯이 그게 너의 한계라고 비웃고, 모욕하고 힘껏 조롱할 생각으로.

"나쁜 새끼……."

푹 고개를 떨어트린 채 욕을 읊조리고 있는데, 시선 끝에 검은색 신발이 들어왔다.

해성이 비틀거리며 일어섰다.

"……왜 나오셨어요."

"따라 나오는 것도 허락을 받아야 하나?"

비식, 바람 빠진 웃음이 샜다.

"나한테 쌓인 게 많았나 봅니다."

해성이 입술을 감쳐물었다.

"아닙니다."

"내가 미워요?"

"직원들이 다 보는 앞에서 그런 식으로 내치실 줄은 몰랐습니다."

"뛰쳐나간 건 이해성 씨잖아."

냉담한 대답에 속이 뒤틀렸다.

"나가라면서요."

"언제부터 내 말을 잘 들었다고."

"말을 들어도 뭐라 하시네요."

"혼자 가라 한 적 없어. 말 끝까지 안 듣고 뛰쳐나간 본인을 탓해."

"그럼 같이 가 주실 거였나요?"

작정하고 비아냥거리는 말투에 강현은 허무하리만큼 쉽게 수긍했다.

"응."

……거짓말.

"왜요. 저 못마땅하게 생각하시잖아요. 마주 보고 있으면 불쾌하고 기피하고 싶다면서요."

꾹 틀어쥔 주먹이 부르르 떨렸다.

"나가서 기다려요. 수사 책임자인 형사가 현장에서 흔들리는 모습 보이면 다른 경찰들도 동요할 테니까. 라고 말하려 했어."

어째서 그 말이 위로하려는 것처럼 들리는 걸까.

부서질 것처럼 몸을 바들거리는 해성을 빤히 주시하며 강현이 낮은 음성으로 말했다.

"또 떠네요."

"몸살 기운 때문에……."

"몸 말고."

강현이 말을 가로챘다.

심장이 덜컥 내려앉았다.

……알고 있는 거다.

자신의 감정을.

어쩌면, 자신조차 미처 자각하지 못한 시점부터.

"내가 이해성 씨를 왜 따라 나왔는지, 물었죠."

강현이 한 발짝 가까이 다가섰다.

"그러게. 나도 궁금해."

강현은 해성의 얼굴을 고요히 들여다보다 팔을 뻗었다.

그가 엄지로 도톰한 입술을 지그시 눌렀다. 그리고 옆으로 느리게 손을 움직여 아랫입술을 훑듯 쓸어 냈다. 꼭, 키스라도 할 것처럼.

"정말이지."

입안을 긁어 내듯 말했다.

"짜증이 날 정도로."

그의 검은 눈동자가 깊은 수면 밑으로 가라앉았다.

○　◎　●

경찰서로 돌아오자마자 형사들은 쉴 틈 없이 분주하게 움직였다.

토막 살인 사건이 터졌으니 오늘은 팀원 전부 철야 확정이다. 당연한 수순을 밟듯 누구 한 명 불만을 토로하는 일은 없었다.

회의실에 모여 사건 브리핑을 갖기 전, 2팀 형사들은 사무실에서 대기하며 보고를 올리러 간 차 팀장을 기다리는 중이었다.

"피가 없었다고?"

형운이 놀라 되물었다. 세찬은 고개를 끄덕이며 설명을 덧붙였다.

"네. 절단된 부위에 아주 조금 남아 있긴 했지만요. 주변에 피 흘린 흔적도 없었고. 거의 깨끗했어요."

건우가 대화에 끼어들었다.

"영하권 날씨 때문에 안에서 굳었을 수도 있고, 살인범이 사후 처리를 치밀하게 했을 수도 있어. 사망 시각 추정 못 하도록. 아까 차 팀장님께 슬쩍 여쭤봤는데, 살인 추정 시간은 어제저녁 9시에서 11시. 시체 투기는 새벽 1시에서 4시 사이일 확률이 크다던데."

"시체만 보고도 알 수 있어요?"

"괜히 광수대 엘리트겠냐."

"에이, 그래도 그건 너무 갔다. 아무리 팀장님이 유능하다 해도 피해자 시체는 이제 막 국과수에 들어갔을 텐데, 부검도 안 해 보고 그걸 어떻게 판단해요. 심지어 피도 별로 없었잖아요."

"어후, 저 꼴통 진짜. 아예 없던 건 아니었잖아."

건우가 한숨을 내쉬며 차 팀장이 했던 말을 그대로 따라 읊었다.

"피해자 시체는 아직 경직이 풀어지지 않은 상태였어. 비교적 사후 경직이 약하게 일어나는 편인 체구가 작은 성인 여자, 경직 완화가 늦어지는 겨울이었단 점을 감안한다 해도 시체 자체는 깨끗했잖아. 절단된 것만 빼면 손상도 거의 없었고. 사망 후 아직 24시간도 지나지 않았다는 증거야. 쌀 포대는 오늘 점심에 발견됐으니까 직원들이 출근하기 전. 즉, 시체 경직이 진행됐을 때 인적이 드문 새벽 시간에 투기했을 확률이 높지."

"……라고 차 팀장님이 말씀하셨어요?"

세찬의 짓궂은 물음에 건우가 밉지 않게 눈을 흘겼다.

"그래, 인마."

턱을 쓸어 내며 생각에 잠긴 형운이 설마, 하는 표정으로 흐름을 끊었다.

"야, 혹시 이거 그, 연쇄 살인범 짓 아니냐?"

"연쇄 살인범이요?"

어리둥절한 세찬을 두고 형운은 답답하다는 듯 인상을 찡그렸다.

"그 왜 있잖아. 10년 전 방화 살인 사건 이후로 잠적한 동부 연쇄 살인범."

"아아!"

세찬과 건우는 동시에 감탄을 흘렸고, 묵묵히 서류를 정리하던 해성은 그대로 굳었다.

"뭔가 조금씩 엇나간 느낌이 없지 않아 있긴 한데, 그 쪽지도 그렇고, 손발도 없었고, 절단 방식도 그렇고. 의심할 여지는 충분하지."

건우가 손을 내저으며 곧바로 받아쳤다.

"모방 범죄일 수도 있죠. 일부러 수사망 피하려고 범행 프레임만 갖다 쓴 우발적 살인일 수도 있고요. 제 기억으론 동부 연쇄 살인범은 머리랑 손발은 철저하게 숨기고, 시체에서 피도 싹 빼 두는 걸로 알거든요. 그런데 이번 사건에선 머리도 나왔고, 소량이지만 피도 묻어나 있었어요. 엄청 치밀한 놈인데 이렇게 미숙할 리가 없죠. 하여튼, 확신하기엔 걸리는 게 많아요."

"그러는 척일 수도 있지. 10년 전 방화 살인 사건도 비슷한 유형 아니었어? 시체 전부 보존된 상태였다며. 사이코패스가 같은 범행 방식을 백프로 고집한다는 보장이 어디에 있어. 그나저나 만약 이거 진짜 동부 연쇄 살인범이 저지른 사건이면 엄청 큰일 아니냐?"

"그러게요. 아니길 바라야죠. 맞는다면 다시 살인을 시작했다는 건데."

형운이 의자에 털썩 주저앉았다.

"보나 마나 또 인계되겠구만."

"인계요? 어디로요?"

세찬이 눈을 크게 뜨며 물었다.

형운은 신경질적으로 머리를 쓸어 올리고는 귀찮다는 듯 답했다.

"어디긴 어디야. 경찰청이지. 더럽게 귀찮은 현장 조사나 보고서는 관할서 직원들이 싹 처리하게 하고, 성과과 명성이고 죄다 챙겨 가는 일이 특기고 취미인 분들인데 어련하시겠어."

건우가 애매하게 웃었다.

"에이, 경위님 말이 심하시네. 경찰청 직원들도 얼마나 고생 많은데요. 그쪽도 범인 못 잡으면 귀에 진물 날 때까지 까여요."

"이것 봐라. 너 지금 경찰청 출신이라고 은근히 감싸고돈다? 그래서 차 팀장한테 예쁨받는 거냐?"

"통할 것 같았으면 진작 엉겨 붙었죠. 고과 점수 생각해서라도."

상황은 명확한 해답을 얻지 못하고 어수선하게 마무리되는 듯싶었다. 하지만 정작 팀원들의 대화를 잠자코 듣고만 있던 해성은 머리가 터질 것만 같았다.

어지럽고, 복잡하고, 혼란스럽고.

어디서부터 어디까지가 진실이고 거짓인지. 망상과 현실을 어떤 식으로 분간해야 할지. 하루아침에 경계선이 허물어졌다. 갈 곳을 잃은 어린아이처럼, 막막하다.

나는. 이제. 어떡해야 할까.

그토록 바라 온 순간이었다. 어쩌면, 가족 전부를 몰살시킨 살인범에게 한 발짝 가까워질 수 있는 기회일지도 모른다.

그런데 이 해석할 수 없는 기분은 무엇인지. 해성은 가늠할 수 없었다. 터져 나갈 듯 심장이 뛰는 이유는, 손이 떨리는 이유는.

이제 와 두려운 것일까.

아니면 흥분된 것일까.

해성이 질끈 눈을 감았다.

지금은, 비우자. 버려야 한다.

생각을, 감정 전부를.

○ ◎ ●

정확히 8시가 되었을 때, 강력 2팀 사무실 문이 열리며 차 팀장이 모습을 드러냈다.

걱정 반, 호기심 반. 팀원들의 시선이 일시에 집중되었다.

아무리 형사들이라도 인간이다. 폭포처럼 쏟아지는 사건에 절단된 시체까지 목격했는데 정신이 멀쩡할 리 없었다.

피로에 지친 팀원들과 달리 강현의 안색은 지나치게 평온했다.

강현은 팀원 한 명, 한 명을 천천히 훑어보다 바로 본론을 꺼냈다.

"조 경위는 배당 떨어지는 사건부터 우선적으로 처리합니다."

살인 사건 출동 당시 형운은 현장에 없었으니 당연한 처사였다. 또 언제 어떤 사건이 터질지 모르기 때문에 강현 다음으로 계급이 높은 형운이 맡아 처리해야 했다. 그 사실을 알기에 형운 역시 이번만큼은 불만 없이 수긍했다.

"김 순경은 관제 센터에 지원 요청 넣고 현장 주변 다목적 CCTV 확인 후 나한테 보고 올려요."

"네."

"박 경사는 최초 발견자, 주변 탐문 조사 끝나는 대로 조 경위 지휘하에 일반 사건 백업합니다."

건우가 고개를 끄덕였다.

"예. 알겠습니다."

지시는 끝났고, 이번에도 해성의 몫은 없었다. 팀원들은 내심 이건 좀 너무한 거 아닌가, 생각하며 흘긋 해성을 훔쳐보았지만 당사자는 아무런 반응이 없었다.

누구보다 잘 알고 있기 때문이다.

자격이 없다는 것을.

동부 연쇄 살인범이 범인일 거란 명확한 물증이 부족한 상황에서 성급히 동요했다. 현장에서 나가란 팀장의 말에 기다렸다는 듯 혼비백산 달아난 꼴은 또 어떠했던가. 그야말로, 최악. 제대로 수사에 참여할 수 있는 상태가 아니었다.

"팀장님, 그럼 지금 바로……."

강현이 세찬의 말을 잘라 냈다.

"퇴근하세요."

"예?"

팀원들이 한마음으로 경악했다.

"팀장님, 하지만 한시가 급한데."

"당장 해결될 문제입니까."

그의 한마디에 사무실의 공기가 일순 차갑게 가라앉았다.

"사건 터지자마자 발이 닳도록 뛰어다닌다고 해서 해결될 일이냐고 물었습니다."

"……아, 아니요. 그건 아니지만."

"2주 동안 자잘한 사건을 포함해서 정확히 43건 터졌습니다."

심지어 어제는 잠복근무였고, 새벽부터 오늘 아침까지 강도 높은 피의자 취조를 강행했다. 차 팀장 말고도 모든 팀원들이 각 배당받은 사건에 매달리느라 매일같이 뜬눈으로 밤을 보냈는데, 멀쩡할 리가.

"감식, 부검 결과가 나올 때까지 무엇을 이뤄 내든 법 과학에서 도출되는 실질적 증거가 없으면 아무런 쓸모도 없다는 뜻입니다. 효율성으로 따졌을 때 내 상식으론 도저히 납득할 수가 없는데."

숨 막히는 침묵 속에서 강현이 해성을 향해 시선을 길게 던졌다.

"이해성 씨."

"……네."

"절단된 피해자 시체 봤을 때 기분 어땠습니까. 좋았어요?"

지금 그걸 질문이라고…….

"그럴 리가 없잖습니까."

강현이 오묘한 표정을 지으며 고개를 끄덕이고는 해성에게서 시선을 거둬 냈다.

"그렇다네요."

팀원들의 입이 작게 벌어졌다.

"내일모레부터 수사 진행합니다."

내일은 비번이다. 즉, 나설 생각 말고 쉬는 동안 타격받은 멘탈부터 수습하란 뜻이었다.

그답지 않았다. 정말, 누구라도 이상하게 느낄 만한 배려였다.

팀원들은 무어라 대답도 하지 못하고 동그랗게 뜬 눈을 연신 깜빡이며 서로 눈치만 살폈다.

이때다 싶어 가장 먼저 기회를 잡은 건 형운이었다.

"그, 그럼. 내일모레 뵙겠습니다. 저는 집에서 마누라와 쥐방울만 한 딸들이 기다리고 있어서 이만."

형운이 빛의 속도로 사라지자, 눈짓을 주고받은 세찬과 건우도 엉거주춤 자리를 피했다. 해성 역시 더 이상 자리에 남아 있을 필요는 없었지만, 그렇다고 피할 이유도 없었다.

괜찮은 거냐는 걱정, 퇴근하지 않고 뭐 하는 거냐는 재촉, 점심에 있었던 일에 대한 언급.

당연히 기대조차 안 했다.

그런데 왜 떠나지 못하는 걸까. 대체 무엇을 바라고, 원하길래.

묻고 싶은 건 많았다. 따지고 싶은 것도 많았다. 입을 열지 못하는 건 원하는 대답이 돌아오지 않으리란 걸, 경험하여 잘 알기 때문이다.

가느다란 실선 위에서 외줄 타기를 하는 심정으로 해성은 조심스럽게 강현을 힐끔거렸다. 그는 거리낌 없이 걸음을 떼어 냈다. 넓은 보폭으로 다리를 움직여 해성을 스쳐 지나갔다.

종이 날로 심장을 벤 듯, 욱신거리는 통증에 눈가가 찡그려진다.

"……팀장님."

책상 앞에서 그의 다리가 우두커니 멈추었다. 해성은 강현을 등진 채 물었다.

"묻고 싶은 게 있습니다."

"말해요."

해성이 천천히 몸을 돌렸다. 강현은 팀장 책상에 몸을 기대고서 똑바로 해성을 주시하고 있었다. 눈이 마주치자 해성은 황급히 시선을 내렸다. 이 정도는 아니었는데, 이상하다. 고작 시선 한번 마주친 것뿐인데 피가 빠르게 돌고 명치끝이 찡, 울리는 느낌이다.

안 되겠다. 후퇴하자.

"아닙니다. 내일모레 뵙겠습니다."

다시 몸을 돌리려는 때였다.

"이해성 씨."

나직한 음성이 해성의 발목을 붙잡았다.

"대놓고 물어봐요. 도망간다고 해결될 문제 아니니까."

전부를 말해 줄 것처럼 너그럽게 말한다. 마치, 네가 무엇을 궁금해하고, 어떤 질문을 뱉게 될지 전부 간파하고 있다는 얼굴이라 제멋대로 입술이 움직였다.

"점심에, 그 일은."

힘겹게 한 글자 한 글자 토해 봤지만 무리였다. 되레 이상한 사람처럼 보일 것 같았다. 하지만 돌아온 대답은 쉬웠다.

"사건은 아닐 것 같고. 내가 한 행동에 대해서 묻고 싶은 겁니까."

"……네."

강현이 막힘없이 꿰뚫자 해성은 얼결에 대답했다. 뒤이어 떠오른 것은 몇 시간 전 일이었다. 손끝으로 느리게 입술을 훑던 차 팀장의 손길이, 그 감촉이 생경해 심장이 쿵쿵 뛰었다.

"그다음 내가 뭘 하려고 했는지."

속을 아는지 모르는지 강현이 짤막하게 웃었다.

"알면 후회할 텐데."

위험하다. 본능적으로 알아차릴 수 있었다.

"아. 알고 있으면서 묻는 건가?"

해성은 점점 호흡이 힘들어 참았던 숨을 길게 내쉬었다.

강현은 틈을 주지 않고 해성의 눈만 빤히 쳐다보면서 말했다.

"입 맞추려고 했어요."

그의 목소리는 담백했다. 일상을 물어보는 것처럼.

삐이. 이명이 들리는 듯했다. 동시에 심장도 덜컥 멈추었다.

"그런데 안 했지."

밤보다 어두운 눈빛은 고요하다. 수심을 가늠할 수 없는 호수보다 깊어서, 자칫 빨려 들어갈 것만 같았다. 잠잠하게 일렁이는 새까만 눈동자는 어쩐지 화가 난 듯했다.

차강현. 본인에게.

"무슨 마음일까 생각해 봤어."

더없이 무감한 얼굴과 어울리지 않게 환상 같은 말을 한다.

"피하고 싶은데 이유 없이 끌리는 감정."

비슷한 무게의 상처. 오랜 시간 억압된 더럽혀진 감정들.

수백 번 고민하다 겨우 뱉은 질문에 비해 그가 내린 정의는 헛웃음이 터질 정도로 간결했고 보다 더 단순했다.

잠시 낮춰진 그의 시선이 차분히 올라왔다. 무겁게 얹어진 침묵을 걷어 내고 강현이 느릿하게 입을 뗐다.

"근데 그건 너도 마찬가지잖아."

확신에 찬 눈빛이 명중했다.

지금 내가 무슨 말을 들은 거지. 해성이 헛웃음을 터트렸다.

따리처럼 꼬인 머릿속은 풀릴 생각 없이 더욱 치밀하게 엉켜 갔다.

혼란에 잠식되어 정리가 되지 않는다. 잊고 있던 몸살 기운이 가세해 현기증마저 느껴지는 것 같다.

반면 강현은 조금도 흐트러짐이 없었다. 곧게 허리를 세우고는 물끄러미 해성을 응시하며 전보다 더한 폭탄을 던졌다.

"난 필요한 것이라면 일단 입에 넣고 보는 편이야."

해성은 넋이 나간 얼굴로 커다란 눈만 깜빡였다.

"그게 뭐든."

끝을 알 수 없는 우물을 바라보듯, 차 팀장의 눈에선 그 어떤 생각도 읽어 낼 수 없다.

"맛을 느끼고 성분을 헤아릴 시간에 배를 채워. 그러니……"

본능을 추구하는 짐승처럼.

"내 도움이 필요하면 말해요."

건조한 얼굴로 다가와 알다가도 모를 말을 아무렇지 않게 뱉는다. 그래서 해성은 무슨 대답을 해야 할지 몰랐다.

사실, 조금 어이가 없기도 했다. 도움을 바랐을 땐 그토록 냉정하게 대했으면서 왜 갑자기 돌변했는지.

"원할 때, 언제든."

간지럽고 쓸데없는 사랑 타령만 아니라면 무엇이든 괜찮다고 말하는 듯했다.

착각이 아닐지도 모른다.

적어도, 간절히 원하는 여자에게 호감을 내비치는 남자의 눈빛은 아니었으니까.

○ ◎ ●

콜록, 콜록.

샤워를 하고 나오자 극심한 체온 변화에 잔기침이 터졌다.

날카로운 바늘로 할퀸 것처럼 목 안이 따갑고 아팠다. 제때 약을 먹지 않고 버틴 것이 화근이었나.

"아. 아아."

억지로 소리를 낼 때마다 목구멍에 이물질이 낀 기분이 퍽 거슬렸다. 편도가 부었나. 해성이 인상을 찡그리며 목을 문질렀다.

두꺼운 옷을 몇 겹씩 껴입어도 뼈가 시릴 만큼 추운 날씨에 비를 맞았으니 버티는 게 용할 지경이다.

"……아프면 안 되는데."

건강에 있어선 누구보다 철두철미하게 관리해 온 해성이었다.

아프더라도 적당히 아파야 했다. 정신이 붙어 있어야 병원에 갈 수 있으니까.

혼자 남겨진다는 건 그런 것이다.

오늘 당장 죽는다 하더라도 그 누구도 알지 못하고, 모든 일을 제쳐 두고 달려와 줄 사람도 없는 것.

사실은 아프다 말하고 싶었다. 엉엉 소리 내어 울고, 무너지며. 이 지독한 아픔과 상처와 고통을 알아 달라 처절하게 외치고 싶었다.

하지만 그럴 수 없다는 걸 안다. 아무리 친한 친구도, 동료들도 표면을 위로하는 타인이라서, 밑바닥까지 드러내는 순간 지칠 것이다. 외부인은 타인의 심연을 이해하지 못하고, 진심 어린 동정과 공감은 반복이 어렵다.

해성은 화장대 의자에 앉으며 벽에 걸린 시계를 확인했다. 시간은 벌써 11시를 넘어가고 있었다.

"뭘 했다고……."

적잖은 충격으로 머리가 기능을 멈춘 사이, 시간은 부지런히 잘도 흘러갔다.

긴 숨을 흘려보내며, 해성이 앞에 놓인 로션을 집어 들고 뚜껑을 열었다.

'입 맞추려고 했어요.'

그윽한 음성이 예고 없이 불쑥 튀어나와 무의식적으로 손에 힘이 실렸다. 그 힘을 이기지 못해 쥐고 있던 뚜껑이 미끄러지듯 툭, 바닥으로 떨어졌다.

어떻게든 지워 내려 해 봐도 현실적이지 못한 그 말들은 비정상적인 속도로 재생됐다.

'피하고 싶은데 이유 없이 끌리는 감정.'

그다음엔 뭐라 말했더라. 너 역시 마찬가지 않냐 했던가.

자신감 넘치는 목소리에 속이 뒤틀린다. 하. 허탈한 웃음이 터졌다. 아파서 환청이 들렸던 걸까. 아니라면 꿈일지도.

표정 없는 얼굴이 자연스레 떠오른다. 간결하고 차분한 말투, 중저음의 목소리, 낮지만 정확한 발음. 분명 차강현이 맞았다.

드디어 미친 거지.

젖은 머리를 말리려고 목에 걸쳐 둔 수건 끝을 잡아 올린 때였다.

화장대 위에 올려 둔 휴대폰이 부르르 진동을 일으켰다.

"응, 은영아."

— 살인 사건 터졌다며!

벌써 기사가 나간 모양이다.

— 너 괜찮아?

"괜찮아."

— 괜찮긴 무슨!

해성은 허리를 숙여 바닥에 떨어진 로션 뚜껑을 주워 들며 은영을 안심시켰다.

— 오늘부터 수사 시작하지?

"아니, 내일모레부터."

— 엥? 왜?

"그렇게 됐어. 넌 지금 끝났어?"

— 아니. 나 지금 공항이야.

아. 친구들과 해외여행을 간다고 했던 것 같은데, 그게 오늘이었구나.

"재미있게 놀다 와. 맛있는 거 많이 먹고, 좋은 거 많이 보고."

— 정말 괜찮은 거 맞지?

"그렇대도. 맨날 하는 말 질리지도 않아?"

— 걱정이 되는 걸 어떡하냐, 그럼. 시체도 봤을 텐데 네 사정 뻔히 아는 내가 가만히 있을 수 있어? 하아, 무슨 일 있으면 바로 연락해. 알겠지?

"응. 그럴게."

은영은 쉽게 통화를 끝내지 못하고 머뭇거렸다. 괜히 자신 때문에 즐거운 여행길이 염려로 물들까, 해성은 떠밀듯 전화를 끊었다.

휴대폰을 내려놓고, 익숙한 정적이 감돌자 씁쓸한 웃음이 샜다.

사실, 단 한 번도 함께 있어 달라 부탁한 적이 없었는데, 오늘만큼은 와 줄 수 있냐고 물어보려 했다.

괜찮은 척했지만, 자꾸만 절단된 피해자의 시체가 아른거려서. 죽어 버린 가족의 모습과 겹쳐 보여서.

샤워를 할 때마저 투명한 물줄기가 진득거리는 핏물로 보이는 착각이 들 정도로 상태는 좋지 못했다.

오늘은 분명 평소보다 더 힘든 밤을 보내게 될 것이다.

"수면제라도 먹고 자야 하나."

해성은 조그맣게 웅얼거리며 화장대에 진열된 약통을 바라보았다.

우울증이 심해질 때 먹는 항우울제, 극도의 긴장감으로 몸이 굳을 때 먹는 신경 안정제. 그리고 수면제가 차례로 자리했다.

최대한 기피해 왔다. 먹을수록 더 미쳐 가는 것 같아서. 부작용 탓인지 환청이나 환각, 심할 땐 무기력증과 몽유병에 가까운 증상을 보인 적도 있었다.

잊지 않고 챙겨 먹는 건 외상 후 스트레스 장애로 진단받은 약이 전부였다. 그마저도, 내성이 생겼는지 효과가 미미했다.

때맞춰 휴대폰이 반짝 빛을 냈다.

병원에서 온 문자였다.

[이해성 님, 27일 심리 상담 치료 병원 내원이 예정돼 있습니다. 날짜 변경은 원무과, 한국대학병원 정신의학과로 미리 연락 바랍니다.]

하아……. 한숨이 울컥 쏟아졌다.

"왜 사냐, 진짜."

이쯤 되면 정말 궁금해진다.

필사적으로 살아가는 이유. 가당치도 않은 악조건을 업고서 꿋꿋이 강력계에 들어와 버티는 이유.

모르겠다. 점점 확신이 없어진다.

그냥 아무 생각도 하고 싶지 않았다. 악몽도, 걱정도, 혼란도 없이 잠들고 싶었다.

고민 끝에 팔을 뻗었다. 수면제 약통에 손이 닿기 직전, 해성이 멈칫하며 움직임을 멈췄다.

'내 도움이 필요하면 말해요.'

감정을 잃은 얼굴로, 구원자가 할 법한 말을 뱉던 차강현이 뿌연 연기처럼 밀려와 손을 잡아챈다.

먹지 말고, 내게 오라고.

입에 쓴 독약보단, 차라리 달콤한 독사과가 좋지 않겠냐고 묻는 악마처럼. 그의 검푸른 눈은 어딘가 위험했지만, 동시에 숨 막히도록 다정한 유혹으로 다가왔다.

불과 3시간 전까지만 해도 이해할 수 없었는데, 이젠 알 것도 같다.

'원할 때, 언제든.'

그는 말뿐인 위로를 던진 것이 아니다. 인간의 추악하고 보다 더 솔직한 본능을. 진창에 굴러도 희열할 수밖에 없는 욕망을. 건드리고, 제시한 것이다.

사랑만 아니라면, 이 어둡고 고통뿐인 현실에서 얼마든지 벗어날 수 있게 해 주겠다고.

피차 불편해서 피하고 싶지만 이상하리만큼 끌리는, 알 수 없는 감정을 적절히 이용해서. 밑바닥까지, 보자고.

판단을 끝낸 해성은 자리를 박차고 일어났다.

○ ◎ ●

무슨 정신으로 이곳까지 왔는지 모르겠다. 휴대폰 사진첩에 처박힌 비상 연락망 사진을 찾아 확인하고, 차 팀장의 주소까지 알아냈다.

무작정 집을 벗어나 택시를 잡아탔다. 도착한 곳은 하늘에 닿을 듯 높게 솟은 고급 아파트였다.

문제는 아파트 현관이었다. 비밀번호는 당연히 모르니 들어갈 수 없다. 멍청하게도 거기까진 생각하지 못했다. 어쩔 수 없이 연락을 해야 할까. 아니면 그냥 돌아갈까.

고민하는데, 마침 사람이 나왔다. 해성은 유리문이 열리는 순간을 놓치지 않았다. 왠지, 도둑이 된 것만 같은 찜찜한 기분을 뒤로하고 엘리베이터에 몸을 실었다.

끝없이 상승하는 엘리베이터 층수 판을 멍하니 바라보는데, 뒤늦게 덜컥 겁이 났다.

"미쳤어. 이해성."

그래. 넌 미쳤어. 다시 생각해. 상대는 차강현이야. 질타하듯 띵, 소리 내며 엘리베이터 문이 열렸다.

천천히 걸어 나와 문 앞에 섰다.

벨을 누르려고 뻗은 손을 올렸다 내리길 몇 번이나 반복했다. 이제 와서 고민을 왜 해. 해성은 잘근 입술을 씹으며 주먹을 내던졌다.

쾅쾅. 쾅쾅쾅!

난봉꾼이 되기로 했으면서 뒤늦게 차리는 예의 따위, 우습기만 하다.

해성은 문이 열릴 때까지 미친 사람처럼 현관문을 두드렸다.

나와. 나오라고.

터지려는 말을 억지로 삼키고, 또 삼켰을 때쯤. 덜컥 문이 열렸다.

"뭡니까."

그 사이로 잔뜩 인상을 찡그린 채 내려다보는 남자가 눈에 담긴다.

상대를 확인한 강현은 뜬금없는 해성의 등장이 조금 당황스러웠는지 말이 없었다. 짧은 침묵 끝에, 그가 입을 뗐다.

"이해성, 씨."

자칫 터지려는 무언가를 간신히 붙잡고 있는 사람처럼, 그의 음성은 한층 깊게 가라앉아 있었다.

"대답해요."

자다 깬 걸까. 갈라진 목소리가 건조하다. 해성이 겨우 말했다.

"……팀장님."

해성의 작은 목소리에도 강현은 대답 없이 그녀를 뚫어져라 바라보기만 했다.

"안 놀라시네요."

그의 자세가 비딱해졌다.

"올 줄 알았으니까."

이렇게 빠를 줄은 몰랐지만. 꺼내지 않은 의미가 들리는 것 같다.

"아까 한 말이요."

"응."

"원할 때 언제든."

"응."

"그거……."

말끝이 미세하게 떨렸다. 괜찮다. 끌리는 것까지만 들키면 돼. 좋아해도 사랑까진 아니잖아. 적당한 유희로, 지금은 혼자만 아니면 돼.

해성이 질끈 눈을 감았다 떴다.

"지금, 도움이 필요해요."

"그 말이 어떤 의미였는지. 알고는 있어요?"

"……네."

"잘 모르는 것 같은데."

"알아요."

사실 몰라도 상관없었다.

해성이 빠르게 대답하자 강현이 짧게 웃었다.

"난, 사랑 같은 거 안 해요."

이유는 모르지만. 궁금하지만.

씹어 삼킨다.

해성이 간신히 고개를 들었다.

"상관없어요."

"죄책감 같은 거 몰라."

"알 바 아닌데요."

"……당돌하네."

"끌리셨다면서요. 피차 같은 마음이라면 된 거 아닌가요. 구구절절 설명해 주길 바란 적 없어요. 원하지도 않고요."

강현이 피식 웃음을 터트렸다.

"떨지나 말고 그런 말을 하든가."

한번 터지니 그다음은 쉬웠다.

"내가 어떻게 해 줄까."

이상한 승부욕일지도 모른다.

"보고 싶어요."

해성은 동요 없는 강현을 똑바로 올려다보며 차분히 말했다.

"무너지는 팀장님 모습."

그건, 수많은 거짓 중 유일한 진심이었다. 오만한 남자가 모든 것을 내려놓았을 땐 어떤 모습일까 궁금했다.

통했는지, 잠잠한 눈동자가 미세하게 흔들렸다. 팽팽하게 당겨진 가느다란 실선이 뚝, 끊어지는 순간이었다.

짙은 눈동자에 섬광이 튀었다. 순식간에 코앞까지 다가온 남자의 커다란 손이 가는 목덜미를 단숨에 휘감았다.

"원한다면."

달아오른 뺨을 쓰다듬나 싶더니, 그대로 해성을 끌어당겼다.

"얼마든지."

입술이, 깊게 부딪쳤다.

강하게 짓눌리는 압박감에 해성의 눈이 번쩍 뜨였다. 주홍빛 조명 아래, 지그시 눈을 감은 채 입을 맞춰 오는 남자의 얼굴이 보인다.

시간이 멈춘 듯했다. 호흡도 따라 덜컥 멈추었다.

이전까지 겪어 온 모든 것들이 우습게 느껴질 만큼 비현실적이다.

강현은 성급하지 않았다. 맛을 음미할 시간에 배를 채운다 했으면서, 남자는 자신하던 말과 달리 어느 때보다 신중했다. 여자의 입술을 신중히 관찰하고 탐닉하듯, 처음은 그저 맞대고만 있었다.

냉대와 독설을 일삼던 남자가 맞을까. 완벽히 분리된 공간에서 마주한 그는 전혀 다른 사람 같다.

마치, 꿈처럼. 늘 꾸던 잔혹한 악몽과는 거리가 멀다. 전신을 억누르는 중력이 사라지고, 하늘 위로 붕 떠오르는 기분이 들었다.

눈꺼풀이 파르르 떨리며 저절로 눈이 감겼다. 멈췄다 생각한 시간은 다시 움직였다. 그가 슬며시 이를 세워 아랫입술을 물자 찌르르, 머리부터 발끝까지 전율이 흘렀다. 놀라 반쯤 벌어진 입술 사이로 그의 혀가 서슴없이 밀려들었다.

"아……."

그의 턱이 크게 벌어지며 물컹한 혀가 한층 더 집요하게 파고들었다. 숨 쉬는 것도 잊을 만큼 충격적인 감각이었다. 당장이라도 흉부가 터져 나갈 것처럼 심장이 미친 듯 날뛰었다.

"팀장, 흡."

"부르지 마."

그릉거리는 짐승의 울음소리가 들렸던 것 같기도 하다.

뜨거운 숨결이 왈칵 쏟아진다. 피가 거꾸로 솟구치고 머리가 핑 돌았다. 해성이 주춤거리며 한 걸음 뒤로 물러서려는 순간, 강현이 몸을 틀었다. 단숨에 서 있는 위치가 바뀌었다.

입을 맞춘 채로 강현이 팔을 뻗어 현관 문고리를 거칠게 잡아당겼다. 쿵, 문이 닫히고, 머리도 암전되었다.

이성이 흐려졌다. 이젠, 무엇이 옳고 그른지 알 수 없다.

답답하다. 조금 더. 조금만 더.

매달리는 쪽은 해성이었다.

그녀는 홀린 사람처럼 악착같이 발끝을 세우고는 떨리는 손으로 강현의 옷깃을 힘껏 움켜쥐었다.

덕분에 그의 입술이 전보다 더 가깝게 밀착했다. 치열을 쓸고, 타액이 뒤섞인다. 혀를 옭아매는 깊이가 점차 묵직해졌다.

숨이, 숨이…….

신사처럼 굴던 전의 모습은 찾아볼 수 없었다.

날것 그대로의 키스였다.

그가 한 걸음 발을 내디디면 부자연스럽게 뒤로 밀려났다.

이다음에 벌어질 상황, 앞으로의 관계. 터무니없는 걱정조차 거센 파도에 무참히 뒤덮인다. 흔적도 없이 휩쓸렸다.

입안으로 쏟아지는 숨결이 뜨겁다. 이대로 녹아 버릴 것만 같다. 미친 걸까. 친절하지 않은 그가 좋다. 이 순간만큼은 그 무엇도 부질없게 다가왔다.

원초적인 본능.

그는 이미 알고 있었을지도 모른다. 밑 빠진 독에 물 붓듯 아무리 부어도 채워지지 않는 갈증을 해결할 수 있는 방법을.

아주 잠시뿐인 일회용일지라도.

정신없이 밀려나던 몸은 어느 지점에서 멈추었다. 그와 반대로 입맞춤은 더욱 농밀해져 갔다.

충동적인 선택을 후회하게 될까.

아니, 이젠 어떻게 되어도 좋다.

겪어 온 현실보다 최악은 없다.

갑자기 해성의 몸이 뒤로 넘어갔다. 어느새 해성은 드넓은 그의 침대에 파묻혀 있었다.

강현이 잠시 입술을 뗐다.

"싫으면 지금 말해."

해성이 쥐어짜듯 힘겹게 답했다.

"그럴, 거였으면. 처음부터……."

앗, 소리를 낼 시간도 주지 않고 강현은 순식간에 그녀의 몸 위를 지배했다. 가느다란 목덜미를 휘감은 채 키스하며, 다른 손으로는 해성의 허리를 단숨에 감싸 안았다.

먹어 치울 기세로 해성의 입술을 탐하던 남자의 입술이 느릿하게 목덜미를 타고 내려왔다. 쇄골에 얼굴을 파묻고 혀를 굴리다 얇은 살가죽을 아프지 않게 깨물었다. 흐읏, 해성이 숨을 들이켰다.

굶주린 짐승은 자비가 없었다. 남자의 크고 기다란 손이 은밀하게 옷을 헤집고 침범했다. 부드러운 손길은 뱀처럼 유연하게 움직였다. 뜨겁게 달궈진 살결을 타고 천천히, 더딘 속도로 올라갔다.

온 신경이 예민하게 곤두섰다.

"으응……."

생전 처음 내 보는 신음이 불쑥 입을 가르며 흘러나왔다.

생경한 감촉에 흠칫, 몸이 뒤틀릴 때마다 강현은 그녀가 움직이지 못하도록 턱을 감싼 손에 힘을 실었다.

브래지어 와이어에 그의 손끝이 닿았을 때, 돌연 움직임이 멈췄다.

질척하게 붙어 있던 입술이 떨어지자, 참아 온 숨이 왈칵 쏟아졌다.

흐트러지는 그의 호흡이 전부 느껴질 정도로 가까운 거리였다.

"너."

강현은 낮게 시선을 내리깐 채, 해성을 빤히 바라보았다. 머리가 어지러웠다.

그의 단단한 팔 아래에 갇힌 해성은 무기력했다. 간신히 눈을 뜨는 것이 전부였지만, 호기롭게 말을 뱉는다.

"……키스. 더 해 줘요."

숨소리에 가까운 연약한 음성을 듣고도 강현은 꼼짝하지 않았다. 당장 달려들 것 같은 눈빛을 하고서, 대답도 없었다.

허공에서 시선이 얽힌다. 흔들림 없이 직선적으로 와 닿는 검은 눈동자가 제법 차다. 강현은 작게 미간을 구기며 바닥까지 잠긴 목소리로 물었다.

"너. 아파?"

한쪽 팔로 무게를 지탱하며 내려다보는 시선이 삐딱하다.

머릿속이 텅 비었다. 당황한 나머지 해성은 빠르게 눈을 깜빡이며 입을 달싹였다.

"……아니요."

"몸이 이렇게 뜨거운데. 아니라고."

강현의 눈이 가늘어졌다.

해성은 저도 모르게 대답을 재촉하는 시선을 피했다. 강현이 긴 숨을 내쉬며 몸을 일으켰다.

비스듬히 고개를 돌린 그가 꿰뚫듯 해성을 주시하며 물었다.

"집이 어딥니까."

다시, 돌아왔다.

평소 차 팀장의 모습으로.

잠시나마 몰래 엿본 흐트러짐이 무색해지게 완벽히 무장된 태도였다. 어쩐지 조금은, 서러워졌다.

"어디냐고."

싸늘하게 얼어붙은 음성이 가슴팍에 날아와 꽂힌다.

아무 말이라도 해야 하는데, 고장 난 입술은 움직일 생각이 없다.

"일어나요. 데려다줄 테니."

"싫어."

"……뭐?"

강현이 헛웃음을 터트렸다. 아마, 겁도 없이 상사에게 던진 반말이 그 이유일 것이다. 아니라면 늘 시선을 피하던 주제에 살쾡이처럼 사납게 눈을 치뜨고서 대드는 태도를 보여서일지도.

"안 가요. 집은."

흔들어 놓고, 일부러 꺼 둔 스위치를 눌렀으면서 이제 와서. 내가 무슨 마음으로 여기까지 왔는데. 내가 어떤 심정으로 매달렸는데. 돌아갈 곳도, 의지할 곳도 없는 나인데. 이대로 돌아가면 또 혼자 남아 악몽에 시달리게 될 텐데. 이렇게 허무하게 끝낼 수는 없다.

"멀쩡하니까, 계속해요. 해 줘요."

"사람 쓰레기 만들고 싶어서 작정했나 본데."

강현의 눈에 비웃음이 서렸다.

"아쉽게 됐네요. 아픈 사람 상대로 발정 나는 개새끼는 아니라서."

강현은 그대로 침실을 빠져나가는가 싶더니, 걸음을 돌려 넓은 보폭으로 성큼 다가왔다. 그리고 덥석 얇은 손목을 잡아채 억지로 해성을 일으켰다. 무력한 여자의 얼굴을 잠자코 건너다보며, 남자가 나직한 음성으로 경고했다.

"적당히 열받게 하고 좋게 말할 때 일어나. 집이 싫으면 병원이라도 데려다줄 테니까."

해성이 아랫입술을 깨물었다.

"오늘이 아니면 안 돼요."

쉬운 여자로 느껴졌을까.

상관없다.

얇은 허물을 벗어던지고 언제 또 미칠 수 있을지 장담할 수 없다. 욕망에 잠식된 남자의 모습을 다시 볼 수 있을 거란 확신도 없다.

오늘이 지나면.

전부 사라질 것만 같아 두렵다.

마음을 알아차린 남자가 꿰뚫듯 해성의 눈을 들여다보며 물었다.

"너. 나 사랑해?"

"……아니요. 그럴 리가요."

해성은 이를 악다물며 부정했다.

대체 왜. 이 남자는 그토록 사랑에 집착하는 걸까. 이해할 수 없지만 해성은 상기한다. 사랑해선 안 돼. 악마와 계약이라도 한 것처럼 주의 사항을 머리에 새겨 넣는다.

가슴속에 난잡한 감정을 꾸욱 눌러 담고, 터져 나오지 않도록 문을 닫는다.

가늘게 떨리는 손목을 움켜쥔 손힘이 상당하다. 조금만 힘을 주어도 부러질 것 같지만 남자는 아슬아슬한 경계를 넘지 않는다.

"듣던 중 반가운 소리긴 한데, 그래도 오늘은 안 돼."

엄지로 해성의 손등을 애무하듯 살살 쓸어 내며, 씁쓸하게 웃었다.

"몸부터 챙겨요. 그러면 당장 내일이라도."

다시 찾아와도 된다는 허락.

"원하는 대로 해 줄 테니까."

충실히 역할에 임하겠다는 다짐.

이상했다. 결코 사랑은 없어야 한다고 했으면서, 하지 않겠다고 했으면서, 눈앞의 남자는 누구보다 사랑을 갈구하는 사람처럼 보였다.

사춘기 소년처럼, 엇나간 얼굴로.

"꼴이 말도 아니네요."

그의 턱이 비스듬히 기울어졌다. 느슨한 미소에 얼굴이 확 달아올랐다. 풀었다가 조였다가. 한순간도 방심할 수 없게 만드는 것도 능력이라면 능력일 것이다.

"오늘은 자고 가요."

"그럼, 팀장님은……."

"난 신경 쓰지 말고."

"하지만."

하마터면 급한 마음에 같이 자자는 말이 나올 뻔했다. 해성은 숨을 고르며 어렵게 입을 열었다.

"미련했습니다. 돌아갈게요."

"혼자는 싫다면서."

"그럼, 소파에서 자겠습니다."

"아픈 사람 내쫓고 싶지 않아요."

해성이 멍하니 강현을 올려다봤다. 그가 스스로를 자조하듯 말했다.

"같이 있는 건. 좀 위험할 것 같고."

낮은 목소리가 심장을 두드린다.

언제 인내를 잃고 짐승처럼 달려들어도 이상하지 않은 상태라고, 남자는 말하고 있었다.

"쉬어요."

손목을 압박하는 힘이 풀어졌다. 강현은 차분히 걸음을 옮겨 방을 빠져나갔다.

혼자 남게 된 해성은 멍했다. 열기에 밀려난 몸살 기운이 뒤늦게 존재감을 드러냈다. 뼈마디가 비명을 지르며 통증을 호소한다.

해성이 힘없이 고개를 돌렸다. 벽면을 가득 채운 통창에 비친 낯선 여자의 모습이 보인다.

엉망진창으로 헝클어진 머리와 넋이 나간 얼굴. 목덜미에 새겨진 붉은 흔적까지. 가관이다.

"미쳤어."

그의 말이 생각나 해성은 무의식적으로 입술을 더듬거렸다. 여린 입술 살은 물고 빨린 탓에 퉁퉁 부어올라 있었다. 끔찍한 악몽도, 황홀한 길몽도 아니다.

차 팀장과, 키스를 했다.

그 사실만으로도 머릿속이 아득해진다. 상기할수록 둔기로 심장을 쿵쿵 내리찧듯 아프게 뛰었다.

이젠…… 어떡하지.

과부하 상태였다. 아픈 몸은 생각하길 거부했다. 맥없이 침대 위로 쓰러지듯 누웠다. 그가 머무는 사적인 공간. 남자의 체취가 가득한 침대 시트를 건조한 손으로 천천히 쓸어 본다.

서늘한 감촉이 조금은 아프다.

갈증에 타들어 가는 새까만 눈동자가 머리에 박혀 떠나지 않았다.

한동안 꽤나, 오래도록.

그날 밤, 이상한 꿈을 꾸었다.

팀장과 뒤엉켜 섹스를 하는 꿈.

차가운 입술로 사랑한다 끊임없이 속삭이며, 힘껏 안아 주는 꿈.

흐르는 눈물을 핥아 주고, 오늘이 전부인 것처럼 온몸 구석구석 키스해 주는 꿈. 다정히 등을 다독이며 위로해 주는 꿈.

……깨어나고 싶지 않다.

어쩌면, 평생. 길게 이어지길.

그로부터 몇 시간 뒤였다.

침대 옆 협탁 위에 놓인 해열제와 몸살감기약을 발견한 것은.

그리고 목 끝까지 덮인 두툼한 이불까지도.

○ ◎ ●

탁. 방문 너머로 현관문 닫히는 둔탁한 소음이 예민해진 청각을 건드렸다. 지그시 감겨 있던 강현의 눈꺼풀이 천천히 떠밀려 올라갔다.

서재 책상 위에 놓인 LED 탁상시계는 새벽 6시를 가리키고 있었다.

시간을 확인한 강현이 긴 숨을 내쉬며 의자에서 몸을 일으켰다.

서재를 빠져나와 침실로 들어섰다. 여자가 머물렀던 빈 공간은 평소와 다른 온도와 향기를 품고 있다.

조금 떨어진 곳에 놓인 의자에 앉아 길게 몸을 묻고서 넌지시 침대를 응시한다. 어쩐지, 여자의 환영이 보이는 듯하다.

'……키스, 더 해 줘요.'

물기를 머금은 차분한 목소리가 잊히지 않는다. 여린 살결을 씹는 맛

216

에 취해 자칫 앞뒤 분간 못 하고 짐승 새끼처럼 달려들 뻔했다.

기만했다.

이해성이 아팠던 건 차라리 잘된 일이었을지도 모른다. 끝을 봤다면, 목적지도 모르고 흘러가는 감정을 잡아채지 못했을 테니까.

인간의 감정은 굉장히 복합적이다. 그래서 단순히 끌렸다는 심리를 쉽게 단정할 수 없는 것이다. 사랑을 빙자한 얕은 관심이 전부일 수 있고, 호기심을 포장한 찰나의 선의에 지나지 않을 수도 있다.

어쩌면, 그 알 수 없는 끌림의 원인은 비슷한 상처를 가진 상대였기 때문이지 않을까.

아주 잠시 생각해 봤다.

'지금, 도움이 필요해요.'

그래. 너 역시 사랑이 아니라면.

긴 외로움과 오랜 고독의 사투에 지쳐 온 신경이 기능을 멈췄을 때. 알 수 없는 우울함이 머릿속을 지배하고 잠식된 감정이 죄책감인지 슬픔인지, 원망인지, 분노인지 헤아릴 수 없는 단계가 되었을 때. 지독한 갈증과 무기력한 상태가 지겨워 벗어나고 싶어질 때.

너는 나를, 나는 너를 이용하자고.

제안했고, 받아들였는데. 개운하지 못한 기분을 해석할 수 없다.

그래서 잠시나마 모든 것을 내려놓고, 살갗을 부딪치며 온몸으로 밀려드는 쾌락에 집중하다 보면, 알 수 있을 거라 착각했다.

확신한다. 자신은, 그리고 그녀는 평범한 사랑을 할 수 없다.

고통받는 이유를, 불현듯 찾아오는 고립에 휩싸여 검은 눈물을 흘리는 원인을 말할 수 없다.

누군가가 꽁꽁 잠가 둔 마음을 두드려 균열을 일으킨다면, 뒤돌아 도망치거나 악착같이 약점을 숨기려 들 것이다.

자신의 상처를 타인에게 미루고 공감받길 원하는, 졸렬하고 이기적인 행위 따위를 용납할 리 없다.

'사랑이 뭐예요?'

어린 날, 학교에서 이름 모를 여학생에게 첫 고백을 받았을 때 그 감정을 이해할 수 없어 물었다.

어머니는 웃으며 대답했다.

'그 사람의 전부를 책임질 수 있는 용기라고 생각해.'

'꼭 전부를 책임져야 해요?'

'그래서 사랑이 힘든 거야. 쉽지 않고, 견고하고, 신중해야 하니까.'

강현은 일어나 반쯤 젖혀진 커튼을 잡아당겼다. 빛 한 줄기 새어 들지 못하도록, 확실하고 꼼꼼하게.

그리고 다시 한번 다짐한다.

결코 흔들리지 않겠다고.

너를 위로하고 나를 위로하는 행위를 사랑이라 착각하지 않겠다고.

누군가의 일상을 행복을 평온함을 한순간에 박살 내 버린 주제에.

감히, 감히.

나 따위가.

사랑이란 고결한 이름을 더러운 입에 담을 수 있을 리가.

지옥 같은 과거에서 벗어나려고 발버둥 치는 너를. 그리고 그마저 포기해 버린 나를 같은 상처에 다시 또 가두고 싶을 리가.

06

오전 9시.

강현은 피로가 묻어난 무표정한 얼굴로 정면을 주시하며 액셀을 밟았다. 반쯤 열린 창문 틈으로 찬 바람이 거침없이 쏟아져 들어왔다.

'강현아. 아무래도 이번 사건, 경찰청으로 인계되지 않을까 싶다.'

살인 사건이 발생한 바로 어제 일이었다. 형사과장 서명호는 멋쩍게 웃으며 눈치를 살폈다.

충분히 예상한 일이었기에, 강현은 딱히 놀란 기색을 보이지 않았다.

'일반 살인일 수도 있습니다. 동부 연쇄 살인범과 동일범일 거란 증거는 어디로 보나 불충분합니다.'

'그 이유 때문이 아니라……'

서명호 형사과장은 말끝을 흐리고는 머뭇거렸다.

'대법원장님 지시입니까.'

'하아……. 나도 난감해 죽겠다. 연쇄 살인이든, 일반 살인이든 전부 경찰청으로 넘기라는데, 아마 이번에도 예외는 없을 것 같아.'

'서장님 의견은요.'

'서장님이 무슨 힘이 있겠냐. 알잖아. 위에서 까라면 까야지. 어쨌든, 국과수에서 부검 결과 나오는 대로 보고서 정리하고, 청으로 인계하자. 응? 원장님도 다 너 걱정돼서 그러시는 거야. 이윤호 시경 캡 기자 아직 포기 안 했어. 계속 그날 사건 쫓고 있다고. 고집부려서 결국 상처받게 되는 건 차 팀장, 너야.'

꽈악, 핸들을 쥔 손에 힘이 실렸다. 평소 같았다면 별다른 생각 없이 수긍했을 문제인데, 왜 하필 이 순간 이해성의 얼굴이 떠오르는 건지. 모를 일이다.

15분쯤 더 달려 도착한 곳은 국립과학수사연구원이었다. 주차장에 차를 세우고 몸을 내린 강현이 익숙하게 연구원 안으로 들어섰다.

부검실 문을 열고 걸음을 막 떼어 냈을 때. 익숙하지만 반갑지 않은 인물과 시선이 부딪쳤다.

"아, 차 경감님 오셨네요. 기다리고 있었습니다."

법의관의 인사가 들렸지만, 강현은 대답하는 것조차 잊고서 곁에 선 남자를 가만히 주시했다.

차도현 검사. 그가 이곳에 있다는 것은, 이번 사건에 배당된 담당 검사란 뜻이다.

아직 사건을 조사하기 전이다. 당연히 송치는 이뤄지지도 않았다. 그럼에도 불구하고 떡하니 부검실에 모습을 드러냈다. 아버지의 입김이 컸다는 방증이다.

……대놓고 감시하겠다는 건가.

하. 절로 헛웃음이 터졌다.

아무리 수사권이 독립되어 있지 않다고는 하나, 절차까지 무시할 줄은 몰랐기에 어이가 없었다.

"경감님도 오셨으니, 바로 부검 결과 알려 드리겠습니다."

슬며시 인상을 구기는 강현과 달리 도현은 이렇다 할 반응이 없었다. 당연했다. 이미 전부 알고 왔을 테니까.

강현은 시선을 거둬 내고 다리를 움직여 부검대로 다가갔다.

"국과수에 시체가 인계됐을 당시, 피해자 시체는 머리, 팔과 손, 상체, 하체 순으로 절단된 상태였고, 하체는 무릎을 경계로 허벅지와 종아리. 그리고 발이 절단된 상태였습니다."

그중 손발은 발견되지 않았다.

"피해자 시체의 흉부를 보십시오. 정확히 심장이 위치한 부위에 여러 번 칼에 찔린 흔적이 있습니다. 자창(송곳처럼 끝이 뾰족하고 가늘고 긴 흉기를 이용해 신체 부위를 찔러 생긴 손상)보단 할창(도끼, 식도, 낫과 같이 중량이 있고 날이 있는 흉기로 찌르거나 내리쳤을 때 생기는 손상)에 의한 손상에 가깝습니다. 범행 도구로 사용된 칼은 발견되지 않았지만, 뚫린 깊이나 손상된 정도로 봤을 때……."

법의관이 칼에 찔린 시체의 가슴 부위를 두 손으로 벌리며 강현의 눈을 마주 보았다.

"칼날의 길이는 대략 20cm. 무기의 전체 길이는 30cm 정도 되지 않을까 싶습니다."

먼저 칼로 심장을 찔러 죽이고, 그 후 시체는 절단하여 처리했단 뜻이다.

시체의 형태는 꽤나 경력이 있는 수사관들도 힘겨워할 정도로 끔찍했지만 강현과 도현은 눈 한번 깜빡이지 않았다.

"부패는 거의 진행되지 않았고, 체온의 냉각, 시체 건조가 상당히 진행된 상태였으며 각막의 혼탁은 현저히 흐려져 있었습니다."

법의관이 피해자 시체를 가리키며 말을 이었다.

"보시면 신체 곳곳에 시체 얼룩이 뚜렷합니다. 경험이 많으신 분들이니 굳이 설명하지 않아도 아시겠지만, 타박상에 의한 멍이 아닌 혈액 침전 현상으로 발현한 침윤성 얼룩입니다. 시체의 혈액과 같은 암적색을 띠는 것으로 보아, 약물이나 독극물, 가스 중독은 없었다고 추정할 수 있습니다."

법의관이 손끝으로 가리키는 부위를 따라 두 남자의 시선이 집요하게 움직였다. 메모는 시간 낭비였다. 수많은 경험과 높은 기억력은 손을 움직여 쓴 기록보다 직접 눈으로 확인한 결과물만 믿는다.

"앞서 말씀드린 것과 시체 경직 정도를 포함해, 사망 추정 시간은 23일, 그러니까 엊그제 저녁 9시에서 11시 사이로 추정됩니다."

예상한 것과 오차 없는 결과였다.

"성별은 여성, 혈액형은 A형, 신장은 162㎝, 손발을 제외한 몸무게는 48에서 53㎏입니다."

"신원 확인은 아직입니까."

"신분증, 손발이 없기 때문에 지문 확보가 어려워 현재로썬 등록된 데이터베이스와 비교하는 건 불가능합니다. 대신 다행히 머리가 보존된 상태라 모발과 치아를 토대로 유전자 검식과 치과 기록을 확인하고 있는 중입니다. 생물학적 채취와 DNA 프로필 분석 결과는 이틀 뒤쯤 나올 것 같고요."

강현이 고개를 끄덕이자 법의관이 피해자 시체의 목 부근을 가리켰다.

"목 주위에 줄이나 끈을 건 흔적은 없습니다."

졸림사는 아니란 거다. 법의관이 이번엔 절단된 부위를 가리켰다.

"염증이 심해 외관상으로는 자세히 알아볼 수 없지만 절단 도구는 전기톱일 확률이 높습니다. 방어흔은 팔 부근에 미세하게 남아 있었고, 이번엔 상체입니다."

강현의 눈이 가늘어졌다.

"내장이."

"네. 맞습니다. 내장뿐 아니라 음식물이 지나는 식도와 위, 대장 등. 소화 기관 전부 마찬가지였습니다."

없는 건 아니다. 기능을 상실하게 '만든' 것이다. 마치, 일부러 손으로 쥐어짜 음식물을 비워 낸 듯.

"CCTV에 기록이 남아 있지 않다면 피해자의 행적을 알 수 없다는 뜻이네요."

도현의 말이 맞다. 사망 직전 먹은 음식물을 확인할 수 없으니까.

"소변이나 대변도 없었습니까."

강현이 묻자 법의관이 가볍게 고개를 주억거렸다.

"네. 없었습니다. 조금의 내용물은 남아 있을 거라 생각했지만 공들여 씻어 낸 흔적이 있었습니다."

"피해자 생식기 주변은요."

"정액이나 외부에 의한 손상은 없었습니다. 음모 역시 피해자 것을 제외하면 찾아볼 수 없었고요. 성폭행 흔적 역시 동일합니다."

이건 마치……

혈액과 머리가 있다는 점을 제외하면, 어디로 보나 동부 연쇄 살인범이 저지른 범행 방식과 일치한다.

하지만 성급한 판단은 수사를 그르칠 수 있다. 강현이 다시 물었다.

"피해자 연령대는 대충 어느 정도로 예상하십니까."

"외견상으로는 30대 초반에서 40대 중반으로 예상하지만 정확하진 않습니다. 확실한 결과는 나와 봐야 알 것 같고요."

가장 먼저 실종 신고 목록에 등록된 사람과 비교해야 할 것이다.

"범인이 남긴 쪽지에 지문요."

"없었습니다. 부검 소견은 여기까지입니다. 추후 새롭게 발견된 증거나 달라진 결과는 찾는 대로 다시 연락드리겠습니다."

살인 사건이 터지고 하루도 채 되지 않아 나온 결과치고는 만족스러웠다.

대한민국에 존재하는 법의관은 해 봤자 스무 명이 전부인데, 지금처럼 빠른 시일 내에 정보를 받아 볼 수 있었단 사실만으로도 충분히 수사에 도움이 될 것이다.

강현은 수고하란 의례적인 인사를 건넨 뒤 부검실을 나섰다.

그대로 복도를 걸어 나가려는 때였다.

"차강현."

뒤이어 따라 나온 도현이 움직임을 막아 세웠다.

명령과 다를 바 없는 부름은 빛의 속도로 날아와 발목에 족쇄를 걸어 채운다. 앞으로 나아갈 수도, 뒤로 물러설 수도 없어 강현은 결국 멈춰 섰다.

의지를 꺾고 사고를 정지시킨다. 머리를 비워야 어떤 말을 쏟아 내든 쓰레기통처럼 넙죽 받아먹을 수 있다.

그런데.

"정의, 절차. 끔찍하게 생각하던 것들 아니었나?"

강현은 저도 모르게 뒤틀린 말을 뱉었다. 작정하고 비아냥거리는 어조에 도현의 눈빛이 돌연 사나워졌다.

"많이 컸네. 겁도 없이 대들 줄도 알고. 왜, 죄책감은 있지만 네 영역에 끼어드는 꼴은 못 참겠어?"

도현은 날이 선 눈빛으로 부드럽게 웃으며 사정없이 조롱했다.

"이젠 살다 살다 답지 않은 짓을 하네, 차강현이. 언제부터 사건 수사에 욕심이 있었다고."

맞다. 전부 없었다. 열정도, 책임감도, 사명감이나 정의로움까지. 어머니의 죽음 이후 남김없이 전부 파쇄했다.

아버지와의 독대를 피했고, 그 결과 수사권에 한계가 있는 강남서로 전출됐다. 아버지의 무정한 결정에도 그마저 별말 없이 수긍했다.

그래서 강현은 질문을 던진 도현보다 더 자신을 이해할 수 없었다.

단 한 번도 적대감을 드러낸 적 없다. 불만을 실토한 적 없었다.

그렇게나마 치러야 했던 몫이다.

부정할 수 없다.

차분한 음성에 녹아든 감정은 도현을 향한 명백한 분노였고, 처음으로 들춰낸 진심이었음을 깨닫자, 그다음 강현의 머리를 가득 채운 질문은 하나였다.

왜.

무수한 자극에도 여태껏 감흥 없이 함구했으면서 이제 와서 왜.

기껏 맡기로 결심한 사건에 불쑥 끼어드는 꼴이 같잖아서? 차도현이 어울리지 않게 검사란 직급을 앞세워 분탕질하는 꼴을 못 봐 주겠어서? 아니면.

……이해성, 때문인가.

반드시 제 손으로 범인을 찾아내고 잡아내 처단하겠다는 그녀의 간절함에 자못 동요했다. 무시할 수 없었다. 그래서 동부 연쇄 살인과 접점이 있는 이번 사건에 알게 모르게 집착하고 있었던 걸지도 모른다.

강현은 비웃듯 피식 웃음을 흘렸다. 그리고 천천히 몸을 돌려 도현의 시선을 똑바로 마주했다.

"이번 사건. 경찰청에 양보할 생각 없어."

도현이 비딱하게 입꼬리를 올리며 강현을 꿰뚫었다.

"너 따위가 무슨 자격으로?"

"사건 인계받은 건 나야. 그러니 평소처럼 절차 밟고 처리하시죠, 차 검사님. 송치 이후엔 검찰에서 사건을 지휘하든 뒤집어엎든 상관 안 할 테니까."

"아니. 순서가 잘못됐지. 검찰은 둘째 치고 이미 언론 타서 이슈 된 사건을 경찰청에서 미쳤다고 두고 봐? 있어 봐서 잘 알 텐데. 나름 유능하다 자부하는 수사관들이 모여 있는 그쪽에서 고작 관할서 조무래기 경찰 뭘 믿고 사건을 맡기나."

도현이 대놓고 빈정거리자 강현의 눈살이 작게 일그러졌다.

"위험한 발언을 잘도 하십니다."

"너희 경찰끼리 지지고 볶고 뭘 하든 알 바 아니야. 내 마음에 차지 않으면 관할서든, 경찰청이든. 재지휘 때리면 그만이니까."

재지휘. 검사의 재지휘 명령은 경찰 입장에서 굉장히 굴욕적인 처사였다. 공판 처리도 불가할 정도로 경찰 조사가 미흡했다는 뜻이니까.

"경찰. 머리에 든 건 없고 그나마 할 줄 아는 거라고는 무식하게 몸으로 부딪치는 것밖에 몰라, 양아치처럼. 허구한 날 땅굴만 파 대니 국민들한테 비웃음거리나 되지."

도현이 슬쩍 시선을 낮춰 웃었다.

"불만이면 잘 돌아가는 그 머리 숨기지 말았어야 했어. 악착같이 덤벼서 내 자리부터 치고 올라갔어야지. 아님 끝까지 경찰청에 처박혀서 방구석 자리라도 지키고 있든가."

도현은 전부 알고 있었다. 강현은 얼마든지 마음만 먹으면 우습게 자신을 제칠 수 있었다. 그 정도로 비상한 두뇌를 지녔지만, 강현은 눈치가 빨랐다.

외부인임을 상기하고 되도록 차 원장의 눈에 띄지 않으려 무던히 노력했단 것. 그래서 일부러 서울대 법대(사법고시 폐지 전) 진학과 사법고시를 포기하면서 경찰대에 지원했단 사실까지도.

"검은 머리 짐승은 거두면 안 된다고들 하지."

멈칫하는 강현을 두고, 도현이 혼잣말하듯 중얼대며 코웃음을 쳤다.

"그 말이 너에겐 꽤나 큰 깨달음을 줬는지 몰라도. 아쉽게 됐어."

무덤한 얼굴로 고요히 자신을 주시하는 강현을 보며, 도현은 검은 재킷 깃을 잡아 털고는 옷매무새를 정돈했다.

"짐승치고 너는, 아버지에게 꽤나 예쁨받고 있는 모양이니."

아쉬울 것 없지 않겠냐고 묻는 눈이었다.

"팁을 하나 주자면. 내게 따져 물을 시간에 아버지를 찾아가 설득하는 편이 빠를 거야."

"응원처럼 들리는데."

"맞아. 응원."

말을 끝낸 도현이 발을 떼어 냈다. 한 걸음 성큼 걸어와 목석처럼 굳은 채 서 있는 강현의 곁에 우뚝 멈춰 섰다.

"그리고 말야……."

강현이 슬며시 시선을 돌렸다. 도현은 약간 한심스러움이 담긴 얼굴로 강현을 흘겼다.

　"개인적으로 난, 경찰청보단 네가 수사를 맡았으면 하거든."

　툭툭. 강현의 어깨를 두드리며 도현이 비식 웃었다.

　"하나뿐인 동생의 무력함을 다시 한번 위에서 지켜보는 것도 나쁘지 않을 것 같아. 그때, 그날. 네 모습은 꽤 봐 줄 만했으니까."

　잘해 봐.

　검은 머리 짐승이 이를 갈게 만드는 말이었다.

○ ◎ ●

　잠에서 깨어난 순간, 해성은 자신이 있어선 안 될 곳에 있다는 것을 알았다. 정신을 차리기도 전에 서둘러 몸을 일으켰다. 그의 숨결이 입술이 눈빛이 남아 있는 장소에 더는 머물 수 없다.

　충동이 휩쓸고 지나간 머릿속은 황폐했다. 마음을 추스를 시간 따위 주지 않고 해성은 도망치듯 집을 빠져나왔다.

　도착했을 땐 이른 아침이었다.

　혼자가 아니라서 그랬는지, 공간이 달라진 탓인지. 다행히 악몽은 꾸지 않았다. 그보다 더 자극적인 꿈이라 문제지.

　그의 집에서 머무른 흔적을 없애려고 갖은 노력을 퍼붓던 몇 시간 전 한심했던 제 모습이 문득 떠올랐다.

　잘게 구겨진 침대 시트를 펴고, 혹시라도 머리카락 한 올 떨어졌을까 몇 번이고 이불을 털어 내던 행동은 다시 생각해 봐도 참 우습다.

　해성은 곧장 욕실로 향했다. 아직도 차 팀장의 숨결이 묻어 있는 것만 같아서, 피부가 벌겋게 달아오를 때까지 몸 구석구석을 닦았다.

　불쾌하다거나 치욕스러워서가 아니었다. 떨려서. 이렇게라도 하지 않으면 주책없이 날뛰는 심장을 잠재울 수 없을 것 같아서.

그래서.

결국 출근을 강행했다.

집에 있어 봤자 혼란만 가중될 뿐, 차라리 자잘한 것이라도 사건을 조사하는 편이 백배는 낫겠다는 판단이었다.

차 팀장이 알면 분명 좋지 못한 소리를 하겠지만 어쨌든 오늘은 비번이니 마주칠 일은 없을 것이다.

"어쩌자고……."

경찰서 앞에서 걸음을 멈춘 해성이 손에 쥐어진 약 봉투를 허탈하게 내려다보았다.

사실은 그냥 자리에 놓고 올 생각이었는데, 무슨 변심으로 챙겨 들고 왔는지 모르겠다.

약 봉투를 꽉 움켜쥐고 다시 걸음을 옮기려는 때였다.

"잠시만요!"

낯선 남자의 부름에 해성의 얼굴이 돌아갔다. 처음 보는 사람이었다.

"누구……."

"강남서 형사님이시죠?"

"네. 그렇습니다만."

"아, 제 예상이 맞았네요. 이래 봬도 보는 눈이 있어서. 하나 여쭙고 싶은 게 있는데. 차강현 경감님이 계신 부서가 어딘지 알고 계십니까?"

해성이 대답 없이 의심스러운 눈빛으로 남자를 훑자, 안 되겠다고 판단한 듯 남자가 명함을 내밀었다.

해성은 얼떨결에 건네받은 남자의 명함을 빠르게 눈으로 읽었다.

「경찰취재팀장 기자 이윤호」

경찰취재팀장이라면, 시경캡 기자.

즉, 서울지방경찰청을 출입하는 기자들 중 최선임을 맡은 부장 기자라는 뜻이다.

그런 사람이 경찰서는 왜.

"무슨 일로 찾아오셨죠."

기자가 유심히 해성을 살폈다.

"혹시, 1년 전 사건에 대해 알고 계십니까? 탈옥수 인질 사건이요."

전 국민이 다 알고 있는 사건인데 형사가 모를 리 없지 않겠냐고 되묻고 싶었지만 해성은 말을 아꼈다.

기자에게 함부로 입을 놀리는 것은 위험하다. 더구나 차 팀장과 관련된 일이라면 더욱, 신중해진다.

"자세히 알진 못합니다. 알고 있다 하더라도 팀장님 허락 없이는 어떤 사건이든 함부로 말씀드릴 수 없습니다."

"아……, 강남서로 전출이 확정됐단 정보가 맞긴 한가 보네요. 설마 싶었는데."

남자가 오묘한 미소를 그렸다.

"이번에 터진 토막 살인 사건 때문에 많이 바쁘시겠습니다."

낚시. 공사. 인사치레로 은근슬쩍 다가와 먹잇감을 물어 가는 기자들의 하이에나 습성엔 이미 이골이 난 상태였다. 해성은 괜히 찝찝하여 눈살을 찡그렸다.

그 순간, 들고 있던 기자의 명함이 누군가의 손에 의해 쑥 빠져나갔다. 얼굴을 확인한 해성의 눈이 크게 떠졌다.

"말 한 번을 안 듣지."

강현의 싸늘한 눈을 보면서 해성은 입을 벙긋거렸다. 너무 놀라 변명조차 나오지 않았다.

강현은 기자에게 명함을 되돌려 주며 사무적으로 말했다.

"요즘 경찰청에 일이 없나 봅니다. 시경캡 기자님이 관할서까지 직접 찾아오실 줄은 몰랐는데요."

윤호가 어색하게 웃었다.

"유능한 수사관을 잃었는데 제대로 돌아갈 리 있겠습니까. 아시잖아요. 저, 경감님 팬인 거. 차 경감님만 아니었으면 말씀처럼 올 이유가 없죠."

기자는 능구렁이처럼 잘도 빠져나갔다. 입에 발린 말 따위 통할 위인이 아니란 사실을 모르진 않을 텐데 말이다.

"연예인도 사생팬은 사람 취급조차 하지 않는다는데."

강현은 무감한 얼굴로 핵심을 쏘아붙였다. 하지만 이런 강현의 차가운 성향엔 이미 익숙해진 듯, 이윤호 기자는 쉽게 물러서지 않았다.

"좀 서운하네요. 피차 껄끄럽고 싶은 마음 없는데 제 연락 좀 받아 주시면 안 될까요? 저도 팀원분이 보는 앞에서 굳이 들추고 싶지 않습니다."

방어적인 기자의 태도는 꼭, 협박을 하는 것처럼 느껴졌다.

서늘하게 가라앉은 차 팀장의 눈과 뭐 하나라도 캐내고자 번뜩이는 기자의 집요한 눈이 허공에서 날카롭게 부딪쳤다.

강현은 대수롭지 않다는 듯 짧게 웃으며 흐름을 끊어 냈다.

"죄 없는 내 팀원 괴롭히지 말고 조용히 기다리세요. 그나마 떨어지는 콩고물이라도 받아먹고 싶으면."

나긋하고 차분한 음성 이면에 감춰진 경고를 안다.

차갑게 뒤틀린 눈빛이 해성의 얼굴을 따갑게 찔렀다.

"뭐 하고 있습니까. 따라오지 않고."

말을 끝낸 강현은 해성에게서 시선을 거두고 발길을 돌렸다.

경찰서 안으로 멀어지는 강현의 뒷모습을 멍하니 바라보다가 번쩍 정신을 차린 해성이 서둘러 따라 들어갔다.

"팀장님."

강현은 해성의 부름을 무시하고 빠르게 사무실로 걸어 들어갔다.

자리에 우뚝 멈춰 선 강현이 데스크 위 업무용 키폰 버튼을 누르고 수화기를 집어 들었다. 통화가 연결되자 강현은 망연자실한 해성을 흘긋 쳐다보면서 빠르게 지시했다.

"토막 살인 사건 조사 끝날 때까지 경찰서에 기자 출입 통제시켜요."

답도 듣지 않고 던지듯 수화기를 내려놓은 뒤에야 해성을 상대했다.

"쉬라 했더니 왜 출근했습니까."

해성이 마른침을 삼켰다.

"내 말이 말 같지가 않아?"

"……아닙니다."

"아니면. 내 배려가 우스워?"

"절대 아닙니다."

해성이 주먹을 움켜쥐며 말했다.

"나와서 뭐라도 하지 않으면 안 될 것 같았습니다. 이번에도 저만 배제하실까 봐 내심 불안했던 것도 사실이고요. 그래서……."

무슨 말을 내뱉고 있는 건지 정신이 하나도 없었다. 해성이 한숨을 내쉬며 말을 정정했다.

"……죄송합니다."

강현은 차분한 눈빛으로 해성을 물끄러미 응시하며 생각했다.

내적 갈등은 꽤 복잡했다.

이른 아침 피해자의 시체를 확인했고 부검 결과를 전달받았으며, 초동 조사가 정리되는 대로 경찰청에 인계하라는 명령이 떨어진 참이다.

이해성이 이 모든 사실을 알게 되었을 때 벌어질 상황과 차도현의 빈정거리는 태도까지 포함해서, 현재 강현은 바짝 예민해진 상태였다.

강현이 해성을 향해 손끝을 까딱였다. 가까이 오란 의미를 이해한 해성이 주춤 다가섰다.

"비번 날까지 출근해서 이해성 씨가 얻는 게 뭡니까."

"그건……."

"말해 봐요. 진심으로 궁금해서 묻는 거니까."

"현장 주변 CCTV라도 찾아볼 생각이었습니다."

"그건 김 순경 일이고."

"아니면 보고서라도……."

"최초 발견 보고서는 이미 박 경사가 처리했고."

"실종 명단이라도 뽑아서 피해자와 겹치는 얼굴이 있는지 찾아보겠습니다."

"그건 내가 이미 오는 길에 확인했어요. 결과는 없었고. 그것 말고는?"

없다.

있을 리가. 사건 발생 직후 조사는 아직 시작도 하지 않았다. 없는 부분을 정성껏 꾸며 내거나 만들어 내지 않는 이상 당장에 할 수 있는 건 그 무엇도 없었다.

"하루라도 가만히 있지 않으면 몸에 가시가 돋나 봅니다. 요즘 직장인들, 쉬고 싶어서 안달 아닌가?"

어젯밤, 거칠게 입술을 맞물리며 뜨거운 숨결을 쏟아 내던 남자가 맞나. 목덜미에 얼굴을 파묻고 무너지려 한 눈앞의 남자는 모든 것들을 까맣게 잊어버린 사람처럼 무감했다.

해성은 그날 밤의 뜨거운 기억이 혼자만의 착각이 아니었을까, 하마터면 수긍할 뻔했다.

"대단한 사명감이네요."

작정하고 비아냥거리는 강현의 말투에 감정이 욱, 치받았다.

"쉬는 날 나와서 일하겠다 하면, 보통은 질책보단 칭찬을 하지 않나요."

해성이 발끈하자 강현이 헛웃음을 흘렸다.

"나한테 칭찬받고 싶어서 출근했어요?"

"아뇨. 비난하시는 이유를 납득할 수 없어서 말씀드린 겁니다."

"말이 좀 이상하네. 내가 왜 이해성 씨를 납득시켜야 합니까."

해성은 순간 할 말을 잃었다. 정말이지, 한 번을 져 주지 않는다. 모든 것을 이해해 줄 것처럼, 너그럽게 굴다가도 교묘히 직급과 위치를 상기시키고 잊을 만하면 주제를 알라 인식하게 만든다.

그는 아랫사람을 갖고 노는 법을 잘, 아주 잘 아는 남자였다.

일개 회사 직원들이 팀장, 또는 부장의 면전에다 궁서체로 쓴 사직서를 내던지고, 중지를 번쩍 추켜올리면서 '그래, 이 개새끼야, 너 혼자 잘 먹고 잘 살아라.' 소리치고 싶어 하는 심정이 이런 것일지도.

새삼 크게 와닿는다.

이상한 감정들이 제멋대로 가슴을 들쑤신다. 생각하면 안 되는 것들이 자꾸 머리를 어지럽힌다.

대체 우리의 관계는 무엇인가요.

묻고 싶지만, 해성은 차라리 입술을 깨물어 버렸다. 언급하는 순간, 그나마 이어 온 관계마저 박살 날 테니까.

입맞춤의 여파는 컸다.

아직은 그를 마주할 용기가 없었다. 마주치면 어쩌지. 생각만으로도 긴장이 되고, 심장이 들끓었다.

적어도 그 순간이 오늘은 아닐 것이라고 확신했다. 무슨 근거로 자신했는지, 이해할 수는 없지만. 집에 있어야 했다.

"배제할 생각 없었어."

"네?"

해성은 의아한 얼굴로 강현의 시선을 마주했다.

"옆에 끼고 다니려 했지."

서슴없이 치고 들어온다.

해성은 자신이 잘못 들었나 싶어 강현의 말을 속으로 곱씹었다.

살인 사건 조사에 배당 언급이 없었던 건, 결코 배제의 의미가 아니었다고. 사실은 데리고 다니려 했다고. 그렇게 말하고 있는 건가.

"어젯밤까지는."

도통 이해할 수 없는 말이라, 해성이 슬며시 인상을 찡그렸다.

"이제부턴 내 권한으로 어떻게 할 수 있는 영역이 아니게 될 겁니다."

강현이 느릿하게 이어 말했다.

"그러니까. 무슨 일이 벌어져도 나 원망하지 말라고."

이건 또 무슨 소리일까.

생각하고 있는데, 강현이 한 걸음 가깝게 다가왔다.

불쑥 앞으로 뻗어진 커다란 손이 그녀의 이마를 덮었다.

서늘한 기운은 잠시뿐이었다. 펄펄 끓는 뜨거운 물에 빠진 듯 온몸이 화끈거렸다. 너무 놀라 해성의 눈이 크게 떠졌다. 뭐라고 말을 해야 하는데, 야속한 입은 움직일 생각이 없다.

1초. 2초. 3초.

비스듬히 시선을 내린 채 미동조차 없던 강현이 별안간 슬며시 한쪽 눈가를 찡그렸다.

"아직, 열나는 것 같은데."

아니라고, 이미 다 나았다고.

"고집 그만 부리고 돌아가요."

부정할 수 없었다.

조금 더, 걱정받고 싶어졌으니까.

○ ◎ ●

다음 날, 2팀 형사들은 국과수에서 먼저 부검 결과를 전달받은 차 팀장에게 다소 난해한 결과를 전해 듣고, 각자 맡은 탐문 조사를 수행했다.

해성은 상대적으로 많은 시간을 필요로 하는 세찬의 업무를 백업했다. 이제 막 돌아온 참이었지만, 바로 들어가지 않고 경찰서 출입문에 비치된 커피 자판기 앞에 서서 때아닌 고민에 잠겼다.

블랙. 아니면 밀크.

뭘 마실까 생각하고 있는데, 이제 막 외근을 마치고 들어온 건우가 자연스레 말을 얹었다.

"난 블랙."

해성이 뒤를 돌아보았다.

"아, 박 경사님. 오셨어요?"

"어어. 으으, 피곤하다."

건우는 뭉친 어깨를 두드리며 길게 하품을 하고 있었다.

"목격자 진술 결과는요?"

"어떻긴. 뭐 없었어. CCTV 영상이라도 제대로 나와야 할 텐데. 부검 결과도 그렇고 애매하네."

어쩐지 건우는 컨디션이 좋아 보이지 않았다. 해성은 블랙커피 버튼을 누르며 물었다.

"무슨 안 좋은 일 있으세요?"

"그렇게 보여?"

해성이 어깨를 으쓱였다.

"조금요. 아침에 브리핑할 때도 평소답지 않게 집중 못 하셨잖아요."

"헐. 망했네. 네가 알 정도면 팀장님 눈에도 보였을 텐데."

"신경 쓰는 것 같진 않으셨어요."

해성이 입구에서 빼 낸 커피를 내밀자 건우가 땡큐, 인사를 건네며 힘없이 웃었다.

"큰일은 아니고……, 그냥 뭐, 새벽에 여자 친구랑 대판 싸웠어."

"왜요?"

커피를 홀짝이는 건우를 건너다보며 해성이 눈을 동그랗게 떴다. 5년 간 연애하며 자잘한 싸움 한번 없이 무난하게 만났다 했다. 그래서 내년 봄쯤 진지하게 결혼까지 생각한다는 말을 언뜻 들었던 걸로 기억하는데.

건우는 뒷덜미를 긁적이며 푹 한숨을 내쉬었다.

"참다 참다 터진 거야. 형사란 직업이 그렇잖아. 까딱하면 사건 터지고 이젠 좀 쉴 수 있으려나 싶으면 긴급 소집 명령 떨어지고. 경찰청에 있을 때는 더 심했어. 그래서 강남서로 온 건데, 다를 게 없더라."

"아……."

"말해 뭐 해. 다 내 잘못이지. 만나도 사건 생각만 하는 게 보였나 봐. 나도 평범하게 회사 얘기 하고 싶고 여자 친구 말도 들어 주고 싶지. 근데 그게 어디 쉽냐고. 우리한테 일상은 강간에 강도에 살인 사건인데."

건우의 얼굴에 씁쓸한 미소가 감돌았다.

"원래 오늘이 여자 친구 생일이거든. 살인 사건 터져서 못 만날 것 같다고 했다가 뺨 맞을 뻔했다."

"아……."

"어떻게 보면 조 경위님이 대단하신 거지. 그땐 지금보다 더 심했어. 과학 수사 기술력도 없어서 형사들만 개고생하던 시절이라. 그래서 조 경위님이 유독 사모님한테 바짝 엎드리는 건가 싶기도 하고."

커피를 한입 들이켜던 건우가 아, 탄식을 흘리며 멈칫했다.

"이해성, 너 조 경위님 좀 얄밉지? 내가 약점 하나 알려 줄까?"

"……약점이요?"

건우가 고개를 끄덕였다.

"조 경위님 완전 초식남이었어. 예전에 사모님한테 들었는데, 처음엔 눈도 제대로 못 마주쳤단다. 부끄러워서."

세상에.

"사모님이 스무 살 때 소매치기를 당했는데, 그거 현행범으로 잡아 준 경찰이 조 경위님이셨대. 그때 첫눈에 반했다 하시더라고. 엄청 들이댔는데 경위님은 보는 둥 마는 둥 했다나."

"……그래서요?"

"참다못해서 사모님이 경찰서까지 직접 찾아가셨대. 사건 출동 나가는 경위님 멱살 잡고 그대로 입술 박치기 시전. 강남서 역대급 전설이다."

건우가 엄지를 척 추켜올렸다.

"여튼, 이해성 너도 좋아하는 남자 있으면 확 물어라. 어영부영 확신도 없이 휘둘리고 버티면 딱 내 꼴 난다."

"경사님 잘못이 아니잖아요."

"오. 위로도 할 줄 알아?"

건우가 짓궂게 웃었다.

"놀리지는 마시고요."

"알겠다, 알겠어. 그래. 좋다 이거야. 사랑의 시작은 뭐다? 직진. 무조건 직진. 애매하다 싶으면 멱살을 잡고서라도 끌고 가 봐야 답이 나온다. 그치? 좋아. 나 오늘 손이 발이 되도록 빌 생각이니까 말리지 마라."

혼자 묻고 혼자 답하던 건우는 진리를 깨닫고 먼저 멀어져 갔다.

시작이랄 게 있을까.

그와 나 사이에.

사랑.

미제 편철 사건보다 더 복잡한 난제다.

○ ◎ ●

토막 살인 사건 탐문 조사 1차 보고를 위해 2팀 형사들이 하나둘씩 사무실 안으로 들어섰다.

해성은 팀원들이 차 팀장에게 보고하는 내용을 실시간으로 타이핑하여 정리하는 역할을 맡았다.

보고서 작성은 사건 수사의 심장이다. 철자 하나 달라지는 것으로 사건 전체가 뒤바뀔 수 있는 만큼, 꼼꼼하고 확실한 성격인 해성이 처리하는 것에 만장일치로 동의했다.

초침이 한 번 움직이고, 정확히 정각이 되자 차 팀장이 모습을 드러냈다. 큰 보폭으로 성큼성큼 걸어 들어와 자신의 데스크에 앉으며, 강현이 턱을 까딱 추켜들었다.

"보고 시작하죠."

지체 없이 흘러나온 저음에 팀원들은 서로 눈치만 살필 뿐, 누구 한 명 먼저 입을 열지 못했다.

날렵한 시선이 세찬에게 향했다.

"관제 센터 CCTV 감식 결과부터 보고하세요."

답이 없자 얼어붙은 세찬의 어깨를 건우가 팔꿈치로 툭 밀었다. 그제 야 번뜩 정신을 차린 세찬이 입을 열었다.

"아, 별다른 특이 사항은 없었다고 합니다. 새벽 시간대 건설 현장 앞 을 지나가던 행인들 중 쌀 포대, 캐리어, 가방, 상자 등. 시체 보관이 가 능한 이동 장치를 지닌 사람도 없었고요."

해성의 손이 키보드 위에서 바쁘게 움직였다. 세찬이 이어 말했다.

"무엇보다 근처 다목적 CCTV는 360도 회전용이었습니다. 때문에 자 정 시간대와 새벽 2시, 4시경엔 건설 현장 반대편이 찍혀 있어 해당 시 간 장면은 아예 확인이 불가했습니다."

"현장 근처 상점 CCTV는."

"300m 기준으로 편의점, 술집, 금은방, 꽃집 CCTV까지 전부 확인했 지만 이상 없었습니다. 산호은행에선 영장을 요구하는 바람에 조사가 불가했고요."

강현의 미간이 좁아졌다.

"그 많은 CCTV를 다 피했다고."

강현이 헛웃음을 터트렸다.

누구라도 황당함을 감출 수 없는 상황이었다. 귀신도 아니고 어떻게.

아…….

키보드를 두드리던 해성의 손이 허공에서 멈칫했다. 해성이 반사적으 로 얼굴을 들자 시선이 부딪쳤다.

같은 생각이었을까.

강현은 해성의 얼굴을 똑바로 들여다보며 입을 열었다.

"시간대를, 알고 있나."

CCTV가 회전하는 방향. 그 시간대를 알고 있다면 말이 달라진다. 일반인은 평소 주의 깊게 확인할 필요가 없으니 모르는 것이 당연하지만 처음부터 범행을 계획한 사람이라면. 살인에 용의주도하고 치밀한 수법을 고수해 왔다면.

강현이 검지를 들어 해성의 모니터를 가리켰다.

"놓치지 말고 써요. 방금 그거."

"네. 알겠습니다."

사무실에 차가운 정적이 감돌았다. 해성이 타각타각 키보드를 두드리는 소리를 제외하면 그 어떤 소음도 없었다.

강현은 눈을 낮게 내리깐 채 손끝으로 툭, 툭. 책상을 두드릴 뿐, 말이 없다. 생각을 하는 것이다. 목이 타는지 차 팀장은 흐르는 침묵 속에서 천천히 냉수를 한 입 들이켰다. 데스크 위에 탁, 머그 컵을 내려놓은 뒤에야 시선을 올려 건우를 쳐다봤다.

"최초 목격자 진술 보고하세요."

"마찬가지로 특이점은 없었습니다. 발견 당시 시체가 들어 있는 쌀포대만 목격했을 뿐, 근처에 수상한 사람은 없었다고 합니다."

강현이 엄지로 컵 표면을 느리게 훑어 내렸다.

"주변 탐문 조사는."

건우가 빠르게 대답했다.

"근처에 아파트 경비원이 있었지만 사건 발생 추정 시간대에는 층간 소음 민원으로 자리를 비웠었다고 합니다. 그 후엔 길이 어두워 잘 보이지 않았고, 기억도 가물가물해서 말하기가 애매하단 대답만 받았습니다.”

　보고라기엔 민망할 정도로 수확이 없었다. 그들의 잘못이 아닌데도 세찬과 건우는 면목이 없어 고개를 들지 못했다. 보고서를 작성하던 해성 역시 답답한 건 마찬가지였다. 긴 한숨을 내쉬며 중간 저장 버튼을 누르려는데, 다시 한번 차 팀장과 시선이 마주쳤다.

　모르게 흘려보낸 한숨을 들켰을까, 해성이 입술을 감쳐물었다.

　사기가 가라앉아 침체된 분위기는 나아질 기미가 보이지 않았다. 가만히 해성을 건너다보던 강현이 의자를 밀치고 자리에서 일어났다.

　“보고서 정리는 끝났습니까.”

　“네. 오탈자 확인 후 메일로······.”

　“그럴 필요 없어요.”

　“예?”

　해성의 눈이 번쩍 뜨였다.

　“지금 확인하죠.”

　강현은 주변 시선 따윈 의식하지 않고 거침없이 다리를 움직여 해성의 자리로 걸어갔다.

　반쯤 상체를 낮춘 강현이 한쪽 손으로 해성의 책상을 짚고 비스듬히 섰다. 등 뒤로 바짝 붙어 서는 느낌이 전부 전해져 해성은 순간 당황했다.

　긴장으로 굳은 해성의 눈동자가 오른쪽으로 느릿느릿 움직였다.

　바로 옆이다. 자칫 새끼손가락에 그의 엄지가 스칠 듯 위태롭다.

　해성은 저도 모르게 마우스를 꽈악 움켜쥐었다.

　자꾸 신경이 쓰여 그의 손을 곁눈질로 훔쳐보게 됐다.

　기다란 손가락이 보이고, 굵직한 팔뚝과 손등 위로 미세하게 불거진 혈관이 보인다.

그 손으로 목덜미를 감싸고, 턱을 부여잡고……. 때와 장소를 가리지 않고 위험한 지난날이 다시 떠오르려 하자 해성은 질끈 눈을 감았다 떴다.

강현이 모니터에 떠오른 문서를 꼼꼼하게 훑어보는 동안 해성은 멋대로 쿵쾅거리는 심장을 진정시키려 애썼다.

"경비원 진술이 빠졌네요."

나직한 음성이 고막을 휘감자 해성이 재빨리 모니터를 확인했다. 방황하는 해성의 눈동자를 알아차린 강현이 손끝을 튕기며 모니터를 중앙을 툭 건드렸다.

"여기."

그의 상체가 조금 더 앞으로 기울어졌다. 그 반동으로 의자가 밀리며 남자의 몸이 등받이에 빈틈없이 밀착했다. 바로 옆에 차 팀장의 얼굴이 있다. 그 사실만으로도 척추가 꼿꼿하게 세워졌다. 직접적인 접촉도 없었는데 이성이 혼미해지는 기분이다.

"……네."

겨우 대답했지만 정신은 이미 다른 곳에 가 있었다.

조용히 내쉬는 남자의 낮은 숨결이 목덜미에 내려앉고, 노골적인 시선이 정수리에 꽂힌다. 보이지 않는 솜털이 쭈뼛 일어섰다.

"마우스 좀 빌립시다."

강현이 해성의 손을 응시하며 말했다. 닿을 듯 가까운 거리에서 쳐다보는 눈빛이 뜨거워 해성이 먼저 시선을 피했다.

슬쩍 손을 내리기 무섭게 강현은 아직 온기가 남아 있는 마우스를 거리낌 없이 움켜쥐었다. 분명 작지 않은 크기였는데, 그의 큰 손에 완전히 가려진 마우스는 작은 미니어처가 되어 버렸다.

강현은 스크롤을 내리며 남은 내용을 빠른 속도로 확인하고는 허리를 곧게 폈다.

"좋네요."

칭찬에 인색한 차 팀장의 입에서 나온 말이라고는 믿을 수 없었다.

해성 덕분에 달갑지 않은 상황이 환기되는 듯 보이자, 세찬이 눈치껏 끼어들어 말을 보탰다.

"시간상 아직 확인하지 못한 상점 CCTV가 몇 군데 더 있습니다. 혹시 모르니 다시 한번 가서 확인하겠습니다, 팀장님."

그럴 필요 없다는 듯 강현이 손을 들어 보였다.

"오늘부로 관할서는 토막 살인 사건에서 손 뗍니다."

"예?"

2팀 형사들은 적잖게 당황한 얼굴로 소리 없이 경악하며 강현을 바라봤다. 해성도 예외는 아니었다.

구체적인 상황 설명도 없이 덜컥 본론부터 꺼내 놓은 차 팀장 혼자 태연했다. 강현은 느긋하게 해성을 쳐다보며 지시했다.

"누락된 내용 있는지 다시 한번 검토하고 부검 결과 취합해서 경찰청 광수대에 사건 인계하세요."

설마 했던 조 경위의 예상이 맞아떨어지자 2팀 형사들은 충격을 감추지 못했다.

조 경위의 말을 빌리자면 죽 쒀서 개 주는 꼴.

그래, 딱 그 꼴이었다.

해성의 얼굴에 핏기가 싹 가셨다.

속에서 천불이 났지만 팀원들은 그 누구도 강현에게 부당한 처사라며 목소리를 높이거나 반기를 들지 못했다.

잦게 일어나는 일이었으니까. 범위가 넓은 사건일수록, 특히 지능형 범죄는 좀처럼 관할서가 맡는 일이 없다.

그저 관할 경찰서이기 때문이다.

단순하게도.

○ ◎ ●

세찬과 건우는 차라리 잘된 일이라며 피곤한 사건 힘들게 처리해 봤자 쥐꼬리만 한 포상이 전부일 거라고 씁쓸하게 위안 삼았지만, 해성은 차마 웃지 못했다.

경찰청에서 동부 연쇄 살인과 논현동 토막 살인이 연관이 있다고 판단한 것이다. 그렇다면 연쇄 살인 사건 역시 경찰청으로 인계될 확률이 높다.

"이럴 줄 알고 있었으면서……."

말 한마디 없던 그가 원망스럽다.

그날의 입맞춤은 같잖은 동정. 혹은 약간의 죄책감이 담긴 위로였나. 스스로 생각해 봐도 어처구니가 없는 결론이다. 그럴 리가 없는데, 상처받은 마음은 삐딱한 타협점만 찾아냈다.

해성은 입을 꾹 다물고서 컴퓨터를 꺼 버리고 짐을 챙겨 자리에서 일어났다. 결국 보고서는 경찰청에 인계하지 못했다. 아니, 일부러 하지 않았다. 적어도 오늘은 하지 않을 생각이다.

차 팀장에게 전보다 더 날카로운 질책을 받게 된다 할지라도.

출입문을 열고 나섰을 땐 어느덧 하늘은 검게 물들어 있었다.

해성이 무의식적으로 눈을 움직였다. 팀장의 차량이 늘 주차되어 있는 자리. 검은색 세단 차량은 아직 제자리를 지키고 있었다.

등지고 있던 출입문이 다시 열렸다. 익숙한 남자의 체취가 호흡기 안으로 밀려 들어왔다.

확인해 보지 않아도 알 수 있다.

해성은 천천히 몸을 돌려 강현을 마주했다.

"인계된 이유. 말씀해 주세요."

불같이 화를 낼 것이란 예상과 달리 그녀는 침착했다. 포기했나. 해성의 얼굴을 물끄러미 내려다보며 강현이 느릿하게 입을 열었다.

"무슨 대답이 듣고 싶은 겁니까."

"진실이요."

"이해성 씨 때문이라 생각해요?"

"어느 정도는 제 지분도 있다 생각합니다."

강현이 흥미롭다는 듯 물었다.

"이유는?"

"처음부터 제가 피해자 유가족이란 사실을 알고 계셨고, 감정만 앞서서 사고 칠까 봐 내내 골치 아파하셨잖아요."

"사실이지만 틀렸습니다."

강현이 슬며시 입술 끝을 늘였다.

"몰랐는데. 혹시 공주병 있어요?"

이 상황에 지금 무슨. 해성이 약간 당황하며 인상을 찡그렸다.

"굳이 이유를 찾자면 나 때문입니다. 이해성 씨 때문이 아니라. 그 이유가 아니었어도 미제 사건이라 미뤄졌던 것뿐이지, 언젠간 절차대로 인계될 사건이었고."

"그게 무슨……."

강현이 빤히 해성을 주시했다.

"동부 연쇄 살인 사건 말입니다. 미제 편철로 마감된 사건이 10년 만에 다시 수면 위로 떠오르게 생겼는데. 설마, 경찰청에서 두 손 놓고 있을 거라 생각했어요?"

좀 실망스럽단 기색으로 강현이 이어 말했다.

"강남서는 이미 형편없는 수사 능력을 증명했습니다. 당시 담당 수사관의 미흡한 대처로 결과는 처참한 실패였고. 경찰청에서 사람 목숨을 놓고 도박이나 다를 바 없는 기회를 두 번 줄 리 없죠. 당연히."

심하게 동요하는 해성에 비해 지극히 감흥 없는 말투였다.

"위에서 내려온 지시는 그 어떤 납득 가능한 이유를 불문하고 번복 자체가 불가합니다. 지시를 내린 당사자 마음이 변하지 않는 이상."

"……그래서 어제, 제게 그런 말씀을 하셨던 건가요."

해성은 고개를 떨군 채 기어들어 가는 목소리로 물었다. 난데없이 소란스러워진 주변 소음에 묻혀 전달이 잘 안 됐는지, 강현이 살풋 눈매를 찡그렸다.

"응?"

"어제, 원망하지 말라고 하셨잖아요. 그래서 그런 말을 한……."

비켜요! 뒤에서 급하게 소리치는 격양된 음성에 해성의 말끝이 묻혔다. 급한 일이 있는지, 경찰들이 빠른 속도로 달려오고 있었다.

인파에 부딪히기 직전, 해성의 몸이 휘청거렸다. 순발력 있게 팔을 뻗은 강현이 해성의 허리를 감싸 제 쪽으로 당겨 안았다.

아……. 해성이 작게 탄식하며 눈을 떴다. 바로 코앞엔 널찍한 차 팀장의 가슴팍이 있었다. 부딪혀 넘어지는 불상사는 벌어지지 않았지만, 더한 위기를 느꼈다.

강현은 해성이 멀어지지 못하도록 어깨를 감싸 쥔 손에 힘을 더하며, 슬며시 시선을 내리깔았다. 그렇게 한참 해성의 눈을 지그시 바라보다가 천천히 입술을 떼어 냈다.

"미움받고 싶지 않았나 보죠."

○ ◎ ●

경찰서 정문에서 10분 정도 걷다 보면 인적이 드문 사거리 골목길 끝에 허름한 포장마차가 있다.

술을 가까이 할수록 위태로워지는 마음의 병을 앓고 있는 만큼 자주는 아니었지만 1년에 두 번, 이끌리듯 찾는 곳이었다.

아주 가끔씩 이곳을 찾을 때면 화려한 건너편의 세상과 완벽히 단절된 기분을 느끼곤 했다.

눈부시게 반짝이는 야경, 생기가 넘치는 번화가의 시끌벅적한 소음 따윈 없는.

조용하고, 외로운.

이곳은 전혀 다른 세상이다. 깊은 어둠 속을 밝히는 그저 작은 빛. 덩그러니 홀로 버려진 꼴이 꼭 자신 같아서 지나칠 수 없던 날이 있었다.

열아홉.

수능이 시작되고, 끝나던 날.

스물.

원하던 대학교에 입학하고, 동시에 가족의 죽음이 미제 편철 사건으로 마감되었음을 최종 통보 받았던 날.

스물셋.

반평생 끈질기게 매달렸던 꿈을 끝내 포기한 날.

스물다섯.

경찰 시험에 최종 합격 하던 날.

혼자가 된 가련하고 조그맣던 어린 청춘이 홀로 묵묵히 걸어가는 모습을 지켜봐 준 유일한 곳이었다.

"어서 오세……, 아이고. 또 왔네! 또 왔어!"

해성이 붉은 천막을 들추며 안으로 들어서자, 60대 중반 아주머니의 염려 가득한 음성이 왈칵 쏟아졌다.

"형사 양반, 내가 그만 오라고 했잖아. 응? 나 경찰 싫어. 보기만 해도 손이 다 떨린다니까?"

적어도 반기는 기색은 아니었다.

해성이 짧게 웃었다.

"그러니까 불시에 단속하기 전에 얼른 돈 벌어서 포장마차 접고 술집 하나 제대로 차리시라고 했잖아요."

아주머니가 질색하는 얼굴로 인상을 구겼다.

"말이 쉽지. 지금 그게 내 처지에 가능한 일이야? 얼른 가. 이번엔 정말로 안 받아 줄 거야. 장사 끝났어."

"9시부터 시작하는 거 알아요."

"스읍, 얼른! 여기 골목도 어두워서 돌아가는 길이 얼마나 위험한데. 시장 골목길에 성질머리 드러운 노숙자들 판치는 거 몰라?"

"노숙자가 뭐가 무섭다고요. 인생에 쌓인 한이 많은 사람일 뿐인데. 더 악질적인 놈들 잡아넣는 게 제 일이에요. 그러니까, 저보단 사장님 걱정부터 하세요."

몇 푼 안 되는 돈을 내기 싫어서, 불법 영업인 것을 이용해 도리어 신고하겠다 협박하는 사람들도 있었고, 술에 취해 폭군처럼 술병을 내던지거나 횡포를 부리는 사람들도 있었다.

그래도 아주머니는 신고를 하지 못한다. 세금을 내지 않기 때문에 그녀는 법의 테두리 안에서 보호받을 수 없다.

"그래도 제가 있을 땐 그나마 안심하실 수 있잖아요."

"하이고. 그냥 호랑이를 믿으라 하지, 왜."

아주머니는 마저 그릇을 닦으며 한탄하듯 중얼거렸다.

"……열아홉 살 때였지? 다짜고짜 들이닥쳐서 울며불며 술 달라 그렇게 악을 써 대던 게. 그땐 커서 뭐가 되려나 싶었는데 경찰이 될 줄 누가 알았겠냐구, 나 참."

물론 미성년자일 때라 술은 끝까지 내주지 않았다. 대신 뜨끈한 북엇국과 쌀밥을 공짜로 얻어먹었을 뿐.

해성은 가장 구석진 자리에 앉으며 조용히 미소 지었다.

"후회하세요?"

"그럼! 내가 대체 무슨 부귀영화를 누려 보겠다고 그런 오지랖을 떨었는지 몰라. 그래서, 뭐 줘?"

아주머니가 고무장갑을 벗어 던지며 언짢은 기색으로 묻자, 해성은 익숙하게 낡은 종이 메뉴판을 올려다보았다.

"음……, 소주 한 병이랑, 안주는 아무거나 주세요."

"잘 마시지도 못하면서 술은 무슨. 그냥 배나 채우고 가."

말은 뾰족했지만, 얼마 지나지 않아 테이블 위로 소주병과 잔이 탁, 소리를 내며 놓였다.

"아주 취하기만 해. 콜택시 불러 주는 것도 한두 번이지. 진상은 다른 데 가서 떨어."

"여기 오는 사람들에 비하면 저는 양반 아니에요?"

"그래. 규수가 따로 없더이다."

"그렇게 날 세우지 마요. 단속하러 온 것도 아닌데. 저 지금은 경찰 아니고, 평범한 손님이에요."

아주머니가 밉지 않게 눈을 흘기며 조용히 타박했다.

"나중에 경찰서에서 만나면 모르는 척하기만 해 봐, 아주."

"오지 마세요. 만나기 싫어요."

강력계에서 만난다면, 끔찍한 살인이나 강도 높은 폭력 사건일 테니. 그것만큼은 피하고 싶다.

손목을 비틀어 소주병 뚜껑을 열고, 작은 잔에 졸졸졸 알코올을 흘려보냈다. 해성은 투명한 액체를 멍하니 바라보다가 넌지시 물었다.

"지연이는, 잘 지내요?"

"잘 못 지낼 건 또 뭐야."

"이제 스무 살 됐나?"

"그쯤 됐겠지. 몰라."

아주머니는 퉁명스레 대꾸했지만, 속은 그렇지 못하다는 걸 안다.

지연은 그녀의 유일한 피붙이였다. 남편의 폭행에서 겨우 빠져나와 8평짜리 단칸 지하방에서 단둘이 살고 있다. 허름한 포장마차는 희귀병을 앓고 있는 지체 장애 딸과 함께 살아갈 유일한 생계 수단이었고, 미래였다.

사정을 알게 된 건 얼마 되지 않았다. 휴대폰으로 은행 입출금을 할수 있다 들었는데, 어떻게 사용하는지 방법을 모르겠다던 아주머니를 도와주다가 알게 된 것이다.

"오늘 제가 같이 있을까요?"

아주머니의 눈이 확 떠졌다. 그러다가 강하게 손사래를 쳤다.

"아서라, 됐다 그래. 이제 혼자서도 잘 있어. 애도 아니고."

"제가 혼자 있기 싫어서 그래요."

아주머니는 대답이 없었다. 신세를 끼치고 싶지 않지만 딸이 걱정되는 것도 사실이라서.

곧 눈앞에 뜨끈한 어묵탕이 놓였다.

"얼른 먹기나 해. 따뜻할 때 먹어야 맛있어."

시큰하게 젖은 아주머니의 음성을 들으며 해성은 고분고분 손을 움직였다. 한 술 떠 후루룩 들이켜자 푸근한 감칠맛이 확 퍼졌다.

"언제 먹어도 맛있네요. 정말로."

"엄마 손맛이 괜히 최고겠어."

어쩐지, 눈물이 날 것만 같은 맛이다. 질끈 눈을 감았다 뜨자 앞이 부옇게 일렁거렸다.

하필 차강현이 떠오를 건 뭐람.

결국 따져 묻지 못했다.

할 수 있는 게 아무것도 없었다.

어차피 키스까지 한 마당에 평소처럼 철판 깔고 대드는 척이라도 해 볼 걸 그랬다. 구차하더라도 부탁할 걸 그랬다.

경찰청에 인계하지 말아 달라고.

직접 범인을 잡게 해 달라고.

도와 달라고.

……이런 내 마음 좀 알아 달라고.

해성은 쓴웃음을 흘리며 묵묵히 술잔을 기울였다.

한 잔, 두 잔, 세 잔.

마셔도 마셔도 채워지지 않는,

정말이지, 외롭고 녹슨 밤이다.

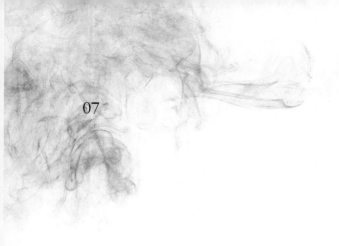

07

샤워를 끝내고 나왔을 때 강현은 휴대폰에 떠오른 부재중 전화 표시를 확인하고 미간을 구겼다.

[이해성]

슬쩍 시선을 들어 시간을 확인했다. 자정까지 5분 전이었다.

이 시간에 전화를 걸었다고. 이해성이.

석연치 않은 기분을 지울 수 없어 강현이 통화 버튼을 누르려는 순간 거짓말처럼 다시 떠오른 발신자를 보고 멈칫했다.

강현은 천천히 숨을 내쉬며 휴대폰을 귓가에 가져다 댔다.

— 아이고, 이제야 전화를 받네.

중년 여자의 목소리.

"……누구십니까."

묻자마자 여자는 기다렸다는 듯 숨 막히게 말을 쏟아 냈다. 두서없이 사정을 설명하는 동안, 강현은 무표정한 얼굴로 가만히 듣고만 서 있었다.

그러다 어느 대목에서, 참을성을 잃는다.

"위치가 어떻게 됩니까."

소파에 대충 벗어 던져둔 트레이닝 재킷을 집어 들며, 강현은 뒤도 돌아보지 않고 걸어 나갔다.

목적지는 경찰서에서 그리 멀지 않은 곳이었다.

가로등도 몇 개 없고, 그나마 있는 상점도 전부 문을 닫은 상태라 주변은 어둠과 적막뿐이다.

빛이라곤 흰 연기를 뿜고 있는 붉은 천막의 포장마차가 전부였다.

시동을 끄고 차에서 내린 강현이 걸음을 옮겼다. 거리가 가까워지자 투명한 천막 너머로 턱을 괸 채 느릿하게 두 눈을 끔뻑거리는 이해성이 보였다.

초점을 잃었다. 주량을 한참 넘은 상태. 취한 것이다.

─ 휴대폰을 손에 꼭 쥐고 있더라고. 어쩌다 가끔씩 감당 못 할 만큼 힘들 때 여기 오는 것 같은데, 오늘도 그러려니 했지, 나는.

늘 그랬던 것처럼 콜택시를 불러 주려고 휴대폰을 뺏어 봤더니, 쓰다 만 문자가 있었다고 했다.

자신에게.

─ 지금 당장 해성이한테 필요한 건 택시가 아니라 그쪽일 것 같아 연락했

어요.

울다 지쳐 잠들었다고 했다.

이해성이.

속 어딘가가 꽉 짓눌리는 기분이다. 대체 뭐야 너. 강현이 입술을 씹어 물었다. 뚫어져라 해성을 바라보고 있는 사이, 천막 입구가 들춰졌다.

"아이고, 아까 그 전화 받은 분 맞지요?"

강현이 뒤를 돌았다.

"맞습니다."

"팀장님이라 저장되어 있던데, 그럼 그쪽도 형사 양반이요?"

"예."

"어휴……. 내가 내 무덤을 팠지."

중년 여자가 땅이 꺼져라 한숨을 내쉬었다. 대충 상황을 이해한 강현이 시니컬하게 답했다.

"신고가 떨어지지 않는 이상 퇴근한 경찰이 직접 나서서 단속하는 경우는 없습니다."

그것도 오늘뿐이지 내일도 모레도 해당된단 보장은 없지 않느냐고 묻는 듯 제법 의구심이 묻어난 눈빛이다.

강현은 지갑에서 집히는 대로 꺼낸 오만 원짜리 지폐를 내밀었다.

"1시간만 빌리겠습니다."

중년 여자의 눈이 휘둥그레 떠졌다.

"아휴, 됐어요. 됐어. 이게 다 얼마야. 괜찮으니 넣어 둬요. 1시간이면 되지? 어차피 손님도 하루에 두 팀 받을까 말까 하고, 집도 코앞인 데다 딸아이 상태도 보고 와야 해. 난 신경 쓰지 말고 있다 가요."

아주머니는 젖은 손을 문질러 닦으며 급하게 앞치마 끈을 풀어냈다.

"부담스러우시면 저 여자 올 때마다 금액에서 처리해 주시죠."

한층 누그러진 표정이었지만, 중년 여자는 선뜻 돈을 건네받지 못하고 머뭇거렸다.

"그래도 내가 무슨 염치로 이런 큰돈을 받아. 그나저나 정말 형사님 맞아? 괜히 덜컥 맡겼다가 사달이라도 나면."

강현은 별다른 항변 없이 명함을 내밀었다.

"언제든 찾아오셔도 됩니다."

떠안듯 현금 뭉치와 명함까지 건네받게 된 중년 여자는 어쩔 줄 몰라 하며 발을 동동 굴렀다.

"그럼."

강현은 작게 고개를 숙여 보이고는 그대로 스쳐 지나갔다.

포장마차는 텅 비어 있었다.

구석진 곳에 앉아 비틀거리며 술을 따르는 해성을 보자 절로 긴 한숨이 샜다. 강현이 슬쩍 테이블을 확인했다. 소주 세 병.

큰 걸음으로 다가가 맞은편 플라스틱 의자에 앉았다. 강현은 팔짱을 낀 채 빤히 해성을 응시했다.

"많이도 마셨네요."

무심한 어조에 인기척을 느낀 해성의 눈꺼풀이 힘겹게 떠밀려 올라갔다.

"……꿈인가."

해성은 입을 벌리고서 강현을 쳐다보다가 퉁명스럽게 중얼거렸다.

"뭐 이런 개꿈이 다 있어."

강현의 눈매가 일그러졌다.

개꿈. 말을 곱씹자 헛웃음이 터졌다.

"겁 없네."

강현은 입을 다물고 맞은편의 해성을 조용히 관찰했다.

술기운에 발그스름 달아오른 뺨. 천천히 감겼다 떠지는 긴 속눈썹. 느슨하게 풀린 눈동자.

경계심을 잃고 무력해진 여자를 보자 굳게 다물린 턱이 팽팽하게 당겨졌다. 강현이 가볍게 말아 쥔 손으로 테이블을 툭툭 두드렸다.

아예 무시하기로 작정한 건지 거들떠보지도 않았다.

진심으로 꿈이라 착각하는 건가.

기가 막혀서 진짜.

"이봐요, 이해성 씨."

그제야 느릿하게 시선을 든다. 강현은 게슴츠레 뜬 해성의 눈을 똑바로 들여다보며 물었다.

"술은 왜 마신 겁니까."

다 알고 있으면서, 일부러.

"그런 것까지 보고해야 하나요."

해성은 꿈인데 뭐 어떠냐 식으로 뇌까렸다.

"남이사. 술을 마셨든 약을 빨았든. 웃기지도 않아."

단단히 엇나간 음성에 강현의 미간이 희미하게 찌푸려졌다.

"정신 줄 잡아요. 나중에 후회할 짓 하지 말고."

"그러게 왜 눈앞에 나타나요. 부른 적도 없는데."

확실히 평소와 다른 태도였다.

해성은 볼을 크게 부풀리더니 후욱, 숨을 토해 내며 술병을 찾았다. 그녀가 손을 기울이자 투명한 알코올이 넘칠 듯 위태롭게 차올랐다. 술잔이 입에 닿기 직전, 강현이 낚아챘다. 해성의 눈이 크게 떠졌다.

"지금 뭐 하는⋯⋯."

강현은 말을 무시하고 손목을 꺾었다. 잔을 가득 채운 액체가 단숨에 사라지고, 성난 목울대가 움푹 잠겼다 떠올랐다.

"뭘 그렇게 놀랍니까. 어차피 꿈인데."

"아⋯⋯."

해성이 입을 벌리고서 눈을 깜빡였다. 해보자는 건가.

빼앗긴 술잔을 흘기면서 해성은 술잔 대신 물컵에 술을 채우고 그대로 입안에 털어 넣었다.

호기롭게 술을 들이켤 땐 언제고 당장에 밀려오는 쓴맛을 이기지 못해 인상을 찡그렸다. 으, 써. 손등으로 입 주변을 거칠게 쓸어 낸 해성이 빈 잔에 시선을 고정했다.

숨을 쉴 때마다 울렁 솟구치는 독한 알코올 향이 역해, 해성은 한참을 그 상태로 있었다. 취기가 오른 몸이 노곤하다. 보기만 해도 긴장이 되는 남자를 눈앞에 두고도 힘이 풀리는 걸 보면 취했구나.

"터놓고 말해도 되나요. 꿈이니까."

해성은 기회가 있다면 지금이 아닐까 생각했다. 결과가 어떻든 더 나빠질 것도 없어서, 취기를 빌려 감춰 둔 회포를 풀기로 한다.

"도무지 받아들일 수가 없어요."

강현이 슬며시 턱을 들어 해성을 마주 보았다.

"뭘."

냉랭한 대답에 해성은 잠시 주춤했지만 계속 이어 말했다.

"조금은 가까워졌다고 생각했는데 혼자 착각했던 거죠. 전부 알겠고, 인정하겠는데. 그렇게 쉽게 수긍하실 줄은 몰랐어요. 솔직히 마음만 먹으면 뭐라도 시도는 해 볼 수 있었잖아요. 팀장님 위치에 능력이면, 적어도 이렇게."

말을 멈춘 해성이 다시 술병을 찾았다. 강현이 눈살을 찌푸렸다. 노골적인 시선을 의식했지만 해성은 애써 외면하며 술을 들이켰다.

"알아요. 경찰청 인계가 최선일 수 있다는 거. 근데, 그냥 싫어요. 이젠 아무도 못 믿겠어. 그래서 경찰이 된 건데……."

경찰청은 인맥이 없으면, 성과가 없으면 문턱도 넘기 힘든 곳인데.

해성은 테이블에 시선을 고정한 채 빈 잔을 꽉 움켜쥐었다.

길게 이어진 답답한 침묵을 뚫고 가녀린 음성이 흐른다.

"제 꿈이 뭐였게요."

뜻밖의 질문이었다.

"피아노. 피아니스트였어요. 웃기죠. 알아요. 안 어울리는 거."

유독 손가락이 얇고 길다 생각했는데, 이유가 있었다.

"부모님은 지원해 줄 능력이 충분했고, 저는 그만한 재능이 있었거든요. 덕분에 부족함 없이 마음껏 꿈을 펼칠 수 있었어요. 고생이 뭔지, 없는 아픔이 뭔지도 모르고. 그저 행복했어요."

강현은 쓰게 웃는 해성을 그저 넌지시 건너다보았다.

"우리 집은 늘 피아노 소리로 가득했어요. 아빠가 가장 좋아했던 베토벤 소나타 14번, 월광을 주로 쳤던 기억이 나요. 아빠는 제 피아노 연주를 감상하면서 신문을 읽으셨고, 엄마는 그 모습을 흐뭇하게 바라보면서 커피를 마셨어요. 잘 가꿔진 정원에, 좋은 채광까지. 그림처럼 평화로운 풍경이었죠."

해성은 자꾸 꼬이려는 혀를 간신히 붙잡고선 과거를 더듬거렸다.

"또, 위로는 똑똑한 언니가 한 명 있었는데, 좋아했고 잘 따랐지만 한편으론 내심 미워했어요. 고등학생 때 수학 과외를 해 주던 선생님. 그러니까 제 첫사랑이 언니 결혼 상대였거든요."

'첫사랑'과 '언니의 결혼 상대'라는 대목에서 강현의 굳은 얼굴에 미세한 균열이 일었다.

해성이 눈을 찡그리며 어색하게 웃었다.

"내가 먼저였는데. 그 감정이 동경이었다는 걸 그땐 어려서 잘 몰랐으니까. 괜히 눈 뜨고 빼앗긴 것 같아서 혼자 숨죽여 울고 이유도 알려주지 않고 짜증만 내고. 이렇게 될 줄 알았으면 잘해 줄걸."

생각에 잠긴 강현이 멈칫했다.

"그 상대가. 이재원?"

해성이 고개를 끄덕였다. 놀랍진 않았다. 언니의 결혼 상대였던 재원과 유일한 생존자이자 가족인 해성 역시 주변 참고인에 포함됐고, 조사를 피해 갈 수 없었다.

녹화된 영상을 봤다면 알 수밖에.

"……지금도 연락합니까?"

"오긴 했는데, 아마 지금은 포기했겠죠. 일방적으로 번호를 바꾼 게 벌써 6년 전이니까."

"왜?"

"미안해서요."

강현의 눈매가 가늘어졌다.

"시간이 지날수록 나아져야 하는데, 자꾸 억측만 늘어요."

해성의 음성이 미세하게 떨렸다.

"왜 하필 내가 없는 사이에 그런 일이 벌어진 걸까. 원래대로라면 그날 부모님은 부부 동반 골프 모임을 갔어야 했고, 언니는 자취방에 있었어야 했는데. 사실 살인범이 노린 건 내가 아니었을까. 나 때문에. 하필 그때 내가 독서실에서 깜빡 잠이 들어서. 없는 나를 대신해서 봉변을 당한 건 아니었을까."

해성이 술잔을 만지작거렸다.

"다들 제가 예민한 거래요. 10년이면 강산도 변한다는데, 이젠 좀 털어 내고 본인 인생도 챙겨야 하지 않겠냐고 해요. 이미 죽었고 세상에 없는 사람들인데, 붙잡고 그리워하면 뭐가 달라지냐고. 남은 사람이라도 살아야 하지 않겠냐고. 죽은 것만도 못한 삶을 사는 나한테 다 그래요. 미련하다고……. 팀장님도 그렇게 생각하세요?"

"글쎄요."

해성이 웃었다.

"팀장님이라면 그렇게 말씀하실 줄 알았어요."

기분 나쁜 동질감이다.

강현은 간신히 인내심을 갖고 자리에서 몸을 일으켰다.

"많이 마신 것 같은데 일어나죠."

"……도와주세요. 제발."

강현은 당장 무너질 것 같은 얼굴로 애원하는 해성을 무감하게 내려다봤다.

"이해성 씨 눈에는 내가 할 수 있는데 일부러 하지 않는 것처럼 보이나 봅니다."

"맞잖아요."

사선으로 기울어진 강현의 입술을 비집고 짤막한 비소가 샜다.

"확실히 해 두죠. 안 하는 게 아니라 못 하는 겁니다."

해성은 이해할 수 없다는 얼굴로 강현을 바라봤다.

"착각하지 마세요. 법은 늘 약자와 정의의 편에 서 주지 않습니다."

멀어진 정신이 번쩍 돌아오게 만드는 조언이었다. 그래서 해성은 아무런 대답도 할 수 없었다.

반쯤 열린 천막 틈 사이로 찬 바람이 불쑥 밀려들었다. 순식간에 몸을 덮어 오는 시린 기운을 느끼며 해성은 질끈 눈을 감아 버렸다.

○　◎　●

밖으로 나왔을 때 차 팀장은 휴대폰을 귀에 가져다 대고 있었다.

통화는 짧게 끝났다. 위치를 말한 것으로 보아, 대리를 부른 모양이었다. 해성이 곁으로 다가서자 강현은 휴대폰을 주머니에 밀어 넣고 비스듬히 몸을 돌렸다.

"분해 죽겠다는 얼굴이네."

"그나마 믿을 수 있는 사람은 팀장님뿐이었는데, 그마저도 부질없게 됐으니까요."

강현이 싱긋 웃었다.

"내가 미워요?"

"솔직히 섭섭합니다. 서운하고요."

강현이 순간적으로 눈썹을 옅게 찡그렸다.

"그건 좀 곤란한데."

"여기엔 대체 왜 오셨어요?"

"걱정돼서."

강현이 빠르게 대답했다. 그녀가 픽 웃었다.

"정말 알다가도 모르겠어."

어지럽다. 술기운이 불쑥 올라와 머리가 핑 돌았다. 해성이 자리에서 작게 비틀거리자, 강현은 한 줌도 안 되는 얇은 팔을 잡아 해성을 바로 세워 주었다.

"못 믿겠다는 눈치네요. 아직도 꿈속인 것 같습니까?"

"저 바보 아닙니다. 아닌 거 알고 있어요."

해성이 작게 중얼거렸다.

"꿈에서 팀장님은 다정했으니까."

지나치게, 자극적인 말이다. 강현이 느릿하게 입을 뗐다.

"……내가, 꿈에 나왔다고?"

실수했음을 뒤늦게 깨달은 해성이 입을 꾹 다물었다.

"뭘 했는데."

그의 입매가 뻣뻣하게 뒤틀렸다.

"뭘 했냐고, 꿈에서."

검푸른 눈동자가 번뜩였다.

"……위로해 줬어요."

강현은 어이가 없어 조금 웃었다.

"그리고."

"안아 줬어요."

해성의 팔목을 감싸 쥔 강현의 손에 무의식적으로 힘이 실렸다.

"또."

"무슨 대답을 원하시는 건데요."

해성의 음성이 바르르 떨렸다.

"키스도 했어?"

격식 따위 차리지 않고 묻는다.

누군가 힘껏 던진 쇠공에 정통으로 머리를 가격당한 기분이었다.

해성이 하아, 숨을 내쉬었다. 수분이 쑥 빠져나간 듯하다. 붉은 입술에서 뿜어져 나온 흰 김을 보며 강현이 깊게 잠긴 음성으로 물었다.

"그보다 더한 짓이라도 했나?"

해성은 가까스로 얼굴을 돌려 시선을 피했다. 강현이 손을 들어 해성의 턱을 잡아채 억지로 눈을 맞추었다.

"대답해요, 이해성 씨."

욕망이 깃든 짙은 눈이 심연 밑바닥까지 가라앉았다.

"왜 하필······."

꿈에 나온 상대가 당신이었을까.

"난 또 나만 쓰레긴 줄 알았지."

속으로 생각하기 무섭게 강현이 해성의 말을 가로챘다.

"우스운 얘기 하나 해 줄까."

멈칫하는 해성을 보며 강현은 나긋한 음성으로 이어 말했다.

"요즘 눈만 감았다 하면 네가 꿈에 나와."

동화를 읽어 주던 남자의 입매가 언뜻 올라섰다.

"어떻게 했는지 하나하나 상세히 말해 줄 수도 있어요. 원한다면."

해성의 어깨가 가늘게 떨렸다.

열망으로 잠식된 눈빛과 달리 남자의 삭막한 얼굴은 건조하다.

"아니요. 괜찮습니다."

"그 이후부터 지금까지 내가 이해성 씨를 볼 때 무슨 생각을 하고, 어떤 상상을 하는지."

해성이 정중하게 거절했지만 강현은 멈추지 않았다. 심장이 폭발할 듯 쿵쿵 뛰었다.

"알게 되면 아마 놀랄 겁니다."

놀라기만 할까. 강현이 피식 웃었다.

"그래서 나는 차라리 지금처럼 계속 엇나가는 상황이 벌어지는 게 다행이라 생각될 정도야."

호흡이 흐트러졌다.

"그런 명분마저 없었다면 앞뒤 분간 못 하고 달려들었을 테니까."

그토록 궁금했던 차 팀장의 진심을, 속내를 비로소 전부 듣게 됐는데, 조금도 후련하지 않았다. 도리어 혼란만 가중되었다.

"어때요. 조급한 쪽은 아무리 봐도 내 쪽인 것 같은데. 이제 좀 동등해진 기분이 듭니까."

어떤 대답을 해도 이상할 것 같았다. 해성이 애꿎은 입술만 잘근 씹고 있는 사이, 마침 멀리서 대리 기사로 보이는 남자가 다가왔다.

강현은 신경 쓰지 않고 말했다.

"앞으로 가능한 내 앞에서 취한 모습 보이지 말아요."

"와 달라 부탁한 적 없습니다."

"올 이유를 만들지 마, 그럼."

얼어붙은 해성의 눈을 뚫어져라 주시하며 강현이 익숙하게 차량 키 버튼을 눌렀다.

"타요. 데려다줄 테니까."

그가 뒷좌석 문을 대신 열어 주었다.

해성은 복잡한 얼굴로 동굴처럼 어두운 뒷좌석을 한 번, 그리고 차 팀장의 차분하고 새까만 눈을 한 번, 번갈아 바라보았다.

짧은 고민 끝에 해성은 군소리 없이 뒷좌석에 올라탔다.

밖에선 언젠지 모르게 다가온 대리 기사가 팀장에게 차량 키를 건네받고 있었다. 곧이어 기사가 운전석에 탑승하고 뒤이어 강현이 몸을 밀어 넣었다. 조수석이 아닌, 뒷좌석. 바로 옆자리다.

"모란역으로 먼저 가면 되죠?"

대리 기사가 시동을 걸며 묻자 강현이 가볍게 고개를 끄덕였다.

그때, 해성이 대답을 가로챘다.

"성남 말고 근처 호텔로 가 주세요."

더없이 침착하게 쐐기를 박았다.

"뭐 하는 짓입니까, 지금."

진심으로 화가 난 얼굴이다. 날 선 눈빛이 옆얼굴에 따갑게 와 닿았지만 해성은 고집스럽게 정면만 바라보았다.

"그러는 팀장님은요."

잠시 말을 멈춘 해성이 고개를 돌려 강현을 쳐다보았다.

사랑만 아니면 괜찮을 것처럼 행동해 놓고 왜 이제 와서 이해할 수 없다는 표정으로 보는 건데요. 해성이 맞잡은 손을 세게 틀어쥐었다.

"모르는 사람이 보면 제가 먼저 말도 안 되는 억지를 부려서 팀장님을 화나게 만든 줄 알겠어요."

술의 힘은 전혀 예상 못 한 부분에서 다양하게 발현된다.

기껏 잔잔하게 다스려 온 마음에 돌을 던져 큰 파동을 일으키고, 멀쩡한 사람을 극한으로 몰아세워 예민해지도록 만들며, 작고 하찮은 문제에 애써 몸집을 키운다.

나는 지금 왜 이렇게 화가 난 걸까. 무엇이 그토록 못마땅해서.

무리다. 더는 이해하고 따져 물을 기력조차 없다. 긴장으로 팽팽하게 당겨진 머리가 물렁해진 탓이다. 술기운이 온몸을 집어삼킨 것만 같다. 해성은 자꾸 감기려는 눈꺼풀에 힘을 주고 버텼다.

"저, 죄송하지만 어디로……"

대리 기사가 난감한 기색으로 룸 미러를 흘긋거렸다.

"이제 곧 고속도로 진입하는 구간인데 차 돌리려면 지금 말씀 주셔야 합니다."

갈림길에 섰는데,

"성남으로 갑시다."

그는 망설임이 없었다.

괜히 코끝이 시큰거려 해성은 한숨처럼 웃어 버렸다.

"벌써 두 번째네요."

아니. 사실은 더 많이 차였다.

간신히 용기를 쥐어짜 도와 달라 할 때마다 차 팀장은 납득할 수밖에 없는 근거와 이유를 앞세워 몇 번이고 밀어냈다.

"술김에 객기 한번 부려 본 거예요. 취했으니까. 주사 같은 거요."

한심하게도 현실은 혼자 허둥지둥 수습하기 바쁘다. 짜증 나게도.

"여태 제가 한 말은 전부 못 들은 걸로 해 주세요."

호기롭게 호텔로 가자던 말까지.

해성이 버튼을 눌러 창문을 내렸다. 반쯤 열린 틈으로 찬 바람이 홀홀 밀려들어 오자 어지러운 머릿속이 조금은 개운해지는 것 같다.

"이해성 씨."

긴장이 풀리자 졸음이 쏟아졌다. 해성은 지그시 눈을 감고서 조용히 중얼거렸다.

"졸려요."

그렇게 낮게 잠긴 목소리로 내 이름 부르지 마요. 떨리니까.

……라는 뜻이 함축된 말이었다.

어둠을 품은 차량은 여전히 뻥 뚫린 도로 위를 막힘없이 내달리는 중이었다. 강현은 창 너머 깜깜한 풍경을 무료하게 응시하다 느릿하게 고개를 돌려 해성을 바라봤다.

혼자서 술 세 병을 해치운 것치고는 멀쩡하다 싶었는데, 어느새 해성은 꾸벅꾸벅 얼굴을 떨어트리고 있었다.

방지 턱을 넘어선 차량이 덜컹, 흔들리며 해성의 몸이 창문 쪽으로 확 치우쳤다. 유리창에 부딪히기 직전, 강현이 빠르게 손을 뻗어 해성의 얼굴을 감싸 받쳤다.

속으로 한숨을 삼키며 손끝에 약간 힘을 주자 조심스러운 손길에 이끌려 해성의 얼굴이 힘없이 기울어졌다.

널찍한 어깨에 닿은 여자의 잠잠한 얼굴을 흘겨보며 중얼거렸다.

"잠이 오나."

어이없네.

사람 마음 들쑤셔 놓고, 괘씸하게.

○ ◎ ●

비틀거리며 차에서 내린 해성이 어정쩡하게 강현을 마주 보고 섰다.

"데려다주셔서 감사합니다. 덕분에 편하게 왔어요."

아무것도 하고 싶지 않다. 전부 귀찮아. 자고 싶어.

해성은 아직 잠에서 덜 깬 몽롱한 얼굴로 마음에도 없는 인사를 전했다. 강현은 듣는지 마는지 무심히 흘려듣고 시선을 들어 주변을 살폈다. 낡은 빌라. 지나치게 좁고 어두운 골목길에 CCTV는 보이지 않는다.

"……그럼, 조심히 들어가세요."

몸을 돌리려는데 날카로운 눈이 해성의 움직임을 옭아맸다.

"여기서 산 지는 얼마나 됐습니까."

"6년 정도, 됐습니다."

"주변에 CCTV가 없네요."

어쩌라는 거지. 돌려 까는 건가.

질문인 듯 아닌 듯 애매했다. 해성은 어색하게 미소만 짓고서 괜히 양손을 만지작거렸다.

"이사할 생각은 없습니까."

"네."

"왜죠?"

"아직 계약 기간도 한참 남았고, 지금 계약한 시세로 나온 매물도 없어서요."

"경찰 대출, 금리 낮지 않나."

대화는 갈수록 이해할 수 없는 방향으로 흘러갔다. 어딘가 이상함을 느꼈지만 해성은 착실히 대답했다.

"당장 필요한 것도 아니고요."

강현이 짤막한 냉소를 흘렸다.

"일적으론 영리한 것 같은데 정작 본인 사정엔 둔한 편인가 봅니다."

"무슨……."

해성이 말끝을 길게 빼자 강현이 까딱, 턱짓으로 우편함을 가리켰다.

"몇 호 삽니까."

"402호요."

"언제 마지막으로 확인했죠."

"3주 전에 전기세 납부 고지서를 확인한 게 전부였습니다. 지금은 보시다시피 확인할 이유가 없고요."

해성의 말처럼 한쪽 벽면에 호수별로 부착된 우편함 중, 402호엔 아무것도 꽂혀 있지 않았다. 납득했다는 듯 강현이 가볍게 얼굴을 끄덕였다.

"들어가요."

"이걸 확인하려고……."

데려다주겠다 끝까지 고집을 부린 건가.

의문을 품은 해성을 가만히 주시하며 강현은 무표정하게 답했다.

"살펴봐서 나쁠 건 없으니까."

"아……."

"동일범이 맞는다면 이해성 씨도 안전하진 못할 겁니다."

유일한 생존자이기 때문에.

숨은 뜻을 이해한 해성이 얼굴을 굳혔다.

"겁줄 의도는 아니었고."

"그런 걸로 겁 안 나요."

"허세는. 그래도 늦은 시간에 혼자 다니는 일은 없도록 해요. 이번 사건 해결되기 전까진."

잠시 멈칫했지만 그뿐이었다.

"감사합니다. 걱정해 주셔서."

해성은 기계처럼 대답했다. 마저 고개를 숙여 보인 뒤, 출입문을 열고 빌라 안으로 들어섰다.

강현은 가만히 시선을 올려 층수 불이 켜지는 것을 확인했다.

1층, 2층, 3층, 4층.

차례로 켜졌던 불이 다시 꺼지는 것까지 확인하고 발을 뗐다. 차량으로 돌아가려는 찰나, 긴 다리가 어느 한 곳을 향해 우두커니 멈춰 섰다. 강현이 우편함을 꿰뚫듯 직시했다.

기분 나쁜 직감이다. 겉으로 보이는 건 없었지만 확인해야 했다. 사사로운 것 하나 그냥 넘어가지 못하는 형사의 고질병이었다. 천천히 손을 올린 강현이 402호 우편함 덮개를 열었다.

아니나 다를까.

바닥 표면에 무언가가 놓여 있다.

얇은 종이. 그저 종이 한 장.

순간 훅 불어닥친 강풍에 포스트잇 크기의 흰색 종이가 바람을 타고 춤추듯 바닥으로 떨어졌다.

상체를 숙여 종이를 집어 들었다.

「mas libranos del mal.」

내용을 확인한 순간 강현의 눈매가 거칠게 일그러졌다.

"돌겠네……."

한 번도, 단 한 순간도.

뭐 같은 직감은 비껴간 적이 없다. 1년 전에도, 그리고 지금도.

강현은 나직하게 욕설을 읊조리며 꽈악 주먹을 쥐었다.

강한 악력을 이기지 못한 종이가 손안에서 무참히 구겨졌다.

○ ◎ ●

찬물로 세수를 하다 말고 시선을 들었다. 해성은 거울 속에 비친 한심한 얼굴을 물끄러미 들여다보았다.

"무슨 짓을 한 거야. 대체."

한숨과 함께 허탈한 웃음이 샜다.

필요 이상으로 조심스럽고 신중한 성격이라 자부했는데, 차 팀장 앞에선 모든 것을 무장 해제 하는 스스로를 이해할 수 없다.

술이 깨려는 듯 알싸한 두통이 머리를 찔렀다.

엄지로 관자놀이를 꾹 짓누르고서 겨우 칫솔을 집어 든 때였다.

쾅쾅. 쾅쾅쾅!

화들짝 놀라 옆을 돌아보았다. 칫솔이 떨어진 줄도 몰랐다.

현관문은 다시 거칠게 울렸다. 심장이 덜컥 내려앉았지만 해성은 당황하지 않고 숨을 죽인 채 걸음을 옮겼다.

"문 열어."

낮은 목소리를 듣자 꽉 묶인 숨통이 확 트였다.

차강현이다.

그제야 멈춘 심장이 다시 뛰었다.

안도의 숨을 몰아쉬며 문을 열자, 싸늘하게 얼어붙은 차 팀장의 살벌한 얼굴이 보였다.

"무슨 일……."

"제대로 확인 안 하지."

"네?"

물기가 그대로 묻어나 있는 해성의 얼굴을 빼딱하게 훑던 강현이 눈썹을 구겼다.

"문. 왜 열었냐고."

언제는 열라면서요.

"당연히 팀장님이니까……."

"아니었으면."

질책하는 어조에 해성은 말문이 막혀 입술을 벙긋거렸다.

"아니었으면 어쩌려고 했는데."

"그건."

"경각심이 없어?"

그의 말이 맞다.

아무리 직업이 경찰이라 해도, 무기도 동료도 없는 경찰은 결국 일반인만 못하다. 당연히 놀랐고, 두려웠고, 무기력했다. 그런데. 왜 화를 내는 건데. 지나치게 예민해진 차 팀장을 납득할 수 없다. 갑자기 찾아와선. 어이없어.

"저한테 왜 이러세요, 진짜."

울컥. 해성은 억울함을 참지 못하고 간신히 쥐어짜듯 말했다.

"제가 뭘, 그렇게 잘못했다고."

해성이 꾹 입술을 감쳐물었다. 강현은 질끈 눈을 감고서 가까스로 숨을 흘려보냈다. 후으. 밀어 내는 묵직한 호흡이 미세하게 떨렸다. 흐트러짐 없던 그에게선 좀처럼 볼 수 없는 모습이었다.

"목소리만 듣고 알았다고?"

기가 막힌단 표정으로 강현이 차갑게 되물었다. 해성은 물러서지 않고 대답했다.

"네."

알 수밖에. 어떻게 모르겠어. 다른 사람도 아니고 당신 목소리를.

"내가 분명 가능성 배제하지 말라고 했을 텐데. 제대로 확인해 보지도 않고 그걸 어떻게 확신합니까. 인터폰은 폼으로 달고 있어요?"

강현은 사용한 흔적이 없는 인터폰을 사납게 노려봤다.

"당황했어요. 이런 적은 처음이라서. 그런데 팀장님 목소리였고, 그래서 안심했어요. 그뿐입니다."

해성은 자신이 무슨 말을 뱉는지도 모를 만큼 정신이 없었다. 강현은 짧게 실소를 터트리며 신경질적으로 머리를 쓸어 올렸다.

"미치겠네."

낮은 목소리에 해성이 천천히 얼굴을 올렸다. 눈이 마주친 순간, 강현이 결심한 듯 입을 뗐다.

"짐 싸서 나와요. 지금 당장."

단호한 어조에 얼이 빠진 해성이 멍하니 강현을 올려다보았다.

"잠시만요. 이게 무슨……."

순간적으로 목이 메어 말이 끊겼다. 해성은 억지로 마른침을 삼키고는 호흡을 가다듬었다.

"이유부터 설명해 주세요. 갑자기 찾아와서 무턱대고 이러시면."

"내 변덕을 탓할 시간에 본인이 처해 있는 상황부터 탓해. 설명할 시간 있었으면 여기까지 올라오지도 않았어."

도무지 정리가 되질 않는다. 설상가상 술이 깨려는지 잔뜩 엉킨 머릿속이 지끈거렸다. 해성은 슬쩍 인상을 찌푸리며 이마를 짚었다.

강현이 긴 숨을 토해 내고는 한 걸음 가깝게 다가섰다.

"차에서 호텔로 가자고 했을 때. 대리 기사만 없었으면."

해성의 이마에 얹어진 손을 잡아 내리며, 강현이 기민하게 눈을 치떴다.

"입 맞췄을 겁니다. 무례하게."

그리 말하면서 강현이 엄지로 해성의 손등을 꾹 짓눌렀다. 뭉근한 감촉에 해성은 저도 모르게 바스라진 숨을 토했다.

"근데 나는 꽤 촉이 좋은 편이거든. 물론, 안 좋은 쪽으로."

그래서 또 참았지.

"사람 인내심 적당히 긁고 나와요."

"팀장님."

강현은 비스듬히 고개를 기울여 해성과 눈높이를 맞췄다.

"싫어?"

대답할 시간조차 주지 않는다.

어쩐지 불안하고 조급해 보였다면. 그건, 착각이었을까.

"싫으면 내가 들어가."

강현은 보이지 않는 경계선을 보란 듯이 짓밟고 넘어왔다.

유독 긴 밤이었다.

— 오늘도 여전히 춥습니다. 입춘이 지났는데도 날씨는 좀처럼 풀릴

기미가 보이지 않고 있는데요. 길어지는 한파에 감기 조심하셔야겠습니다. 현재 기온은 영하 2도, 낮 기온은 영상 1도에서 영상 5도 사이로 체감 온도는……

적막을 가르고 흘러나오던 소음이 일순 뚝 끊겼다. 강현은 버튼을 눌러 라디오를 꺼 버리고는 슬쩍 시선을 낮춰 차량 시계를 확인했다.

새벽 5시 55분.

푸르스름한 하늘은 여전히 찼다.

불과 몇 시간 전 일이었다.

'이건……'

장소를 옮겨 고민 끝에 쪽지를 건네줬을 때, 이해성은 조금 당황한 듯 뒷말을 흘렸지만 곧 침착하게 대꾸했다.

'이거 때문에 다시 찾아오셨던 거군요.'

아연실색하거나 공포에 질린 얼굴은 찾아볼 수 없었다. 마치, 이런 일이 일어날 것이라고 예상한 사람처럼. 이해성은 의연했다. 궁금할 법도 한데 캐묻지도, 확대 해석 하지도, 번거롭게 일괄하지도 않았다.

정돈되지 못한 상황을 제쳐 두고 강현은 날이 밝자마자 본가로 향했다. 사전에 예고도 없이 자처해 찾아간 적은 처음이었다.

있을지 없을지 확신할 수 없다. 목적을 드러냈을 때 어떤 대답을 듣게 될지 그 역시 미지수다. 강현은 숨을 한 번 토해 내고 차에서 몸을 내렸다. 빠르게 정원을 가로지르며 머릿속을 비워 냈다.

주변 풍경을 감상할 시간,

습한 과거에 묶여 자책할 여유,

이젠 그따위 간사한 망각에 놀아나지 않겠다. 다짐하며 오직 앞만 보며 빠르게 걸어갔다.

살갗을 긁는 날카로운 바람의 손가락질을 무시하고, 차가운 공기의 질타를 보지 않고, 발목을 끌어 내리는 무거운 중력을 악착같이 견뎌 내고서. 적어도 오늘만큼은.

돌아보지 않고, 물러서지 않고 걷겠다.

○ ◎ ●

집 안으로 들어섰을 때, 차 원장은 이미 식사를 끝내고 커피를 마시는 중이었다. 새벽 6시에 일어나 10분의 명상을 갖고, 40분간 준비 시간을 거쳐 15분 동안 식사를 한다.

차 원장은 단 1분이라도 시간을 허투루 쓰는 일이 없었다. 공백을 싫어하고 쓸데없는 낭비를 꺼려 하는 성향 때문에 자연스레 만들어진 규칙이었다. 그 규칙은 늘 변함없이 일관적이었고, 오늘 아침 이례적으로 깨어졌다.

"이 시간에 웬일로 와."

차 원장은 느닷없이 다이닝 룸에 들어선 강현을 보고 좀 의아하단 표정을 보였지만 이내 지워 내고는 묵묵히 찻잔을 기울였다.

"드릴 말씀이 있어 왔습니다."

"별일이 다 있어."

짧고 투박한 말투였다. 그래도 대뜸 찾아온 무례가 나쁘지 않단 눈치다.

"앉아라."

차 원장이 슬쩍 턱을 당겨 강현의 지정 자리를 가리켰다. 정작 강현은 목석처럼 곧게 허리를 펴고 선 채 미동조차 없었다.

"이대로 말씀드리겠습니다."

앉아서 전할 만큼 길어질 대화가 아니란 뜻이었다. 단 한 번도 제 말을 어긴 적 없는 강현이었기에 차 원장은 조금 눈썹을 찡그리고서 고개를 돌렸다.

"왜. 사고라도 쳤어?"

강현은 대답이 없었다. 차 원장이 픽 웃었다.

"하긴, 네가 그럴 녀석은 아니지. 말해 봐라. 더 놀랄 것도 없으니."

어머니의 죽음을 뜻하는 것인지, 연락 없이 덜컥 찾아온 태도를 뜻하는 건지 헤아릴 수 없었으나 뭐가 됐든 상관없었다.

강현이 천천히 숨을 내쉬었다.

침묵이 길어지자 무뎌진 신경이 돌연 날카로워진다.

답답한 것을 극도로 싫어하는 차 원장이 일부러 조금 열어 둔 폴딩 도어가 눈에 담겼다. 비좁은 틈 사이로 불어닥친 바람을 따라 흰색 커튼이 잔잔하게 나풀거린다.

강현은 당장이라도 저 거슬리는 순백의 커튼을 거칠게 잡아 뜯고 창백한 공간을 벗어나고 싶은 충동을 간신히 억누르며 입을 뗐다.

"······일전에 국과수에서 만났습니다. 이른 시기에 담당 검사로 배당 됐던데요."

아아. 도현이? 차 원장이 대수롭지 않게 고개를 끄덕였다.

"요즘 한창 언론에서 떠들어 대는 사건 말이지. 꽤 참담했다던데. 10년 전 연쇄 살인과 연관성이 있다는 정보를 듣기도 했고. 해서, 이왕이면 확실하게 믿고 맡길 사람이 처리하는 편이 낫겠다고 판단했다."

차 원장은 말이 많은 편도, 궁색하게 상황을 구구절절 늘어놓는 편도 아니었다. 과정은 되도록 짧게, 결론만 추구한다.

그런 사람이.

사법부의 수장, 아버지가.

눈을 피한다.

어쩐지 강현은 차 원장이 변명하는 느낌을 지울 수 없었다.

왜?

그토록 청렴을 중시해 온 사람이라 제 발이 저린 거다. 표면적으로는 도의적인 책임을 내세워 정의를 지키려는 것처럼 보일지 몰라도, 사실은 감춰 둔 개인의 의도를 위해 권력을 휘둘렀으니 말이다.

"저는."

어머니를 죽였으니까. 당신의 사랑을, 세상을 지켜 내지 못했으니까.

자격이 없어서. 믿을 수 없어서.

그래서 선을 그으신 겁니까.

얄팍하게 움직이려는 입술을 씹어 물었다. 눈이 마주쳤다. 알 수 없는 주름진 눈가가 설핏 찡그려진다. 의미를 묻고 있는 것이다.

"경찰청으로 인계하신 결정에 반박할 생각은 없습니다."

상식적으로 옳은 판단이었다.

"적어도 공동 수사까진 막지 않으셨으면 합니다."

차 원장의 눈매가 가늘어졌다.

심연 속에 죽은 듯 잠겨 있던 아이. 밥 한술 뜨는 것조차 눈치를 살펴야 살 수 있는 아이. 이름 한번 부르면, 당장 하늘이 무너질 것 같은 얼굴을 하고선 애써 담담하게 '예.' 대답하던 아이. 그 조그맣던 아이가 어느덧 서른을 훌쩍 넘어섰다. 버려진 아이를 데려오기로 결심한 그날의 나이쯤 됐나. 그새 커 버린 '가족이지만 가족이 될 수 없는' 작은 짐승은 참아 온 숨을 내쉬고, 소리를 내기 시작한다.

목을 조른 탓인가.

아니, 숨이 막혀 위기를 느꼈나.

아아. 야생의 본능을, 느꼈구나.

차 원장이 후, 하고 웃었다.

"그럴 수 없다."

역시나.

"내 대답을 예상한 표정이구나."

돌아가서 이해성에게 무릎을 꿇고 빌어 볼까. 이제야 네 심정을 알 것 같다고. 반박할 수도, 비난할 수도 없는 이유를 잣대 삼아 맹목적으로 배제당한 순간, 그 좆같은 기분을 이제야 이해하겠다고.

강현은 한결 편안해진 얼굴로 말했다.

"허락을 구하러 온 것이 아닙니다, 아버지."

"……음?"

"통보입니다."

차 원장의 얼굴에 그늘이 졌다.

"어쩐지 오늘따라 이상하게 일찍 눈이 떠진다 했다."

차 원장은 찻잔 위로 뜨겁게 퍼지는 하얀 김을 바라보며 말했다.

"강현아."

"……예."

"그렇다 한들 네가 뭘 할 수 있겠니. 난 너를 가장 잘 알고 있는 사람 인데 말이야."

대들지 마라.

두 번의 경고는 없단다. 보아하니,

"잊었구나."

차 원장이 식어 가는 찻잔을 천천히 어루만졌다.

"오늘이 무슨 날인지."

강현의 짙은 눈동자가 차게 식었다.

그 후로 차 원장은 아무런 말도 하지 않았다. 끼이익, 대리석 바닥에 나무 의자가 밀리며 소름 끼치는 소음이 일었다.

자리에서 일어난 차 원장이 곁을 지나치려다가 잠시 멈춰 섰다. 주름진 손으로 강현의 굳은 어깨를 툭툭 두드리며 말했다.

밥은 잘 챙겨 먹고 다녀. 차 원장이 다이닝 룸을 빠져나간 뒤에도 강현은 한참 동안 뻣뻣하게 서 있기만 했다.

크게 신경 쓰지 않았던 것들이 하나둘씩 뇌리를 스쳐 지나간다.

차 원장이 평소보다 1시간 일찍 눈을 뜬 이유. 현관문을 열었을 때 미세하게 풍겨 오던 쌉싸름한 징관 향 냄새의 원인.

이해성을 걱정하느라.

이해성만 생각하느라.

결심을 놓쳤다.

다짐을 지웠다.

초심을 잃었다.

절대 잊어선 안 될 그날을,

까맣게 잊어버렸다.

······미친 새끼.

잊고 있던 중력이 다시금 온몸을 짓누르기 시작했다.

○ ◎ ●

눈을 떴다.

해성은 누운 채로 천장만 바라봤다. 아무것도 하지 않고 그저 눈만 겨우 감았다 뜨길 반복했다.

숨을 내쉬고 들이켤 때마다 익숙하지만 낯선 향기가 호흡기 깊숙이 밀려 들어왔다. 이곳은 제 집이 아니다. 차강현, 그의 집이다.

어젯밤, 해성은 좁은 집에 강현을 끌어들이고 싶지 않아 그의 손목을 덥석 잡아끌었다. 나름 큰 용기였다.

차 팀장 집에 도착했을 땐 이미 제정신이 아니었다. 독처럼 퍼진 술기운이 머리꼭지까지 차올라 자칫 토할 위기를 느꼈다. 거기까진 생각이 난다. 해성이 눈을 감고 흐릿한 기억을 긁어냈다. 잠들기 직전 나눴던 대화가 떠올랐다.

'받아요.'

쪽지. 쪽지를 받았다.

차 팀장은 처음엔 주지 않을 생각이었지만 그러기엔 자신이 너무 조심성이 없다고 했다.

내용을 확인했을 때 해성은 놀라지 않았다. 사건이 터진 후 1년에 한 번. 2월에서 4월 사이에 늘 받아 왔던 것이니까. 처음엔 장난일 것이라고 넘겼지만 곧 아님을 깨달았다.

그래서 더 절박했다.

내가 먼저 죽이지 않으면.

죽임을 당할 것이다.

언젠가. 쥐도 새도 모르게.

달라진 것이 있다면. 날짜.

「mas libranos del mal.

04. 25」

쪽지 하단에 날짜로 추정되는 숫자가 작게 적혀 있었다. 맞는다면 앞으로 정확히 두 달 뒤였다.

살인 예고라도 하려는 걸까.

친절하기도 하지.

피식. 힘없이 웃음을 흘리며 눈을 떴다. 멀지 않은 곳에서 사그락 종이가 넘어가는 소리가 들렸다. 해성이 천천히 고개를 돌렸다.

곧 눈이 크게 뜨였다.

침대에서 조금 떨어진 곳. 일인용 패브릭 소파에 비스듬히 다리를 꼬고 앉아 있는 차 팀장을 확인한 순간 해성이 벌떡 상체를 세웠다.

강현은 흘긋 해성을 응시하다가, 다시 보고서에 시선을 두었다.

"이제 일어났네요."

탁, 소리 나게 덮어 낸 보고서 파일을 협탁 위에 던지듯 내려놓으며 강현이 느리게 몸을 일으켰다.

평소와 달랐다. 검은색 슈트. 타이까지 꼼꼼하게 구색을 갖춘 멀끔한 차림새가 어색하면서도 어쩐지 근사했다.

"팀장님. 언제……."

갈라진 목소리에 당황한 해성이 말을 멈추고 큼, 목을 가다듬었다.

"……어디 다녀오셨나 봐요."

어색해 죽을 것만 같았다. 머리를 거치지 않고 말했지만, 강현은 아무런 대답 없이 해성의 눈을 빤히 쳐다보기만 했다.

얼마간 정적이 흐르고, 나른히 시선을 내리깐 채 강현이 물었다.

"술은 깼습니까."

"……네."

"숙취는."

"없습니다."

"다행이네."

어느덧 해가 기울고 있었다. 쨍한 붉은 노을이 창을 뚫고 빗발쳤다. 역광 탓인지 느린 걸음으로 다가오는 그가 검게 보였다.

침대 앞에 멈춰 선 강현이 익숙한 손놀림으로 타이를 흔들어 내렸다. 길게 늘어진 타이를 넋 놓고 바라보는데 돌연 알 수 없는 긴장감이 엄습했다. 해성이 겨우 입을 뗐다.

"옷, 갈아입으실 거면 잠깐 나가 있겠습……."

"그럴 필요 없어요."

창문을 등지고 있어 남자의 표정이 잘 보이지 않는다.

"저번엔 아파서 이번엔 취해서. 사정 다 봐주면서 내가 너무 매너 있게 굴었지. 피차 작정한 사이였는데 말이야."

어딘가 뒤틀렸다. 그것도 단단히.

목 부근 셔츠 단추를 툭툭 풀어내면서 그가 이어 말했다.

"이번엔 내 쪽에서 필요해졌어."

아껴 둔 먹잇감을 발견한 듯 검게 물든 형체가 수풀 사이로 날카롭게 눈을 번뜩이며 짐승의 이빨을 드러냈다.

그날 말이야.

"어디서 멈췄더라."

혹시 기억해?

천천히 훑어 내리던 집요한 시선이 어느 곳에서 멈췄다. 해성은 떨리는 손으로 저도 모르게 자신의 가슴팍 옷깃을 꾹 부여잡았다. 뚫어져라 해성의 가슴을 주시하던 강현이 천천히 입을 열었다.

"응. 맞아, 거기부터."

물어뜯을 기세였다.

○ ◎ ●

긴 동굴 속에 들어선 기분이었다.

그는 가장 깊숙한 곳에 있었다. 오랜 시간 때를 기다리며 굶주려 온 짐승의 섬뜩한 눈을 마주하자, 여자는 무의식적으로 숨을 멈추고 바르르 몸을 떨었다.

그러게, 기회를 줬을 때 달아났어야지 뭘 믿고 버텨. 버티긴.

그리 비웃는 듯했다.

강현은 해성의 얼굴에 시선을 붙박은 채 손목을 비틀어 느긋하게 커프스단추를 빼어 냈다.

"한 번을 안 깨고 자던데."

안심했다.

좀 엇나가도, 삐딱하게 굴어도 적정선은 지킬 남자라고. 해성은 본인조차 의식 못 한 사이에 안심했는지 모른다.

근거 없는 확신에 차 어리석게 굴었다. 몇 번의 잘못된 학습은 제멋대로 꾸며 낸 풀이 과정을 정확한 해답일 것이라 착각하게 만들었다.

제 꾀에 속아 넘어간 줄도 모르고. 덫에 걸린 줄도 모르고.

"잠은 잘 잤나?"

나직이 물었다. 느린 손놀림으로 왼쪽 손목에 채워진 시계를 풀어 헤치더니 탁, 소리 나게 협탁에 올려 두고는 강현이 고개를 돌렸다.

"……잘 잤냐고 물었는데."

아. 해성이 작게 탄식을 흘리며 눈을 깜빡였다.

"네. 덕분에요."

덕분……. 강현이 해성의 말을 되뇌며 피식거렸다.

"내가 뭘 했다고."

그의 눈에 비웃음이 서렸다. 해성은 천천히 이불을 걷어 내고 침대에서 벗어났다. 딱딱한 대리석 바닥의 차가운 감촉을 느끼며 떨어지지 않는 발을 억지로 움직였다.

강현은 말없이 다가오는 해성을 방관하듯 뚫어져라 바라보기만 했다. 빛을 잃은 남자의 짙고 잠잠한 눈을 가까이에서 확인한 순간 해성은 깨달았다.

어딘가 이상하다.

남자의 몸을 휘감고 있는 공기의 흐름이, 분위기가 묘하게 달라졌다.

"……무슨 일, 있었나요?"

일자로 다물린 그의 입술은 움직일 기미가 보이지 않았다.

거리낌 없이 와 닿는 눈길에 이끌려 해성은 한 걸음 더 다가섰다. 낮게 내쉬는 남자의 호흡이 입술에 내려앉는다. 그 정도로 가까운 거리에서 시선이 얽혔다.

"있었지."

저물어 가는 태양의 위치가 달라지자 그를 덮고 있던 그늘이 서서히 걷히기 시작했다. 어둠에 가려진 남자의 얼굴이 온전히 드러났을 때 해성은 찰나 호흡이 턱, 멎었다.

변함없었다.

차가운 말을 뱉던 무감한 얼굴. 고요히 비웃던 눈빛. 고집스럽게 다물린 입술까지도 전부 그대론데. 왜 아파 보일까.

툭, 밀면 무너질 것 같았다. 절벽 끝으로 내몰려 썩은 동아줄을 부여잡고 간신히 버티는 사람처럼.

남자는 조금 지쳐 보였다.

그의 눈꺼풀이 느리게 감겼다 떠밀려 올라갔다. 해성은 지나치게 고요한 눈동자를 유심히 들여다보았다. 무슨 용기였는지 모르겠다. 찬 기운이 감도는 침묵을 가르고 느리게 손을 들어 올렸다. 조심스럽게 그의 뺨을 어루만지며 해성이 조그맣게 중얼거렸다.

"······힘들어 보여요."

무엇을 감추고 있는 건가요.

"책에서 봤는데, 침묵과 외면도 죄가 된대요."

그래서 나는 당신을 무시할 수 없어.

정적이 흐르는 고적한 호수 한가운데에 작은 돌멩이가 텅, 던져진 듯 검은 눈동자에 아주 미세한 파동이 일었다가 금세 사라졌다.

"저번부터 계속 선 넘는데."

강현은 자신의 뺨을 감싼 해성의 손을 잡아 내리는가 싶더니, 그대로 손목을 돌려 깍지를 꼈다.

"거기까지야."

경고가 무색해지게 팔에 힘을 실어 해성을 끌어당겼다. 숨을 들이켤 새도 없었다. 두 입술이 빈틈없이 깊게 맞물렸다. 넘어오지 말라 했으면서, 남자는 서슴없이 밀려왔다. 해석할 여력이 없었다. 이성이 죽고 남은 건 욕망으로 물든 본능뿐이다.

꼭, 상처받은 작은 짐승처럼.

거칠고 제멋대로지만 그만큼이나 절박한 입맞춤에, 해성은 크게 숨을 들이켜며 기꺼이 그를 받아 냈다. 그마저 부족해 남자의 얼굴을 두 손으로 허락 없이 감싸 안았다.

감히 위로라도 해 주려는 듯이.

또는 위로를 받으려는 듯이.

상처받아 본 사람만 아는 감각이라 서로를 외면할 수 없는 거다.

한번 경험한 탓인지 해성은 곧잘 흐름을 탔다. 눈을 꽉 감고서 어리숙하게 혀를 굴렸다. 그런 해성을 느른히 내리깔아 보던 강현이 슬며시 입술 끝을 들어 올리며 하, 헛웃음을 흘렸다.

"꽤 당돌해졌어."

깊숙한 곳까지 파고들 것이란 예상과 달리 남자는 돌연 움직임을 멈추고 입만 맞댄 채로 가만히 있었다.

"뻔뻔하고."

"배웠나 보죠."

남자의 입매가 비스듬히 올라섰다.

"더 해 봐."

"……못됐어."

슬며시 눈을 뜬 해성이 뭉개진 발음으로 중얼거렸다. 감질나게 애만 태우려는 속셈일까. 해성은 더는 어찌해야 할지 몰라 머뭇거렸다.

"더 나빠질 것도 없잖아."

강현이 비스듬히 웃으며 손을 들어 해성의 머리를 받치듯 감싸 안았다. 동시에 남자의 턱이 크게 벌어졌다. 집어삼킬 듯 해성의 입술을 덮쳐 왔다. 강현이 매끈하게 혀를 휘감자 해성의 목이 뒤로 젖혀졌다. 숨이 쉬어지지 않을 만큼 깊게. 머리를 받친 그의 손이 없었다면 그대로 꺾어졌을지도 모른다.

호흡이 점점 가빠져 해성은 저도 모르게 강현의 셔츠를 꽉 움켜쥐었다. 남자의 탄탄한 가슴 근육이 전부 느껴졌다.

남자가 해성의 허리를 꽉 끌어안자 두 몸이 빈틈없이 밀착했다. 어제의 말을 증명하기라도 하듯 남자의 정장 바지 앞섶이 불룩하게 솟아오른 게 전부 느껴져 주춤했지만 키스는 멈추지 않았다.

눈물이 날 만큼 좋은 향기가 후각을 마비시켰다. 입맞춤은 점점 더 농밀해졌다. 뒷머리를 받치고 있는 남자의 손에 힘이 실릴수록 혀가 더욱 깊게 얽히고 호흡과 타액이 정신없이 뒤섞였다. 일전의 키스와는 비교조차 할 수 없었다. 격정적인 입맞춤에 벌어진 턱이 아렸다.

다 죽어 가는 태양이 마지막 에너지를 발산하며 작열한 탓일까. 아니면 깊은 키스 때문일까. 온몸이 녹아내릴 듯 뜨겁다. 심장이 폭발할 것처럼 쾅쾅 속을 내리찍었다.

남자의 얼굴이 앞으로 기울어졌다. 그 무게를 이기지 못하고 해성의 몸이 뒤로 넘어갔다. 풀썩, 침대 위로 두 사람의 몸이 겹친 채 무너졌다. 그제야 해성은 남자의 체격을 실감했다. 상당한 존재감 앞에서 여자는 무력했다.

입술을 뗀 강현이 한쪽 팔로 침대를 짚고서 제 무게를 버티며 차분히 해성을 내려다봤다. 손끝으로 해성의 귓불을 만지작거리다가 낮게 속삭였다.

"얌전하네."

해성의 얼굴이 확 붉어졌다.

남자의 얼굴이 다시 다가왔다. 귀에 입술이 닿았다. 강현이 도톰한 귓불을 아프지 않게 깨물자 해성이 흠칫 몸을 떨었다. 남자는 신경 쓰지 않고 귓바퀴를 따라 부드럽게 혀를 굴렸다. 낮게 내쉬는 숨결에, 질척이는 소음에, 사이악 소름이 끼쳤다.

순간적으로 복부 끝이 쩡하게 아려 왔다. 보이지 않는 솜털이 빳빳이 일어서는 기분이었다.

문득 허공에서 시선이 부딪쳤다. 남자는 빤히 그녀를 바라보며 손을 잡아끌었다. 자신의 셔츠에 해성의 손을 가져다 대고 조용히 말했다.

"멈추지 말고 풀어요."

이 정도는 할 수 있지.

몽롱해진 해성은 고분고분 손을 움직였다. 처음부터 쉽지 않았다. 손이 덜덜 떨렸다. 겨우 단추 하나를 풀어냈을 때, 남자의 커다란 손이 옷 속으로 불쑥 침범했다.

살결에 닿은 서늘한 체온에 놀라 해성의 어깨가 가늘게 떨렸다. 내쉬는 호흡이 잘게 부서졌다.

멈추지 않고 서슴없이 올라온 남자의 커다란 손이 단숨에 브래지어를 확 밀어 냈다. 살덩이를 억세게 움켜쥐자 해성이 흐읍, 숨을 들이켰다. 셔츠 단추를 풀어내는 손도 따라 엇나갔다.

강현은 부푼 속살을 손 가득 감싸 쥐고서 말했다.

"멈추지 말라니까."

그가 엄지를 슬쩍 움직이며 쓸어 내자 정점과 손끝이 맞물렸다. 경악할 만큼의 충격적인 감각이었다. 해성이 입술을 꽉 물어 씹으며 질끈 눈을 감았다.

요상한 신음 소리를 내고 싶지 않아서 억척스럽게 삼켰다. 그리고 다시 한번, 남자의 기다란 손가락이 예민하게 솟아오른 가슴 끝을 툭 건드렸다.

"흐읏……."

꽉 깨문 잇새로 얄팍한 소리가 흘렀다.

부드럽게 원을 그리며 쓸어 내기도 하고, 짓궂게 꼬집기도 하면서 희롱했다. 그러는 와중에도 남자는 꽤 뻔뻔하게 굴었다. 아찔한 쾌감을 참을 수 없어 일그러지는 그녀의 얼굴을 흥미롭게 관찰했다.

"왜, 그렇게······. 봐요."

해성이 한숨처럼 말하자 강현이 짤막하게 웃었다.

"야해서."

남자가 단숨에 등 뒤로 손을 밀어 넣었다. 단순한 손짓 한 번에 후크가 툭 풀려지며 숨통이 트였다.

하아, 숨을 내쉬기 무섭게 남자가 티셔츠와 브래지어를 한 번에 벗겨 내고서 가슴에 얼굴을 묻었다.

혀를 굴려 자극적으로 훑어 내리고 이를 세워 아릿하게 깨물었다. 난생처음 겪는 감각을 견딜 수 없었다. 간지러우면서도 안달이 날 것 같아 해성은 읏, 숨을 참으며 인상을 찡그렸다.

아찔해질수록 점점 더 거침없었다. 내면에서 총성이 울리고 포탄이 터졌다. 실체 없는 전쟁이 일어난 듯했다. 점점 차오르는 흥분의 정도가 위태롭다. 해성은 발가락을 꾸욱 말고서 힘주어 버렸다. 목 안에서 날카로운 비명이 넘실거렸다.

어떤 표정을 짓고 있을까.

해성이 숨을 몰아쉬며 가까스로 실눈을 떴다. 과연 현실이 맞을까. 두 눈으로 보고도 도무지 믿기지 않았다.

무엇 하나 흠잡을 곳 없는, 지나치게 잘생긴 얼굴이 눈에 담겼다.

흐트러진 모습이 과하게 색정적이다. 열기에 사무친 체취는 숨 막히게 향기로웠다.

그가 무표정할 때가 좋았다. 지금처럼 슬쩍 인상을 찡그릴 땐 더 좋았다. 비식, 느슨한 웃음을 흘릴 땐 또 어떠했던가. 흔들림 없는 굳건한 방패에 저로 인해 균열이 생기는 것 같아 남몰래 즐기기도 했다. 조금은 위험하고, 퇴폐적인 분위기 속에 은둔해 있는 그를, 갖고 싶어 견딜 수가 없다. 이제는.

"다른 생각 하지 마."

남자가 이를 세워 중점을 잘근 씹었다. 정신이 번쩍 깨어났다. 이미 한쪽 가슴은 입에, 다른 한쪽 가슴은 손에 먹힌 상태였다. 멋대로 지분거리자 저절로 흐윽, 울음 같은 소리가 터져 나왔다.

동시에 입술을 뗀 강현이 상체를 일으켰다. 약간 고개를 기울이고서 한 손으로 단추를 마저 풀어냈다. 타이와 셔츠를 거칠게 벗어 던진 뒤 다시 해성의 몸 위를 지배했다.

그리고 다리 사이에 끼워 넣은 허벅지로 꾸욱, 치받듯 아래를 눌렀다. 그다음 벌어질 행위를 예상한 해성의 얼굴이 하얗게 질렸다.

"잠깐요, 잠깐만⋯⋯."

"아직 시작도 안 했어."

공포인지 긴장인지 모를 감정이 엄습했지만 강현은 그런 것 따위 느낄 새도 주지 않고 입을 맞춰 왔다.

키스하는 동안 남자의 손이 서서히 아래로 향했다. 다리를 모으려 애썼지만 무리였다. 짓누르는 남자의 허벅지 힘을 이기지 못하고 다리가 전보다 더 활짝 벌어졌다.

"놀려 먹을 땐 재밌었지."

민망하고 수치스러웠지만 이어진 남자의 손길은 그것들을 까무룩 잠기게 할 정도로 자극적이었다.

내 요구를 받아들인 넌.

"제대로 실수했어."

가슴을 깊게 흡입하며 강현이 입꼬리를 말아 올렸다.

"이젠 그만하라 해도 못 멈춰."

상처로 침묵한 세상이 격변했다.

남자의 손이 빨라진 심박을 느끼며 직선을 긋고 서서히 내려왔다. 가슴에서 배꼽으로. 납작한 살결을 살살 어루만지는가 싶더니, 곧 매끄럽게 바지 안으로 미끄러졌다.

아. 몸이 석상처럼 굳었다.

전기에 감전된 듯 온몸에 파지직 섬광이 튀었다.

길고 굵은 손가락이 얇은 벽을 헤집고 여유롭게 들어섰다. 촉촉한 길을 훑어 올리자 하읍, 소리를 내며 해성의 허리가 활처럼 휘었다.

천천히 사타구니를 쓸어내리며 노련하게 주변을 배회하던 손이 트레이닝 반바지와 팬티를 벗겨 냈다.

서늘한 공기가 닿자 저절로 몸이 움츠러들었다.

"……보지 말아요."

"응."

알겠다 했으면서 노골적인 시선은 좀처럼 거둬지지 않았다. 탐색하듯 빤히 바라보며 손가락을 움직였다.

집중하는 그의 얼굴이 부옇게 보였다. 자꾸만 손에 땀이 찼다. 꽉 말아 쥔 주먹에서 물이 흐를 것 같았다.

아래를 자극하는 집요한 손짓에 눈앞이 어지러웠다. 해성은 달아오른 얼굴로 애원했다.

"하. 그만, 잠시만요……."

"왜."

"이상, 이상해요."

남자가 느릿하게 주변을 문지르다가 쿡 찌르더니 묻는다.

"뭐가?"

"느낌이……, 흐읏."

빠른 속도로 빠져나왔다가 다시 뚫고 들어오길 반복했다. 달아오른 여린 살 속을 구석구석 헤집으면서도 강현은 그녀의 미세한 변화를 놓치지 않았다.

"아아."

성의 없이 답하며 남자가 빙그레 웃었다. 깨달은 강현이 정확히 핵심을 짚고 긁어 내리자, 순간 정신이 아득해졌다. 속눈썹이 파르르 떨리고 몸속이 풍선처럼 크게 부풀었다. 해성은 더듬더듬 그의 손목을 붙잡았다.

다시, 또.

"그만요. 안 돼요. 이러다……."

미칠 것 같았다. 깊은 곳에서부터 무언가가 넘칠 듯 가득 차올랐다.

힘껏 밀어 내 보려 해도 남자는 조금도 움직이지 않았다. 도리어 가까이 다가와 조용히 입을 맞췄다.

아래에 묻힌 그의 손이 다시 움직였다. 치고 빠지는 속도가 점차 높아지고, 더 깊숙이 파고들 때마다 더운 물이 흘렀다. 땀인지 무엇인지 모를 것이었다.

"제발……, 그만. 그만요."

"아직."

남자는 단호했다.

안에서 찰랑이는 소리가 점점 커져 갈수록, 속도가 격양될수록 초점이 풀리며 눈앞이 부옇게 번져 갔다. 해성이 발악하듯 세차게 고개를 흔들자, 남자가 해성의 눈을 꿰뚫듯 응시했다.

"괜찮으니까 참지 마."

부드러운 어조가 끓어오르는 욕망을 건드렸다. 말해 놓고 조금 후회했다. 야릇함에 젖은 여자의 얼굴을 보자 강현이 살풋 인상을 찡그렸다. 씨발, 진짜.

"미치겠네……."

강현의 가슴팍이 크게 부풀었다 가라앉았다. 이젠, 멈출 수 없었다.

"흐읏. 그만, 요."

"겁 없이 약 올릴 때 내 속이 어땠는지 넌 모르지."

해성은 진작 한계를 넘어선 상태였다. 맥박이 불안정했다. 번쩍 고개를 추켜들고 이를 꽉 씹어 봐도 끊이지 않았다. 숨이 넘어갈 듯 버거워 호흡조차 할 수 없을 때쯤, 몸에 힘이 축 빠졌다.

모든 것이 휩쓸려 흘러내리는 기분이다. 여운은 좀처럼 가시질 않았다. 해성은 무력하게 퍼들퍼들 몸을 떨었다. 앞이 어지러워 차라리 눈을 감아 버렸다. 살짝만 스쳐도 부서질 것처럼 달아오른 몸은 잔뜩 예민해진 상태였다.

달뜬 숨만 내쉬고 있는 사이 강현이 벨트에 손을 가져다 댔다. 곧 툭, 둔탁한 소음이 들렸다.

겨우 눈을 떴을 땐 그의 벗은 몸이 보였다. 절로 멍해질 만큼 감탄스러운 몸이었다. 해성은 홀린 듯이 강현을 바라봤다. 조각상보다 훨씬 훌륭했다. 아름다웠다. 신체 곳곳에 자리 잡은 흉터가 보였다. 결코 이질적이지 않았다. 범죄자와의 잔혹한 싸움에서 이겨 얻어 낸 훈장 같은 의미일 터다.

"뭘 그렇게 봐."

강현이 낮게 웃었다. 멀어진 이성이 퍼뜩 되돌아왔다. 그는 과시하듯 당당하게 올라와 다시 자리를 잡았다. 해성의 다리 사이에 팔을 끼워 넣고 바짝 당겨 몸을 밀착시켰다.

불현듯 아래에서 묵직한 기운이 느껴졌다. 해성이 반짝 눈을 떴다.

"아……."

안 돼. 말하기도 전에 뚫고 들어섰다. 곧 아래에서 뜨거운 열감이 화르륵 일며, 둔기로 치대는 고통이 밀려왔다.

"아악!"

"숨 쉬고 몸에 힘 풀어."

진입부터 위기였다. 뻐근하게 조여 오는 감각에 강현이 이를 악물며 눈가를 우그러뜨렸다.

"눈 뜨고 나 봐야지."

나를 봐. 볼품없이 무너진 나를 봐. 네가 그토록 원하던 거잖아.

독주보다 강렬했다.

중독된 듯했다.

마약을 하면 이런 기분일까.

경찰 신분으로 당돌하게 그런 생각을 할 만큼 제정신이 아니었다.

그녀가 겨우 숨을 내쉬며 눈을 뜨자 강현이 고개를 끄덕였다.

"잘했어."

"아파요. 정말……, 하윽."

"괜찮아질 거야. 곧."

아프고 나면, 그러면. 아마도.

성의 없는 다독임이 통할 리 없었다. 해성만큼 고통스러운 건 강현 역시 마찬가지였다.

해성의 얼굴 옆, 기둥처럼 꽂힌 단단한 팔뚝에 핏줄이 붉거졌다. 그가 꽈악 힘주어 손을 말아 쥐자 구김 하나 없던 침대 시트가 보기 싫게 일그러졌다.

"아……."

정렬 없이 흐트러진 호흡 끝에 미세한 욕설이 언뜻 들렸던 것 같기도 하다.

"힘 좀, 풀어. 봐."

깊게 잠긴 목소리로 중얼거리며 남자가 웃었다. 평소와 다르게 조금은 상냥해진 웃음이었다.

그 미소에 안심한 순간, 단번에 끝까지 파고들었다. 아윽, 이가 갈렸다. 상상 그 이상의 통증에 눈물이 맺혔다. 강현은 잘 참았단 말 대신 입을 맞췄다. 입술에서, 목을 잘근 물었다.

손으로는 가슴을 비틀어 올리며 통증이 가실 때까지 살살 지분거렸다. 하으, 하. 다시 찾아오는 아찔한 감각에 해성이 널찍한 어깨에 손톱을 찔러 넣었다.

남자가 목덜미를 깊게 흡입했다. 고통을 기억하는 몸이 흠칫거렸지만 그뿐이었다. 앞선 행위로 녹진해진 몸은 조금 더 유연하게 그를 삼켜 냈다.

이후로 찾아온 자극은 모든 긴장을 산산이 조각내 버릴 만큼 강렬했다. 조금 느리게 밀고 들어와 빠져나가고, 빠르게 다시 밀려올 때마다 찌릿, 신경 세포가 비명을 질렀다. 이 기분을 무어라 설명해야 좋을까. 모르겠다.

태어나 처음 느껴 보는……

이상하고 저릿한.

다른 차원의 존재가 되어 버린.

내가, 내가 아니게 된 것 같다.

"하아……, 팀장님. 아웅. 웃."

신음은 곧 울먹거림으로 바뀌었다. 해성이 팔을 뻗어 강현의 목덜미를 힘껏 감싸 안았다.

남자의 어깨에 얼굴을 묻은 채로 무언가가 터져 나갈 듯한 긴박함을 간신히 삭이는 것이 전부였다. 그럼에도 집요하게 파고드는 생경한 감각에 무너졌다. 의지와 다르게 흘러나오는 낯선 교성이 침실 안을 가득 채웠다.

최고 속도로 산을 오르는 듯 숨이 거칠어졌다. 호흡이 가빠 오고 가슴
팍이 들썩였다. 제멋대로 꺽꺽 넘어가는 신음이 터지고 그 끝엔 비로소
아무 소리도 나오지 않았다.

여자와 남자는 서로에게 완벽히 무너졌다.

세상도 따라 멈췄다.

우울함이 무엇인지, 상처가 무엇인지, 혼자가 된 기분이 어땠는지, 지
나온 과거가 얼마나 힘겨웠는지.

아무것도 생각나지 않았다.

방 안을 빼곡히 채운 야릇한 소음에 괴이하게 달아오른 환락에 취해
이성을 놓았다.

"미쳤……."

흐윽. 말이 채 끝나기도 전에 전력 질주 하는 기세로 뚫고 들어왔다.
끝났다 생각하면 새로운 한계의 길이 끝없이 펼쳐졌다.

남자가 손을 내려 맞붙은 부위를 자극하자 순간적으로 수축했다. 격
렬하게 밀어 치는 속도가 높아질수록, 조금 전의 고통은 쾌락으로 변질
되어 멀쩡한 정신을 빠르게 집어삼켰다.

끝이 어딘지도 모르고 사정없이 휘몰아친 소용돌이에 꼼짝없이 파묻
혔다. 갇혀 버렸다.

언제부터 시작됐는지, 어떤 과정이 있었는지 그런 것 따윈 중요하지
않았다. 추론도 해답도 결론도 무의미했다.

사랑이 아니어도 좋을 것 같았다. 진심이 없어도 괜찮을 것 같았다.

숨이 쉬어지고 통증이 옅어졌다.

결핍되고 상처받은 무게에 지쳐 떠밀리듯 당도한 곳은 절벽이었다.

시작은 맹랑한 용기뿐이라 잃을 것도 없었다. 둘은 영문도 모르고 아

파 왔기에 쉴 곳이 필요했다.

"⋯⋯팀장님."

젖은 목소리로 부르자, 응. 건조하게 갈라진 대답이 돌아왔다.

"저 좀⋯⋯."

살려 주세요. 도와주세요.

제발요, 제발 좀.

점차 아득해지는 이성의 끝에서, 낮은 음성이 같은 말을 반복했다.

⋯⋯응.

안아 주는 손길이 따뜻했다.

태풍의 눈에 아주 잠시 내려앉은,

불시착이었다.

비좁은 암막 커튼의 틈을 가르며 밝은 빛이 쏟아졌다.

미간을 찡그리던 강현이 느릿하게 눈꺼풀을 밀어 올렸다.

흐릿한 시야에 들어온 시간은 오전 10시 20분이었다. 꼬박 16시간을 잤다.

연이은 수사와 잔뜩 꼬인 상황에 지칠 대로 지친 상태였다. 극한의 피로를 이기지 못한 몸은 여전히 무거웠다. 그건 여자도 마찬가지였다. 몇 번이나 이어진 격렬한 섹스의 여파로 쓰러지듯 품에 안겨 잠이 들었다.

그런데.

옆자리는 비어 있었다.

"또 내뺏네……."

픽. 힘 빠진 웃음이 샜다.

솔직하게 말했다면 있어 줬을까.

우스운 상상을 해 본다.

사실, 사실은 말야.

'나는 고아였어.'

'지키지 못했어. 내가 죽였어.'

'오늘이 어머니 기일인데.'

'잊어버렸어.'

널 생각하느라. 걱정하느라.

그래서 화가 났어.

더 참을 수 없는 건, 네가 기다리고 있을 거란 생각에 들떴단 거야.

용서할 수 없었어.

그래서 애처럼 좀 못되게 굴었어.

있잖아, 이해성.

난 여전히 사랑하고 싶지 않거든.

두려워서.

쓰레기라 불러도 좋아.

뺨을 쳐도 달게 맞을게.

오늘만 같이 있어 줘.

인두로 입을 지지는 한이 있더라도 말할 수 없을 것이다.

견딜 수 없는 한기가 전신을 뒤덮는다. 고요와 정적이 내려앉은 공간
은 싸늘하기만 하다.

우우웅. 우우웅.
어딘가에서 진동이 울린다.
무시하고 다시 눈을 감았다.

08

대낮부터 호출이 떨어졌다. 출근하자마자 서장실로 곧장 올라오라 전하는 격양된 목소리에선 다급함이 묻어났다.

차 원장과의 독대 이후 예견된 일이었다. 박대영 서장은 불안한 것이다. 경찰청에서 명성이 높았던 강현이 느닷없이 강남서로 전출되었을 때 그를 두 팔 벌려 환영하면서도 대영은 한편으론 떨떠름했다.

대법원장의 관심은 양날의 검이었다. 그의 아들인 강현이 얌전히 숨어 지내며 차 원장의 말에 순응한다면 강남서는 천군만마를 얻게 될 테지만, 이리저리 망아지처럼 날뛰게 된다면 그 모든 책임은 서장이 전부 떠안게 될 일이었다.

허튼짓을 할 땐 대법원장 아들이 보는 눈을 생각해 전보다 더 촉각을 곤두세우고 조심스럽게 움직여야 했다. 나아가 멀지 않은 미래엔 제 자리를 위협할지도 모른다.

강현은 뼛속부터 경찰이었다. 기대 이상의 성과, 높은 리더십, 추진

력, 흔들림 없는 차분함, 견줄 수 없는 체력, 두뇌, 계산하는 능력과 섬세한 관찰력은 타의 추종을 불허할 정도였다. 어디로 보나 한자리 꿰고 있는 이라면 강현을 탐낼 이유쯤 차고 넘쳤다.

물론, 그에 따르는 리스크 역시 무시할 수 없었다. 평소 관계없는 부분엔 너무하다 싶게 무감한 경향이 있지만, 한번 눈에 박힌 일이라면 물불 가리지 않고 덤벼드는 위험한 습성이 내면에 들끓었다.

조직 사회에서 어디로 튀어 나갈지 모르는 존재보다 두려운 건 없다.

박대영 서장은 강현을 처음 대면했을 때 직감했다. 결코 사람에게 길들여 질 수 없는 야생 늑대 같은 놈이라고. 그 늑대의 목줄을 잡고 노련하게 다룰 수 있는 사람은 차석훈 대법원장이 유일했다. 그것만으로도 석연치 못했다. 뒷배가 뚜렷하고 두려울 것이 없는 부하는 제아무리 유능하다 할지라도 껄끄럽고 성가신 존재에 불과했으니까.

무엇보다 그 일이, 대법원장 아들인 차강현에게 알려져선 안 된다.

절대, 절대로.

대영은 골치 아픈 인물을 어디서부터 어찌 달래야 할지 벌써부터 막막했다. 후우, 초조하게 한숨을 내쉬고 고개를 들었을 때 서장실 문이 덜컥 열렸다.

열린 문 사이로 덤덤하게 들어서는 강현을 보고, 박대영은 기다렸다는 듯 의자에서 몸을 일으켰다.

"어, 차 팀장 왔어?"

"부르셨다 들었습니다."

흘긋 시선을 낮춰 손목시계를 확인하며 대수롭지 않게 말을 잇는 태도에 대영은 순간 할 말을 잃었다. 저 자식⋯⋯. 난감해진 제 입장을 분명 알 텐데도 뻔뻔하긴.

대영은 애써 웃으며 손짓했다.

"일단 앉지. 식사는 했고?"

"확인해야 할 것이 있어서 바로 내려가 봐야 합니다."

"확인? 토막 살인 사건은 이미 청에 인계한 거 아니었어? 이후로는 사건 별로 없는 걸로 아는데."

대영은 차 원장과 강현 사이에서 은밀하게 이뤄진 독대를 모르는 척 물었다. 경찰청에 사건을 인계한 것이 맞는지, 확실히 사건에서 손을 뗀 것이 맞는지 강현의 신경을 건들지 않는 선에서 재차 확인하려는 속셈이었지만 강현은 이렇다 할 대답이 없었다.

어디서부터 어디까지 알고 있나.

초조해하는 서장과 달리 사실 강현이 말한 '확인'은 어디까지나 해성의 부재와 관련된 것이었다. 어제의 정사 이후 오늘까지도 이해성은 연락이 없었다. 사사롭게 연락하는 관계는 아니었어도 동부 연쇄 살인범에게 받은 것으로 추정되는 쪽지를 확인한 순간부터 강현은 앞서는 불안감을 해소할 수 없었다. 분명 느껴 본 적 있는 감정이다. 적어도 그때와 같은 일이 벌어져선 안 된다. 작은 실수가 곧 치명적인 결과를 초래할 것이다.

출근에 목을 매는 이해성이라면 걱정할 것도 없지만, 방심할 수 없다. 변수는 늘 예상하지 못한 곳에서 터진다.

강현은 흐르는 시간이 아까워 거리낌 없이 본론을 꺼냈다.

"공동 수사를 염두에 두고 있습니다."

"뭐?"

박대영 서장이 눈을 부릅떴다.

"잠깐. 이봐, 차 팀장. 자네가 아무리 경찰청 출신이고, 그쪽 수사력과 대동소이하다 할지라도 말야. 지금은 엄연히 강남서 소속이야. 자네

상사는 나라고. 상부에 이렇다 할 보고도 없이 그렇게 멋대로 구는 경우가 어디에 있나. 어?"

"미리 보고드렸다면 허락해 주셨을 것처럼 말씀하십니다. 서장님."

무감한 어조에 대영의 눈살이 보기 싫게 일그러졌다.

강현은 박대영 서장의 본심을 아주 잘 파악하고 있었다.

권력의 맛은 혀가 문드러질 정도로 달콤한 것이라서 기어코 끌어와 충족해도 만족할 줄 모른다.

차석훈 대법원장이 뒤를 지키고 있지 않았다면 지금의 태도도 없었을 것이다. 대립할 구실이 없었기에 대외적으로나마 평화가 유지됐을 뿐, 실질적으로 강현은 박대영 서장을 사람 취급도 하지 않았다.

위에서 받아먹은 것. 제 입맛 따라 빼먹고 얼버무린 사건만 해도 셀수가 없다. 악마가 있었다면 몇 번이고 영혼을 팔아넘겼을 인간이다. 그런 이에게 친절과 대우는 적절치 못했다.

직급을 이용해 억누르려 한다면 보다 더 높은 권위로 내리찍으면 그만인 것이다. 강현은 차게 가라앉은 눈으로 박대영 서장을 빤히 응시하며 입매만 부드럽게 휘었다.

"경찰청 측에선 꽤 반기는 눈치던데요. 아시다시피 제 출신지가 그쪽이라 그런지."

네 밑으로 머리 굽히고 들어갈 일은 결단코 없을 거라 대놓고 낙인찍는 말이었다.

"나쁠 것도 없지 않습니까. 사건이 인계되고 나면 담당처도 따라 달라질 텐데요. 수사에 난항을 겪게 되더라도 피해는 경찰청 몫이지 서장님 몫이 아니잖습니까."

"저……."

"물론. 무사히 범인을 체포했을 때 그 위상 역시, 강남서가 아닌 경찰청 뭊으로 돌아가겠죠."

강현이 단호하게 선을 긋자 대영은 순간적으로 뒷골이 당겼다.

"저는 관심 없습니다."

네가 무엇을 얼마나 해 처먹었든.

"이 바닥에 마음 뜬 지 오래라서."

마치 다 알고 있다는 눈치다. 날렵하게 치뜬 검은 눈이 그리 말하고 있었다. '직접 사냥할 능력이 없으면 그냥 입 닥치고 지금처럼 신선놀음이나 하면서 얌전히 내가 물어다 주는 성과나 곱게 받아 처먹고 있어.' 라고.

"그리고 실패한 적도 없습니다."

치욕스러움에 대영의 얼굴이 벌겋게 달아올랐다.

"관심 있는 사건 수사하는 맛에 버티고 있을 뿐이죠. 그러니."

강현은 내심 그 반응을 즐기며 영민하게 방향을 제시했다.

"긍정적인 대답 기다리고 있겠습니다."

언제 또 올지 모르는 황금 같은 기회를 날려 보내고 따지 못할 별이나 감상하고 있을 인물이 아니다. 박대영 서장은 당장 보이는 물욕에 눈이 먼 눈 뜬 장님이었다.

그러니, 기회를 놓칠 리가 없다.

"그럼."

강현이 제 할 말만 하고 사라지자 박대영이 입술을 파르르 떨었다. 보자 보자 하니까.

"저 새파랗게 어린 새끼가……."

쾅!

대영이 책상에 주먹을 내리쳤다.

서장에게 던진 선전 포고는 본인이 생각해도 성급했다. 굳이 화를 불러일으킬 필요까진 없었다.

"야, 차 팀장. 너 갑자기 왜 그래? 오늘 뭐 잘못 먹었어?"

서장실 문 뒤에서 대화를 엿듣고 있던 형사과장 서명호가 부리나케 달려와 강현의 뒤를 쫓았다.

"너답지 않게 왜 그렇게 흥분한 건데. 이번 사건 관심도 없었잖아. 서장 건드려서 좋을 게 뭐가 있다고. 어? 설치는 거 그렇게 끔찍해하던 놈이. 이거 대법원장님 아시면 너 진짜."

"설쳤다니요. 그런 기억 없습니다."

말도 없이 내뺀 이해성 때문에 화가 났나. 아니면 대낮부터 박 서장 면상을 봐서 속이 뒤틀렸나. 뭐가 됐든 현재 강현은 명호의 말처럼 지나치게 화가 치민 상태였다.

"야, 말만 대놓고 안 했다 뿐이지 누가 봐도 그렇게 보였어. 거의 계급장 떼고 맞짱 뜨잔 기세였다고, 너. 서장이랑 부딪칠 일 없잖아. 최근에 뭐 화나는 일이라도 있었어?"

강현이 우두커니 멈춰 섰다.

"10년 전 동부 연쇄 살인 사건."

"……그 사건이 왜."

돌연 위기를 느낀 명호가 마른침을 삼키며 눈을 깜빡였다.

"위에서 자리 받고 돈 받고. 그 대가로 쥐도 새도 모르게 사건 덮으려고 기를 쓰고 노력한 사람이 박대영 서장. 맞습니까."

"아, 아니. 그건……!"

복도를 지나다니는 경찰 직원들을 의식한 명호가 다급히 주변 눈치를 살폈다. 강현은 조금도 신경 쓰지 않고 계속 이어 말했다.

"이유가, 사회적 분란을 잠재우기 위함이었다고요."

연쇄 살인범을 잡느라 고군분투한 지 2년째 되던 시기에 온갖 비난의 화살은 경찰과 대통령에게 향했다.

그들이 내린 결정은 단순했다.

시간과 묵살.

꿀 먹은 벙어리처럼 입만 벙긋거리는 명호를 꿰뚫듯 주시하다 말고 강현이 피식 웃음을 흘렸다.

"누굴 위해서요."

"강현아."

"과장님께서 서장 자리에 앉아 계셨어도 같은 결정 하셨을 겁니까."

명호가 답답함을 참지 못하고 거칠게 머리를 쓸어 냈다.

그답지 않다. 썩어 빠진 경찰 조직의 현실을 강현이 모를 리 없다. 그렇다고 관심을 갖고 정의 구현에 힘쓰는 성향도 아니었다. 그런데 왜. 대체 왜 갑자기 열을 올리는 건가.

"일단, 좀 진정하고……."

"그 사건. 제가 맡았으면 적어도 포기는 안 했습니다. 아마 지금쯤이면 잡아 처넣고도 남았겠네요."

"너도 알잖아. 이 바닥."

"네. 그 경찰 조직이 말입니다. 피해자는 그렇다 치고 같은 경찰 직원인 담당 형사 팀장을요. 제대로 된 수사 지원도 없이 혼자 책임 떠안게 하고 쫓아냈죠. 정년 퇴임이란 말 같지도 않은 명목으로 말입니다. 지금까지도 죄책감에 시달리고 있다는데, 당연히 알고 계시겠죠. 과장님 동기였으니까요."

강현의 말은 날카로운 비수가 되어 빠른 속도로 날아와 꽂혔다. 서명호 과장은 동기인 담당 형사를 도와 누구보다 애쓰던 사람이었다.

단지 당시엔 힘이 없어 결국 침묵했고, 수긍했을 뿐 결코 의지가 없는 사람은 아니었다. 그럼에도 강현은 뱉은 말을 후회하지 않았다.

"그래서 결과는요."

잠잠하게 사라진 살인은 다시 시작됐고, 죄 없는 피해자만 늘었다.

강력 2팀 사무실 앞에 다다른 강현이 문고리를 잡아 돌리려다 말고 느리게 고개를 돌렸다.

"그거 아십니까."

똑바로 와 닿는 서늘한 눈빛에 명호가 주춤했다.

"침묵과 외면도 죄가 된다고 합니다. 과장님."

강현은 일말의 동요 없이 말했다.

사무실 문이 열렸다가 굳게 닫혔다. 침묵도, 외면도 죄가 된다고. 강현의 말을 곱씹으며 명호는 숨을 몰아쉬고는 이마를 짚었다.

천천히 사무실 내부를 둘러보며 걸어 들어오는 강현을 알아본 건우가 먼저 인사했다.

"오셨습니까, 팀장님."

강현이 가볍게 고개를 끄덕였다.

"이 형사는, 외근 나간 겁니까."

"아니요. 사건 배당에서 제외당한 이후로는 없었습니다."

개인행동을 했다고 착각할까 싶어 해성을 감싸려는 목적으로 덧붙인 설명이었지만, 건우는 곧 자신이 실수했음을 깨달았다.

설마. 비아냥거리는 뜻으로 들렸나.

"아……, 그런 뜻이 아니고."

강현은 대수롭지 않게 경찰증을 데스크에 던지듯 올려 두며 시선을 들었다.

"출근은 했습니까. 안 보이는데."

"아, 그게 이해성 경장 오늘 연차입니다."

"연차?"

"한 달에 한 번 매달 마지막 주쯤 사용하는 것 같더라고요. 사정이 있다고 양해해 달라던데. 뭐라더라, 아. 병원에 볼일이 있다고……."

강현이 멈칫했다. 알아차리지 못한 건우가 계속 말을 이었다.

"아무래도 가족 중에 투병 중인 분이 계신 모양입니다."

강현의 눈가가 옅게 구겨졌다.

그럴 리가.

……없는데.

○ ◎ ●

점심시간 직전이라 그런지 병원 대기실은 많은 인파로 북적였다. 주기적으로 찾는 곳이었지만 매번 올 때마다 적응이 안 된다. 희미한 소독약 냄새에 익숙해질 만도 한데 영 꺼림칙했다.

모든 감정이 수면 밑으로 가라앉는 기분이 든다. 아마, 고립되어 침체된 분위기의 원인은 정신건강의학과의 특성 때문일지도 모른다.

정말 정신적으로 문제가 있는 게 맞는지, 겉으론 멀쩡해 보이는 환자도 여럿 있었지만, 그중엔 정신 질환을 앓고 있는 해성이 보기에 진짜 미친 것 같은 사람도 어렵지 않게 볼 수 있었다.

혼잣말을 끊임없이 중얼거리는 사람이나 갑자기 비명을 내지르는 사람은 양반이다. 개인 병원에서 다루기 힘든 중증 정신 질환을 주로 치료하는 대학병원엔 상태가 위험하고 위태로운 환자가 더 많았다. 저번 달은 옆자리에 앉아 있던 환자에게 '저 요망한 년!' 이란 욕까지 들은 참이다. 달려와 환자를 진정시키는 보호자와 간호사가 없었다면 그대로 머리채를 잡혔을지도.

그 정도로 심각한 건 아니라 다행이다 싶으면서도 그들과 별반 다를 것 없는 정신병 환자란 사실이 가끔은 참, 씁쓸하게 한다.

접수처에서 받은 대기 순번표를 들고 복도를 걷고 있는데, 해성을 한눈에 알아본 간호사가 상냥하게 인사를 건네 왔다.

"어? 오셨네요. 잘 지내셨어요?"

"선생님."

"아직 앞에 환자 두 분 정도 남아 있어서요. 잠시만 기다려 주세요. 앉아 계시면 이름 불러 드릴게요."

"네. 감사합니다."

해성은 가볍게 고개를 끄덕이고는 마저 걸어가 쓰러지듯 의자에 앉았다. 몸에 힘이 빠지는 것만 같아 벽에 기댄 채 눈을 감았다.

'……이제 그만요. 더는 못 해요.'

어젯밤, 끝날 것이라 생각한 행위는 오래도록 이어졌다. 축 처진 몸을 끌어 올리며 남자는 다시 목덜미에 입술을 묻었다. 곧 쿵쿵 거세게 날뛰는 심장을 물어 삼켰다. 달고 씁쓸한 숨이 가슴 살갗으로 스며들자 더는 무리라고 우는소리를 내던 말과 달리 정직한 몸은 확실히 반응하며 뜨겁게 달아올랐다.

'아웃, 제발……'

남자는 통제 불가 상태였다. 오늘이 마지막인 것처럼, 끝을 모르고 앞만 보며 내달렸다. 식을 새도 없었다. 그저 밀려오는 감각에 잠수한 채 해성은 비명처럼 울부짖는 수밖에 없었다.

숨이 잘 쉬어지지 않는다고, 정말 이러다 죽을 것 같다고. 미칠 것 같으니 제발 그쯤에서 멈춰 달라고.

애원하면, 남자는 보란 듯이 더 깊숙한 곳까지 파고들었다.

펑, 퍼엉. 폭죽이 터졌다.

'얼굴 들어.'

남자는 계속 자신을 봐 달라 했다. 눈 뜰 힘도 없는데, 그런데도.

'멈출 수 없다고 했잖아.'

부서질 듯 끌어안고 강하게 치받아 올렸다. 격양된 움직임을 참지 못해 길게 목을 젖히고서 아흑, 숨을 삼켰다. 세상이 끝날 것 같았다.

몇 번이나, 몇 번이고.

익숙해지지 않는 새로운 자극이 전신을 휘감았다. 영원히 타오를 것 같던 불길이 서서히 잦아들었을 때, 해성은 한 발짝도 움직일 수 없었다. 그대로 눈을 감아 버렸다.

수면 속으로 빠지기 직전, 언뜻 남자의 고요한 음성이 들린 것 같기도 하다.

'이대로, 도망칠까.'

하지만 이내, 나긋하게 자조하는 웃음소리마저 까무룩 잠겼다.

잠에서 깨어난 해성은 시간이 멈춘 기분을 느꼈다. 도무지 믿을 수 없었다. 연기처럼 형체도 없이 사라질 거라 생각했는데, 그는 바로 옆자리에 누워 있었다. 지그시 눈을 감고 있는 남자의 평온한 얼굴에 홀려, 해성은 한동안 물끄러미 강현을 들여다보았다.

잠을 잘 땐 이런 얼굴이구나.

차가운 눈동자가 가려지고, 날렵한 눈매가 내려앉아 잠잠해진 얼굴은 비록 생기를 잃었지만 정교히 조각된 작품 같았다.

주변은 깨끗했다. 결렬한 섹스 도중 셀 수 없이 쓰다 버린 콘돔도, 흐트러진 침대 시트도, 바닥에 아무렇게나 널브러진 옷가지도. 깨끗하게 정돈되어 있었다. 일부러 흔적을 지워 낸 것처럼. 작위적인 풍경은 그날 밤의 기억을 모조리 소멸시켰다. 침대 위, 남자의 존재마저 없었다면 또 착각했을지도 모른다. 모든 것이 꿈이었다고.

뜨겁게 타오르던 눈빛.

강하게 옭아매던 손길.

묵직이 흐르던 낮은 숨결까지도.

시간은 착실히 흘러갔다. 멈춰 있을 수만은 없었다. 해성은 덜덜 떨리는 다리를 억지로 움직였다. 한 발짝 내딛는 것조차 힘겨웠지만 가까스로 공간을 벗어났다.

견딜 수 없을 것 같아서.

그저 알 수 없는 끌림으로 시작된 성적인 충동. 욕망. 그 속에서 진심을 찾아내려 애쓰는 스스로가 한심스러웠다. 예측하기 힘든 방향으로 뻗어 나가려는 감정을 애써 고쳐 잡고 싶은 생각은 없었다. 합리화할수록 적선만 남을 뿐이다.

알고 싶지 않아.

당신의 외로움을 쓸쓸함을 고독과 상처를. 이해하고 싶지 않아.

우리는 그저, 가장 최악인 상태일 때 필요에 의해 끌어안는 관계이면 충분했다. 그런데, 하지만. 그래도. 방심하면 해석하기 힘든 이율배반적인 감정이 치밀어 올랐다. 식도가 꽉 막힌 듯했지만 망연자실할 여유가 없다.

남은 건 오류밖에 없는 관계.

깊은 상처를 육체적 쾌락에 덮어 잊어버린 이상한 관계. 나사가 하나 빠진 게 분명했다.

아니라면, 둘 다 미쳤거나.

해성은 침실을 나서기 직전 다시 한번 잠에 취한 남자의 얼굴을 바라봤다.

'아무래도 나는……'

계속 당신이 필요해질 것 같아요.

당신만큼은 그러지 않았으면.

나처럼, 고독하지 않았으면.

……그랬으면 좋겠어요. 진심으로.

이기적인 마음을 담아 빌었다.

○ ◎ ●

"어서 와요, 해성 씨."

하얀 가운을 입은 남자가 사람 좋게 웃으며 해성을 맞았다. 해성은 그를 따라 정성껏 꾸며 낸 미소를 그리며 맞은편에 앉았다.

"그동안, 잘 지냈어요?"

"……네."

"약 먹는 횟수는 좀 줄었나요?"

"예전보다는 나아진 것 같아요."

필사적으로 멀쩡한 척해 봤자 의사에겐 뻔히 보이는 연극이다.

"정말 괜찮아져서 줄은 거라면 다행인데, 억지로 멀리하려고 하진 말아요. 힘들 땐 먹어도 돼요. 괜찮을 만큼 적당히 처방해 준 거니까."

상담사와 정신건강의학과 의료진의 다른 점을 고르라면, 약물 처방이 가능하다는 것 정도다.

사실상 약물 치료는 끝이라고 봐도 무방했다. 눈에 띄는 효과가 없으니 의료진은 1년 전부터 상담 치료에 초점을 맞췄다. 우울증과 외상 후 스트레스 장애는 초기에 잡는 것이 중요하다고 하는데 잘 모르겠다. 나아지고 있는 것인지, 효과는 없지만 악화되고 있지는 않은 상태인 건지. 뭐가 됐든.

낫고 싶어 병원을 오는 것이 아니다. 이젠, 습관이 되어 버린 거다.

"요즘 날씨가 많이 춥죠. 우리, 몸이나 녹일 겸 따뜻한 차 한잔이라도 하면서 시작할까요?"

저 의사는 오늘 하루 얼마나 많은 차를 마셨을까. 문득 눈앞의 의사가 측은하게 느껴졌다. 누가 누굴 걱정하는 건지는 모르겠지만.

「한국대학병원 정신건강의학과 교수 최정우」

벌써 교수구나.

시간이 이렇게 빠르다.

책상 위에 놓인 명패를 가만히 바라보다가 해성이 고개를 내저었다.

"저는 괜찮아요."

"악몽은 어때요?"

대답이 없자 의사가 부드럽게 웃었다. 그럴 수 있다는 듯이.

저 웃음은 진심일까. 아니면, 의사란 직업으로 인해 과중된 책임감일까.

"일기는 가져왔어요?"

"아……. 네. 가져오긴 했는데."

해성이 챙겨 온 가방을 뒤적거리며 낡은 공책을 꺼내어 들었다. 하지만 선뜻 내밀지 못하고 꼬옥 손에 쥐었다. 의사가 다정하게 타일렀다.

"괜찮아요. 보여 주고 싶지 않으면. 강제로 달라는 거 아니니까."

"그게 아니라……."

해성이 입술을 감쳐물었다.

"성실하게 쓰질 못해서요."

"바빴나 봐요."

"아, 뭐……. 늘 그렇죠."

"괜찮아요. 좋은 거예요."

의사는 해성이 조금이라도 곤란한 내색을 보이면 늘 괜찮단 말을 버릇처럼 했다.

내면의 이야기를 솔직하게 적은 일기를 누군가에게 보인다는 건, 조금 쑥스럽고 낯선 일이지만 어쩔 수 없었다.

처음 의사와 대면했을 때 해성은 그날의 충격이 커 한마디도 뱉지 못했다. 그때도 의사는 괜찮다고 했다. 이 자리에 오는 일만으로도 큰 용기였다고 다독였다.

그러면서 숙제를 내 줬다. 일기. 정신병을 앓고 있는 사람을 상담하다

보면, 그들은 늘 자기방어를 위해 알게 모르게 의사 앞에서 거짓말을 한다고 했다.

환자가 마음을 숨기면 의사는 진단이 힘들어진다고 했다. 정말 마음의 병에서 벗어나고 싶다면 힘들겠지만 일기를 써 보는 건 어떻겠냐고 제안했다. 단 한 줄이라도 좋고, 늘 반복되는 이야기여도 괜찮다 했다. 함께 힘을 합쳐서 이 막막한 길을 벗어나 보자고. 그 말 한마디에 시작한 일이다.

그렇게 벌써, 10년이 흘렀다.

"잠은 잘 자요?"

"노력하고 있어요."

"잠은 꼭 자야 해요. 왜, 유튜브에 ASMR 같은 영상 많이 있잖아요. 정 힘들다 싶으면 그런 방법도 있어요. 수면과 관련된 부분만큼은 약물에 의지하기보단 자연적으로 습관 들게 하는 쪽을 추천할게요."

"……네."

"자, 이제 이야기를 들어 볼까요?"

당신을 힘들게 하는 것. 또는 버겁게 만드는 것들을 전부 자신에게 쏟아 내란 뜻이다.

하지만 그것마저 효과를 다했다는 걸 이제 해성은 안다. 해성은 잠시 망설이다가 천천히 입을 뗐다.

"……선생님은."

의사는 재촉하지 않고 조용히 시선을 맞추며 기다려 주었다.

"지금 일이 힘든 적 없나요."

"흐음……. 색다른 질문이네요."

의사가 턱끝을 매만졌다.

"왜 갑자기 그런 게 궁금해졌어요?"

"가끔은, 지칠 것 같아서요."

의사가 웃으며 고개를 갸웃했다.

"뭐가요?"

"저처럼 정신 질환 병을 앓고 있는 환자를 상대하는 일이요. 위로하고, 다독여 주고. 늘 웃으면서 누군가의 이야기를 귀담아들어 주는 일이 쉬운 게 아니잖아요."

적잖게 당황한 듯 의사가 눈을 깜빡였다. 의사의 심리를 걱정해 주는 환자는 처음이라 그런 걸까. 의사는 난색을 표하다가도 짝, 손뼉을 치며 흐름을 환기시켰다.

"그 전에, 단어부터 정정하죠. 정신 질환 말고, 마음의 병. 어때요?"

다를 게 있나······.

해성이 아무래도 좋다는 듯 무료하게 고개를 주억였다. 의사가 말을 이었다.

"힘든 거요. 음, 다른 동료 선생님들은 어떨지 모르겠지만, 개인적으로 난 그래요. 환자들이 나를 필요로 할 때 살아 있음을 느끼거든요. 아, 물론 주기적으로 검사도 받아요. 알다시피 여기 주변에 널리고 깔린 게 의사라서."

"아."

"이건 비밀인데, 저는 피가 싫어요. 무척이나."

궁금증은 해소되었다. 그래서 많은 과목 중 정신건강의학과를 선택했구나. 대답이 됐나요? 묻는 의사의 말에 해성은 그렇다 말했다.

상담은 평소와 다를 것 없이 무난하게 이어졌다. 누가 본다면 그게 무슨 상담 치료냐 할 정도로 가벼운 수다에 지나지 않았지만, 묻는 질문에 '네.' 또는 '아니요.' 로 대답하는 게 전부였지만, 실질적으로 의사가 말한 '마음의 병' 을 앓고 있는 환자들에겐 더없이 중요한 과정이었다.

있죠, 선생님.

"저는, 괜찮아질까요?"

돌아오는 대답은 늘 같았다.

"그럼요. 당연하죠."

조급해하지 말란 의사의 말을 주문처럼 가슴에 새긴다.

1시간가량 이어진 상담이 끝났다. 감사해요. 인사를 전하며 해성이 의자에서 몸을 일으켰다.

"그럼, 다음 달에 뵐게요."

고개를 숙여 보이고는 그대로 문고리를 잡아 돌리려는 때였다.

"해성 씨."

슬쩍 몸을 돌려 의사를 바라봤다.

"사랑, 하고 있나 봐요."

해성이 눈을 동그랗게 떴다. 의사는 그저 웃을 뿐이었다.

그 말의 의미를 알아차린 건 병원 화장실에서 일을 보고, 손을 씻고 거울을 확인한 순간이었다.

목덜미에 새겨진 붉은 흔적.

다른 이에게 들켰단 사실이 수치스럽거나 낯부끄럽진 않았다. 상대는 어디까지나 환자의 모든 것을 파악해야 하는 주치의일 뿐이다. 무엇보다 의사는 진심으로 응원하고, 축하하는 표정이었으니까.

목덜미를 매만지던 해성은 질끈 묶은 머리를 풀어내고 패딩 점퍼 지퍼를 올렸다.

화장실을 빠져나와 대기실 문 앞에 섰다. 엘리베이터를 잡아타기 위해 그대로 걸음을 떼어 내려는데, 멀지 않은 곳에서 간호사의 말소리가 들렸다.

"이재원 님."

온몸이 굳었다.

설마.

아니, 아닐 거다.

……동명이인이겠지.

흔한 이름이잖아.

해성아. 나는 나보다 네가 더 걱정이야. 나마저 없으면 넌 정말 혼자일 텐데. 이제 널 이해할 수 있는 사람은 나뿐이야. 너와 난 닮았어.

같은 상처를 가졌잖아. 그러니까.

……우리, 같이 지낼래.

○ ◎ ●

이재원.

그는 동하그룹 이재형 회장의 외동아들이었다. 이 회장은 이재원을 끔찍이 생각했다. 회장의 유별난 관심과 엄한 교육 방침 덕분에 다른 재벌 자제들과 달리 이재원은 큰 분란 없이 자랐다.

마약에 손을 대거나, 클럽과 여자에 빠져 방탕한 생활을 즐기는 일 따윈 하지 않았다. 이재원은 그런 쪽으론 아예 관심 자체가 없었다.

이재원은 모범생이었다.

그의 걸출한 외모와 총명한 두뇌는 이백 프로 활용되기 시작했다. 언론의 유명세를 타기 시작하자 이 회장은 이재원을 해외로 보냈다. 여느 재벌가와 비슷한 루트를 탔지만 결과는 확연히 달랐다. 예일대 진학이 확정되고, 현역으로 군대에 입대하는 등 잡음 한번 없었다.

이재형 회장은 그런 아들을 자랑스럽게 여겼다. 그래서 결혼 역시 무난하게 제 뜻대로 따라와 줄 것이라 성급히 판단했는지도 모른다.

이재원이 스물셋이 되었을 때, 이름만 들어도 알 만한 대기업 회장들은 앞다퉈 재물 바치듯 선 자리를 요구해 왔다. 하지만 어쩐 일인지 매번 실패로 돌아갔다고 했다.

아버지와 이재형 회장은 초중고 대학까지 함께 나온 절친한 친구 사이였다. 당시 해성의 친부는 회장의 무한한 신뢰를 받으며 동하전자 사장 자리를 지키고 있었다. 평소처럼 바둑을 두며 대화를 나누는 소리를 방문 너머로 언뜻 들었던 기억이 난다.

'왜, 재원이가 결혼은 싫다 해?'

묻는 아버지의 말에, 회장은 뜻밖의 대답을 내놓았다.

'내 말이면 껌뻑 죽는 녀석이야. 재원이가 아니라 상대측에서 싫다 하네. 그리 갖고 싶어 안달 내 할 땐 언제고. 알 수가 없단 말이지.'

자존심이 말이 아니다. 때문에 무슨 이유인지 상대 기업 측에 물어볼 수도 없었다고. 하지만 이재원을 탓할 일도 아니라 답답하다며 회장은 연거푸 한숨을 내쉬었다.

엄마의 말을 빌리자면, 언니와 이재원은 둘도 없는 친구 사이라고 했다. 그럴 수밖에 없었다. 아버지와 이 회장의 친분을 생각해 보면, 말고도 이재원과 언니는 처음부터 하늘이 정해 준 인연이었을지도 모른다. 둘은 운명처럼 같은 산부인과에서 1시간 차로 태어났다.

엄마가 두 번째 임신을 했을 때였다. 언니와 이재원은 풍선처럼 부풀어 오른 엄마의 배에 함께 귀를 가져다 댔고, 배 속에서 작은 해성이 통통 발을 차는 소리에 눈을 동그랗게 뜨며 "들었어요?" 하고 신기함을 감추지 못했다 했다. 얼른 만나자, 보고 싶어. 만날 날을 손꼽아 기다리던 끝에 해성이 태어났다. 그때부터 셋은 늘 함께였다.

이재원. 이해성. 이해연.

무서울 것이 없었다. 짓궂게 괴롭히는 남학생을 대신 혼쭐내 주고, 맛있는 것이 있으면 언니와 이재원은 늘 어린 해성의 손에 먼저 쥐어 주었다.

기억엔 없지만, 재원이 처음 해외로 유학을 떠나던 날, 공항에서 언니의 손을 붙잡고 엉엉 오열했다고 한다. 그때가 해성이 여덟 살이었다. 그 후, 이재원은 2년 간격으로 한국을 찾았고 언니를 만났다.

언니 '만' 만났다.

둘의 감정이 묘해지기 시작한 것은 해성이 고등학교에 진학하던 무렵이었다.

'선생님. 우리 언니 좋아하죠?'

적잖게 당황해 하는 이재원의 얼굴이 선명하다. "쪼그만 게. 공부나해. 미적분은 왜 푼 흔적도 없어?" 괜히 타박하면, 해성은 "저는 예체능이라 평균만 치면 되거든요." 입술을 삐죽거리며 대들었다.

'근데 왜 자꾸 선생님이라 불러. 어렸을 땐 오빠 오빠 잘만 하더니.'
'어렸을 때잖아요. 오빠가 뭐예요. 싫어요. 오글거려서. 선생님이 더 편해요.'
'너 그때 나 되게 좋아했잖아. 기억 안 나? 나랑 결혼하고 싶다며.'

얼굴이 확 달아올랐다. 결혼이라니. 사춘기 소녀에겐 듣기만 해도 너무 창피하고 소름 돋는 단어였다. 시간을 되돌릴 수만 있다면 기억도 안 나는 그 시절을 싹 지워 버렸을 거다.

'기억 안 나거든요! 그리고 선생님은 제 취향 아니에요.'
'와, 너무하네. 내가 이해성 똥 기저귀도 다 갈아 줬는데.'
'아, 진짜!'

해성이 눈을 부릅뜨고서 흘겨볼 때마다 재원은 그저 웃었다. 개구쟁이처럼. 곱게 휘는 초승달 같은 눈매와 길게 늘어진 입술이 한동안 머리에서 잊히질 않았다.

일주일에 한 번. 그를 만나는 일이 너무 좋았다. 가슴 벅차게.

'선생님은 돈도 많으면서 왜 과외 알바 해요? 회장님이 용돈 안 줘요? 곧 회사 들어가야 해서 경영 공부 한다면서요.'
'아니. 나 돈 많아. 너희 집도 우습게 살 수 있는데.'
'에이. 그건 좀 아니다. 우리 집이 얼마나 비싼지 알지도 못하면서.'

재원은 말을 아끼며 수학의 정석 책을 펼쳤다. 해성이 제일 싫어하는 함수 문제를 펜 끝으로 툭툭 두드리며 화제를 돌렸다.

'얼른 풀기나 해.'

그날 알았다. 돈 많은 이재원이 자진해서 과외를 시작한 이유.
언니를 만나기 위해서였다.

○ ◎ ●

언니를 바라볼 때 이재원의 눈은 애틋했다. 빈집에서 우연히 언니와 이재원이 키스하던 모습을 봤을 때 해성은 생각했다.

사랑에 빠진 남자는, 아름답다고.

무엇을 확인받고 싶었나.

그 이재원이 맞아도 달라질 건 없었다. 먼저 멋대로 연락을 끊은 건 해성이었다. 자신만큼이나 곪은 상처로 아파하는 재원을 외면한 것도 해성이었다.

해성만큼이나 아픈 과거를 가진 재원이 대한민국에서 가장 유명하다는 대학병원 정신건강의학과를 찾는 것은 이상한 일도 아니었다.

동명이인일지, 알고 있는 사람이 맞을지 확신할 수 없지만 간호사가 호명한 의문의 '이재원'은 1시간이 넘도록 모습을 드러내지 않았다.

'……우리, 같이 지낼래.'

가끔 이재원은 말했다. 넌 언니와 참 많이 닮았다고. 그래서 닮은 나를 곁에 두고 언니를 추억하려는 걸까. 아니면, 정말 진심으로 내가 걱정되어 그런 말을 했던 걸까.

병원 로비 의자에 앉아 엘리베이터와 에스컬레이터만 죽어라 바라보다 보니 문득 허탈해졌다.

"내가 무슨 자격으로……."

그래. 내가 무슨 면목으로 그를 만날 수 있을까. 이제 와 잘 지냈냐고 뻔뻔하게 안부를 물어본다면, 이재원은 웃을 거다. 웃으면서, 원망보단 걱정을 할 거다.

보고 싶었어, 해성아.

가족의 장례식장에서 이재원은 눈물 한 방울도 흘리지 않았다. 쓰러질 듯 꺽꺽 목 놓아 우는 자신 때문에 차마 울지 못했을 거다. 덤덤한 얼굴이 생각난다. 결혼식까지 앞으로 이틀이었다. 오랜 친구이자 연인이었던 여자가 죽었다. 누구보다 울고 싶었을 텐데 재원은 묵묵히 서서 해성의 곁을 지켰다.

유일하게 남은 가족.

돌아갈 수 있는 품.

이재원이 힘들 때 함께 있어 주지 못했다. 사랑하는 여자를 잃고, 얼마 지나지 않아 이재형 회장 부부가 교통사고로 죽었다. 부모까지 잃어버린 그에게 남은 건 아무것도 없었다. 그럼에도 해성은 끝끝내 연락하지 않았다.

대한민국 전 국민이 충격을 받았는데도, 동하그룹 회장 자리를 놓고 서로가 서로를 물어뜯을 때마저도.

이재원을 걱정하지 않았다.

내 상처를 돌보기도 어려워서, 힘들어서, 그를 생각할 겨를이 없었다. 이재원의 얼굴을 보면 언니가 떠오르고, 자상한 부모님이 떠올라서 도망쳤다. 깊숙이.

더 먼 곳으로 달아나 버렸다.

……찾지 못하게.

같은 길만 빙빙 돌았다. 잡념이 많아지면 생각 자체를 포기하는 편이 이롭다. 멍하니 버스에 올라타고, 내리고. 걷다가 걷다가 다리가 아파서 고개를 들었을 때, 절로 헛웃음이 터졌다.

"진짜, 뭐 하는 거야……."

결국 도착한 곳은 경찰서였다.

마침 경찰서 출입문을 열고 다급하게 달려 나오는 세찬과 건우가 보였다. 사건이 떨어진 모양이다.

형사 차량이 주차된 곳으로 전력 질주 하던 세찬이 먼저 해성을 알아보고 우뚝 멈춰 서서 말을 걸어왔다.

"어. 선배. 연차 쓴 거 아니었어요? 경찰서는 웬일이에요?"

아……. 해성이 말을 흐렸다. 왜 왔냐고 물어보면 딱히 이유가 없어서 답하기가 어렵다.

"신고 떨어졌어?"

세찬이 고개를 끄덕였다.

"2시간 전 호프집 재물 손괴로 지구대에 최초 신고 떨어진 사건인데, 그새 시비 붙어서 집단 폭행으로 번졌나 봐요."

"나도 같이 가도 돼?"

세찬이 그건 조금 곤란하다는 듯 난감한 기색을 내비쳤다.

"아직 팀장님이 이렇다 할 지시를 내린 게 없어서요. 그날 살인 사건 이후로 어느 정도는 긍정적인 것 같긴 한데, 그래도 팀장님 허락 없이 제멋대로 결정하는 건……. 뭣보다 오늘 연차잖아요. 좀 쉬어요, 선배. 뭐가 그렇게 좋아서 쉬는 날까지 여길 찾아와요."

그러게. 해성이 한숨처럼 웃었다.

"아, 맞다. 선배 그 토막 살인 사건 경찰청에 인계하셨어요? 그거 때문에 오늘 차 팀장님 서장님이랑 크게 한판 하신 것 같던데."

해성이 멈칫했다.

"확신은 못 하겠지만요. 오늘 경찰서 분위기 엄청 험악했거든요. 그러니까 팀장님 마주치기 전에 얼른 가요, 괜히 더 찍힐라."

걱정해 주는 세찬을 보며 해성은 억지로 입술을 당겼다. 멀리서 빨리 안 오고 뭐 하냐는 건우의 짜증 섞인 외침이 쩌렁쩌렁 울렸다.

"응. 난 신경 쓰지 말고 얼른 가 봐. 급한 사건 같은데."

세찬은 손을 흔들어 보이고는 단숨에 멀어졌다. 해성은 지체 없이 경찰서 정문을 빠져나가는 형사 차량을 물끄러미 바라보다가 푹 한숨을 내쉬었다.

이제, 어디로 가지.

갈피를 잡지 못하고 바닥만 바라보고 있는데, 시야에 검은색 메이커 러닝화가 들어왔다.

천천히 얼굴을 들었을 때, 해성은 다시 또 미로에 갇힌 기분이었다.

"……팀장님."

"여긴 왜 또 왔습니까."

분리된 공간에서 마주친 그는 다른 세계의 사람처럼 멀게 느껴졌다. 처음부터 그랬다. 직장 상사와 잤다. 섹스를 했다. 그 사실만으로도 피부로 와닿는 불편함과 어색함은 어쩌면 자연스러운 전개일지도 모르겠다.

"도망칠 땐 언제고."

낮게 내려다보는 눈은 사막처럼 건조했다. 시선이 마주치자 해성이 고개를 숙였다. 알게 모르게 굳어지는 검은 눈빛이 날카롭게 심장을 찔렀다.

"나 보러 왔어요?"

"아니요."

사실은 그럴지도 모른다.

"그럼 왜."

차가운 어조로 물었다. 도망치면 남자는 어떤 방식으로든 집요하게 다가와 몇 번이고 잡아챌 것이다. 해성은 호흡을 고르며 다시금 힘겹게 눈을 들었다.

"……갈 곳이 없어서요."

그래서 결국 나는,

돌고 돌아 다시 당신을 찾았다.

어처구니가 없어 강현은 슬며시 미간을 구겼다. 그러다 곧 피식 웃으며 물끄러미 해성을 주시했다.

노골적인 시선에 얼굴이 다 따끔거렸다.

"꼭 길 잃은 강아지가 할 법한 말을 하고 있네요."

확연히 빈정거리는 말투였다.

어딘가 못마땅한 기색이 묻어난 무표정한 얼굴은 말도 없이 도망친 지난밤을 질책하는 듯했다.

이유를 말해 줘야 할까.

그 또한 우스웠다. 묻지도 않았는데. 어쩌면 궁금하지 않을 수도 있는데. 그런 사람에게 정신병원에 다녀왔다고, 예약된 일정이라 어쩔 수 없었다고 변명하는 건, 어쩐지 싫다.

어차피 처음부터 그런 일들을 하나하나 설명하고 납득시켜야 하는 관계가 아니었다. 그런데도.

"여태 뭐 하다가."

이상하다.

"이제 옵니까."

첫 경험 상대가 직장 상사였단 것도, 연인 사이가 아니었단 것도. 하나부터 열까지 전부 쉽게 정의 내릴 수 없는 것들뿐이다.

개방적인 성격이었다면 지금의 이 복잡한 감정이 조금은 나아졌을까.

하물며 평범했다면, 아픔 상처 따윈 모르는. 씩씩하고 마음이 건강한 사람이었다면, 조금 더 솔직하고 당돌하게 굴었을지도 모른다.

팀장님이 좋아요. 좋아졌어요.

우리, 한번 만나 볼래요?

판타지 같은 환상이다. 해성은 속으로 씁쓸하게 웃었다.

"볼일이 있어서ㅡ"

"그러니까. 그 볼일이 뭐였냐고."

해성이 고개를 들었다. 놀란 눈으로 빤히 바라보는데도 강현은 덤덤히 말을 덧붙였다.

"대답. 못 할 문젠가?"

일전처럼 단호하게 돌려보낼 것이라 생각했다. 이번에도 쉬는 날까지 경찰서에 찾아와서 무엇을 얻고 싶은 거냐며 타박할 줄 알았다.

"아……."

해성이 목덜미를 문질렀다. 강현의 눈길도 그녀의 손을 따라 멀어졌다. 해성은 애써 입술을 당겨 웃었다. 수고롭게 꾸며 낸 미소였다.

"좀 피곤해서요. 계속 머물 수도 없고, 집은 무리일 것 같고, 친구는 해외여행 중이라. 당분간은 숙직실에서 지낼 생각입니다."

"묻는 질문에 하라는 대답은 안 하고."

그걸 어떻게 말해. 정신 질환만큼은 숨기고 싶었다.

연애 경험도 없고, 남자를 잘 아는 것도 아니었지만 적어도 그와의 관계는 차근차근 쌓아 올린 서사로 이뤄 낸 사랑이 아니었다.

잠자리를 함께한 상대에게 건넨 최소한의 매너일 것이다. 평소처럼 차갑게 무시했다면 아마 "그럼 그렇지." 합리화하면서도 심장이 철렁 내려앉는 기분을 느꼈을 거다. 상처받고, 우울했겠지.

그래, 무시만 아니면 됐다.

적어도 어젯밤의 기억을 부정하진 않았으니까. 그걸로 만족한다.

아무렇지 않게 서로를 마주 보며 식사를 하거나 소소한 대화를 나눌 만큼 담력이 높지 않다. 자신도 없다. 구질구질해질 것 같다.

해성은 진심을 담아 말했다.

"더 하실 말씀 없으면, 저는⋯⋯."

"이해할 수가 없네."

눈매를 조금 찡그리며 강현이 한 걸음 가까이 다가섰다.

"침대에선 필요 이상으로 솔직하게 굴더니."

물러서려는데 잡아채듯 어깨 위로 큰 손이 내려앉았다.

"이제 와서 왜 쓸데없이 감춥니까."

해성의 동공이 크게 흔들렸다.

가까스로 달래 둔 심장이 당장 폐부를 찢고 나올 것처럼 요란하게 뛰어 대기 시작했다.

직접적인 언급은 없었지만 그의 입에서 나온 어떤 '일'이 무엇을 말하고 있는지 해성은 쉽게 구별해 낼 수 있었다.

꽈악, 어깨를 움켜쥔 남자의 손에 힘이 실렸다. 움직일 수 없었다. 실오라기 하나 걸치지 않은 살결을 서슴없이 주물거리던 손길이 겹쳐 떠올라서. 차마 입에 담지 못할 어젯밤의 낯선 기억은 머리보다 몸이 먼저 기억해 내고 반응했다.

그저 어깨만 쥐었을 뿐인데.

뜨겁게 달아올라 버렸다. 해성은 이를 악물며 간신히 말했다.

"손, 놔 주세요. 직원들이 봅니다."

지나다니는 사람은 없었다. 있다 하더라도 단순히 어깨에 손을 얹는 행위는 결코 수상하게 여겨질 것이 아니었다. 애초에 이곳은 경찰서였고, 모르는 사람이 본다면 그저 팀장이 팀원을 다독여 주는 좋은 그림으로 비칠 것이다.

강현이 가소롭지도 않다는 식으로 픽 웃음을 터트렸다.

"죽겠다며 애원할 땐 언제고."

강현이 엄지로 해성의 목덜미를 긁어 내듯 쓸어 냈다. 흠칫거리는 여자의 반응을 확인한 강현의 입술 끝이 비스듬히 올라섰다.

"중간이 없네. 이해성 씨는."

"팀장님."

"학습력 좀 높여 봐."

겁이 났다. 혹시라도 누가 들을까 싶어서 다급히 흐름을 끊어 냈지만 그는 멈추지 않았다.

"뻔뻔한 반응으로 사람 승부욕 들끓게 만들지 말고."

천천히 목덜미를 타고 내려온 그의 손이 움푹 파인 쇄골을 꾸욱, 짓눌렀다. 어젯밤 일을 잊지 말라 경고하듯. 하필 남자가 입으로 깊게 흡입한 흔적이 새겨진 위치였다. 뭉근한 감촉에 해성의 몸이 굳었다.

입술을 꽉 씹어 문 채로 버텼다. 강현은 그저 해성을 느긋하게 건너다보기만 했다.

"갈 곳이 없다고 했었지."

해성의 목덜미에서 손을 떼어 낸 강현이 들고 있던 파일을 내밀었다.

"받아요."

영문도 모르고 얼떨결에 건네받았다. 자연스레 눈이 낮춰졌다. 해성은 손에 쥐어진 파일철을 물끄러미 들여다보다가 시선을 올렸다.

"이건……."

"토막 살인 사건 피해자 인적 사항입니다."

조사를 끝낸 국과수에서 전달받은 정보 자료였다. 그런데 이걸 왜. 경찰청으로 사건 인계가 확정된 순간부터 아무짝에도 쓸모없어진 종이에 불과했다. 관할서의 수사권은 효력을 잃은 셈이었으니까.

의문을 품은 해성의 얼굴을 비뚜름하게 내리깔아 보며 강현이 무감한 투로 말했다.

"검토 끝나면 내려와서 보고해요."

"무엇을……."

"오늘 아침 국과수에서 연락이 왔습니다. 피해자 시체가 들어 있던 포대에서 머리카락을 발견했다고. 피해자. 또는 가해자. 누구 것일지 결과가 나와 봐야 알겠지만. 그 전에 용의자부터."

강현이 손을 들어 검지 끝으로 파일을 가리켰다.

"증명해 봐요. 이해성 씨 능력."

인적 사항만 훑어보고 그걸 어떻게 추론할 수 있을까. 무리였다. 서류에 피해자의 채무 여부와 상세한 주변 인물의 탐문 조사 내용이 있다면 모를까.

……아. 강현과 눈이 마주친 순간 해성이 속으로 탄식을 흘렸다.

있는 거다. 피해자의 정보 전부가.

해성은 뒤늦게 강현의 진짜 의도를 알아차렸다.

그는 기회를 준 것이다. 논현동 토막 살인범과 동부 연쇄 살인범이 동일범이 맞는지 직접 눈으로 확인할 수 있는 기회. 더불어 시험이기도 했다. 사건 배당에 제외당하지 않고 같은 팀의 동료로 인정받거나, 아니면 전보다 더한 배척을 받거나. 모든 건 실력으로 결정될 것이다.

해성은 다소 복잡해진 표정으로 입을 열었다.

"하지만 이번 사건은 경찰청으로 인계된 사건이지 않습니까. 관할서 소속 직원이 함부로 다룰 문제가 아닌 것 같은데요."

"우습네요. 언제부터 이해성 씨가 절차대로 움직였다고."

강현이 비딱하게 섰다.

"그래서. 인계했어요?"

"예?"

질문을 질문으로 되받아치자 해성이 작게 인상을 찌푸렸다.

강현은 선선히 웃었다.

"시켰는데 안 했잖아. 고집부려서."

"아……."

"책임은 내가 집니다."

어젯밤, 그의 품에 안겨 도와 달라고. 살려 달라 애원했을 때 돌아온 대답이 떠올랐다.

……응.

그냥 말뿐인 소리라고 생각했는데 진심이었다니. 해석하기 힘든 요란한 감정이 목 끝까지 차올랐다.

"열심히……, 해 보겠습니다."

"이 정도는 해야 경계를 풀지."

강현이 턱을 기울여 똑바로 시선을 맞추었다.

"근데. 그딴 걸로 감동받지 말아요. 자존심 상하니까."

조금 짜증 난다는 말투였다.

"오늘 내 앞에 나타났으니까 준 겁니다. 끝까지 눈에 코빼기도 안 비쳤으면."

강현은 해성의 입술을 뚫어져라 직시하며 나직하게 읊조렸다.

"사건이고 나발이고 무슨 수를 써서라도 찾아내서 내가 만족할 때까지 울고 매달려도 안 놔줬어."

그의 언사는 견딜 수 없을 만큼 자극적이었다. 해성은 겨우 발끝에 힘을 주어 버텼다. 정작 강현은 조금도 개의치 않았다.

"경고야."

빤히 쳐다보는 눈빛이 돌연 날카로워졌다. 날것, 그대로였다.

"함부로 내 허락 없이 도망치지 말아요."

다음을 예고하는 말을 더하며 남자가 곁을 스쳐 지나갔다.

○ ◎ ●

집무실 책상 앞에 반듯한 자세로 앉아 서류를 검토하는 재원의 곁에 선 비서가 달달 외워 둔 일정을 빠르게 읊었다.

"내일 일정부터 말씀드리겠습니다. 오전 8시엔 문화예술사업 관련 미술관 확장 포럼이 예정돼 있고, 10시엔 복지공익사업 관련……."

"잠깐."

그만 멈추라는 듯 재원이 손을 들어 보였다. 비서가 입을 다물었다. 서류 하단에 사인을 끝낸 재원이 펜대를 내려놓은 뒤 시선을 들었다.

"무슨, 사육하는 것도 아니고……. 재단 측에선 일시킬 때 밥도 안 주고 지칠 때까지 부려 먹네요."

재원이 부드럽게 눈을 휘어 웃었다. 어디까지나 농담조였지만 비서는 크게 당황한 얼굴이었다.

"죄송합니다. 지금 바로 식당 예약하고 차량 대기시키겠습니다."

"아니. 됐어요."

마저 훑어보던 서류를 비서에게 건네며 재원이 지시했다.

"미팅 결과는 보고서로 확인합시다. 아, 그리고 미술관 작품 경매 참석 명단. 그리고 참석 임원들 목록도 같이, 가져다줄래요?"

"네. 이사장님. 그런데……."

비서가 눈치를 살피며 말끝을 흐렸다. 그 공백의 이미를 알아차린 재원이 미소 지으며 정곡을 찔렀다.

"왜요. 임원 목록 뽑아 달라 한 이유가 걸려요? 내가 비자금 조성한 인원 추려내서 역습이라도 칠까 봐?"

"아니요. 그럴 리가요. 아닙니다."

"혹시 알고 있나 모르겠네요."

탁, 파일철을 소리 나게 덮어 낸 재원이 의자에서 몸을 일으켰다.

"거짓말하는 사람을 구별할 수 있는 방법."

재원이 검지로 비서의 얼굴을 가리켰다.

"난 눈을 보면 알아요. 그러니까, 조심하라고."

비서는 적잖게 충격받은 표정이었다. 재원은 눈앞의 비서가 작년 이 맘때쯤 새롭게 회장직으로 위임한 큰아버지의 측근이란 사실을 일찍 눈치채고 있었다. 동향을 주시하고 보고하는 것이 비서의 주요 임무일 것이다. 그럼에도 추궁하거나 물리지 않는 이유는 아직 그만한 이용 가치가 남아 있기 때문이다.

"나 30분만 쉬죠."

나가 보란 뜻이다. 비서는 변명을 해야 하나 말아야 하나 어물쩍거렸지만 결국 아무런 말도 뱉지 못했다. 비서가 나간 후, 집무실에 정적이 감돌았다.

재원은 데스크에 몸을 기댄 채 창밖 풍경을 감상했다. 반짝이는 불빛들이 도로를 따라 길게 이어지고, 높게 솟은 빌딩들이 숲이 되어 어둠에 먹힌 한강을 감싸 안았다. 돈 주고 살 수 없는 작품이다.

"평화롭네……."

재원은 고요히 중얼거리며 소리 없이 조소했다.

재원이 내내 조용하게 죽어 있던 휴대폰을 켰다. 물끄러미 액정을 들여다보다, 느릿하게 엄지를 움직여 화면을 쓸어 냈다.

"곧 만나자."

최종 목표는 다른 곳에 있다.

멀리 보기 위해선 당장 눈앞에 있는 것을 포기할 줄도 알아야 한다.

재원이 알 수 없는 미소를 그렸다.

09

맞은편 벽면에 설치된 작은 창 너머 푸르스름해진 하늘이 보였다.

어느새 동이 트고 있었지만 해성은 끝내 잠이 들지 못했다.

숙직실에 경찰 직원들이 몇 번이나 드나들고, 옆 침대에서 뒤척거리는 소음이 거슬려도 피해자 인적 사항 서류에 시선을 붙박았다.

눈이 좀 뻑뻑해졌다 싶으면 숙직실 옆 비상구 계단에 쪼그려 앉아 서류를 들여다보았다.

읽고, 또 읽고. 계속 읽었다.

처음부터 끝까지. 다시, 또다시.

횟수가 늘어 갈수록 답은 인정하고 싶지 않은 방향으로 이끌었다.

"하……, 돌겠네."

해성이 무릎 사이에 얼굴을 파묻었다. 절로 욕이 나왔다. 졸려서 그런가. 정신이 혼미하다. 정신 차리자. 뺨을 치고, 눈을 비비고 다시 처음 장을 펼쳤다.

이번엔 한 글자도 허투루 넘기지 않겠다. 다짐하며 눈에 불을 켜고 침착하게 글자를 읽어 내려갔다.

"채무 관계 복잡. 가족 없음. 미혼. 나이 마흔일곱. 전세금 사기……. 신축 빌라 75채 갭 투자. 최근 3년간 문자로 받은 살해 협박 다수."

밑줄 쳐 둔 중요한 문장을 소리 내어 중얼거리는데 해성의 얼굴이 보기 싫게 일그러졌다. 끓어오르는 화를 참지 못하고 들고 있던 서류를 거칠게 내팽개쳤다.

포물선을 그리고 날아간 서류 뭉치가 턱, 둔탁한 소릴 내며 계단 끝에 떨어졌다.

몇 번이고 반복해 들춰 본 흔적이 남은 서류를 죽일 듯 바라보며 해성이 잘근 입술을 깨물었다.

차 팀장의 말처럼 수사는 한쪽으로 치우치는 순간 망한다. 모든 방면에 다양한 가능성을 열어 두고 확실한 증거가 나올 때까지 참을성 있게 중립을 유지해야 한다.

그랬어야 했다.

동일범일 것이라 생각했다. 아니, 확신했다. 해성뿐만이 아니었다. 경험이 많은 다른 수사관들도 마찬가지였다. 이번 토막 살인 사건과 동부 연쇄 살인 사건이 높은 확률로 연관되어 있을 것이라 추측했다.

이게 다 쪽지 때문이다.

"나더러 어떡하라고……."

이번엔 반드시 잡을 수 있을 거라 믿어 의심치 않았다. 그것까진 아니더라도 한층 더 가까워진 줄 알았다. 범인이 남긴 쪽지로 하여금 동부 연쇄 살인 사건의 재수사 가능성도 높아졌으니까. 그런데.

토막 살인을 당한 송정하는 피해자이면서 동시에 가해자였다.

그녀는 75명의 세입자 전세금을 전액 횡령한 사기꾼이었다. 따라서 송정하에게 당한 피해자는 셀 수도 없다. 그녀를 토막 살해 할 동기를 가진 용의자는 차고 넘친단 뜻이다.

만약, 동일범이 아니라면. 단순히 송정하에게 사기를 당한 수많은 이들 중 한 명이 저지른 일반 살인이었다면. 그렇다면 연쇄 살인범이 남긴 것과 동일한 쪽지는 대체 뭐였을까. 어떤 의도로 남겨 둔 것일까. 그저 수사에 혼선을 주기 위한 모방 범죄였나.

차 팀장이 토막 살인 피해자의 인적 사항을 군이 넘겨준 이유는 직접 확인하고 정신 차리라는 뜻이었을까. 틀렸다는 걸 알려 주려고?

엉망진창이다. 한 걸음 나아갔다 싶었는데 다시 원점이다. 동일범일 수도 있지만 그럴 가능성은 현저히 줄어들었다.

이제 믿을 건 국과수에서 뒤늦게 발견한 모발 감식 결과뿐이다. 하지만 그마저 연쇄 살인범과 전혀 관계없는 사람의 것으로 밝혀진다면 재수사는 물거품이 된다. 마땅한 명분이 없기 때문에 결코 쉽게 허락지 않을 것이다. 같은 방식의 살인이 일어날 때까지 기약 없는 기다림을 또 견뎌야 한다.

아예 생각을 안 해 봤다면 거짓말이지만 애써 배제해 둔 경우의 수가 높은 비중을 차지하자 막막했다.

토막 살인범을 잡을 수 있게 되었으니 뛸 듯이 기뻐야 하는데, 머리꼭지까지 차오른 허탈함과 아쉬움을 이루 말할 수 없다.

차 팀장의 말이 옳았다.

자신은 형사가 될 자격이 없다.

"진짜…… 짜증 나."

끝까지 참아 둔 감정이 울컥 쏟아졌다. 주워 담을 기력도 없다.

지쳤다.

정말 이젠, 자신이 없다.

○ ◎ ●

오전 6시.

해성은 화장실에 들러 찬물로 세수를 했다. 붉게 충혈되어 부어 버린 눈은 밤을 샜다고 둘러대면 될 일이다. 아예 거짓도 아니니까.

해성은 후우, 크게 숨을 내쉬고 마음을 추스른 뒤 강력 2팀 사무실 문을 열었다.

밀려 있는 사건이 많았는지, 강현은 정중앙 책상에 꼿꼿한 자세로 앉아 서류와 모니터를 번갈아 가며 확인하고 있었다.

막상 일에 집중하는 얼굴을 보자 치솟았던 분노보다 더한 긴장감이 엄습했다. 지나치게 부지런한 성격이란 걸 알고는 있었지만 밤새 자리를 지키고 있을 줄은 몰랐다.

뭐가 됐든 차라리 먼저 부딪치고 털어 내는 편이 나을지도.

"……보고드리러 왔습니다."

지친 탓인지 잠긴 목소리가 힘없이 흘러나왔다.

이미 들어오는 인기척을 눈치챈 모양인지 강현은 별다른 반응이 없었다. 서류에 시선을 고정한 채였다. 기다란 손가락이 무심히 종이를 넘겼다. 사그락, 날카로운 소음과 함께 강현이 침묵을 깼다.

"예상보다 늦었네요."

쳐다보지도 않고 말했다. 그런 건 이제 아무렇지도 않았다. 해성은 최대한 덤덤한 척 감정을 감추고 앞으로 다가갔다.

"인적 사항을 살펴본 결과, 피해자 이름은 송정하. 성별은 여성. 나이 마흔일곱에 미혼으로 가족은 없으며 75건의 전세금 사기 이력이 있었습니다."

해성이 차분히 말을 잇자 그제야 강현이 시선을 올렸다.

"기본적인 인적 사항이나 듣자고 서류 준 거 아닌데, 난."

이미 내용은 전부 훑어봤으니 쓸데없는 부가 설명 말고 핵심만 전하라는 뜻이다. 모르고 있었어도 부아가 치미는데 알고 있었다고? 하. 터지려는 실소를 간신히 삼켰다. 계속하라는 듯 강현이 턱짓하자 해성은 꿋꿋이 할 말만 전했다.

"토막 살인 피해자 송정하는 흔히 말하는 갭 투자로 75채의 신축 빌라를 매매했습니다. 방식을 알아보니 갭 투자는 매매가와 전세가 사이의 차액으로만 집을 사고, 세입자에게 받은 전세금을 통해 또 다른 집을 사는 방식이었습니다. 은어로는 깡통전세라 하고요."

처벌은 쉽지 않다. 실제 판례 역시 긍정적이지 못했다. 사기죄는 반환할 능력이 없는 상태에서 돈을 받는 경우에만 성립되기 때문이다. 송정하가 처음부터 의도적으로 전세금을 돌려줄 생각이 없었다는 사실을 증명할 방법이 없다.

그 위험을 미리 방지할 수 있는 건 국가에서 시행하는 전세금 반환 보증 보험뿐이다. 그마저 가입하는 데 금액이 발생하고, 그런 쪽으로 무지한 경우도 많다.

"송정하에게 전세금 사기 피해를 당한 세입자 중 전세금 반환 보증 보험에 가입하지 않은 세대주는 총 5명이었습니다."

강현이 의아하단 얼굴로 해성을 올려다보았다.

"그걸 다 조사했습니까?"

네. 송정하에게 사기를 당한 75명의 세대주 전부 다요. 한 명, 한 명 전화 걸어서 직접 물어봤습니다. 대꾸하고 싶었지만 해성은 가볍게 고개를 끄덕이는 것으로 대신했다.

"이번 토막 살인 현장에서 동부 연쇄 살인범이 남겼던 것과 같은 쪽지가 발견된 것으로 보아, 동일범일 확률도 무시할 수는 없습니다만."

강현은 깍지를 낀 손등 위에 슬며시 턱을 괴고서 되물었다.

"없지만?"

"제 개인적인 견해로 이번 사건의 용의자는⋯⋯."

해성이 이를 악물었다. 인정해야 하는데, 그가 원하는 답을 해 줘야 끝이 날 텐데. 이게 뭐라고.

귓가에서 환청이 들리는 듯했다. 가능성을 배제한 너는 형사 자격이 없다 말하던 차 팀장의 낮은 음성이 지속적으로.

똑바로 와 닿는 눈길에 해성은 잠시 말을 멈췄다. 정적이 길어지자 검은 눈동자가 답을 재촉했다. 해성이 질끈 눈을 감았다 뜨며 간신히 말을 이었다.

"동일범일 확률은 낮습니다."

그가 비스듬히 고개를 기울였다.

"왜 그렇게 생각합니까."

"정황상 송정하에게 사기 피해를 당한 75명 중 보험에 가입하지 않았던 5명. 그러니까, 전세금을 돌려받지 못하게 된 사람부터 차례로 조사에 착수해야 할 것 같습니다."

"그러니까 왜."

"⋯⋯살해 동기가 분명하니까요."

손등에서 턱을 떼고 깍지를 풀어낸 강현이 못마땅하다는 듯 인상을 찡그렸다.

"예전부터 자꾸 말끝마다 분명하단 말로 못 박는데. 한번 지적당한 나쁜 습관은 좀 고치죠."

"⋯⋯시정하겠습니다."

물러서지 않고 반박할 줄 알았던 해성이 얌전하게 순응하자, 강현은 잠시 굳은 채 빤히 해성의 눈을 들여다보았다. 얼마나 지났을까. 손안에서 의미 없이 펜대를 굴리며 강현이 입을 열었다.

"좋네요. 짧은 시간 안에 그만큼 생각했다는 게. 좀 놀랐습니다."

답할 필요도 없을 것 같아 해성은 묵언으로 일관했다. 입을 꾹 다물고, 남자의 손 위에서 빙글빙글 쉼 없이 돌아가는 펜만 바라보았다.

"근데. 현장에서 발견된 쪽지는 어떻게 설명할 겁니까."

해성이 천천히 얼굴을 들었다.

"그건……."

"모방 범죄라고 말하고 싶어요?"

속을 꿰뚫고 강현이 말을 가로챘다. 누구라도 할 수 있는 생각이었기에 해성은 놀란 기색 없이 고개를 주억거렸다.

"그럴 가능성이 농후합니다."

강현이 피식 웃음을 흘렸다.

"내 생각은 좀 다른데."

생각지 못한 대답에 해성의 눈이 휘둥그레 떠졌다. 강현이 탁, 펜을 내려놓고 의자에서 몸을 일으켰다.

"관심 없는 투자법을 열심히 공부한 것도 잘 알겠고. 형사답게 이성적으로 판단하려 애쓴 것도 기특하긴 한데."

갑작스럽게 달라진 눈높이에 해성이 조금 얼굴을 치켜들었다.

"잊었나 봅니다."

"무엇을……."

"부검 결과 말입니다. 절단된 부위는 깨끗했어요. 한두 번 잘라 본 솜씨가 아니란 뜻입니다. 물론 이해성 씨가 언급한 용의자 선상에 오른 5명 전부 전과는 없었고."

거기까지 조사를 끝냈다는 건, 이미 자신이 생각한 수를 전부 읽고 훨씬 더 앞서간 상태란 거다.

예상대로 서류를 넘겨준 이유는 사건 공유가 목적이 아닌, 어디까지나 능력 평가를 위한 시험이었다.

해성이 침착하게 반박했다.

"비록 전과가 없었다 하더라도 가능성은 높습니다. 동부 연쇄 살인범 역시, 잡히지 않는 이상 남아 있는 전과 기록은 없을 테니까요."

"똑똑하네요."

"왜 제게 서류를 주신 건가요."

이제 와 따져 묻는다고 달라질 것도 없겠지만, 순수한 호기심이었다.

강현이 무감한 투로 대꾸했다.

"그럼 일하는 곳에서 키스라도 하자고 했어야 됩니까?"

할 말을 잃게 만드는 직구였다. 멈칫하는 해성을 보며, 강현이 건조하게 대답했다.

"이해성 씨가 어디까지 따라올 수 있을지 궁금했다 치죠."

"그럼 저는 합격인가요, 불합격인가요."

당돌하게 묻자 강현이 피식 헛웃음을 터트렸다.

"진짜……, 무슨 깡이지."

돌연 강현의 눈매가 가늘어졌다. 뚫어져라 해성의 눈을 들여다보며 그가 한층 낮아진 음성으로 물어 왔다.

"울었어요?"

"아니요. 밤을 샜습니다. 사건 조사하느라. 그래서."

당황해서 해성은 자신이 무슨 말을 하는지도 몰랐다.

"그 정도로 어려운 일은 아니었던 것 같은데."

퉁퉁 붓고 빨갛게 충혈된 눈은 누가 봐도 운 흔적이었다. 슬퍼서 운 게 아니다. 무기력한 스스로에게 화가 나서 울었다. 바보가 아닌 이상 모를 리가 없다. 특히, 상대가 집요한 차강현이라면.

슬쩍 시선을 내린 강현이 손목에 채워진 시계를 흘긋 확인했다.

"나가죠."

"이 시간에 어딜⋯⋯."

"밥부터 먹일 겁니다."

해성의 입술이 작게 벌어졌다. 이번엔 거절할 수 없을 거라 확신하듯 강현은 해성의 심정 따윈 신경 쓰지 않고 무덤하게 말했다.

"합격일지 불합격일지 대답 듣고 싶으면 따라와요. 말 같지도 않은 변명 번거롭게 갖다 붙이지 말고."

거절할 틈도 주지 않았다.

강현은 의자에 걸쳐 둔 점퍼를 단숨에 빼어 들고 넓은 보폭으로 해성의 곁을 스쳐 지나갔다.

넋이 나간 얼굴로 멍하니 선 해성은 반박자 늦게 정신을 차리고 다급히 강현의 뒤를 쫓았다.

경찰서 출입문을 열고 밖으로 나서자 아직 해가 완전히 떠오르지 않아서인지 검푸른 하늘에선 차가운 새벽 냄새가 물씬 풍겨 왔다.

강현은 이미 운전석에 앉아 전면 창으로 해성을 응시하고 있었다. 잠자코 시선을 맞추며 해성은 천천히 다리를 움직였다.

어디로 데려가 무슨 대화를 나누고 싶은 걸까. 단순히 밥을 먹이려는 의도는 아닐 텐데.

궁금했지만 한계였다. 식욕마저 집어삼킨 피로의 무게가 상당하다. 전신을 뒤덮은 수면욕은 의구심과 호기심마저 귀찮게 만들었다. 해성은 생각하길 포기하고 될 대로 되란 식으로 조수석 문을 열고 차에 올라탔다.

"벨트 해요."

"……네."

강현은 해성이 안전벨트를 착용하는 모습을 두 눈으로 확인한 뒤에야 시동을 걸었다.

"뭘 좋아하냐고 물어봤자 원하는 대답 못 들을 건 뻔하고."

강현이 픽 웃음을 흘리며 운전대를 돌렸다. 대충 알아서 끌리는 곳으로 가겠단 의미였다. 해성이 조용히 피력했다.

"국밥이요. 코스 요리 말고요."

잠시 멈칫한 강현이 해성을 흘긋거렸다. 이유를 묻고 있는 걸까. 해성은 눈치껏 답했다.

"기다리는 걸 안 좋아해서요."

"기다리는 건 싫고, 기다리게 하는 건 좋아하나 봅니다."

냉소적인 어조에 해성이 슬며시 고개를 돌려 강현을 바라봤다. 그는 말이 없었다. 강현이 액셀을 밟자 붕, 소릴 내며 속도가 붙었다.

해성은 차창을 바라보며 혼잣말하듯 작게 중얼거렸다.

"차라리 그 편이 나을지도요."

꽈악, 강한 악력으로 운전대 가죽이 맞물리는 소리가 들렸지만 해성은 애써 못 들은 척했다.

둘을 태운 차는 정문 끝과 끝에 선 의경들의 거수경례를 받으며 부드럽게 경찰서 입구를 빠져나갔다.

주말이라 그런지 도로는 한산했다. 뻥 뚫린 길을 빠르게 내달리는 속도감이 좋아 해성이 창문을 반쯤 내렸다. 쏟아지는 강풍에 몽롱한 정신이 깨어나는 듯하였다.

어느새 한강 다리를 건너고 있었다. 점차 날이 밝아 온다. 생기를 품은 한강의 풍경이 일품이다. 괜히 마음이 다 뭉클해질 만큼.

일출보단 일몰이 더 좋았는데, 왜 사람들이 일출에 환장을 하는지 알 것도 같다. 새로운 시작에 대한 막연한 감동. 뭐, 그런 게 아닐까.

복잡한 머릿속이 한결 개운해진 건 좋았지만, 기분이 좀 이상했다. 어쩐지 뜬금없는 시간의 드라이브. 그 상대가 차 팀장이라는 것도.

감상은 짧았다. 자비 없이 창을 뚫고 들어오는 햇살에 눈이 부셔 저절로 인상이 찡그려졌다.

운전하는 사람은 오죽할까. 해성은 슬쩍 시선을 돌려 강현을 바라봤다. 그는 미동조차 없었다.

걱정을 핑계 삼아 해성은 홀린 듯 강현의 옆얼굴을 훔쳐보았다.

일자로 굳게 다물린 입술, 날렵한 콧대. 허공을 주시하는 서늘한 눈동자. 새까만 머리카락.

……커다란 손.

무감한 저 얼굴이 경계를 풀고 부드럽게 웃을 땐 어떨까. 다정히 손을 잡아 오면, 유독 차가운 체온이 조금은 달라질까.

헛된 생각이 밑도 끝도 없이 깊어질 무렵, 낮은 음성이 흘러나왔다.

"적당히 훔쳐봤으면 내려요."

"아……."

쳐다보는 시선을 느끼고 있었나. 차량 속도가 줄어든 것도 몰랐다. 해성은 다급히 강현의 옆얼굴에서 눈을 떼고 주변을 살폈다.

정말 뜬금없게도 도착한 곳은 도로 한복판에 위치한 식당이었다.

해성은 서둘러 강현을 따라 차에서 내렸다. 온통 자갈밭이었다. 이름 모를 산을 등진 식당은 벽돌과 목재로 이뤄져 있었다. '가마솥국밥'이라 적힌 간판이 보이고, 낡지도 호화롭지도 않은 건물 외벽이 눈에 들어왔다.

안으로 들어서자 따뜻한 국밥 냄새가 확 풍겼다. 넓은 내부에 비해 손님은 없었다. 노인 둘이 전부였다. 대형 화물차를 모는 사람이 식사를 하러 오거나 알 만한 사람만 찾는 곳 같았다.

몇 번 와 본 곳인지 강현은 망설임 없이 걸어가 창가 자리에 자리를 잡았다. 엉거주춤 따라 앉는 해성을 가만히 건너다보며, 강현은 궁금해하는 해성의 속을 용케 꿰뚫었다.

"경찰청에서 근무할 때 몇 번 와 본 곳입니다. 맛은 나쁘지 않던데 소고기국밥 괜찮습니까."

"저는 상관없습니다."

생각나는 것이 없어 대충 빨리 먹을 수 있는 메뉴를 선택한 것인데 정말로 국밥집에 데려올 줄은 몰랐다. 당황한 건 그뿐이 아니었다. 인사도 없이 다가온 이모님은 메뉴를 묻지도 않았다. 덜컥 뚝배기 두 그릇만 내놓고 그대로 멀어져 갔다.

"……메뉴가 하나인가 봐요."

해성은 뜨거운 김이 퍼지는 국밥을 바라보면서 눈을 깜빡였다. 강현은 물수건으로 손을 닦으며 대수롭지 않게 답했다.

"맛에 자신 있나 보죠. 들어요."

식당에 들어와 식사를 시작하기까지 시간은 1분도 채 걸리지 않았다. 당혹스러워하는 사람은 저밖에 없는 듯 보였다.

처음은 부담스러울 정도로 화려한 한식집이었는데, 지금은 지극히 평범한 국밥집이다. 두 번의 겸상은 괴리감이 꽤 컸다. 강현을 따라 해성은 묵묵히 식사를 시작했다.

예전부터 느꼈지만 차 팀장의 식사 방식은 굉장히 조용한 편이었다. 그릇에 숟가락이나 젓가락이 닿는 걸 본 적이 없다. 때문에 긁히는 소음도 없다.

음식물을 씹을 때마저 입을 다물고 소리 없이 먹는다. 흐트러짐 없는 절제된 자세로. 마치, 철저한 교육으로 훈련된 사람처럼. 보고 있으면 괜히 숨이 막혔다.

식사가 끝나 갈 무렵, 먼저 반듯이 수저를 내려놓은 그가 입을 뗐다.

"오해한 것 같아서 말해 두는데, 나 이해성 씨 열받게 하려고 서류 넘긴 거 아니에요."

국을 뜨려다 말고 해성이 시선을 올렸다. 의아함 반, 놀라움 반이 섞인 표정은 곧 휘발되어 아무런 감정도 남지 않았다.

"······알고 있습니다."

"얼굴은 몰랐던 것 같은데."

"그게 무슨······."

"한 대 칠 것 같은 표정이라서."

강현이 가볍게 웃자 해성은 황급히 손등으로 제 얼굴을 쓸어 냈다. 표정 관리를 한다고 했는데 티가 났나. 해성은 긴 숨을 내쉬며 속내를 밝혔다.

"처음엔 오해할 뻔했지만 지금은 아닙니다. 팀장님이 아니라 저한테 화가 났어요."

"왜?"

"스스로 생각해 봐도 형사 자격이 없는 것 같아서요."

"새삼스럽네요."

강현이 고개를 갸웃거리며 슬며시 입술 끝을 당겨 웃었다.

해성이 입술을 감쳐물었다.

"직접 서류를 확인하는 동안에도 믿기 싫었어요. 명확한 근거를 찾기 위해서가 아니라, 동일범이 아닐 거란 확률을 단 1%라도 낮추고 싶어서. 그래서 몇 번이고 다시 재검토하느라 늦었던 거예요."

"아아."

강현은 감흥 없이 고개를 끄덕였다. 공허한 반응을 보자 묘하게 속이 뒤틀린다. 그래서 해성은 일부러 불을 지폈다.

"토막 살인범이 연쇄 살인범이었으면 좋겠다고 생각했고, 그건 지금도 마찬가집니다. 모발 감식 결과가 나왔을 때 만에 하나 동일범이 아닌 게 확실시되면, 솔직한 심정으론 실망할 것 같습니다. 또 언제까지 기다려야 하나 막막할 것 같고요."

그가 의미심장한 표정을 지었다.

"내게 이런 말을 하는 이유는?"

"어떻게 해야 할지 모르겠어요."

해성은 별 의미 없이 숟가락으로 국을 휘저었다.

"왜요. 이제 와서 때려치우기라도 할 생각입니까?"

거기까지 생각해 본 적은 없지만. 테이블에 숟가락을 내려놓은 해성이 얼굴을 들었다.

"비난하셔도 좋습니다."

서류를 검토하고, 팀장 앞에서 보고하는 내내 각오한 일이었다. 차라리 따갑게 질타했다면 마음이라도 편했을 텐데. 아무런 말이 없는 그가 야속하다. 더한 형벌이다.

무표정한 얼굴로 악담을 퍼붓고, 형사 자격이 없다며 차갑게 배제하던 차 팀장의 선택과 판단은 백번 옳았다. 살인범이 누구였든, 단지 가족의 복수에 눈이 멀어 이성적인 판단을 내릴 수 없는 자신은 정의를 꿈꾸고 말할 자격이 없다.

아니, 자신이 없다.

마시던 물컵을 조용히 테이블에 내려놓으며 강현이 입을 열었다.

"위험한 발언 하나 할까 하는데."

해성이 슬쩍 눈을 들었다.

"나는 피해자 송정하의 죽음이 그다지 안타깝지 않아요."

영문을 알 수 없는 말에 해성이 미간을 좁혔다.

"누구는 말할 겁니다. 살인범은 마땅히 죗값을 치러야겠지만 한평생 피땀 흘려 모은 75명의 전 재산을 횡령한 송정하 역시, 피해 갈 수 없는 심판이었다고. 차라리 잘 죽었다고, 말입니다."

더없이 무미건조한 어조였다.

"인간은 똑똑합니다. 살기 위해 사냥하는 짐승이나, 입력된 계산으로만 움직이는 기계와 달라요. 감정이 있기 때문에 인간이 저지르고 생각하는 모든 행동 속에 모순과 예외가 발생하는 겁니다."

강현이 천천히 눈꺼풀을 밀어 올렸다.

"그중엔 나도. 그리고……."

검은 눈동자가 똑바로 날아들자 해성이 흠칫했다.

"이해성 씨도 포함되겠죠."

이해할 수 없는 긴장감이다. 해성이 입을 달싹였다.

"이해가 잘 안 됩니다."

"내가 이해성 씨한테 형사 자격이 없다고 했었지."

"네."

"못마땅한 건 변함없지만 아예 쓸모없다고 생각하지도 않습니다."

위로를 해 주려는 것처럼 느껴진다면. 드디어 정신이 어떻게 된 걸까.

한편으론 우스웠다. 형사 될 자격도 없다 했으면서.

"아닌 척 어쭙잖게 숨기려 드는 것보단 차라리 지금처럼 솔직하고 뻔뻔하게 인정하는 편이 낫다 생각한다고, 난."

강현이 빤히 해성을 주시했다.

"경찰을 때려치우든 말든 내 알 바 아닌데. 좀 짜증이 나네."

해성과 눈이 마주치자 강현이 피식 웃었다. 뒤틀린 웃음을 마주한 순간 심장이 쿵 내려앉는 기분이 들었다.

"도와 달라고 안기지나 말든가."

당장이라도 달려들어 물어뜯을 것처럼, 짙게 가라앉은 남자의 눈빛은 정중하지 못했다.

"있는 대로 꼬셔 놓고. 응?"

해성이 숨을 멈췄다. 당황한 나머지 눈을 깜빡이는 것조차 잊었다.

"저는 그런 의도가……."

"됐고."

강현이 가볍게 말을 끊자 해성의 입술이 자그맣게 벌어졌다.

"예상했던 살인범이 아닐까 봐 밤새 괴로워하는 경찰. 그 순수한 팀원을 상대로 당장 차로 데려가 밀어 눕힐까 고민하는 팀장."

해성의 눈이 점점 더 커다래졌다.

"둘 중에 누가 더 미친 것처럼 보입니까."

아무리 생각해 봐도 내 눈엔 너보단 내가 더 잘못된 것 같거든.

강현은 싱겁게 웃으며 빌지를 낚아채듯 집어 들고 몸을 일으켰다.

"합격시켜 줄 테니까 그 잘난 머리로 다시 한번 잘 생각해 봐요."

완벽한 역전이었다.

○ ◎ ●

여전한 일상이었다. 겨우 의자에 앉았다 싶으면 사건은 쉴 틈을 주지 않고 숨 가쁘게 떨어졌다. 긴급 출동과 보고서 작성을 끝없이 반복하니 시간은 정신없이 흘러갔다.

문제가 발생한 시점은 평소와 다름없는 하루의 끝이었다. 퇴근 직전,

차 팀장은 팀원들을 불러 모아 통보와 다를 바 없는 지시를 내렸다.

'앞으로 배당 떨어지는 일반 강력 사건은 조 경위 지휘 아래 박 경사와 김 순경이 처리하고, 송정하 토막 살인 사건은 나와 이해성 경장이 함께 움직여 조사에 착수합니다.'

누구도 예상하지 못한 통보였다.

경찰서장과 갈등이 있었고, 의도적으로 해성을 배제한 이력이 있었기에 팀원들은 갑작스러운 강현의 결정을 이해하지 못했다.

이어진 말은 상상 그 이상의 큰 충격을 안겨 주었다.

'모든 건 내부적으로 진행합니다.'

당혹감을 감출 수 없었다.

누구보다 매뉴얼을 중요시 여기는 차 팀장이 '내부적' 이라는 단어를 굳이 덧붙여 언급했다는 건, 경찰 조직의 절차를 완전히 부정하겠다는 뜻이자 불합리한 처사와 암묵적인 비리를 인정하고 대놓고 뿌리를 뽑겠다는 일종의 경고였다.

강현은 팀원들을 진실되게 신뢰하지 않았다. 2팀 팀원들은 강현과 오랜 시간 함께해 온 동료도 아닐뿐더러, 만들어진 유대감도 없었다. 더불어 개인적인 성향이 강한 차 팀장은 누군가에게 의지하거나 협조를 구할 인물이 아니었다.

그런 분이 갑자기 왜?

팀원들은 의구심을 감추지 못했다. 퇴근 후 조형운 경위의 주선으로 급히 만들어진 술자리에서 대화 주제는 당연히 '차 팀장의 발언' 으로 집중됐다.

형운은 복잡한 속을 게워 낼 기세로 맥주잔에 가득 따른 술을 단숨에 들이켜고서 집요하게 캐물었다.

"야, 이해성. 너 진짜 차 팀장이랑 뭐 없었어?"

해성은 복잡한 얼굴로 침묵했다. 부정하기도 인정하기도 애매했다. 붕어처럼 입술을 벙긋거리던 해성은 결국 고개를 끄덕이는 것으로 거짓을 말했다.

"근데 갑자기 왜 저러냐고. 오늘 떨어진 사건만 해도 몇 건이냐. 다들 알잖아. 한 명 빠지는 것도 벅찬데, 팀장까지? 아무리 사건 최종 결재는 차 팀장이 맡겠다고 했지만 현장 출동에 인원이 모자라면……. 아니, 것보단 이번 일 윗분들 귀에 들어가는 순간 끝장인데!"

형운은 연거푸 한숨을 내쉬며 빈 잔에 다시 술을 따랐다.

잠자코 상황을 지켜보던 세찬이 잘 익은 삼겹살을 입안에 밀어 넣으며 대화에 끼어들었다.

"근데, 그건 우리만 입 다물면 되는 문제 아니에요? 그리고 절차대로라면 일반 사건은 우선적으로 현장에서 저희가 처리하는 게 맞잖아요. 말처럼 결재는 팀장님이 맡기로 했고요. 코드 넘버 낮은 중대 사건도 맡아서 지휘하겠다 하시고. 딱히 문제 될 건 없어 보이는데."

세찬이 어깨를 으쓱이며 눈치 없이 이어 말했다.

"결국 토막 살인 사건에 의심스러운 부분만 우리끼리 다시 조용히 조사해 보자는 건데. 다들 경찰청에 인계하란 명령은 부당하다 생각했잖아요. 아닌가?"

세찬의 말이 옳았다.

일명, '송정하 토막 살인' 사건은 엄밀히 따지면 강남서에 최초로 떨어진 사건이었기 때문에, 조사 권한은 당연히 2팀에게 있다.

2팀을 통솔하는 팀장 입장에서 봤을 때 마땅한 이유도 없이 다짜고짜 경찰청에 인계하란 명령은 자존심도 말이 아니지만, 어딘가 구린내가 난다고 충분히 판단될 문제였다.

"넌 그게 말처럼 쉬워 보이지?"

형운이 한심스럽다는 듯 쯧, 혀를 찼다. 곁에 앉은 건우가 거들었다.

"토막 살인 사건이든, 일반 사건이든, 팀장님만 이중으로 사서 개고생 하겠다는 거죠, 뭐. 팀원들한테 짐 풀고 싶지 않다. 거기까진 이해할 수 있는데, 그래도 어느 정도는 의지해 주셨으면 하는 마음도 있네요. 지시만 따르고 입 다물라는 건, 듣는 입장에서 서운할 수 있는 문제니까."

형운은 이번엔 격하게 고개를 끄덕이며 건우의 의견에 동의했다.

"그래. 박건우 너 말 한번 잘했다. 내 말이 그 말이라고. 맨날 지만 잘났지, 아주."

거친 형운의 말투에 세찬은 슬쩍 인상을 찡그리며 반박했다.

"에이, 경위님. 무슨 말을 또 그렇게 해요. 누가 들으면 오해할라. 매번 그러니까 강남서에서 인기가 없는 거예요."

"뭐야?"

"경위님 요즘 팀장님 일 처리 방식 맘에 든다고 하셨잖아요. 좋으면 좋다. 걱정되면 걱정된다. 솔직하게 말하는 게 그리 어렵습니까?"

"새끼가 진짜……. 야, 인마. 너 내가 적당히 기어오르라 했어, 안 했어. 아주 이젠 머리꼭지까지 맞먹으려고 하나?"

꽉 묶인 분위기가 느슨해졌다. 세찬이 눈웃음을 흘리며 그럴 리가 있겠냐고 천연덕스럽게 답하자, 형운의 볼멘 잔소리가 이어졌다.

술은 처음부터 마실 생각도 없었다. 해성은 팀원들의 대화를 듣는 둥 마는 둥 흘려듣고서 그저 의미 없이 술잔만 말아 쥔 채였다. 황금빛으로 일렁이는 맥주를 가만히 들여다보았다. 보글보글 타오르는 탄산 거품이 조금씩 가라앉을 때쯤, 형운이 목청껏 소리쳤다.

"아, 몰라! 됐어. 나 입 가벼운 거 다 알지? 혹시라도 상황 눈치채고 서장이 나 호출해서 추궁하면 빠짐없이 전부 다 불어 버릴 거니까 그리들 알어."

놀란 해성이 번쩍 얼굴을 추켜들었다.

"왜! 뭐! 그래. 나 의리 없다. 니들보단 내 가족이 더 중요해. 됐냐? 솔직히 차 팀장이 우리한테 뭐 해 준 거 있어? 이거 해라 저거 해라 시키기만 했……."

"안 됩니다. 경위님."

뇌를 거치지 않고 무작정 뱉어 낸 말이었다. 뒤늦게 후회해 봤지만 때는 이미 늦었다. 형운은 느슨히 입을 벌리고서 벙찐 얼굴로 해성을 쳐다봤다. 건우와 세찬 역시 다를 건 없었다. 의아하다는 표정이었다.

"아, 그게."

수습해 보려 해도 도무지 떠오르질 않는다. 어떡하지. 눈동자를 굴리며 잔머리를 굴리고 있는데, 와 닿는 눈빛들은 갈수록 더 집요해졌다.

해성은 입술을 달싹이며 급조하여 꾸며 낸 변명을 늘어놓았다.

"다들 아시겠지만 팀장님은 분명 서장님이 전하신 말씀대로 경찰청에 인계하라 지시하셨습니다. 어디까지나 제 개인적인 뜻으로 일부러 인계하지 않았던 거예요."

"왜?"

형운이 정색하며 묻자 해성은 긴장으로 맥주잔을 쥔 손에 꽈악 힘을 더하며 차분히 답했다.

"……경찰청에 인계하라는 지시를 납득할 수 없어서요."

"그러니까아, 네가 뭔데 그걸 납득한다 못 한다 결정짓고 있냐고요.

이해성. 너 고작 경장 나부랭이야. 사법 경찰관도 아니고, 중견 간부급도 아니라고. 무궁화꽃도 못 피워 본! 겨우, 고작! 봉우리 세 개짜리가. 어? 낄 곳 구분도 못 해?"

형운은 들고 있던 술잔으로 테이블을 탁탁 내리치며 언성을 높였다. 해성은 고개를 들지 못했다. 형운은 말을 곱씹으며 기가 막힌단 듯 헛웃음을 터트렸다.

"뭐? 납득을 할 수 없어? 하, 돌아 버리겠네."

상황이 격해지자, 보다 못한 건우가 나섰다.

"경위님. 일단 진정하시고요. 이 경장 입장부터 좀 들어 봐요, 네?"

"입장? 이입자앙? 허. 그래. 이해성 어디 한번 들어나 보자. 뭐가 그렇게 납득할 수가 없었던 건데? 관할서 담당 살인 사건이 경찰청에 인계되는 게 한두 번 있던 일이냐? 경찰청 새끼들, 우리가 기껏 개고생해 가며 주워 담아 온 자료 싹 다 빼 가서 지들 성과로 돌리는 거, 그 양아치 같은 수법 몰라?"

"전 성과쯤 인정받지 못해도 상관없습니다. 걱정이 되었을 뿐이에요. 경찰청에 인계되면 절차 밟는 시간까지 포함해서 언제 수사가 진행될지 모르니까요. 그동안 또 다른 피해자가 생길 수도 있고요. 전부 확신할 수 없는 것들뿐이라면, 공동 수사는 어떻겠냐고 제가 먼저 팀장님께 자문 구했던 겁니다."

다급히 꾸며 낸 변명치고는 꽤 그럴싸했다. 하지만 상당히 예민한 발언인 것은 분명했다. 경찰 조직의 절차를 비난했고, 경찰청 수사 진행 과정을 폄하하기까지 했다. 한낱 관할서 경장 따위가.

"너……"

적잖게 당황한 형운은 차마 말을 잇지 못했다. 해성이 이런 식으로 대담하게 나올 줄은 몰랐는지, 세찬과 건우 역시 놀라 굳은 얼굴로 눈만 껌뻑거릴 뿐이었다.

"여기 계신 분들 모두 저와 같은 생각일 거라 감히 생각합니다. 모든 결과에 따른 책임은 전부 제가 지겠습니다. 그러니 굳이 힘써 외부로 발설하진 말아 주세요. 협조하지 않으셔도 좋습니다. 그냥, 모르는 척만이라도 해 주셨으면 합니다."

해성은 가까스로 숨을 몰아쉬고는 자리에서 일어나 꾸벅 허리를 굽혀 인사했다.

"저는 볼일이 있어 먼저 들어가 보겠습니다. 내일 경찰서에서 뵙겠습니다."

다급히 붙잡는 세찬의 음성이 등 뒤로 넘어왔지만 해성은 못 들은 척하며 식당을 빠져나왔다.

"하……."

신경질적으로 앞만 보며 걸었다.

분했다. 억울했다. 참담했다.

부정해진 정의를 바로잡고, 죄 없는 사람을 무참히 살해하거나 폭력을 행사한 이들의 죄목을 밝히고, 죗값을 받아 내야 하는 경찰이.

전부 썩었다. 오염됐다.

힘없는 동료들은 침묵하길 바란다. 어차피, 처음부터 그런 곳이었다고. 괜히 들쑤시면 그 감당은 온전히 우리의 몫이라고. 너도 알지 않느냐고.

그 말들이 정말 많이 아팠다. 괴로웠다. 숨이 꽉 막혔다.

동부 연쇄 살인 사건을 담당했던 형사님도 같은 기분이었을까.

해성은 왈칵 쏟아지려는 감정을 꾹 눌러 삼키고서 고개를 들었다.

깜깜한 하늘마저 침묵해 버린 밤.

작게 소리 내어 빛을 밝히는 별 하나 없었다.

정말이지, 빌어먹게도.

○ ◎ ●

간단한 짐이라도 챙겨 나올 생각으로 잠시 집에 다녀올까 생각했지만 혹시 모를 상황을 조심해서 나쁠 건 없었다. 결국 해성은 어느 곳보다 안전한 경찰서로 향했다.

바로 숙직실로 올라가려 했으나 언제 국과수에서 모발 감식 결과 전화가 걸려 올지 예상할 수 없었다. 때문에 자정까진 2팀 사무실에 남아 있어야겠단 판단이 앞섰다.

사무실에 들어섰을 땐 아무도 없었다. 오늘 당직은 차 팀장이었다. 보나 마나 당직실에 있을 터다.

해성은 텅 빈 공간을 가로질러 걸어가 지정 데스크에 휴대폰을 던지듯 올려 두고서 털썩 앉았다.

"지치네……."

한숨과 함께 눈을 감았다.

차 팀장은 무슨 생각으로 그런 지시를 내린 걸까. 뭘 믿고 위험한 도박을 저지른 걸까.

팀원 중 누군가가 남몰래 발설할 수도 있다. 그렇게 된다면 차 팀장은 절차를 무시한 대가로 징계를 피해 갈 수 없을 것이다. 어떻게.

한마디 상의도 없이.

정말, 알다가도 모를 사람이다.

잡념으로 머리가 지끈거렸다. 졸린데, 피곤한데, 잠은 오질 않는다. 불면증은 뜸했던 악몽이 다시 시작될 것이라는 전조 증상이었다.

그때, 덜컥 사무실 문이 열리는 소음이 귓전을 파고들었다. 번쩍 눈을 뜬 해성이 얼굴을 돌렸다.

차 팀장이었다.

그는 조금도 놀란 기색 없이 태연하게 걸어오며 무심히 물었다.

"오늘도 경찰서에서 노숙할 생각입니까."

노숙이라니. 어쩐지 가시가 박힌 말투였다. 해성이 엉거주춤 의자에서 몸을 일으켰다.

"아닙니다. 곧……."

"나 기다렸습니까?"

국과수의 연락을 기다렸던 이유가 컸지만, 이상하게 반박할 수도 없었다. 어느 정도는. 맞는 말이라서.

차 팀장은 바라지도 않는다는 듯 가볍게 실소를 터트렸다. 볼일을 마저 하려는지, 자리로 다가가 책상에 올려 둔 서류를 챙겼다. 그의 뒷모습을 물끄러미 응시하고 있는데, 서류를 집으려다 말고 강현이 잠시 움직임을 멈추었다.

"난 여전한데."

시선을 주지 않은 채 말했다.

"키스하고 싶고."

그 짓도 하고 싶다고.

이유 없이. 목적 없이. 그저.

강현이 천천히 몸을 돌렸다. 비스듬히 고개를 기울이고서 빤히, 지나치게 빤히 해성의 눈을 들여다보았다.

먼저 시선을 피한 쪽은 해성이었다. 남자의 깊은 눈을 마주하고 있자면 끝을 알 수 없는 심해를 들여다보듯 두려웠다.

무엇을 담고 있을지, 찰나의 호기심마저 흔적도 없이 무참하게 집어

삼킨다. 그 거친 기세에 휩쓸리지 않기 위해선 애초부터 발을 담그지 말아야 한다. 그랬어야 했는데.

애써 책상만 바라보고 있는 사이, 느린 걸음으로 다가온 강현이 나직하게 뇌까렸다.

"질문에 대한 답은. 생각해 봤습니까."

심장이 철렁 내려앉았다.

'예상했던 살인범이 아닐까 봐 밤새 괴로워하는 경찰. 그 순수한 팀원을 상대로 당장 차로 데려가 밀어 눕힐까 고민하는 팀장.'

둘 중에 누가 더 미친 것처럼 보이냐고. 합격시켜 줄 테니 그 잘난 머리로 다시 한번 잘 생각해 보라던. 지난날 차 팀장의 낮은 음성이 뇌리를 스치고 지나갔다.

어디까지나 충동적으로 내지른 말이라고 생각했다. 그러니 마음에 담아 둘 것도 아니었다. 흘려들었고, 까맣게 잊어버렸다.

그런데 그는 보란 듯이 죽여 둔 기억을 다시 상기시켰다. 이쯤 되니 그의 의도가, 진심이 궁금해진다.

해성이 조심스럽게 얼굴을 들어 시선을 마주했다.

"……그 말이 진심이었다면."

마른침을 겨우 삼켜 내고서 내내 억눌러 온 속내를 털어놓았다.

"미친 쪽은 팀장님 같습니다."

정말 제정신이 아닌 답이었다. 묵직한 정적이 흐른 끝에 강현이 하, 하고 단발적인 웃음을 터트렸다. 그러다 이내 웃음기를 싹 지워 낸 무감한 얼굴로 물었다.

"왜 내가 미쳤다고 생각했는데."

"계속 헷갈리게 하니까요."

취약점을 꿰뚫어 보고,

시도 때도 없이 들춰내려 하는 당신이 이제는 버겁다. 바람을 따라 잔잔히 들썩이는 물결이 세찬 파도로 변질되길 원하지 않는다.

선을 그을 수 있다면 지금.

이 순간.

"원할 때 언제든 도움이 필요하면 말해 달라 하셨죠. 저는 그날이 마지막이었습니다. 그러니 팀장님한테 손 내밀 일도 두 번 다신 없을 겁니다."

"누구 맘대로……."

강현이 눈가를 작게 찡그리며 한 걸음 더 다가왔다.

"그걸 결정합니까."

해성이 반사적으로 뒷걸음질 쳤다. 하지만 얼마 가지 못해 움직임이 멈추었다. 남자가 가볍게 손목을 잡아챈 탓이다.

"원할 때 언제든. 그 도움을 필요로 할 사람이 어째서 이해성 씨한테만 해당될 거라 단정 짓는지, 이해가 잘 안 되네요."

남자의 얼굴이 순식간에 가까워졌다. 자칫하면 닿을 듯 위태로운 거리에서 해성이 반사적으로 고개를 비틀었다. 강현은 여자의 입술을 지그시 내리깔아 보며 조용히 조소했다.

"계약은 혼자 하는 게 아닌데."

입술 위로 남자의 뜨거운 숨결이 내려앉았다. 해성의 속눈썹이 파르르 떨렸다.

"반대로 내가 널 필요로 하게 될 수도 있잖아. 안 그래?"

해성이 가까스로 입을 뗐다.

"……팀장님."

"응. 말해요."

"여기, 경찰서입니다."

"알아요."

더 이상은 안 돼.

누가 들어오면 어떡해.

머릿속에선 적신호가 켜진 지 오래였다. 다급한 속을 아는지 모르는 지 사선으로 올라선 남자의 입술은 이 순간마저 여유를 부렸다.

"들어오면서 문 잠갔어."

"아……."

"CCTV는 교체 작업 중이고."

해성이 이를 악물었다.

"내 진심이 궁금해요?"

"아니라면 거짓말이겠죠."

"본인은 숨길 거 다 숨겨 놓고. 그건 좀 이기적이지 않나."

이 남자는 처음부터 물러설 생각이 없던 거다. 빈틈을 보이는 순간 달려들 것이다. 거기까지 생각하자 해성은 돌연 속이 뒤틀렸다.

"왜……."

이렇게까지. 나를 몰아세우나요.

사랑 따위 하지 않겠다 했으면서.

왜 자꾸 착각하게 만들어.

수많은 질문들이 턱 끝까지 차올랐다. 강현이 해성의 목덜미에 입술을 묻었다.

"그날 밤."

"웃……."

혀를 굴리다가 이를 세워 목덜미를 깊게 흡입한다. 아찔한 감촉에 간신히 참아 둔 숨이 왈칵 쏟아졌다.

"난 좋았는데."

일전에 남겨 둔 흐릿해진 흔적이 다시금 붉어지자, 만족스럽다는 듯 입술을 슬며시 늘이며 남자가 슬쩍 얼굴을 들었다.

"이해성 씨는 별로였나 봐."

"아니……."

"아니야?"

당황한 해성이 눈을 깜빡였다.

"난 계속 생각났어."

해성은 똑바로 시선을 맞추지 못하고 이리저리 눈동자를 굴렸다. 강현이 손을 뻗어 해성의 턱을 잡아챘다.

"제대로 봐."

피하지 말고. 강현이 낮게 말했다.

"나 이미 너한테 넘어갔잖아."

알고 있던 차 팀장이 아니다. 평소였다면 감히 상상조차 못 했을 말을 아무렇지 않게 뱉는다. 피곤해서 머리가 어떻게 된 걸까. 그 정도로 현실감이 없었다.

무슨 대답을 해야 할지 가늠도 되지 않았다. 사고가 멈춘 듯했다.

"살려 달라며. 그래서 도와주려고 하잖아. 답지 않게 최선을 다해서 너만 편애하고 있는데. 안 보여?"

"팀장님."

강현이 엄지로 해성의 아랫입술을 꾹 짓눌렀다. 알고 있었으면.

"칭찬해 줘야지."

해성은 간신히 이성을 붙잡았다.

"손 좀……."

"싫은데."

모든 것을 부정하는 대답 한 번에 고요한 세계가 단숨에 엉켰다.

그가 강하게 움켜쥔 손목이 조금씩 아려 왔다.

"……아파요."

단호한 눈빛은 여전했지만, 더 이상 손목으로 전해지는 통증은 없었다. 아프단 말 한마디에 강현은 바로 손힘을 풀었다.

그 작은 행동만으로 심장이 뜨거워지는 건, 애정 결핍 탓인가.

이 관계를 계속 이어 가면, 그 끝엔 과연 뭐가 남을까. 아무것도 없을 거다. 한쪽에서 진심을 담은 순간 끝이 나야 맞다. 상처받고 싶지 않은데, 남자를 거절하지 못한 건.

정말 멈출까 봐.

건조한 저 입술이 끝을 말할까 봐.

그게 두려워서. 단지, 그래서.

완벽히 끊어 내지 못하는 거다.

"생각이 많아 보이네요."

그럴 땐 그냥 끌리는 감정에 집중하는 편이 이롭다고, 조언하듯.

남자가 선선히 웃었다. 그러면서 턱을 쥔 손에 힘을 줘 얼굴을 슬쩍 당겼다. 힘에 이끌려 해성이 주춤 한 발짝 다가섰다. 곧 강현이 큰 손으로 목덜미를 감싸 안고 입을 맞춰 왔다.

따뜻한 열감이 훅 끼쳤다. 강현이 슬며시 아랫입술을 물었다 놓았다. 아, 조그맣게 터져 나온 신음을 가르며 남자가 혀를 밀어 넣었다.

상당한 무게에 몸이 떠밀렸다. 한 걸음 물러서면, 그는 한 걸음 더 가까이 다가서며 집요하게 따라붙었다. 거친 입맞춤에 숨 한번 제대로 쉬어지지 않았다.

눈앞이 빙글 돌았다.

키스하며, 느린 손길로 허리를 지분거렸다. 당장이라도 주저앉을 듯 다리가 후들후들 떨려 왔다.

그럼에도 남자는 멈추지 않았다.

그를 이해할 수 없었지만, 충동적인 행위를 누군가에게 들킬까 두려웠지만, 해성은 멈출 수 없었다.

그만두라고 말할 수 없었다.

좋았으니까. 안심해서. 그뿐이다.

그 역시, 같은 마음일까.

지금 이대로도 충분히 숨 막히게.

좋아서.

뾰족이 날 선 말과 다르게 다정한 키스가 좋다. 그래서 잠깐 정신이 어떻게 된 걸지도 모른다.

"싫어?"

낮은 음성으로 물어 오자 해성이 조용히 고개를 내저었다.

좋다는 뜻.

그의 입술을 받아 내느라 목이 끝까지 젖혀졌다. 벽에 등이 부딪치고, 다리의 움직임도 멈췄을 때쯤 강현이 해성의 옷 속으로 손을 밀어 넣었다. 차가운 온도가 허락 없이 살에 닿자 흠칫, 몸이 경련을 일으키며 멋대로 떨렸다. 이건 예상에 없었는데.

놀라 번쩍 눈을 뜬 해성이 다급히 입술을 떼고 강현의 가슴팍을 밀쳤다. 그런다고 순순히 밀려날 사람도 아니지만, 있는 힘껏 저항했다.

"더 이상은 안 돼요."

"왜?"

"여기선, 안 돼요."

"왜."

남자가 가슴을 쥔 채로 약 올리듯 느리게 엄지를 움직였다. 부푼 살 끝을 살살 문지르자 해성이 하악, 바스라진 숨을 토해 내며 가까스로 답했다.

"경찰서니까……."

"키스는 되고, 가슴은 안 돼?"

말문을 턱 막히게 만드는 노골적인 질문이었다. 뒤늦게 깨달은 사람처럼 강현이 나직이 탄식했다.

"아. 그다음이 안 된다는 건가."

강현이 모호한 미소를 그렸다.

그녀의 요구대로 고분고분 가슴에서 손을 떼는가 싶더니 그대로 겨드랑이에 양손을 끼워 넣고 가뿐히 해성을 들어 올렸다.

안착한 곳은 해성의 지정 데스크였다. 앗, 소리 낼 시간조차 주지 않고 강현은 다시 목덜미에 얼굴을 묻었다. 손으로는 끊이지 않고 은근하게 부푼 살을 주무르면서.

"누구는 일이 손에 안 잡힐 정도로 나사 하나 빠져 있었는데. 넌 뭐가 그렇게 매번 쉬워. 열받게."

강현의 얼굴이 앞으로 기울어지자, 짓눌리는 무게를 이기지 못하고 해성의 몸이 점점 더 뒤로 넘어갔다. 간신히 팔을 뻗어 지탱해 봤지만 자꾸만 힘이 빠졌다.

"……팀장님."

"그럼. 다른 곳에선 해도 돼?"

치뜬 눈동자에서 날카로운 광채가 일렁였다. 답이 없자, 강현이 옷을 밀어 올렸다. 서슴없이 속옷을 잡아 내리고 그대로 얼굴을 묻었다. 예민하게 달아오른 부위를 느리게 혀끝으로 굴리자 머릿속에서 번쩍 섬광이 튀었다.

해성은 환락을 넘어선 감각을 견디지 못하고 인상을 찡그리며 흐윽, 숨을 삼켰다. 저도 모르게 가슴을 내밀고서 강현의 어깨를 꽈악 움켜쥐었다. 허락의 의미였지만 남자는 재차 고집스럽게 물어 왔다.

"응?"

강현이 아프지 않게 손끝으로 꼬집어 비틀며 되묻자 해성은 질끈 눈을 감고서 힘겹게 고개를 끄덕였다.

"나 안 피할 거야?"

"으응……."

신음인지 대답인지 모를 말이 불쑥 튀어나왔지만 남자는 충족하지 못했는지 좀처럼 멈추지 않았다.

외면당한 지난날을 보상받을 기세로, 입으로 세차게 빨아들였다. 위에서 은근하게 부푼 살을 주무르던 손이 서서히 아래로 내려갔다. 남자의 손이 바지 경계선에 다다랐을 무렵이었다.

더 이상은.

"……팀장님."

위험하다.

"팀장님!"

정말 기가 막힌 타이밍이었다. 정적을 뚫고 데스크 위에 설치된 업무용 키폰 벨이 울렸다.

"……전화요. 전화 와요."

"어쩌라고."

"급한 전화일지도 몰라요. 받아, 받아야 해요. 지금요."

짜증스러운 기색이 역력하다. 남자의 미간이 비좁게 구겨졌다.

그제야 강현이 움직임을 멈추고 손을 뗐다. 당장 여자의 몸을 감싸고 있는 두꺼운 옷을 찢어발긴 뒤 눕히고 싶은 못된 욕망을 간신히 억눌러 참았다.

강현은 차분한 손길로 여자의 옷을 내려 주며 턱을 까딱였다.

"받아요."

허락이 떨어지자 해성은 황급히 책상에서 내려와 옷매무새를 가다듬고서 심호흡했다. 벨이 울리지 않았다면 정말 갈 때까지 갔을지도 모른다. 차 팀장의 유혹에 이끌려 이곳이 어딘지도 까맣게 잊어버린 채.

해성은 천천히 숨을 내쉬며 키폰 버튼을 누르고 수화기를 들었다.

"······네. 강남서 강력 2팀입니다."

— 국과수입니다. 일전에 송정하 토막 살인 사건으로 연락드린 적이 있었는데요. 추가로 발견된 모발 감식 결과가 나와서 보고차 연락드렸습니다. 혹시 차 팀장님 자리에 계십니까?

쿵쿵 심장이 뛰었다. 해성은 조심스럽게 고개를 돌려 강현을 응시했다. 강현이 작게 고갯짓을 보였다. 먼저, 직접 들을 수 있는 허락의 의미였다. 해성은 수화기를 쥔 손에 힘을 더하며 간신히 입을 뗐다.

"감식 결과 말씀 주시면, 전달드리겠습니다."

— 실례지만 전화받으신 분 직급과 성함이 어떻게 되십니까.

"강력 2팀 경장 이해성입니다."

잠시 기다려 달란 대답이 이어졌다. 보안상 외부로 쉽게 노출되는 일을 막기 위함일 것이다. 확인 절차가 끝났는지, 얼마 지나지 않아 수화기 너머로 신상이 확인되었다는 대답이 돌아왔다.

— 피해자 송정하의 시체에서 추가적으로 발견된 모발은······.

손에 힘이 풀렸다. 둔탁한 소리와 함께 수화기가 책상으로 추락했다.

반전은 없었다.

현실은, 그랬다.

○ ◎ ●

은영이 그릇을 깨작거리는 해성을 걱정스럽게 바라보았다.

"왜, 입맛에 안 맞아?"

해성이 얼굴을 내저었다.

"억지로 먹지 마. 괜히 속만 더부룩해져."

"기껏 고생해서 차려 줬는데 미안. 오늘 입맛이 좀 없네."

"괜찮다는 말 무시한 건 난데 뭐. 신경 쓰지 마."

해외여행을 떠났던 은영은 오늘 저녁 10시 비행기로 한국에 도착했다. 공항에 내리자마자 은영은 가장 먼저 해성에게 연락을 취했다. 여행 얘기를 나누던 도중 해성이 하루만 집에서 신세 져도 될까, 물었을 때부터 은영은 심상치 않음을 직감적으로 알아차릴 수 있었다.

민폐 끼치는 것을 병적으로 기피하는 해성이 먼저 그런 부탁을 했다는 건 필시 문제가 있는 것이다.

"커피라도 마실래?"

"곧 자야 하는데?"

해성이 장난스럽게 받아치자 은영은 머쓱했는지 머리를 긁적였다.

"그럼, 홍차는? 여행 가서 티백 많이 사 왔거든."

이유를 말해 주길 기다리고 있는 것이다. 더는 감춘다고 될 일도 아니지 싶다. 해성이 슬쩍 웃었다.

"맛있겠다. 부탁할게."

말이 끝나기 무섭게 자리에서 벌떡 일어난 은영이 티 포트를 찾았다. 코드를 연결하고, 물을 넣고, 서랍에서 티백을 꺼내며 부지런히 움직였다. 해성은 물이 끓기만 기다리는 은영의 뒷모습을 물끄러미 바라보았다.

말한다면, 분명 걱정할 텐데. 그래도 나중에 알게 된다면 분명 속상해하겠지. 해성은 손가락을 매만지다 어렵게 입술을 떼어 냈다.

"있잖아, 은영아."

수납장에서 컵을 꺼내 들던 은영이 화들짝 놀라 뒤를 돌았다.

"응? 왜."

"10년 전 연쇄 살인 사건 말인데."

금기시된 그날의 일이 해성의 입에서 언급되자 은영의 눈이 커다랗게 떠졌다.

"살인범이 남긴 쪽지, 기억해?"

은영이 눈치를 살피다 조심스레 고개를 끄덕였다.

"사실, 그거 나도 받았어."

"뭐?"

은영의 얼굴이 거칠게 일그러졌다. 반면 해성은 침착했다.

"꽤 됐어. 이맘때쯤 한 번씩."

은영이 소리 없이 경악했다.

"주기적으로 받아 왔단 거야? 집 계약 끝나기도 전에 계속 이사 다녔던 것도 그거 때문이었어?"

"……응."

"미쳤어. 그걸 왜 이제 말해?"

"확신이 없었어. 범인일 거란 결정적인 증거도 없었고."

"제정신이 아니고서야 그딴 걸로 누가 장난을 쳐? 그리고 네가 유일한 생존자인데 증거가 왜 필요해!! 누가 봐도 그거……."

"두 달 뒤더라."

"무슨 소리야."

"항상 글귀만 적혀 있었는데, 이번엔 추가로 숫자도 적혀 있었어. 어디까지나 추측이지만 내 생각엔 날짜 같아. 그래서 이번만큼은 그냥 넘기면 안 되겠다 싶었던 거고."

살인 예고. 그 네 글자밖에 떠오르지 않았다. 은영은 심하게 동요하며 손을 덜덜 떨었다. 두려운 거다. 이런 반응을 보일까 봐 말하기 싫었던 건데. 후회했지만 더는 간과할 수 없었다.

"어디로 이사를 가든 귀신같이 알고 찾아낸 걸 보면, 전부터 네 존재도 알고 있을지 몰라. 그래서 계속 말 못 했던 건데…… 미안해. 나 때문에, 괜히 너까지."

은영이 이마를 짚었다.

"이게 대체. 근데 네가 왜 사과를 해. 죄지었어? 경찰에 신고는? 아니. 너 경찰이지. 하. 이게 무슨 일이야. 어떡하지? 아, 그래. 너희 팀장은 이번 일 알아?"

해성이 차분하게 대답했다.

"알고 계셔. 전부 다."

"CCTV는 확인해 봤어? 너희 집 근처에 하나 있잖아."

"응. 어린애더라. 시킨 것 같아."

"미친. 사이코패스 맞네."

은영은 흥분을 감추지 못했다. 오직 해성 걱정뿐이었다. 위험에 처한 본인의 상황을 조금도 자각하지 못했다. 해성이 의자를 밀어 내고 자리에서 몸을 일으켰다.

"옷 좀 빌리려고 온 거야. 집은 위험할 것 같아서. 요즘 사건 때문에 바쁘거든. 자고 새벽에 일찍 나가 봐야 해. 혹시 모르니까 조심하고. 무슨 일 생기면 연락해."

"네 걱정부터 해. 너만 경찰이야? 우리 경찰 준비 할 때 유도며 주짓

수며 태권도며 가리지 않고 다 섭렵한 거, 그새 잊었어? 칼 들고 설쳐 봤자 때려눕히면 그만이야."

"혹시 모르니까. 어머니한테도 꼭 당부드려. 피곤하다. 좀 쉴게."

"내 방에서 자. 이미 차 끓였으니까 자기 전에 마시고."

응. 해성은 작게 미소 지으며 컵을 건네받았다. 그제야 조금은 안심이 되었는지, 은영도 따라 웃어 주었다.

은영의 방으로 들어온 해성은 무너지듯 침대에 털썩 주저앉았다.

송정하의 시체에서 추가로 발견된 모발은 예상대로 전세금 보증 보험에 가입하지 않았던 세입자 5명 중 1명의 것이었다. 송정하에게 전세금 전부를 사기당한 40대 후반의 남자. 유성태.

그는 10년 전 지병으로 세상을 떠난 아내와 사별하였고, 슬하엔 열두 살 난 아들이 있었다. 직업은 일당을 받는 건설 막노동자였다. 금리가 높은 4금융 업체에서 받은 대출과, 하루하루 고생하여 번 돈을 모아 이번 해에 월세에서 전세로 이사했다.

송정하의 토막 난 시체가 발견된 장소가 하필 그의 일터였다. 물론, 휴무였기 때문에 유성태는 현장에 없었다.

일차원적으로 생각해 봤을 땐 정황상 유성태가 범행을 저질렀을 가능성이 높아 보이지만, 꼼꼼히 들여다보면 수상한 것이 한두 가지가 아니었다.

걸리려고 작정한 것이 아니라면 자신이 일하는 곳에 시체를 투기할 이유가 없으니까. 다르게 생각하면 쉽다. ……진범이 따로 있다면? 일부러 유성태에게 범행을 뒤집어씌우려고 했다면?

보험 가입 여부를 묻기 위해 전화를 걸었을 때 울먹이며 억울함을 호소하던 남자였다. 돈을 되찾을 수 있게 도와 달라고, 무엇이든 하겠다며 절박하게 부탁하는 목소리가 떠올랐다.

유성태가 송정하를 살해한 것이 맞는다면, 경찰의 전화를 받고 수사에 적극적으로 협조할 리 없다. 사이코패스가 아닌 이상. 무엇보다 범행 현장에서 발견된 쪽지가 자꾸만 걸린다.

"하……."

머릿속이 복잡하다. 해성은 인상을 찡그리며 침대에 드러누웠다.

내일 아침 유성태는 경찰의 출석 요구에 따라 조사를 받게 될 것이다. 그때가 되면 모든 게 밝혀질까.

'취조는 내가 합니다. 이해성 씨는 계속 하던 대로 의심해요.'

차 팀장은 말했다. 모든 것을 의심하고, 또 의심하라고.

그답지 않았다.

혹시, 같은 생각인 걸까. 진범은 따로 있을지도 모른다는 앞선 자신의 추측에 암묵적으로 동의하고 있는 것일까. ……모르겠다.

그가 어떤 생각을 하고 있는지.

조금도 예측할 수 없다.

'……감정이 있기 때문에 인간이 저지르고 생각하는 모든 행동 속에 모순과 예외가 발생하는 겁니다.'

'그중엔 나도, 그리고 이해성 씨도 포함되겠죠.'

인간은 간사하다. 자신이 편한 대로 생각하려 하니까. 그럼에도 해성은 내심 바랐다.

'나 이미 너한테 넘어갔잖아.'

남자가 말한 예외와 모순이 나였으면. 끝내 날 사랑하게 되었으면.
그랬으면, 좋겠다고.

10

아침부터 강남서는 소란스러웠다. '송정하 토막 살인 사건'이 경찰청으로 인계되기 직전, 추가적으로 발견된 모발 감식 결과가 나온 건 그야말로 기적 같은 타이밍이었다.

사건에서 당장 손을 떼라 지시한 서장은 이때다 싶어 모든 공을 스스로에게 돌렸다. 그러면서 당장 유성태를 입건하고 언론에 공식 입장을 밝히라며 뻔뻔하게 소리쳤다.

만약 차 팀장이 아직 단언할 수 없단 말로 단호하게 선을 긋지 않았더라면, 경찰서 입구부터 기자들이 바글바글 들끓었을 것이다.

조사는 철저히 비밀리에 이뤄졌다. 사건이 언제 떨어질지 모르기 때문에 세찬과 형운은 사무실을 지켰고, 건우는 일찍 출근해 조사실 상황을 모니터링하고 있었다.

정시에 도착한 해성은 조금 늦게 소식을 전해 듣고 사무실을 빠져나와 다급히 계단을 뛰어 올라갔다.

해성이 조사실 문을 벌컥 열어젖히자, 건우가 고개를 돌렸다.

"어, 왔어?"

"박 경사님. 상황은 좀 어때요?"

"어떻긴. 골치 아프게 생겼어. 서 있지 말고 너도 와서 직접 봐."

해성이 특수 코팅 된 전면 창 앞으로 다가갔다. 어두운 조명 탓에 조사실 안쪽이 잘 보이지 않았다. 가늘게 눈을 떴다. 그제야 맞은편의 유성태를 무표정하게 건너다보는 차 팀장의 얼굴이 보였다.

곁에 선 건우가 지금까지 진행된 상황을 요약하여 설명했다.

"용의자는 계속 부인하고 있는 중이야. 울고불고 억울하다 소리치는데 진짜 난리도 그런 난리가 없었다니까. 조사 자체가 불가능할 정도라서, 좀 쉬면서 진정시키고 이제 막 다시 시작하려는 중이었어."

"아⋯⋯."

"입건은 아직 하지도 않았고, 구속 수사도 아니고. 하물며 바로 검찰에 송치하겠다는 것도 아닌데 저런다. 하긴, 잘 모르면 무서울 수 있겠네. 살면서 살인 사건 용의자로 출석 요구서 몇 번이나 받아 보겠냐."

건우가 버튼을 누르자 조사실 안쪽의 대화 소리가 넘어왔다.

— 형사님. 전 진짜 억울합니다. 저, 여태 제 아들만 보고 살았어요. 애미 없다고 어디 가서 무시당하지 않게 하루도 빠짐없이 일한 돈 저축하면서 열심히 아들놈 하나 키운 게 전붑니다. 저도 피해자예요, 형사님. 제발요⋯⋯, 제발 제 말 좀 믿어 주세요.

유성태는 핼쑥한 얼굴로 같은 말만 반복하며 애걸복걸했다. 그럼에도 차 팀장은 표정 변화가 없었다. 찰나의 동정, 공감조차도. 그저 무감하게 대꾸했다.

— 유성태 씨 증언을 증명할 수 있는 알리바이가 있습니까.

— 저, 저는 그날 집에만 있었습니다. 정말입니다.

강현이 인상을 찡그렸다.

— 다시 묻겠습니다. 유성태 씨가 집에만 있었다는 사실을 입증할 증거. 또는 목격자가 있습니까.

차가운 눈빛을 차마 마주하지 못하고 유성태는 그저 벌벌 떨기만 했다. 지난 기억을 되짚다 망연자실하듯 질끈 눈을 감았다 떴다.

— 아들은 방학이라 지방에 사는 동생 집에서 지내고 있습니다. 돌봐줄 사람이 없어서요. 집엔 저뿐이었습니다. 빌라 CCTV는 어찌 된 일인지 선이 끊어져 있어서 수리 중이었고요. 하지만 형사님.

— 결국 증명할 방법이 없다는 거네요. 송정하 시체에서 추가로 발견된 모발 감식 결과는 유성태 씨로 밝혀졌고 말이죠.

— 저는 결백합니다!! 부동산에서 집 계약할 때마저 그 여자 얼굴은 보지도 못했습니다. 정말입니다!

— 국과수 감정이 잘못됐다고 말하고 싶은 겁니까.

강현의 눈동자가 차게 식었다. 곧 탁, 소리 나게 파일철을 덮어 내고는 흔들림 없는 눈으로 똑바르게 유성태를 직시했다.

— 난 유성태 씨가 어떤 식으로 살아왔는지 궁금하지도, 또 알고 싶지도 않습니다. 입으로 전하는 말에는 언제든 거짓이 섞일 수 있으니까요. 그것이 진실일지 아닐지 결정하는 건, 나도, 그리고 유성태 씨도 아닙니다. 어디까지나 그 말을 입증할 수 있는 증거뿐이죠. 아시겠습니까.

보는 사람이 다 흠칫할 정도로 냉정한 어조였다.

구속 수사가 아닌 참고 조사를 할 때엔 보통 경찰은 용의자를 어르고 달래 가며 질의를 한다. 최대한 심기를 건드리지 않고 무난하게 사건 조사를 진행하기 위함이었다.

아무리 국과수에서 밝혀진 감식 결과가 유성태를 지목하고 있다 한들, 애먼 사람을 몰아가게 될 경우도 무시할 수 없었다. 때문에 입건 결정도 신중해야 한다는 것이 팀장의 입장이다.

그럼에도 차 팀장은 강도 높은 취조를 강행하였다. 해성은 문득 그를 처음 대면하기 전 떠돌던 소문이 헛소문은 아니라고 생각했다.

피도 눈물도 없는 남자. 사건과 연루되어 있다면 그 어떤 것에도 융통성을 내비치지 않는 사람. 무엇이 그를 이렇게 만들었을까.

덧없는 생각에 잠겨 있는데, 덜컥 문이 열렸다.

안으로 들어선 사람은 검은색 슈트 차림의 남자였다. 유려하게 각진 멀끔한 외모는 달랐지만 어딘가 풍기는 분위기 자체는 차 팀장과 많이 닮아 있었다.

남자의 목에 걸린 검찰증이 형광등 빛을 받아 반짝였다.

아직 입건하기도 전인데, 검사가 왜…… 의문을 품고 있는 사이, 건우가 먼저 남자를 알아보고 꾸벅 허리를 숙였다.

"아, 차 검사님. 오랜만에 뵙습니다. 근데, 여긴 어쩐 일로……."

분명 차 검사라 했다. 흔한 성은 아닌데. 설마.

해성은 무례를 무릅쓰고 뚫어져라 남자를 응시했다. 남자는 잠시 조사실 전면 창을 흘긋거리다가 고개를 돌려 해성을 훑었다.

시선을 거둬 낸 남자가 사무적으로 답했다.

"송정하 토막 살인 사건 담당 검사 자격으로 경위 확인차 왔습니다."

예상 못 한 복병의 등장이었다.

건우와 해성은 누구랄 것도 없이 적잖게 당황한 기색을 내비쳤다.

사건 발생 후 조사를 통해 추려진 용의자 중 범인일 가능성이 높은 사람. 그리고 모든 정황과 증거를 토대로 담당 형사는 입건을 결정한다.

입건이 되면 용의자는 피의자 신분으로 변경되고, 형사는 다시 취조를 시작한다. 90%는 강도 높은 조사를 견디지 못해 자백을 하고, 나머지 10%는 끝까지 범행을 잡아떼지만 결국 국과수의 감식 결과나 CCTV로

덜미가 잡힌다.

경찰 조사 최종 마무리 단계가 바로 '송치'다. 경찰은 여러 사건 보고서를 취합하여 검찰에 송치한다. 송치된 사건을 배당받은 검사는 경찰이 킥스 시스템으로 결재를 올린 사건을 본격적으로 검토하는데, 그때부터 검사에게 사건 지휘 권한이 발생한다.

절차는 굉장히 일관적이고 엄격하기 때문에 그 누구도 순서를 멋대로 조정하거나 뒤바꿀 수 없다. 그런데, 송치. 하물며 입건하기도 전에 담당 검사가 배정되었다니. 듣도 보도 못했다.

무언가 떠올랐는지, 건우가 아— 탄식을 흘리며 손뼉을 쳤다.

"검사님. 혹시, 차 팀장님께 수사 지휘 건의 받으셨습니까?"

검사는 수사의 주체자이고, 경찰은 검사의 지휘를 받는다.

지휘 건의는 1차적 수사 권한이 있는 경찰들이 사건 조사 중 판단이 곤란할 때 검사의 견해를 듣기 위해 이뤄진다. 그땐 송치 전에도 검사가 지휘권을 받아 수사를 진행할 수 있다.

하지만 경찰과 검찰 사이엔 암묵적인 견제가 존재한다. 경찰이 쉽게 지휘 건의를 하지도 않을뿐더러, 유능한 차 팀장이 굳이 송치 전 검사에게 부탁할 이유도 없다.

그 말을 증명하기라도 하듯, '차 검사'라 불리던 남자는 조용히 실소를 흘리며 무심히 대꾸했다.

"아직도 본인 팀장 성향이 어떤지 제대로 파악조차 못 했나 봅니다."

정중히 한심하다는 질책을 하고 있는 걸까. 건우가 머쓱하게 웃었다.

"……예? 무슨 말씀이신지."

"잠시 실례하죠."

남자가 다리를 움직여 걸어오자 해성과 건우는 자연스레 한 걸음 뒤로 물러섰다.

해성이 건우에게만 들릴 만큼 작은 음성으로 물었다.

"경사님. 저분은……."

"아, 서울중앙지검 형사 3부 차도현 검사님. 팀장님 형이기도 하고."

"예?"

"쉿."

너무 놀라 되묻기 무섭게 건우가 재빨리 입에 손가락을 가져다 댔다. 다행히 차도현은 별다른 반응이 없었다. 들리지 않았던 건지, 들었지만 딱히 신경 쓰고 있지 않은 건지는 몰라도.

건우가 조용히 목소리를 낮췄다.

"확신할 수는 없지만 두 분 사이가 엄청 안 좋단 소문이 있어."

건우의 음성은 조사실 안쪽에서 넘어온 대화 소음에 묻혔으나 해성은 확실히 전해 들었다.

……사이가 좋지 않다고.

검찰과 경찰은 톰과 제리처럼 떨어질 수 없는 관계이면서 동시에 서로를 경계하기도 하니까. 어쩌면 그 전통적인 관례가 자연스레 이어져 갈등이 생기는 건 예삿일이다.

"아마, 대법원장님도 검사님을 더 아끼지 않을까 싶다. 아무래도 경찰보단 검사가 좀 더……."

뒷말은 잘 들리지 않았다. 아니, 듣지 않았다. 해성은 묵묵히 도현의 뒷모습을 응시했다.

비슷한 체격. 비슷한 분위기.

하지만 친형제라기엔 외모에서 닮은 구석을 찾아볼 수 없었다. 분위기는 함께 지낸 시간에 따라 유동적으로 닮아질 수 있다. 피 한 방울 섞이지 않아도 긴 시간 함께한 연인이나 부부가 비슷한 분위기를 풍기는 것처럼.

두 남자에겐 같은 차가움과 날카로움이 존재했지만 그 겉모습은 완벽히 달랐다. 차강현은 정교하게 조각된 작품처럼 뚜렷한 이목구비를 품고 있다면, 차도현은 붓으로 그려 낸 듯 단정하고 섬세했다.

"이해성. 나 잠깐 사무실 좀 내려가 봐야겠다. 사건 터졌다고 인원 채우라네. 혼자 있을 수 있지?"

건우가 휴대폰을 확인하며 묻자 해성이 고개를 끄덕였다. 차도현의 등장이 조금 걸렸는지, 불안하게 흘긋거렸다.

"그럼, 부탁 좀 할게. 차 검사님. 저는 먼저 가 보겠습니다."

차도현은 작은 대꾸조차 없었다. 그런 면에선 차강현과 판박이다.

탁, 문을 닫고 건우가 자취를 감추자 기다렸다는 듯 숨 막히는 정적이 찾아왔다. 조사실 안쪽에서 넘어오는 대화 소리만 간간이 공간을 채울 뿐이다.

조사는 진전이 없었다. 유성태는 끝내 눈물을 보이며 지속적으로 자신의 무죄를 주장했고 강현은 그런 그를 덤덤히 지켜보았다.

밖에선 안쪽을 들여다볼 수 있지만, 안쪽에선 특수 틴팅 된 창 때문에 바깥이 보이지 않는다. 다행이었다. 건우의 말처럼 두 형제의 사이가 좋지 않다는 추측이 사실이라면 말이다.

차도현 검사는 팔짱을 낀 채 안쪽 상황을 넌지시 관찰했다. 마치, 입력된 계산대로 움직이는 기계처럼 불필요한 말이나 행동 따윈 보이지 않는다. 도현은 어두운 조사실 내부를 지그시 응시하며 물었다.

"······이해성 경장, 맞습니까."

엄숙히 흘러나온 음성에 해성이 시선을 돌렸다.

"아, 네."

"동부 연쇄 살인 사건 마지막 피해자들 중 유일한 생존자였다고요."

생존자. 유가족도 아닌 생존자.

해성은 속으로 씁쓸한 조소를 흘리며 대답했다.

"네. 맞습니다."

"그래서 고집을 부렸나……."

차도현은 혼잣말하듯 알 수 없는 소리를 했다. 비스듬히 몸을 돌리며 물끄러미 해성을 주시했다.

"융통성 없는 차강현 성격에 볼 것도 없이 내쳐야 정상인데."

왜 널 여태 옆에 끼고 있지. 도현이 날렵하게 눈꺼풀을 밀어 올렸다.

"억지로 버티고 있는 겁니까, 아니면. 설득한 겁니까."

상대의 나약함을 아프게 꼬집는 정도가 아니라 정확히 명중을 노려 가차 없이 뚫어 버렸다. 괜히 검사가 아니다, 이건가.

"……말씀, 드려야 하나요."

개인적인 부분이니 간섭 말란 뜻을 이해한 도현이 픽 웃었다.

"난 이해성 씨한테 관심 없어요. 하지만 망나니처럼 구는 동생에겐 관심이 아주 많습니다."

차강현과 유성태를 등진 채 서 있는 차도현에게선 망설임이 없었다. 언제든 마음만 먹으면 꺾어 버릴 수 있다고 말하듯 기세가 상당하다.

"이해하기 쉽게 다시 묻죠. 차강현과 잤어요?"

"……예?"

잘못 들었나. 해성이 인상을 구겼다. 도현은 단조롭게 재차 물었다.

"소문쯤이야 무성할 테니 집안을 모를 리 없고. 우리, 솔직해지죠. 이해성 씨가 원하는 게 뭡니까. 동부 연쇄 살인 사건 재수사입니까."

핵심을 찔러 오자 해성은 삽시간에 머릿속이 복잡해졌다. 그래. 언젠 가부터 목적이 흐려지고 현실 감각이 둔해졌다. 그의 말처럼 난, 뭘 원 하고 있는 걸까.

차도현 검사는 자신이 차 팀장의 권력과 막대한 집안 배경을 이용할 목적으로 꼼수를 썼다 생각하는 것이다. 이를테면, 몸 로비 같은 것들.

……웃기지도 않아.

"나는 차강현이 손댄 사건에 전부 관여합니다. 지금도, 앞으로도. 이를테면 이번 토막 살인 사건도, 그리고 재수사가 시작된다면 동부 연쇄 살인 사건도 예외는 없습니다."

"그런 말씀을 제게 하시는 이유가 뭔지 먼저 여쭙고 싶은데요."

"어떤 방식으로 차강현을 회유했는지는 모르겠지만, 적당히 즐기고 정리했으면 합니다."

어차피 너도 진심은 아니잖아. 그리 말하듯, 차도현 검사의 덤덤한 말 속엔 가시가 박혀 있었다.

"이해성 씨가 어떤 사람인지 그 흔적을 찾아내는 건 내겐 숨 쉬는 것보다 쉬운 일이에요."

"엄연히 불법입니다. 검사님도 모르진 않으실 텐데요."

"순수한 거라고 믿고 싶네요. 법 위에 존재하는 것들이 적지 않다는 건 그 정도 경력쯤 되면 다 아는 사실일 텐데."

해성이 꽉 손을 말아 쥐었다. 도현은 작은 변화를 놓치지 않았다.

"각자 숨기고 싶은 치명적인 비밀이 하나씩은 있죠. 그 비밀이 수면 위로 올라왔을 때 누군가에겐 최대의 약점이 노출되기도 하고, 씻지 못할 상처가 되기도 합니다."

협박일까, 설득일까.

"나는 내 집안을 지킬 의무가 있습니다. 이해성 씨가 가족의 원한을 풀기 위해 복수를 꿈꾸는 것처럼."

경고였나.

"이해성 씨 개인적인 복수 설계에 차강현을 개입시키지 말아요. 그때와 비슷한 상황이 벌어진다거나, 또는 기껏 숨겨 온 비밀이 언론에 노출됐을 땐. 나도 가진 힘을 전부 동원해 이해성 씨를 경찰 조직에서 배척할 겁니다."

그때와 비슷한 상황이라니. 비밀이 언론에 노출된다니. 전부 이해할 수 없는 말이었다.

"단도직입적으로 말하죠. 동부 연쇄 살인 사건에서 손 떼고 관계 정리하세요. 약속한다면. 훗날 재수사가 시작되고 경찰청으로 인계됐을 때 도움드리겠습니다."

경찰이 아닌 피해자의 신분으로 만나잔 의미를 모를 리 없다.

도현이 명함을 내밀었다. 해성은 빤히 바라보다가 시선을 들었다.

"죄송하지만 넣어 둘 곳이 마땅치가 않아서요."

받지 않겠단 의미. 거절이었다. 도현의 눈매가 가늘어졌다.

"후회할 발언을 하네요."

도현은 비웃음을 가장한 한숨을 흘리며, 명함을 쥔 손을 거두었다.

"이거 하난 기억해 둬요. 이해성 씨가 동부 연쇄 살인 사건에 집착하고 도움을 바랄수록, 분명 그 결과는 차강현을 두 번 죽이는 일이 될 겁니다. 거기에 내 손목을 걸죠."

해성의 눈동자가 정처를 잃고 세차게 흔들렸다.

"오늘 내가 이곳에 온 사실은 발설하지 않았으면 합니다."

그럼, 다음에 또 보죠.

차 검사가 빠져나간 뒤 해성은 긴장이 풀려 참아 온 숨을 쏟아 냈다.

뭘까, 대체…….

차 팀장이 동부 연쇄 살인 사건에 개입하면. 그 사건이 외부로 노출되면. 차 팀장과 그의 집안에 어떤 피해가 생긴다는 걸까.

사건과 관련이 있을 리가 없는데.

불현듯 몇 주 전 경찰서를 찾아온 시경캡 기자가 떠올랐다.

'혹시, 1년 전 사건에 대해 알고 계십니까? 탈옥수 인질 사건이요.'

그것과 연관되어 있는 걸까.

기자의 등장에 극도로 예민한 반응을 보이던 차 팀장을 떠올려 봤을 때 차 검사가 언급한 '비슷한 상황'이란 건 인질 사건과 밀접하게 연관되어 있을 확률이 높다.

자신과 차 팀장이 동부 연쇄 살인 사건에 집착하면, 할수록.

후회와 상처만 남을 거라고.

차강현. 그를 두 번 죽이는 일이 될 거라고.

그 말이 한동안 머릿속에서 잊히질 않았다. 꽤나, 오래도록.

○ ◎ ●

용의자 조사는 소득 없이 마무리되었다. 유성태는 2차 출석 요구를 대기하란 말을 듣고 집으로 돌아갔고, 차 팀장이 사무실로 돌아온 것은 그로부터 3시간 뒤였다.

"송정하 토막 살인 사건은 일단 입건하지 않고 내사로 진행합니다."

"예? 내사요? 국과수에서 이미 모발 감식 결과가 떡하니 나왔는데 내사라뇨. 도망치기 전에 입건하고 피의자 신분으로 돌려놔야 하는 거 아닙니까?"

형운이 놀라 반박하자 강현은 설명하기도 귀찮다는 듯 인상을 찌그리며 검지로 눈썹을 문질렀다.

"유성태가 살인하는 모습, 직접 봤습니까?"

"그건 아니지만……."

"명확한 증거가 나올 때까지 입건은 보류합니다. 퇴근하세요."

할 말을 삼키며 형운이 이를 악물었다. 상사의 명령에 반박할 수 없던 탓이다. 팀원들은 하릴없이 퇴근 준비를 끝냈고, 하나둘씩 자리를 빠져나갔다.

그중 가장 수상한 움직임을 보인 것은 건우였다. 유독 분주히 움직이며 해성과 눈이 마주칠 때면 어색하게 웃었다.

차도현 검사의 조사실 출입 사실을 팀장에게 절대 발설하지 말라고 그렇게 주의를 줬는데……. 아니겠지.

팀원들이 전부 퇴근한 뒤 강현과 해성 단둘만 남았을 때였다. 뒤늦게 정리를 끝내고 자리에서 일어나려는데, 곧게 날아든 강현의 나직한 부름이 해성을 붙잡았다.

"잠깐."

"……네?"

"뭘 그렇게 놀랍니까. 죄지었어요?"

"아, 아니요. 아닙니다."

해성이 다급히 고개를 숙였다. 강현은 한쪽 눈가를 구기며 해성을 꿰뚫었다.

"나한테 할 말 없어요?"

"……없습니다."

강현이 다시금 눈매를 찡그렸다.

"있잖아."

엄습한 긴장에 해성이 이를 악물었다.

"왜 거짓말을 하지."

강현의 얼굴이 싸하게 식었다.

진솔한 대화를 나눌 시간이 부족했다. 여유도, 이유도 없었다. 그사이에 차 팀장의 형. 차도현 검사가 등장한 건 최악이었다.

묻고 싶은 쪽은 오히려 해성 본인이었다. 대체 무슨 일이 있던 거냐고. 동부 연쇄 살인 사건과 어떤 관련이 있는 거냐고.

하지만 끝내 물어볼 수 없을 것이다. 차 검사의 말이 사실이라면, 저만큼이나 그에게도 큰 상처가 있다면, 감추고 싶은 비밀을 헤집는 다른 이들과 다를 게 없으니까.

순수한 호기심은 때때로 잔인하다. 악의가 없을수록 더 그렇다.

그 사실을 알기에 당장은 혀를 묶어 둘 생각이었다. 그런데. 이런 전개는 조금도 예상하지 못했다.

"묻잖아."

정적이 내려앉았다. 유심히 꿰뚫어 보는 고요한 시선에 해성은 애써 둥그런 눈동자를 굴렸다.

"취조 도중에."

낮은 음성이 한층 더 가라앉았다.

"차 검사 만났어요?"

"아, 그건."

"무슨 말을 들었는데."

"사건 경위 확인차 오셨다고."

"그리고."

"……다른 말씀은 없으셨습니다."

아. 강현의 입에서 성의 없이 흘러나온 탄식 속에는 수긍보단 짜증이 내포돼 있었다.

"예의가 없네."

누구를 향한 것인지 모를 말을 뱉으며 남자가 서늘하게 웃었다.

그 미소를 보고 해성은 깨달았다. 차 검사였구나.

인지했지만 답하기가 불편했다. 아무리 검사라 할지라도 담당 형사가 용의자를 취조하는 도중 연락도 허락도 없이 조사실에 들어오는 행위는 굉장한 무례였다.

쉽게 말해 대놓고 경찰을 무시하는 것이라서. 단지 그 이유 때문에 속이 뒤틀린 것이라고. 그뿐이라고 믿고 싶었다.

가늠할 수 없어 해성은 말을 아꼈다. 괜한 긴장감을 이기지 못해 죄 없는 입술만 잘근 깨처물고 있는데, 남자가 예고 없이 팔을 뻗었다.

머리카락을 가르고 들어온 큰 손이 부드럽게 뺨을 감싸 오자 해성이 흠칫하며 눈을 크게 떴다.

"어젯밤에 잠은, 잘 잤습니까?"

"아……, 네."

"밥은."

"먹었, 먹었습니다."

"메뉴는?"

평소답지 않게 남자는 집요했다. 또 거짓말을 하고 있다 생각하는 걸까. 해성은 당황한 나머지 빠르게 눈을 깜빡이며 서둘러 답했다.

"친구랑, 잡곡밥에 토란국……."

"내가 좋아하는 건데."

"네?"

"토란국."

"아."

여전히 속을 헤아릴 수 없는 남자다. 방향성 따윈 애초에 존재하지도 않았다. 그래서 늘 긴장해야 했다. 언제, 어떻게 치고 들어올지 모르니까. 마치…….

"잘 먹고 잘 잤다면서 정작 얼굴은 다 죽어 가네요."

지금처럼.

"생각할 게 많아서요."

"그 작은 머리로 감당이 되나."

툭 뱉듯 던진 덤덤한 말투인데, 이상하게 속이 간질거렸다.

"사건 말고, 내 생각 하느라 그런 거였으면 좋겠는데."

강현이 턱을 감싼 채로 엄지만 움직여 해성의 뺨을 문질렀다. 남자가 작게 웃었다.

"그건 좀, 욕심인가?"

사무실에 단둘이 남는 건 위험하다. 그새 망각하고 말았다. 하지만 피하지 않겠다고 약속했으니 저지할 수도 없는 노릇이었다.

해성은 목석처럼 뻣뻣하게 선 채 숨을 참았다. 그 모습이 볼만했는지 강현이 묘한 표정을 지었다.

"나가라고 쫓아내지 그랬습니까."

대화는 다시 원점으로 돌아왔다. 해성이 가까스로 입을 열었다.

"제가 무슨 수로요."

하늘과 땅 차이. 더군다나 차도현은 그의 형이었다. 그 이유가 아니더라도 고작 경장 따위가 검사에게 조사실 출입 여부를 논한다니. 말도 안되는 일이었다.

"내 앞에선 잘만 대들잖아."

말문이 턱 막혔다.

강현은 작게 조소하며 뺨을 감싼 손을 내렸다.

"또 괴롭히면 진짜 미움받겠지."

늘 차갑던 눈매가 찰나 순하게 내려앉은 듯했다. 어디까지나 착각일지도 모르지만, 한층 경계를 푼 그의 느슨한 얼굴을 마주한 순간 해성은 갑작스럽게 발현된 소용돌이에 빨려 들어간 기분을 느꼈다.

더는 휘둘리면 안 돼. 깨달은 해성이 재빠르게 화제를 돌렸다.

"팀장님. 사건은⋯⋯."

"누구 때문에 엄청 까였습니다."

언론에 공식 입장을 밝히고 당장 입건하라는 서장의 지시를 무시한 대가였다.

"되게 궁금하다는 표정이네요."

해성이 기다렸다는 듯 말했다.

"입건 결정을 미룬 이유가 궁금합니다. 국과수에서 모발 감식 결과가 나온 이상 용의자에서 피의자 신분으로 바꿀 명분은 충분했는데요."

"바꾸면, 뭐가 달라집니까?"

"적어도 도주할 우려는 줄어들겠죠. 알리바이를 꾸며 낼 가능성도 마찬가지고 조사 역시⋯⋯."

"아니면?"

해성이 잠시 멈칫하자 강현은 재차 되물었다.

"입건했는데 진범이 아니면. 그땐 누가 그 책임을 물고 보상합니까."

"국가에서 시행되는 보상 제도에 청구할 수 있는 걸로 압니다."

"단호하네요."

"지금 당장은 범인을 잡는 게 우선이니까요."

이성적으로 주장하는데도 정작 강현의 시선은 다른 곳에 있었다.

"이해성 씨는."

다시금 느릿하게 시선을 옮긴 강현이 물끄러미 해성을 바라보았다.

"사람에게 받은 상처가 돈으로 해결될 거라 생각해요?"

해성의 입술이 굳게 다물렸다.

누군가 둔기로 뒤통수를 후려친 기분이었다. 얼떨떨했다.

"마음에도 없는 말을 하는 버릇이 있나 봅니다. 진심은 유성태가 진범이 아니길 바라고 있으면서."

"……개인적인 것과 이번 사건은 별개의 문제입니다."

"난 좀 생각이 다른데."

해성이 천천히 고개를 들었다.

"동일범이었으면 좋겠다고 했지."

"그건……."

"내 생각도 같아요."

동일범이었으면 좋겠고, 그럴 확률이 높다 생각하고 있어. 남자의 작은 목소리가 귓전을 파고들었다.

얼마나 위험한 발언인지 진정 모르고 하는 말일까. 아니면, 알고서 일부러…….

"어떤 선택이든 결국 도박이라면 차라리 이해성 씨한테 걸기로 했다는 뜻."

"너무, 성급하십니다."

"이해성 씨가 원하던 결과 아니었나? 원하는 대로 움직여 주고 있잖아."

그러니까 문제라는 거다. 한번 결심한 선택을 번복하는 법이 없는 남자라고 들었는데 지금의 차 팀장은 손바닥 뒤집듯 쉬웠다.

"말했잖아요. 나는 꽤 촉이 좋은 편이라고."

근데…….

강현이 뒷말을 흐리며 해성의 책상 쪽으로 슬며시 고개를 돌렸다.

"아까부터 계속 거슬리게 하네."

알게 모르게 한쪽 눈매를 일그러뜨리며 강현이 짜증 섞인 말투로 작게 읊조렸다. 둘만 남았을 때부터였다. 대화를 나누는 내내 그의 시선은 간격을 두고 다른 곳으로 엇나갔다.

강현의 눈길이 머문 곳은 해성의 책상이었다.

뒤늦게 해성도 따라 눈길을 돌려 봤지만 보이지 않는다. 사무실 정중앙에 서 있어 거리가 먼 데다가, 강현의 큰 체격에 가려져 해성의 시야에 닿지 못했다.

남자의 무표정한 얼굴엔 차마 드러내지 못한 여러 감정이 뒤섞였다. 분노와 짜증. 또는 황당함. 그것들은 곧 형체도 없이 휘발되었으나 해성의 눈엔 보였다.

강현이 슬쩍 비켜섰다. 그제야 원인을 파악할 수 있었다.

밝은 빛을 내고 있는 자신의 휴대폰이 문제였다. 무음이라 몰랐는데, 책상 위에 놓인 휴대폰은 지겹도록 번쩍거리고 있었다.

끊어졌다 싶으면 짧은 간격을 두고 다시 환하게 떠올랐다. 그게 남자의 심기를 건드린 거다.

화면 위를 가득 채운 낯설지만 익숙한 이름. 강현이 작게 미간을 구기며 책상 위에서 해성의 휴대폰을 조용히 집어 들었다. 강현은 슬쩍 시선을 낮춰 액정을 확인하는가 싶더니 다시금 날렵하게 눈꺼풀을 밀어 올리며 해성을 똑바로 주시했다.

"연락 안 한다더니."

해성이 멈칫, 움직임을 멈추었다.

강현이 짤막한 실소를 터트리며 해성의 앞으로 휴대폰을 내밀었다. 액정 화면에 떠오른 이름을 확인한 순간, 해성의 얼굴이 굳었다.

"아……."

왜. 어떻게. 말도 안 돼.

"걸리지나 말든가."

받아요. 강현이 손에 쥔 해성의 휴대폰을 가볍게 까딱였다.

놀란 기색이 다분했다. 어찌 된 영문인지 본인조차 몰랐다. 해성은 격하게 요동치는 심장 소리를 감추며 손을 뻗었다.

"혹시나 해서 말해 두는데."

남자가 잠잠히 경고했다.

"난 나눠 갖는 취미 없어요."

해성은 다른 건 몰라도 이것 하나 짐작할 수 있었다.

남자의 눈빛이 단단히 뒤틀린 이유. 어긋난 말투와 화가 난 원인.

휴대폰 액정을 가득 채운 이름.

[이재원]

그것 때문이었다.

○ ◎ ●

사고가 멈춘 듯했다.

올라가 쉬란 말만 남기고 떠난 강현의 빈자리를 멍하니 쳐다보았다.

"왜······."

아니, 어떻게. 알았지.

휴대폰을 쥔 손이 미세하게 떨려 왔다. 번호도 바꿨고, 메신저도 전부 차단했는데. 그동안 단 한 번도 연락 온 적이 없었는데. 그래야 정상인 데.

이재원이 가진 배경과 권력을 생각해 보면 바뀐 번호쯤 알아내는 것은 일도 아니었겠지만 이제 와 연락한 이유를 알 수 없어 혼란스러웠다.

다시 걸어 봐야 할까.

걸어서, 무슨 말을 해.

도망쳐 놓고, 잊어 놓고.

해성이 천천히 시선을 내렸다. 휴대폰을 켜자 부재중 전화가 떠올랐다. 16통. 마지막 전화 이후로 더는 걸려 오지 않았지만 대신 문자가 남아 있었다.

해성은 떨리는 손을 억지로 움직여 메시지 버튼을 눌렀다.

[기다리고 있을게.]

깜빡. 깜빡.

몇 번이나 눈을 감았다 떴다. 확실했다. 이재원이 맞았다.

심장이 다른 의미로 쿵쿵 뛰었다. 그건, 죄를 짓고 도망친 사람만이 느낄 법한 감정이었다.

발끝에서부터 밀려오는 죄책감이 온몸을 짓눌렀다.

"진짜…… 미쳤나 봐."

미친 게 분명했다. 아니고선 이럴 수가 없다. 오해했으면 어쩌지. 아닌데. 정말 그런 게 아닌데. 이재원에 대한 궁금증 따윈 조금도 남김없이 뒤덮어 버렸다. 차강현.

그에게 오해받고 싶지 않아.

오직 그 생각뿐이었다.

이재원은 나중 문제였다. 뇌는 그리 인식하였다. 해성은 주머니에 대충 휴대폰을 밀어 넣고 그대로 뛰쳐나갔다.

정신없이 출입문을 열고 주차장으로 향했다. 겉옷을 챙겨야 한다는 것도 까맣게 잊고서, 바쁘게 주차장 주변을 두리번거렸다.

벌써 출발한 건 아니겠지.

하필 오늘따라 주차장을 채운 차량이 빼곡하다. 초조하게 눈동자를 굴리고 있는데 익숙한 얼굴이 눈에 담겼다. 강현은 이제 막 운전석에 올라타기 직전이었다. 해성은 더 볼 것도 없이 달려갔다.

"……팀장님."

운전석 문고리를 잡으려다 말고 강현이 비스듬히 뒤를 돌았다.

"말해요."

"알고 계신 거, 아닙니다."

"뭐를."

뭐라고 어디서부터 말해야 하지. 무엇을 말하든 전부 이상해 보일 것 같다. 마음만 앞섰다.

"내가 뭘 알고 있는지 물었습니다."

하아……. 해성이 가쁜 숨을 토하자 입술을 가르며 흰 김이 함께 쏟아졌다. 물끄러미 해성을 내려다보며 강현이 약간 고개를 기울였다.

"오해십니다."

"오해?"

"네. 오해요."

아……. 강현의 잇새로 낮은 탄식이 흘렀다.

"그거 말하려고 따라 나왔어요?"

"……네."

"나한테 변명하려고?"

"네."

어쩔 줄 몰라 허우적거리는 해성을 흘기며 강현이 피식 웃었다.

"귀엽네."

귀엽네.

그 세 글자의 파급력은 상당했다.

슬며시 시선을 내리깐 채 얼굴을 훑는 미지근한 눈빛이 더해지자 해성은 진심으로 죽을 맛이었다.

쿵쿵 세차게 요동치는 심장 소리가 혹여 그에게 닿을까, 해성은 두서없이 서둘러 말을 뱉었다.

"6년 전에 번호를 바꾼 건 사실입니다. 어떻게 알고 연락을 했는지 그 부분은 저도 알 수 없지만, 팀장님한테 거짓말을 하―"

"됐어요."

깊게 잠긴 음성이 흘러나오자 거짓말처럼 해성의 입술이 다물렸다.

"알려나 모르겠는데."

"무슨……."

"내가 여태 봐 온 사람들 중에 이해성 씨가 제일 어려워."

해성의 눈이 커다래졌다.

"제가요?"

"응. 마음 같아선 그 작은 머리로 무슨 생각을 하는지 직접 들어가서 확인해 보고 싶은 심정이야."

잠잠한 눈동자 안으로 해성의 얼굴이 또렷하게 들어찼다.

"그래도 기분은 나쁘지 않네요."

이러면 안 되는데. 강현이 조용히 자조하며 알 수 없는 혼잣말을 읊조렸다. 애석하게도 그 말은 해성에게 채 닿지 못했다.

뭐라고 하셨어요? 바람 소리 때문에 못 들었어요. 되물으려는 찰나 손을 뻗은 강현이 해성의 귓불을 부드럽게 만지작거렸다.

"차갑네."

"아……."

서슴없이 와 닿는 남자의 손길에 저절로 어깨가 움츠러들었다.

"그러다 또 감기 걸리겠습니다."

그리 말하며 운전석 문고리를 잡아당겼다. 차량에 올라타려다 말고 강현이 슬쩍 몸을 돌렸다.

"탈래요?"

해성은 저도 모르게 무의식적으로 한 걸음 물러섰다.

"저는……."

어째서 물러섰는지 해성 본인조차 이해할 수 없었다. 강현이 소리 없이 웃었다.

"잘 생각했어요."

강현은 진심이었다. 별다른 말 없이 느리게 내려앉은 눈꺼풀이 스르르 떠밀려 올라갔다. 해성의 눈을 들여다보며 천천히 입을 열었다.

"집으로 데려갈 생각이었거든."

충분히 내포된 뜻을 예상할 수 있는 말이었다. 짧은 침묵이 내려앉았다. 해성은 손을 꾹 틀어쥐고서 고개를 들어 올렸다.

"이런 관계, 싫습니다."

충동적으로 뱉어 낸 말이었다. '이런 관계'가 어떤 관계인지, 뜬구름처럼 불분명한 서술에도 강현은 되묻지 않았다. 그저 말없이 서 있기만 했다.

우스웠다. 피차 원해서 시작한 관계인데. 오히려 몸만 섞는 것이 전부라도 좋으니 계속 그와 접촉할 구실을 찾던 건 해성, 본인이었다.

잊을 만하면 찾아오는 정적 사이로 불어닥치는 공기가 차다. 견딜 수 없는 한기가 피부를 찢는다.

"저는 이만 들어……."

"그럼 어떤 관계가 좋은데."

해성의 눈이 휘둥그레 떠졌다.

차강현과 어울리지 못한 질문이었다. 차갑게 조소하며 뒤도 돌아보지 않고 외면하리라 생각했는데. 무엇에든 미련 가질 남자가 아니라고 확신했는데. 모든 추측을 완벽하게 부정당한 순간, 할 말을 잃어버린 해성은 정처를 잃었다.

해성의 눈동자가 잘게 흔들렸다. 무슨 말이든 해야 했지만 무엇부터 뱉어야 할지 감이 잡히질 않는다.

남자는 어떠한 행동도 없이 그저 빤히 바라볼 뿐이었다. 해성은 어쩐지 남자에게 손목이 잡혀 버린 것 같은 착각을 지울 수 없었다.

멍하니 입술만 벙긋거리던 해성이 다시금 힘겹게 목소리를 냈다.

"……전화, 해도 돼요?"

현실과 동떨어진 맹랑한 질문이었다.

눈치가 빠르고 이해력이 높은 차 팀장도 이번만큼은 무리였는지 미간을 찌푸렸다.

무슨 뜻인지 재촉하는 눈빛이었지만 해성은 부연 설명을 덧붙일 수 없었다.

섹스로, 달아오른 육체를 덮는 쾌락으로. 또는 환각으로 상처를 덧칠하는 인스턴트 같은 관계 말고, 조금은 건강하고 다정한 관계이길 바란다고. 그 진심을 함축해 말한 것이었음을.

말하면, 욕심으로 비칠까 할 수 있는 최대한으로 짜낸 용기였다.

다른 한편으로는 차 검사의 경고가 가슴을 무겁게 짓눌렀다. 차 팀장과 가까운 관계가 지속되면 그를 두 번 죽이는 일이 될 거라던.

하지만 뱉어 버린 말은 이제 와 주워 담기엔 늦었다. 그를 향한 원인을 알 수 없는 감정은 이미 저만치 길게 앞서갔는데.

혹여, 돌아온 대답이 거절일까 싶어, 날카로운 눈매를 마주한 해성은 심장이 쪼그라들었다.

긴 시간 끝에 강현이 내놓은 대답은 뜻밖이었다.

"언제."

"네?"

"그 전화, 언제 할 생각이냐고."

"아……."

"못 받을 수도 있으니까."

말로 차마 형용할 수 없는 몽글몽글한 기운이 심장부터 시작해 조금씩 느리지만 천천히, 넓은 간격으로 번져 간다.

"받지 않으셔도 괜찮습니다. 저는 그냥."

말만으로도 충분한데.

"해요."

더없이 담백한 말투였다. 돌아오는 말이 없자, 강현은 재차 반복하여 못을 박았다.

"하라고, 전화."

남자가 무감한 어조로 말했다.

"그렇다고 너무 휴대폰에만 정신 팔리게 만들지는 말고."

그 말을 끝으로 탁, 차량 문이 닫혔다. 곧 시동이 걸렸다. 운전석에 앉은 강현이 조금 열린 창문 틈으로 해성을 흘긋 건너다보았다.

"올라가 쉬어요. 딴짓하지 말고."

검은색 세단이 매끄럽게 멀어져 갔다.

한동안 해성은 그 자리에 멍하니 서서 허공만 바라보았다.

○ ◎ ●

뜨거운 화염 속이었다.

해성은 활활 넘실거리는 불구덩이 한가운데에 우두커니 서 있었다.

집어삼킬 기세로 번져 오는 불길을 직면할 때면 언제든 처음 겪는 일처럼 두렵다. 숨이 턱턱 막히는 고통은 이곳이 현실인지 꿈인지 분간할 수 없게 한다.

도무지 잊을 수 없는 익숙한 풍경이다. 뿌연 초점이 점차 또렷해지면 침실 안, 죽어 버린 언니와 엄마. 그리고 아빠가 보인다. 집 안을 가득 채운 불길이 점점 더 높게 치솟을수록 생기를 잃은 건조한 몸뚱이가 하나둘씩 타들어 간다.

눈도 채 감지 못하고 피눈물을 흘리는 엄마의 얼굴이, 고통스럽게 일그러진 언니의 얼굴이. 절망하는 아빠의 얼굴이 해성의 눈에 차례로 담겼다.

그러나 이제 해성은 울지 않는다.

발끝에서부터 스멀스멀 기어오르는 공포감은 여전했지만, 의지대로 움직일 수 없는 답답함은 그대로였지만 차라리 질끈 눈을 감아 버린다. 이건. 그래, 이건 단지.

꿈일 테니까.

조금만 참으면, 깨어날 테니까.

가위에 눌려 본 사람만이 공감할 수 있는 기분 나쁜 감각. 움직이거나 도망치려 할수록 뼈가 틀어지는 고통만 남을 뿐이다.

'……괜찮아.'

조용히, 일종의 자기 암시를 건다.

천천히 심호흡하며 발가락에 모든 신경과 힘을 집중한다. 한시라도 빨리 악몽에서 깨어나길 바라면서.

느릿하게 실눈을 떴을 땐, 애석하게도 아직 꿈이었다.

발목까지 차오른 핏물이 찰랑거린다. 녹슨 향. 비릿한 피 냄새가 코끝을 찔렀다.

다시 한번 부릅뜬 엄마의 눈과 마주친다.

잔뜩 핏대 선 눈 밑으로는 이미 굳어 버린 피눈물 자국이 그대로 남아 있다.

나는, 언제까지 이런 모습을 마주해야 하는 걸까.

만신창이가 되어 버린 가족들의 시체를 대체 언제까지 지켜봐야 하는 걸까.

끝이 나긴 할까. 지겨워. 무서워.

누가 나 좀 이곳에서 꺼내 줘.

그때, 누군가가 해성의 발목을 덥석 잡아챘다.

'네가, 어떻게 이럴 수 있어.'

이미 죽은 시체가 말을 걸어오자 심장이 덜컥 추락했다.

'……언니.'

살아 있을 리가 없는데.

'나, 살고 싶어. 죽기 싫어.'

비로소 확신한다. 꿈이 맞는다고.

주춤, 물러서려는 순간 멀리서 누군가의 음성이 희미하게 들려왔다.

'해성아.'

낯설지만 익숙한.

'기다리고 있을게.'

해성의 눈이 번쩍 뜨였다.

"하. 하아……."

가쁜 숨을 몰아쉬며 가슴팍을 꽉 움켜쥐었다. 주변은 깜깜했다. 소음 하나 없었다. 경찰서 숙직실이었다.

악몽에서 깨어났는데도, 귓가에 남은 환청은 끊임없이 반복되었다.

……우리, 같이 지낼래.

이재원의 젖은 음성이, 한참 동안.

○ ◎ ●

희미한 달빛마저 완벽히 차단된 방 안은 적막했다. 모든 것들이 가라 앉은 검고 조용한, 조금은 서늘하고 쓸쓸한. 혼자 지내기엔 지나치게 넓 은 공간이다.

아득함이라고는 조금도 찾아볼 수 없는 곳. 작은 인테리어 소품 하나 들여놓지 않은 삭막한 이곳은 바깥세상과 분리된 채 시간이 멈추어 있 다.

남자는 침실 정중앙에 위치한 커다란 침대 위에 길게 누워 있었다. 죽 은 듯 고요히 내려앉은 눈꺼풀은 미동조차 없었다.

쉼 없는 사건 조사로 일주일을 합쳐 총 수면을 취한 시간은 겨우 10시 간 남짓. 눈 뜨고 버티는 것만으로도 충분히 곤욕인 셈이다.

눈을 감은 지 4시간쯤 지났을까. 남자의 손에 쥐어진 휴대폰 액정이 밝은 빛을 내며 진동을 일으켰다.

소음이 전해진 듯 곱게 펴진 미간 사이로 미세한 실금이 갔다. 울림은 끊어질 생각 없이 지속적으로 이어졌다.

거슬림을 참지 못하겠는지 강현은 작게 인상을 구기며 눈을 감은 채로 팔을 들었다.

"……여보세요."

깊게 잠긴 탓에 건조하게 갈라진 목소리가 한숨처럼 흘렀다. 돌아오는 대답이 없자 강현이 억지로 실눈을 떴다.

"누구."

휴대폰 너머로 들리는 소음은 가쁜 숨소리뿐이었다. 정렬 없이 흐트러진 유약한 호흡을 들으며 강현이 상체를 일으켰다.

"……이해성?"

─ 팀장님.

강현이 슬쩍 시선을 옮겨 협탁에 올려 둔 시계를 확인했다.

새벽 3시.

"무슨 일 있습니까."

─ 아니요, 저는…….

"이 시간에 전화할 줄은 몰랐는데."

정신 나간 놈처럼 휴대폰만 바라보고 있었다. 운동을 하고, 샤워를 하고, 잠이 들 때까지도.

작은 반응조차 없는 휴대폰을 보며 상스러운 욕을 읊조리다가 그냥 던져 버릴까, 하는 욕구를 겨우 참아 내고 잠이 들었다.

몽롱하게 눈이 감기던 그 순간마저 휴대폰을 손에 쥐고 있었다는 사실은 좀 기가 막혔지만.

─ 죄송합니다. 시간이 이렇게 늦은 줄 모르고……. 주무시고 계셨나봐요. 목소리가.

허둥거리는 목소리가 조용한 침실에 잔잔히 울려 퍼졌다.

갈증이 난다. 강현은 말없이 협탁 위로 팔을 뻗었다. 물을 들이켜며 여자의 이어질 말을 기다렸다.

— 다음에, 다시 하겠습니다.

강현이 컵에서 입을 뗐다.

"몇 시간 뒤에 출근인데."

— 그래도……, 조금 더 주무세요. 요즘 사건 때문에 많이 피곤하시 잖아요.

"그걸 아는 사람이 기다리게 합니까."

아……. 곤란했는지, 아니면 당황했는지 여자가 말끝을 흐렸다.

— 기다리셨어요?

"전화한다면서."

그게 이 시간일 거라곤 생각 못 했지만. 조금 놀랐을까. 둥그런 눈이 새삼스럽게 떠오른다.

— 죄송합니다. 기다리고 계실 거란 생각은 못 해서요. 생각이 짧았습니다. 그만 끊을게요.

조용한 음성을 들으며 강현이 침대 헤드에 느른히 몸을 기댔다. 이제 막 잠에서 깬 탓에 미세한 두통이 느껴져 엄지로 관자놀이를 눌렀다. 강현이 눈을 감고서 입술을 떼어 냈다.

"이봐요, 이해성 씨."

— 네.

"잠을 깨웠으면 묻는 말에 대답 정돈 해야지."

— 아……, 그게…….

곤란한 질문을 할 때마다 입술을 깨물던 모습이 아른거린다. 꼭, 못된 짓을 하고 싶게 만들던.

강현은 뻐근해진 목을 좌우로 꺾으며 이번에도 참을성 있게 대답을 기다렸다.

짧은 공백이 이어진 끝에 여자가 이어 말했다.

― 지금 당장 생각나는 사람이 팀장님밖에 없었어요.

"내 생각이 났다고……."

해성의 말을 곱씹으며 강현이 헛웃음을 터트렸다.

"고수네. 이해성."

나직한 음성은 금세 휘발됐다.

아주 이젠 사람을 멋대로 쥐었다 폈다 하지 네가. 강현의 입술이 웃는 듯이 조그맣게 벌어졌다.

"기다려요. 지금 갈 테니까."

그래, 놀아나 줄게.

"전화 끊지 말고."

얼마든지.

간단히 샤워를 끝낸 강현은 목에 걸쳐 둔 수건 끝으로 머리를 털어 내며 걸음을 옮겼다. 침실에 들어와 연결된 드레스 룸으로 향하던 도중 협탁 앞에서 우뚝 멈춰 섰다.

슬쩍 시선을 낮춰 휴대폰을 확인했을 땐 여전히 통화 중이었다.

말은 잘 듣네.

톡, 토독. 창을 두드리는 소리에 고개를 돌렸다. 비가 내리고 있다.

다시 다리를 움직였다. 드레스 룸으로 들어와 검은색 목티를 꺼내어 입고 평소처럼 다른 고민 없이 패딩을 집어 들려는 순간 멈칫했다.

밤을 새우는 일이 잦고, 사무실보단 사건 현장에서 머무는 시간이 길어 거추장스러운 옷차림을 최대한 기피해 온 강현이었다.

무슨 심경의 변화였는지, 하필 그 옆에 걸린 코트가 눈에 담겼다.

코트를 걸친 뒤 익숙한 손놀림으로 시계를 채웠다. 괜히 머리를 쓸어본다. 머리까지 만지기엔 시간이 부족한데. 강현이 거울에 비친 얼굴을 빤히 들여다보았다.

"……가지가지 하네."

픽, 웃음을 터트리며 강현은 그대로 드레스 룸을 빠져나왔다.

휴대폰에선 아무런 소리도 들리지 않는다. 혹시나 듣지 못하고 놓칠까, 해성은 온 신경을 휴대폰에 집중했다.

초조하게 손톱을 물어뜯으며 경찰서 출입문 앞을 서성인 지도 벌써 30분째였다.

질척질척 내리는 부슬비를 멍하니 바라보다 까만 밤하늘을 가만히 올려다본다. 지루해. 슬슬 다리가 아파 와 계단 구석에 쪼그려 앉았다.

어깨에 우산을 걸치고서 구석 자리에 앉아 있는 모습은 어쩐지 조금 처량하기까지 했다.

— 기다려요. 지금 갈 테니까.

— 전화는 끊지 말고.

그 말을 듣자마자 부리나케 숙직실에서 뛰쳐나왔다. 누가 본다면 긴급 출동이 떨어졌구나 생각될 정도로 제 딴엔 긴박했다.

경찰서 출입문을 드나드는 여러 경찰 직원들의 흘긋거리는 시선이 전부 느껴졌지만, 정작 해성은 조금도 신경 쓰지 않았다.

— 밖입니까.

드디어 존재감을 드러낸 낮은 목소리가 그 이유였다.

"……네."

— 비 오는데.

"숙직실은 좀 답답해서요."

— 아아.

"정말, 오실 생각이세요?"

— 그럼 가짜로 갈까.

나직하게 넘어오는 은근한 웃음소리가 꽁꽁 얼어붙은 심장을 단숨에 녹여 버린다. 심장이 지나치게 빨리 뛰어 아플 지경이다. 해성이 입술을 오물거렸다.

"차 안에 계신가 봐요."

— 어떻게 압니까, 그걸.

"소리가 들려서요."

— 감이 좋은 편이네.

"운전 중인데 전화 괜찮으세요?"

— 휴대폰 안 들고 있으니까 아마도.

"아. 블루투스요."

— 응.

정적이 흘렀다.

냉랭한 날씨에 비바람까지 불어닥치자 체감 온도는 훨씬 낮아졌다.

오랜 기다림 탓인지 빨갛게 물든 손끝은 이미 감각을 잃어버린 상태였지만 조금도 춥지 않았다.

얼굴을 마주하지 않고 목소리로만 이어지는 대화가 싫지 않다. 딱히 할 말도 없는데, 삭막하기 그지없는 사무적인 말투도, 좋았다.

어느 정도 긴장이 풀리자 뒤이어 원인을 알 수 없는 용기가 불쑥 치솟았다.

"저, 고수 아니에요."

— 응?

"팀장님 갖고 논 거 아니라고요."

하, 숨소리 같은 남자의 웃음이 귓바퀴를 훑고 들어와 깊숙한 곳까지 스며들었다.

— 왜 갑자기 그런 말을 하는 겁니까.

눈앞이 뿌옇게 보일 만큼 가느다란 빗줄기가 시야를 가득 채웠다. 톡, 톡 신발 끝을 두드리는 빗방울을 물끄러미 바라보다가 해성이 느지막이 입을 열었다.

"꿈을 꿔요."

잠시 공백을 두고 강현이 답했다.

— 악몽?

"……네."

한 달 전 사무실에서 잠을 깨웠을 때 이미 눈치챘을 것이라 짐작은 했지만, 막상 차 팀장의 입으로 직접 듣게 되니 가슴이 덜컥 내려앉았다. 강현이 조용하게 물어 왔다.

— 언제부터?

"꽤 오래전부터요. 근데……, 어떤 꿈을 꾸는지는 안 궁금하세요?"

— 실례일까 봐.

실례라니. 그와 너무 어울리지 못한 단어 선택이었다. 그토록 모질게 대할 때가 엊그제 같은데.

"살인 현장이요."

조금은 놀랐는지, 강현은 대답이 없었다. 해성은 천천히 숨을 내쉬며 애써 차분하게 이어 말했다.

"10년 전 그날이 반복적으로 꿈에 나와요. 집 안은 온통 불길에 뒤덮였고, 가족들의 시체가 이리저리 뒹굴고 있어요. 눈을 뜨면 피범벅이 된 침실 가운데에 늘 제가 있는데, 이해하실까 모르겠어요. 관찰자가 된 느낌."

— ······살인범도, 나옵니까.

"아니요. 한 번도요."

— PTSD.

특정적인 사건, 사고의 트라우마로 지속성이 있는 꿈의 반복은 외상 후 스트레스 장애에서 종종 나타나는 증상 중 하나이다.

강한 충격으로 인한 뇌신경의 잘못된 반응일 확률이 높다고, 의사의 소견은 그랬다.

— 그래서 매달 마지막 주마다 병원에 가는 겁니까.

"······네."

우울증과 불면증은 숨기기로 한다. 굳이 말하지 않더라도 유독 눈치가 빠른 차 팀장이라면 이미 알아차렸을 가능성이 높겠지만.

— 왜 말 안 했습니까.

"어디까지나 꿈이니까요. 무엇을 봤든 충분히 왜곡될 수 있고, 말해 봤자 수사에 혼선만 가중될······."

— 내가 묻고 있는 건 수사 문제가 아닌데.

"아, 그럼."

— 그 상태로 계속 버틴 겁니까?

"······이미 익숙해져서요."

— 기가 막히네.

어쩐지 뒤틀린 말투. 화가 난 걸까. 차 팀장의 굳은 얼굴이 자연스럽게 그려졌다. 해성이 잘근 입술을 씹었다.

"팀장님 눈 밖에 나기 싫었으니까요."

지금도 충분히 위태로운데, 사실대로 말했다면 사건 배당에서 배제당하는 것으로 끝날 게 아니었다.

연쇄 살인 사건의 유일한 생존자, 또는 유가족. 정신병을 앓고 있는 형사. 그 명분만으로 당장 내쫓겨도 할 말이 없다.

— 오늘도, 악몽을 꿨나?

해성이 무어라 답하기도 전, 강현은 다시 물었다.

— 그래서 나한테 전화한 거고.

하아, 숨이 쏟아졌다. 술을 마신 것도 아닌데 이상하다. 취한 것만 같다. 전화의 힘이 이런 걸까. 보여 주고 싶다. 들려주고 싶다. 보잘것없는 나의 나약함과 괴로움을.

"저는……, 꿈속에서도 깨어나서도 늘 혼자였거든요."

약해 보이고 싶지 않아서 필사적으로 감춰 왔는데 사실은 나, 무서웠는지도 몰라요. 가족들의 시체를 보는 일보다 눈을 떴을 때 혼자란 사실이 너무 끔찍했던 걸까요.

스스로를 힘껏 비웃어 본다. 강해지기 위해 피아노를 내려놓은 대신 총을 쥐었는데. 적성에도 맞지 않는 유도나 주짓수, 하물며 태권도까지 이를 악물고 섭렵했는데 현실은 그저 겁에 질린 피해자일 뿐이다.

돌연 밝은 빛이 번쩍였다. 천천히 고개를 들자, 정문을 지나 조금 멀리 떨어진 주차장으로 검은색 세단 차량 한 대가 들어서고 있었다.

"아……."

오차 없이 주차를 마친 차량은 익숙했다. 길게 뿜어져 나오는 강렬한 헤드라이트 빛에 해성이 눈을 찡그렸다.

찰나 선명해진 빗줄기는 곧 빛이 암전되자 다시 사라졌다. 시동이 꺼진 차량은 조용하다. 운전석에 앉아 있는 남자는 미동이 없다. 직선적인 강현의 시선에 해성은 홀린 듯 계단에서 엉거주춤 몸을 일으켰다.

우산을 똑바로 고쳐 들고 걸었다. 오래 앉아 있어 다리가 저렸지만 느린 걸음은 차량에 가까워질수록 점차 빨라졌다.

아무도 없는 공간. 경찰서 건물과 동떨어진 곳에 진입했을 때였다.

— 여태 그 상태로 기다렸어요?

그 말에 해성의 다리가 굳었다. 강현은 뚫어져라 해성을 직시하며 느릿하게 입을 움직였다.

— 묻잖아.

"……네."

— 왜?

해성은 선뜻 말을 잇지 못했다. 긴 머뭇거림 끝에 겨우 입을 열었다.

"빨리, 보고 싶어서요."

강현의 눈매가 옅게 찡그려졌다.

그 모습이 마지막이었다. 벌컥 열린 문 사이로 강현이 모습을 드러냈다. 무슨 의미였는지 곱씹을 새도 주지 않고 강현은 빠른 걸음으로 단번에 다가왔다.

"팀장님, 비……."

해성이 서둘러 팔을 뻗었다. 큰 체격 탓에 팔이 뻐근해질 만큼 최대한 높게 들어야 했다. 덕분에 강현의 머리 위로 우산이 닿을 듯 간당간당하게 씌워졌다.

좁은 우산 속에서 마주한 거리는 지나치게 가까웠다. 숨결이 전부 전해질 만큼. 묵직한 고요를 참지 못하고 해성이 먼저 말문을 텄다.

"머리, 내리셨네요."

"이상해?"

해성이 황급히 고개를 내저었다.

"아니요. 멋있어요. 아."

무턱대고 튀어나온 진심에 당황한 해성이 말끝을 흘리자 강현이 피식 웃었다.

"코트도 입었는데."

"오늘 중요한 일 있으신가 봐요."

"아니. 누가 내 생각밖에 안 난다 해서."

지극히 덤덤한 말투였다. 해성이 눈을 깜빡였다. 있잖아, 이해성 씨. 저조한 음성이 흐름을 바꾸었다.

"갑작스럽게 미안한데, 저녁에 했던 말 못 지킬 것 같아."

"무슨 말이요?"

"그런 관계는 못 해도 키스는 해야겠어. 그러니까."

놀란 해성의 입술이 조그맣게 벌어졌다. 심정을 아는지 모르는지, 강현은 무심히 턱을 까딱이며 해성의 손에 쥐어진 우산을 가리켰다.

"잘 가려요."

안 보이게. 짙게 가라앉은 목소리가 빗소리를 가르며 흘러나왔다.

해성이 다시 한번 눈을 깜빡였을 때였다. 두 손으로 작은 얼굴을 감싸 안은 강현이 단번에 해성을 끌어당겼다.

비 내리는 깊은 밤. 우산으로 가려진 공간에서 은밀하게 이뤄진,

깊은 입맞춤이었다.

○ ◎ ●

재원은 텅 빈 미술관 2층 중앙에 우두커니 서서 무언가를 빤히 응시

하고 있었다.

미술관 개장은 앞으로 하루 뒤, 경매는 한 달 뒤에 시작될 예정이었다. 전시된 수많은 고가의 미술 작품들은 가장 높은 액수를 부른 재력가의 품에 안기게 될 것이다.

적게는 수천, 많게는 억대로 낙찰된 금액 중 일부는 전국의 소외 계층 아동과 청소년, 미혼모에게 쓰여야 했지만 현실은 조금 달랐다.

비자금. 차명 계좌 등. 이유를 불문하고 돈세탁을 목적으로 자금을 굴리려는 속셈이었다. 느슨한 법망을 피해 갈 수법은 차고 넘쳤다.

돈과 권력으로 연명하는 삶.

종잇조각 따위를 누구보다 더 많이, 악착같이 끌어모으는 것에 혈안이 되어 버린 이들은 배부름을 모른다. 한심스럽게도.

재원이 바라보고 있던 그림은 예수 초상화였다.

이탈리아 화가 루치아노 세바스티아노의 《Le Christ en Salvador Mundi》 작품을 오마주한 작품이었다.

150년 전, 이름 모를 독일 화가가 심심풀이로 따라 그린 것이었지만 같은 작품이라 해도 믿어질 만큼 감쪽같아 그 가치가 상당했다.

그게 아니더라도…….

재원이 혼잣말하듯 중얼거렸다.

"당신이 정말 존재한다면 위에서 보고 꽤 충격받겠어."

인간의 죄를 씻기 위해 몸 바쳐 희생한 결과가 고작 이 정도라니.

"인간을 너무 믿었지."

결과적으론 실패했잖아.

애석하게도.

조소하며 암전된 휴대폰 액정을 느른히 내리깔아 보았다.

"근데, 해성아. 넌 언제 연락할 거야?"

너무 기다리게 하지 마. 난 인내심이 없어.

재원은 눈앞의 인자한 예수를 무료하게 응시하며 고요히 웃었다.

— 2권에서 계속

충동의
밤

1판 1쇄 찍음 2020년 12월 17일
1판 1쇄 펴냄 2020년 12월 24일

지은이 | 탐 나
펴낸이 | 정 필
펴낸곳 | (주)뿔미디어

기획 · 편집 | 이영은, 심은지, 배지은
표지 · 디자인 | 우 물

출판 등록 | 2002년 9월 11일(제1081-1-132호)
주소 | 경기도 부천시 소향로17, 303(두성프라자)
전화 | 032)651-6513 팩스 | 032)651-6094
E-mail | dahyangs@naver.com
블로그 | http://blog.naver.com/dahyangs
비북스 | http://b-books.co.kr

값 9,000원

ISBN 979-11-6565-763-5 04810
ISBN 979-11-6565-762-8 04810(세트)

www.b-books.co.kr

www.b-books.co.kr